U0820653

老梁

人称老梁著 … 人电视时事
双栖评论员 … 到语言犀利著
称自幼学习 … 评书相声等多
种曲艺在节目 … 富个性魅力的语
言点评历史时 … 和体育等为观众
抽丝剥茧去伪 … 还原事件背后的
事实真相使人 … 得理性判断与思
考的同时感受 … 梁的独特风韵

老梁故事汇

天下大观

梁宏达 著

作家出版社

目录

职业评析

医生争议多/5
老师大不同/12
警察也疯狂/19
民工这样活/26
私家侦探有点悬/33
律师不好当/41
空姐的秘密/48
厨师那些事/55

职业评析

婚礼策划师的“甜蜜事业”/64
“兼职”的理发师/71

道德杂谈

诚信的分量到底有多重/81
以德报怨要因人而异/88
何为职业道德/95
执着要掌握分寸/102
教育孩子需要好环境/109
如何孝敬我们的双亲/116
“无度不丈夫”何以被曲解/124
帮人是个技术活/131

道德杂谈

知足常乐大有学问/138
究竟你有几个好知己/146
到底谁改了“无尖不商”/153

心理病症

无处不在的拖延症/163
我们为何如此焦虑/173
无孔不入的强迫症/183
神秘的催眠术/191

电影聚焦

《私人订制》：冯氏喜剧引发的风波/201
《警察故事2013》：颠覆传统“硬汉”/208
《无人区》：争议背后的玄机/215
《亲爱的》：再现真实寻子故事/223

电影聚焦

《太平轮》：被历史湮没的传奇/230

热剧点评

《便衣警察》：神奇的造星运动/241
《北平无战事》：剧中人物原型都是谁/251
《北平无战事》：看老戏骨如何称霸舞台/258
宫斗剧为何抄袭成风/266
《爱情公寓》：抄袭的“硕果”/273

韩国风尚

韩剧完美男神诞生记/281
韩剧的制胜法宝/289
韩剧中毒调查报告/297
整容业何以大行其道/304
舌尖上的韩国美食/311

漫说动画

剪纸动画片的魅力/319
古老的木偶动画片/326
宫崎骏和他的动画王国/333
不可复制的乔布斯传奇/340

职业评析

医生争议多
老师大不同
警察也疯狂
民工这样活
私家侦探有点悬
律师不好当
空姐的秘密
厨师那些事
婚礼策划师的“甜蜜事业”
“兼职”的理发师

医生争议多

2012年的时候，有一部电视剧叫《心术》，吴秀波、张嘉译、海清、杨紫这些人主演的。

电视剧说的是医院内外的事，因为关注的是民生题材，又有这些帅哥美女助阵，所以，当时这部电视剧，无论是收视率还是口碑，都还不错。

可是，事情往往具有两面性。所谓人红是非多，一部电视剧走红，它的是非也多。就在《心术》开播没几天的时候，网上就开始吵得热火朝天了。很多患者质疑说，这部电视剧里面的医生，怎么和我在医院里面看到的不一样呢？就是医生，也有说好的，也有不认同的。

那么，荧屏里面的医生，在现实生活中到底存不存在？为什么剧中的医生引起了这么大的争议？只会查房，医生怎么这么闲？调情护士，大夫究竟多风流？荧屏内外，白衣天使到底什么样？数不尽的医疗剧，为何总是能引来观众质疑？

今天，咱们就说一说荧屏内外关于医生的那些事。

●大褂当风衣，医生多轻松

其实，到底如何定义“医疗剧”，这个界限很模糊。

很多以医生为主角的电视剧，严格来说，都不能算是医疗剧。比方说，

2000年的时候，李小璐、任泉、佟大为、郭涛就曾经演过一部电视剧，名字叫《都是天使惹的祸》。在剧中，任泉和郭涛都是外科医生，李小璐是护士。但是，你要仔细看，这里面讲的根本不是治病救人的那些事，说到底，完全就是一部披着白大褂外衣的爱情都市喜剧。

到了2014年的时候，李小璐和老公贾乃亮又主演了一部电视剧《产科男医生》。这一次，李小璐从护士升级到医生了。看起来，好像剧情中关于医疗的知识多了不少，可是你仔细推敲呢，其实它的核心还是爱情喜剧。

我们不妨举个例子。

电视剧一开始，有一个产妇要生孩子，当时就昏迷了，怎么办呢？听说这产妇平常非常喜欢打麻将，这帮医生就开始想招了。他们围着产妇，就“你一万”“我二条”地在这儿喊上了。这产妇听着打麻将的喊声，一激动，还真醒了。这才顺利地进入了生产环节，最后顺产了一个健康宝宝。

这太荒诞不经了，甚至有些胡扯。当然，电视剧终归是虚构的。现实生活中你要这么干试试？估计还没等产妇清醒，这孩子就缺氧了。遇到这样的情况，正常的产科医生都会选择剖宫产，反正剖宫产不用自己使劲。因为剖宫产需要打麻药，在产妇处于昏迷状态时，医生可以通过手术帮助其进行生产。

这些医疗剧，包括《心术》在内，其实都是以爱情喜剧为主的。所以说，医疗剧即使打着专业医生的旗号，毕竟不是纪实片，剧中总会有很多和现实不太一样的地方。

比方说，剧里的医生几乎都非常闲，无非给病人打打针、挂挂吊瓶、提醒病人吃药等等，这些事几乎都是护士完成的。至于大夫，好像除了上班查查病房，基本就没什么事了。那白大褂穿得跟风衣似的，非常潇洒。除了在医院的草坪上、走廊上谈谈恋爱，还可以在午休时间跑到医院外面吃顿牛排。

那么，真实的医生有这么清闲吗？恰恰相反。别说上班午休出去吃顿牛排了，就是能正常下班都不错了，吃方便面和盒饭还差不多。

特别是像《心术》里面的外科医生，有需要做手术的病人的时候，得时时刻刻跟踪病人的状态，一旦有什么问题，得随传随到。虽说平常有假期，但是你不敢放假，因为你有病人。手术前你得看病人身体有没有变化，手术后你还得看有没有突发情况。

当时，有个医生看不惯时下医疗剧里面反映的这种医生状态，他说这都什么呀，我们哪这么悠闲哪。他还特意出资拍摄了一部真实反映医生日常生活的电影，叫《白领日志》，通过四个实习医生的视角，来展现医院的真实生活。其中就提到了这个医生到底有多忙，比如自愿献血的时候，经常是一大帮医生一起报名，为啥呢？因为献血后，医院出于人道关怀，一般会给医生一周的假期。

医疗剧不可能做到完全写实，要不然，不就成纪实片了吗？影视剧里的医生要是真跟现实生活中一样，最忙的时候，连上厕所都得抽时间，那还有意思吗？那还怎么谈恋爱呀？怎么产生戏剧冲突？那样就不好看了。

比方说，《心术》为了追求画面的美感，连护士服都是后期定做的，跟咱们在医院里面看到的那种不一样。它非常合体，还有点修身的效果。

所以，医疗剧的一些情节大家看个乐和就得了，真要较起真来，都不是那么回事。

●和护士恋爱，医生多风流

那么，有的观众说，你看《心术》里面，吴秀波扮演的霍思邈，一上来就跟海清扮演的护士美小护调情。俩人在一起的时候，打情骂俏跟演喜剧小品似的。后来，霍思邈一听说来了某个明星的患者家属，他又想尽各种办法跟人家拉关系。这个明星的妈妈脑袋里面长了个瘤，她想让妈妈做手术，可是又不放心，怎么办呢？这霍思邈不惜破坏医院的纪律，把她带进了手术室观摩手术。

后来，这个明星受不了霍思邈整天张口闭口“开颅”“寄生虫”，天天说这些医学案例，就果断跟他分手了。一转身，霍思邈又回头去勾搭美小护了。

俩人在剧里面谈了一场欲说还休、非常暧昧的恋爱，最后，有情人终成眷属。

首先，医生到底能不能和患者家属谈恋爱呢？这个基本是不现实的。咱们前面说了，医生特别忙，比方说坐诊，这边患者来了，后面还排着一溜长队呢，忙都忙不过来,你哪有那个时间啊！查房的时候与患者家属调情就更不可能了。倒是说，俩人先谈恋爱，后来成为医患关系是常有的事。医生带着患者家属去手术室观摩就更不可能了，这在现实医院中就得开除。甚至，即便医生要进手术室观摩，那也得提前申请才行。

那医生能不能和护士谈恋爱呢？

医生和护士谈恋爱，好像很多医疗剧里面都有这样的剧情。正如咱们前面说的，很多医疗剧实质上就是披着白大褂的爱情喜剧。特别是 2005 年开播的美国电视剧《实习医生格蕾》，其剧情更是如此，有人还专门编了个顺口溜：“一夜情，二人恋爱，三角关系，将剧情一步一步推上高峰。”也就说，剧中的医生和护士都已经展开爱情大混战了，当然这有点夸张。

医生和护士恋爱，这在现实生活中倒是有可能的。因为医生太忙，几乎二十四小时待命，一有急诊、手术都得随传随到，还得无条件加班。咱们前面说了，除了无偿献血给几天假期，几乎都没有休息时间。医生谈恋爱，他很难接触到这个圈子以外的人，那怎么办呢？

医生找医生，医生找护士，这样的组合就特别多。即使不是恋人关系，因为都是单身男女，也难免互相嬉笑打闹。

●治病不择手段，医生可以吗

那么，除了医生的工作和感情生活之外，同时受到观众质疑的，还有医生本身。

影视剧里面有各种各样的医生，到底都存不存在呢？比方说，在大部分老百姓眼中，医生这个职业非常神秘，他们的工作就是和生死打交道，就相当于上帝和撒旦的结合体。那么，他们是不是可以随意决定人的生死呢？

比如2004年开始上映的美国电视剧《怪医豪斯》中的豪斯医生，他就是这样的人。可以说，为了治病救人他可以不择手段，什么招都能使。很多观众心里都犯嘀咕，医生真是这样吗？脏话连篇，甚至连病历都不看就开药？

比方说其中有一集，有一拨新生儿都感染了同一种疾病，危在旦夕。但是，一时间还说不清到底是什么病毒引起的，其污染源究竟是什么。

豪斯医生怎么办呢？他先用抗生素抑制病毒的扩散。在使用抗生素的时候，他发现有个孩子肾衰竭了，很可能就要咽气了。这个时候，他做了一个非常大胆的举动，没有跟家属商量，私自就给婴儿停药了。

结果，没多久，婴儿死亡。豪斯医生还是私自做主，对这个婴儿进行剖尸。最后，他寻找到病因，帮助其他的婴儿平安地度过了生死关口。

这个情节引起很大争议。如果他不给肾衰竭的婴儿停药，那么，很可能所有的婴儿都会死。可是，他私自给这个婴儿停药，就等于给这婴儿判了死刑。而且，他在剧中还有一句特别猖狂的话："现在给活人剖尸，还是违法的吗？"意思就是，为了治疗大多数人，就不能牺牲少数人吗？

像这种医生，在现实生活中，当然是不可能存在的了。

作为影视剧，它可以去塑造一个神一样的人物，说他既有华佗的医术，又有天使的心肠，还有福尔摩斯一样的缜密和出其不意的手段。他不按理出牌，却总能化险为夷。但是，生活不是戏剧，不像影视剧，拍错了可以喊停。医生一不小心，葬送的可能就是一条人命。

所以，在现实生活中，医生要做的就是：谨慎，谨慎，再谨慎。

●完美医生和腹黑医生

除了以上类型的医生，还有什么样的医生呢？那就是非常完美的医生。

比方说，《心术》里面的张嘉译，这也是咱们内地影视剧里面经常出现的类型，高大全的医生。他收养弃婴，而且是个有着先天肾衰竭的孩子。为了这个孩子，他几乎花掉了自己全部的积蓄。除了工作以外，几乎一切时间都用在给这个孩子寻找合适的肾源上了。但是，好不容易有肾源了，又赶上了急诊手术。最后，他决定自己做手术，肾源的事让别人帮忙处理。

而且，平常别的医生聚在一起开个玩笑、聊聊天，他也不怎么参与。他就坐在旁边边笑边听，看上去一身正气，标准良医的形象。他做什么事都是按照规矩来，一切中规中矩。

日本有部电视剧叫《回首又见他》，剧中也有一个类似的石川医生（石黑贤扮演）。他非常富有正义感，对自己的信念非常固执，即便得了癌症也不下火线。为了打击他所认为的医院恶势力，不惜坚持到生命的最后一刻。

剧情确实感人，但是最后一调查，问观众最喜欢这部剧里的哪个医生，最讨厌哪个医生？很多观众都选择，这个石川最烦人了。

为什么呢？因为他太完美了，让人感觉特别不真实，没有能够吸引观众的个性。

那么，和完美型医生相对的，就是腹黑型医生。表面看上去一身正气，背地里尽干些见不得人的勾当。比方说，《回首又见他》中有个司马江太郎。可以说，他简直就是腹黑医生的典型。

电视剧一开始，医院下班之后，来了两个急诊要手术的病人，司马一甩手，我不管，都下班了，我管那么多干吗，像这种快死的人，你就让他死去吧。结果话刚说完，院长打电话来了，说这个病人是议员的儿子，你们可得好好抢救。他一听来劲了，也不下班了。

再比方说，有个患者腹部有大动脉瘤，瘤随时可能破裂，昏迷后被送来，情况非常危险。可是，患者的下属们就贿赂司马，说你别告诉他实情。结果，司马收下了贿赂，欺骗了这个患者，差一点让患者送命。

那么，完美医生也好，腹黑医生也罢，荧屏里面，医生有好有坏，现实生活中的医生也是如此。在现实生活中，好的医生未必有影视剧里面那么好，但坏的医生却要比影视剧里面的医生坏得多。

一味去塑造完美医生，并不能够改变医生在老百姓心目中的形象。几部影视剧，也不可能改变现在的医患关系。要想从根本上解决医患矛盾，还得依靠社会的进步和制度的完善。

老师大不同

2014 年初的时候，有一部热播韩剧，叫《来自星星的你》，里面有个四百多岁的外星老教授都敏俊，又是要酷，又是超能力，把女性观众给迷得够呛。有人说我上学那会儿怎么没有这样的帅老师呢？要是有这样的老师，那我上课得多认真呢！

比如年纪大一点，思想比较传统的观众说，这都是影视剧的剧情需要，咱们看电视，看个乐和就得了。要是在现实生活中，老师真那样，学生还能有心思上课吗？这部分观众，他们觉得老师应该什么样呢？得像《大丈夫》里面的王志文那样的，打扮得中规中矩，开口闭口“之乎者也”，引经据典讲一番大道理，跟人家吵个架，也跟给学生上课似的，这才是典型的传统教师。

那么，到底哪种老师才算好老师，才能教出好学生呢？今天咱们就说一说，影视剧中，那些受学生欢迎的老师都啥样。

●严父慈母老师心

要说老师，这应该算是影视剧里面的一个常见职业，从古代的私塾先生，到现在的大学教授，可以说是形形色色。

那么，从形象上，老师大体可以分为四种类型：慈母型老师、朋友型老师、流氓型老师和偶像型老师。

我们不妨先思考几个问题：魔鬼教育，严厉就一定出高徒吗？与学生打成一片的低级老师，也能教出天才吗？称兄道弟，学生真会买账吗？当孺子牛变成了魅力偶像，究竟是好事还是坏事？

咱们首先说说，牺牲奉献的慈母型老师，正所谓严父慈母老师心嘛。

一提老师，你问小学生，他都知道，比如春蚕到死丝方尽，蜡炬成灰泪始干；比如春雨润物细无声；比如俯首甘为孺子牛。总之，关于老师的评价，大部分人首先想到的就是无畏的牺牲，无私的奉献。

比方2003年的时候，杨亚洲执导，倪萍、袁泉、孙海英主演的电影《美丽的大脚》中，倪萍扮演的乡村老师张美丽就属于这种类型。

张美丽的老公是个文盲，因为愚昧无知，跑到铁路上撬钉铁轨的钉子，撬了三十多根卖废铁，卖了七块四毛六。结果，就因为这七块多钱，铁轨出问题了——火车出轨翻车。因为死人了，他就受到了法律的严惩，被判了死刑。

张美丽本来还有个儿子，没想到儿子小时候生了一场大病，也死了。就这么着，老公没了，儿子也没了，就剩她孤零零的一个人，满腔的母爱没处挥洒，就转移到村子里其他的孩子身上了。

后来她寻思，要是有文化，老公也不会犯这种错误，才二十三岁就死了。所以，她跟村长申请办了所学校，她要当老师。她老公是文盲，其实她也好不到哪儿去，全凭自学成才。千里迢迢都能念成千里召召，就这么个水平，她教一个村的孩子学习知识。

虽然说张美丽教书的水平有限，不过在激励孩子好好学习的时候，说得挺朴实。她说咱们好好学习，以后就能不天天吃山芋了，就能不让人笑话了。而且，她对孩子的爱是真心实意的。关于自己的这个工作岗位，她非常清楚它的重要性，所以她非常认真。

后来，北京来了个志愿者老师（袁泉扮演的），叫夏雨，她就纠正张美丽，说你教的都不对。要是有个电脑就好了，即便我走了，你们也能用电脑上课，这样就不会教错了。

这话张美丽听了之后就放心上了。但是一个电脑得多少钱？三四千元，政府赞助了一些，剩下的钱到哪儿弄去呢？她就四处求人，求到村里的一个大款赵面粉——一个卖挂面的小老板。这老板一看，周围人挺多的，你非缠着我要赞助，我不给吧，没面子，给吧，还心疼。干脆，我给自己找个台阶。他就说你喝酒吧？你要是能干了这瓶酒，我就考虑考虑。张美丽一听，一点没含糊，一口就喝掉了一瓶二锅头。

可以说，在整部剧里面，张美丽没做过什么惊天动地的大事，最大的事，估计就是一口喝掉了一瓶二锅头。但是，就是这些小事，咱们就能看出一颗慈母心来。

像张美丽这种老师，应该说是最受欢迎的老师了。确切地说，她已经不是老师了，是整个社会的道德模范，她作为道德模范的价值要远远大于她作为老师的价值。所以，这样的老师，社会喜欢，家长也喜欢，因为放心啊，孩子交给她学不坏。

这种老师适合所有乖乖的好孩子型的学生。换而言之，就是那种求知欲特别旺盛，特别守规矩守纪律特别爱听话的好学生。

●上课师生，下课朋友

可是，乖乖好孩子型的学生，对所有老师来说，那都是可遇而不可求的。

张美丽教的都是乡村孩子，他们吃了多少苦？恨不得还不会说话就开始当家干活，非常懂事。他们心里知道，自己学习的机会是多么不容易，所以，他们对知识也如饥似渴。

可是，再看现在城里的这些孩子，一个个都是独生子女，都是“四二一”家庭（祖父、祖母、外祖父、外祖母四人，父亲、母亲二人和一个独生子女所构成的金字塔形的家庭）出来的，很多都是在家里被惯得没边了，到了学校呢，他还是在家里那样。你让他规规矩矩坐十分钟，他都觉得屁股上长了刺似的。

坏学生倒也不是真坏，就是有点淘气，有点随心所欲。

这个时候，你要再用慈母那一套肯定不行了，怎么办呢？碰到这样的学生，就得称兄道弟。这就是咱们说的朋友型老师。

比方说，2004年法国有部电影，叫《放牛班的春天》，里面有个老师叫马修。他去新学校教课，结果一进教室就被学生来了个下马威。先是被绊了一脚，摔了个跟头，包掉地上了。接着，这帮学生把包给抢去了，你扔给我，我扔给你，闹得不亦乐乎。马修是个老教师，哪能抢过小伙子呀，一时间，班级里面乱哄哄的。这个时候，校长来了，一看怎么回事，都干什么呢？跟一锅粥似的。

这帮学生吓坏了：完了，让校长知道了，又得挨个关禁闭了。没想到，马修说，没事，我刚才出了道题，让学生抢答呢，有点闹。就这么一个小细节，他给学生留下了一个好印象，意思就是，我和你们是一伙儿的，咱们都是朋友。后来，他又通过各种类似的事情，终于把这些“小魔王”都给征服了。

中国也有一部电视剧，我想不少七零后八零后的观众，都还有记忆，那就是《十六岁的花季》，其中也有一位老师，虽然戏份不多，但给正值花季雨季的观众留下了非常深刻的印象。不少人都写信给剧组，说要找剧中的这个童老师，诉说自己的种种烦恼。

这就是朋友型的老师，上课严肃下课活泼。上课，我是老师，我传授你们知识。下课呢，我就是大哥哥大姐姐，咱们是好朋友，可以开个玩笑，聊聊天，甚至有个什么比赛活动，师生能玩到一块儿去，相处得非常融洽。这样的老师，学生特别喜欢，因为，他打破了老师和学生之间的“级别界限”，让学生有获得自由获得尊重的感觉。但是，家长不放心，所以，这一类影视剧也会经常出现学生家长质疑老师的情节：你说你这不是没规矩吗？老师和学生之间怎么能没大没小，没有界限呢？老师不端架子，学生能害怕吗？

在现实生活中，这也是一样的，老师天天忙着和学生交朋友，违背了严师出高徒的常规，就不免让人担心升学率。

●不打不成师生

但是，称兄道弟，也不是所有的学生都能买账。毕竟交朋友你还有选择，也有自己的喜好。这对于那种非常单纯、没什么心眼，比如小学生、刚上初中的学生就会很有用。

如果换成中学生呢？他们已经进入叛逆期了，有的学生就是故意跟老师找茬作对，为啥呢？你不是老师吗？你不是有权威吗？只要我打倒权威，我在其他学生中间就有发言权了，听老师的话，跟老师交朋友，这多幼稚啊，这怎么能突出我特立独行的个性呢？

这一类的学生，大都是这种想法。像电影《阳光灿烂的日子》里面，冯小刚扮演的那个老师，跟学生就水火不相容，一转身，让学生放了一帽子煤球。而且，都不光是恶作剧了，还有赤裸裸的威胁。他有个学生，上课从窗户上跳了出去，鞋掉了一只。他就喊老师，唉，老师，你给我把鞋捡起来。什么？你不捡？那好，你别后悔啊！冯小刚一听还害怕了，他心想，怎么地，你还能给我车胎放气吗？你还能打我吗？不就一个破鞋吗，我给你就得了呗。你看，就是这样的学生，他跟老师作对就跟仇人似的。

遇着这样的学生怎么办呢？那就是打成一片。流氓型的老师，这个打是真打，不过，不是说体罚，像原来私塾先生那样打手心，没有用。《大宅门》里面的白景琦就是这种人，他一连气跑了三个教馆的老师，最后，二奶奶花多少钱都没人敢上门了。搁现在流行的说法，白景琦就是地地道道的熊孩子。那你打他手心？没用，他根本不知道疼，你越打他越乐。

所以，这个打是有技巧的打。就说这白景琦，后来家人又给他找了个先生，张丰毅扮演的季宗布。他还想跟原来似的戏弄这个新老师，把门开一半，在上面放一盒墨汁，等老师一进来，一开门，墨盒掉下来，正砸头上。

结果，这老师比他心眼还多，一看门开一半就知道这里头有事，站在门口不进去，就喊白景琦，你给我出来。最后，一盆墨汁全洒白景琦自个儿脸上了。

末了，季宗布还得处罚他，白景琦恼羞成怒，冷不丁把刀子给掏出来了。没想到，这老师不但是文状元还是武状元，一把就把他胳膊给拧脱臼了。就这么两下，把他彻底收服了。

其实，这一类老师的精髓，就是利用学生的叛逆心理。比如白景琦，总觉得老师都迂腐，那我就给你露几招功夫。季老师怎么想呢，想跟我学功夫？那你得先把文化课学好了。

你像现实生活中，有的老师喜欢用激将法也是这个道理。

●“偶像”型老师

那么第四种呢，就是偶像型老师，跟《来自星星的你》里面的那个都教授差不多。这种类型的老师最经典的代表，应该就是《逃学威龙》里面张敏扮演的何敏老师，善良又漂亮。

但是，对于这样的老师，很多人就担心，你长这么漂亮，不影响课堂秩序吗？你不得让学生分心吗？2010 年的时候就有一个老师，因为太漂亮了，引发了网友的争议。她就是被称作“最性感女教师”的朱松花。咱们看她的照片，感觉确实挺漂亮的。而且，对于一个老师来说，有些照片的尺度还挺大，穿着过于性感。所以，很多网友就觉得，她玷污了老师这个行业，显得轻浮不庄重。

其实，这些都是误解，要这么说的话，你当老师就不能长得漂亮，就不能有私生活了，这不现实。关键是，你在工作的时候什么样。

《逃学威龙》里面的何敏也好，现实生活中的朱松花也好，平时上班的时候，穿着打扮都中规中矩，顶多就是化个淡妆，性感不性感那是人家下班之后的事。

至于影不影响课堂，那得从两面来说。在大学，有的学生一看老师漂亮、赏心悦目，平常逃课的都不逃课了。至于见着漂亮老师就走神的同学，估计换个长相一般的老师，他该走神还得走神。

所以说，老师的标准没有什么固定的模式。什么样的老师是好老师，什么样的老师不好，关键就是因材施教。

比如孔子有俩学生，一个叫子路，一个叫冉有。二人都问他同一个问题：我听到一件事觉得挺好的，我能去做吗？而孔子的回答是不一样的。他对子路说，那不行，你得先问问你的父母和家人，他们同意了才行。他对冉有则说，行啊，你赶紧去做吧，想做什么就赶紧做，别犹豫。为什么会有不同呢？因为子路比较莽撞，而且争强好胜，容易冲动，就得劝他遇事的时候多考虑。冉有呢，优柔寡断，干什么都拿不定主意，就得让他多冒险。

也就是说，影视剧为了戏剧化，会把某一个方面无限放大。而现实生活中呢，完全可以上什么山唱什么歌，遇到什么学生就使什么招。

警察也疯狂

要说影视剧，有两种题材可以说永不过时。

一种是爱情题材，它吸引了众多女性观众，不管悲剧还是喜剧，只要剧情不是太雷人，主角外表不是太差强人意，大都能有比较好的票房或者收视率。

另外一种就是警匪题材，男性观众大都比较喜欢看。不管你是纯粹打打杀杀，还是玩点高智商高科技，那种紧张刺激的场面，都非常具有吸引力。可以说，在每个男性的童年时代，几乎都曾有过一个警察梦。

你看那些警察，一天天都不闲着，比如缉毒、扫黄、打击黑社会团伙，甚至潜入敌方卧底，好像上天入地无所不能，不管是拼拳脚还是拼脑力，都是一顶一的高手。

那么，现实生活中，警察真是这样吗？荧屏上的警察到底有多疯狂？今天，咱们就说一说，那些戏里戏外的警察。

●数不胜数的警察专业户

提起荧屏上的警察，细心的观众可能会发现，好像都挺面熟。这部戏里他是警察，换一部戏，他一出来，观众马上就能知道，他还是警察。也就是说，警察专业户特别多。

咱们说演员这一行，有的很幸运，在漫长的演艺生涯里面，能够尝试形形色色、多种多样的角色，比如好人、坏人，从小伙子小姑娘演到老头老太太，他（她）戏路很宽。

不过，也有不走运的。比如说第一次饰演某个角色，大家说演得挺好，从此就深入人心了。其他导演看了以后，说行，有这样的角色我也找你。久而久之，他就被固定到某个角色里面了。如果你再演别的角色，观众一看就出戏，有种穿越的感觉。

比如王刚，从最早的《宰相刘罗锅》，到后来的《铁齿铜牙纪晓岚》《布衣天子》《少年嘉庆》等等，光和珅就演了好几百集。这样他就成专业户了，很难有所突破，所以，观众一看到王刚就说，看和珅来了。

我们一说演员专业户，能浮现到你脑海里的，一般就那么两三个固定的演员。唯独警察专业户非常多，你数都数不过来。

●最执着的警察专业户

关于这些警察专业户，也代表了现实生活中不同类型的警察。咱们可以把这些警察专业户简单分类，比如香港的李修贤，他属于最执着的警察专业户，而且永远是一身正气。只要这张脸从屏幕上一出现，观众就忍不住叫“阿Sir”。不但观众觉得脸熟，而且还带着一点尊敬的心态。

话说李修贤演警察痴迷到什么程度呢？自编自导自演。1987 年的时候，他还专门成立了一个公司，叫万能电影公司。无论影视界如何变迁，他自编自导自演的几乎全是警察电影。

1986 年，《英雄本色》带动江湖片潮流，他在拍警察电影；1987 年，《倩女幽魂》带动鬼怪片潮流，他在拍警察电影；1988 年，文艺片风行一时，他在拍警察电影；1989 年，赌片纵横天下，他在拍警察电影；1990 年，无厘头喜剧片兴起，他仍然在拍警察电影！最后，他演别的角色观众都看不习惯了，就像他在古装片《碧血剑》里面演的那个金蛇郎君夏雪宜，就有媒体评论说，感觉他演的是警察侠客，看电影的时候就总觉得他腰里藏着一把手枪。

当时还有一个警察专业户，叫陈欣健，他做演员之前就当过总警司，属于科班毕业，可谓本色出演。他都感慨说，我当警察，都没有李修贤演得像警察。

有人问，李修贤怎么这么大瘾呢？因为，他原来就有报考警察学校的经历，他是真崇拜警察，真心向往这个行业，曾经一心一意想当个真警察。结果，在最后关头被他妈拦了下来，说不行，警察多危险呢，你看那电影里都演了，整天打打杀杀的。就这么着，警察没当成，他当上了演员。现实生活中实现不了，干脆就在荧幕上过过瘾吧。

因为内心带着一种对警察的敬佩和向往，所以，看他演的警察，基本都是一个模子出来的，全是英明神武的高大全形象。

那么，警察真都是这样吗？肯定不是。所以，有的媒体甚至评论说，李修贤演的警察拯救了香港警察的威望。

为什么这么说呢？

二十世纪五六十年代的时候，香港的警察和黑社会互相勾结，比较黑暗，所以到了八十年代初，香港警界就是廉政公署的重点打击对象，社会名声非常不好。而李修贤的电影，在一定程度上扭转了警察的公众形象，就从这一点上来说，香港警界应该给李修贤发个荣誉奖章。

●警察到底有多潇洒

说到陈欣健，有的观众可能说了，他确实不像警察，你看人家李修贤，还有什么尤勇、董勇、王学兵，穿着警服往那儿一站，一身正气。

你看陈欣建，一看长相就不怎么威严，而且，他演的警察不少都是喜剧片形象。像《逃学威龙》《奇谋妙计五福星》，有点搞笑的成分在里面。其实这也属于一类，就是最不像警察的警察专业户。

那么，警察非得都是帅哥，或者一身正气吗？也不见得。

比方说美国，美国的影视作品就常常把美国警察塑造得风度翩翩、威猛无敌、机智过人。但在现实生活中可不是这样。有一个二十七岁的美国姑娘贝克通过警察测试，成了加利福尼亚州奥克斯纳德镇的一名警察，结果，这事儿让她自己都很震惊。

为什么呢？她本身就是那种小太妹型的，鼻子上面还戴个铜环，平常既酗酒又吸毒。1994 年的时候，她就因为吸毒被判刑了，1997 年的时候，她又因为在公共场合酗酒被逮捕了。就这么一个打扮狂野，还有前科的人，竟然通过了测试。

这是怎么回事呢？按理说，选警察应该经过层层筛选，最后择优录取。但是，美国由于经济发展，创造了大量的就业机会，也给大家伙儿提供了更多的选择。在不少美国人看来，警察这工作又累又辛苦，有时候还有生命危险，还不如去选择那些既轻松而又容易挣大钱的工作。这样，全美各州的警察部门目前几乎都遇到了同样的问题：前来应征警察的人越来越少，而且符合招考标准的人也不多。你看美国人喜欢吃快餐食品，又都比较宅，所以胖人多，许多前来应征警察的美国人体能非常差，都没办法通过最基本的体能测试。就这样，警察招募工作就成了一个大难题。

据说，克林顿执政的时候，就要求警方招募十万名新警察。但是，这么多人上哪儿去找呢？到最后，甭管吸毒的酗酒的，还是有前科的，都凑合凑合，结果也就招了六万多名。你看，美国警察就荒芜到了这个程度。

于是，美国的警察部门不得不降低招收警察的标准，这也导致了美国警察的声誉一直就不太好。2013 年，有一部电影叫《辣手警花》，说的是一个飞扬跋扈的联邦女特工和一个满口脏话的女警察和俄罗斯毒品集团斗智斗勇的故事。这样的警察也存在吗？可以说在美国非常普遍。

所以，警察也不是都像咱们想象的那样，无所不能。人不可貌相，海水不可斗量，警察也一样。

在这类不像警察的警察演员里面，还有刘烨，你看他长得就没有一点威严。

在他和左小青、黄觉主演的电视剧《一针见血》里面，他就演了一个比流氓还流氓的刑警队副队长。为了破案，他甚至辞去工作，跑到罪犯的公司里当保洁，最后终于把犯罪团伙一网打尽了。这也算是一次另类的卧底。

●卧底背后的故事

说到卧底，还有第三种警察专业户，也可以叫卧底专业户。不演警察倒也罢了，只要一演警察，大部分都是在卧底中度过的。其实，不但演员有卧底专业户，警察这个行业本身也是这样。

因为你要当卧底，就跟以前的潜伏间谍似的，他对你的长相、你的应变能力，甚至你的社会关系等都有要求。如果你平常社会关系非常复杂，这边卧底呢，那边过来一个人一拍你肩膀，唉，你今天没执勤啊、怎么穿便装呢？这不就露馅了嘛！所以，每个地区的卧底警察，也会固定那么几个人。

属于这一类演员的卧底专业户，最有代表性的就是古天乐。比如，他演过的《贼公子》《龙在边缘》《导火线》，等等。

而且，古天乐演卧底警察经常都是差一点假戏成真，都快跟自己要监视的犯人产生感情了。在电影《贼公子》中，为了搜集第一手证据，他打入了一个盗窃团伙的内部。最后，在他的努力下，三个盗窃分子终于被抓了个现行。因为拒捕都被枪毙了，他反而伤心了，想到自己和盗贼昔日相处的情景，干脆警察也不干了，就辞职了。

香港还有一部警匪片叫《砸牌女警队》，为了抓到专门杀舞女的变态杀手（吴孟达扮演），七个女警察假扮成舞女去歌舞厅卧底。结果因为入戏太深，天天一大早起来，七个女警花就开始练习，比如“老板你好”、“老板再来呀”，还跟别的舞女争风吃醋，到最后，差一点就忘了自己来干什么的了，就是因为扮演舞女角色太专注了。后来好不容易阴错阳差把这个变态杀手给制服了，警方一看，你们这舞女做得太红了，方圆多少里你们都出名，干脆你们别回警队了，回来还影响警队形象，你们接着做舞女得了。就这么着，本来是卧底，最后假戏成真了。

那么，像这种假戏真做的卧底警察有没有呢？美国就有这样的例子。

咱们前面说了，美国经济比较发达，基本上你干啥都比做警察挣钱，所以，美国加利福尼亚州的警方好不容易招够人了，这时来了一个任务。为了掌握一个贩毒集团的活动情况，警察要在贩毒者经常活动的街区附近乔装打扮，埋伏卧底。因为要做好长期斗争的准备，所以他们开了七八个卖水果、零食、报纸、五金之类的小商店，用来掩护身份。警察一个个都伪装成店员，昼夜监视该街区的犯罪活动。

过了半年，警方在掌握了足够的线索后，终于突然出击，把贩毒集团一网打尽。本来这应该是个喜剧结局，但是不久之后，意想不到的事儿发生了。曾经装扮过店员的警探，十个里有八个都辞职了。怎么回事呢？原来，在监视罪犯期间，他们发现在那个位置开小商店实在太赚钱了。在这半年里，他们平均每个月盈利八千多美元，有这么多钱我们为啥还拼命当警察啊？结果，警察集体下海了。

你说好不容易招上来的人，结果又跑了。

你看影视剧里面的警察形形色色，什么样的都有，生活中的警察也同样是千奇百怪的。比方说，不少观众都觉得警察都是铁血硬汉，不怕死。实际上，不管什么职业都有不敬业的人。日本就出过这么一个事儿。

话说一群日本警察逮捕罪犯，他们把罪犯的汽车给包围了。但是没人敢靠前，就站在那儿围着，最后罪犯沉不住气了，决定突围。这个时候意想不到的事发生了，罪犯往外冲的时候手里拿着凶器，警察一看，吓得转身就跑。这一幕被电视台的记者给拍了下来，后来还在电视上反复曝光。

所以说，警察也不像咱们想象的那样，一天天不是缉毒扫黄就是去做卧底，他们的生活没有那么疯狂。事实上，警察根据工作内容、工作场所、受管辖的机构不同，可以分为很多种，最常见的有民警、刑警等。咱们日常生活里最常接触的，主要是民警，有事找警察，找的就是民警。

那么，影视剧里面，演的主要是刑警。有的地方还从刑警中细分出缉毒警察，专门办一些大案要案。

其实，不管哪一种警察，无论职责大小，都在我们生活当中充当着必不可少的角色。比如民警的工作，你要拍成大片肯定没什么意思，不怎么精彩，也用不着打打杀杀，无非就是处理民事纠纷，调节邻里矛盾等生活琐事，那也用不上高智商高科技。但是，我们平常生活中，最离不开的就是他们。

民工这样活

说起民工，可谓老生常谈了。

和民工有关的影视剧那太多了，咱们大家比较熟悉的，塑造民工形象比较经典的有这么几个演员，黄渤、赵本山、王宝强。周星驰在《长江七号》里也塑造过不一样的民工形象。

但我说出这几个演员的名字，可能有人发现了，怎么最经典的民工形象都是笑星塑造的呢？这是个特别有意思的现象。

在大家印象中，民工应该是比较苦的生活状态。至于为什么大家认可的民工形象恰恰是笑星塑造的，这个有点讽刺有点让人捉摸不透。关于民工的话题也比较多，比如乡愁、欺骗、爱情和下一代。

那么，背井离乡，期待衣锦还乡的民工们有着怎样特别的感受？花花世界，单纯的他们怎样面对城里的欺骗和陷阱？笑和泪，为何在他们身上如此明显？

●新一代民工的乡愁

民工和城市的工人有什么不同呢？民工是外来人口，人家原本是种地的农民，生活在遥远的乡村。

由于社会的不断发展进步，可能是这地不适合再种了，也可能是地还能种，但城里挣钱更快更多，于是为了更好地生活，民工背井离乡丢下自己心爱的姑娘。有的民工丢下自己心爱的孩子和老人，跟着包工头来到城市，靠着自己的一身力气挣点辛苦钱。

那么，既然背井离乡，就会有乡愁，就会想家。想家的时候有人唱费翔的《故乡的云》，有人唱李琛的《窗外》，但不管唱什么，这都是乡愁。不要小看乡愁的影响，韩信当年利用乡愁的作用，给楚霸王的军队唱歌，把项羽给灭了，这叫四面楚歌。

乡愁时间长了，还会形成心理疾病。这心理疾病要是严重了，就会表现出什么现象呢？说出来可能有点极端。

2004 年，湖南农村有个李老汉，他听说福建有个工地招民工，就带着同村的左老汉，哥俩一起去福建当民工。结果去了以后发现，没有想象中那么好，工作很苦，条件很差。过春节时，春运车票太紧张不舍得买高价票，没回家，就在工地过年。老板给发了点过年福利，每人一斤散装白酒。就是这白酒，把左老汉给喝成脑瘫了。工地老板拒绝支付治疗费用，结果这左老汉就死了。

这时候，带左老汉出来的李老汉想不开了，乡愁的心理影响集中爆发了。他就说，左老弟是我带出来挣钱的，钱没挣着命丢了，既然我把他带出来了，我还得把他带回去，我得让他回家。这是湘西人的老传统，人死了得回家。于是，李老汉就背着左老汉的尸体，一路搭客车，朝着湖南老家走。路过广州时被警察发现了，在民警的劝说下，他把尸体就地火化了。

故事讲到这儿可能有的观众觉得挺熟悉，没错，这是个真人真事儿，后来被张杨导演拍成了电影，就是赵本山演的喜剧公路片《落叶归根》。

这个片子出来以后，很多影评家，也就是所谓的专业人士，对这个片子的评价特别低。他们说，农民工这么悲惨的事儿，你拍成喜剧，你调侃他们，就批评这个电影不尊重农民工，影响不好。这些人持有的观点有没有道理呢？有一定道理。但在 2004 年那个时期，农民工最缺的不是尊重，而是关注。当时他们很多人被拖欠工资，生存状况都成问题了，他们最需要的是社会的关注，最需要解决物质问题。

在这种情况下，你谈尊重还有什么意义？！

事实证明，反映农民工当时困难状态的影视作品，只有喜剧是最有穿透力的。因为只有喜剧才能更大程度地展示这个世界的荒唐之处。观众一边看，一边笑，他们才能接受更多悲惨的信息。有的导演也拍民工，但是看着太苦闷了，观众受不了，不看了，这样反而让民工失去了被关注的机会。

所以，这就解释了咱们在开头提出的问题，为什么大家心目中成功的民工形象都是笑星塑造出来的。因为民工的生活太苦，要用其他形式展示出来，太残酷，观众看不下去。只有用这种乐观的或者是讽刺的，或者带点类型化的喜剧表演，才能让观众持续看下去，最后记住这个形象。

卓别林大师是喜剧高手，但要真把他的作品拿出来挨个看你就会发现，他的每一部戏剧作品，讲的都是苦命人的故事。

●民工面对的各种各样欺骗

咱们前面说了，农民工都有乡愁，其实这乡愁可以给人带来悲伤，也可以带来快乐。因为乡愁的尽头有可能是小规模的衣锦还乡，所以有盼头。民工在外头吃苦受累为了什么呢？有一天挣够了钱，回家盖房子，娶媳妇，或者供孩子上学。总之，一到过年，带着工钱，回家团圆，这可能是一年中最快乐的时候。当然，得过了春运这道坎儿。

有人可怜民工说，你看春运的时候，民工们好多连个坐票也没有，就躺在地上，窝在角落里，这一路挺受苦的。其实他们这个时候心情倒是很快乐的，因为对于他们来说，吃苦是家常便饭，春节回家的时候是满载而归的时候，想到能过个好年，这个坐车的过程其实还是很幸福的。但前提是，他们拿到了工钱。如果他们的工钱被拖欠或者被拖黄了，遭遇了欺骗，那才是真正的可怜。

最近几年，政府整治拖欠民工工资问题的力度比较大，民工的生活状况有了很大改善。但是在前些年，这种悲剧还真挺常见。王宝强和徐峥演的一个喜剧片，叫《人在囧途》，就是在《泰囧》之前拍的那个电影。影片讲的就是王宝强演的农民工，没挣着钱，一路讨债，一路回家过年的故事。

王宝强这一路上挺高兴，他很单纯，心想，把债讨回来，这不就有钱了吗，不就可以回家好好过年了吗？这个人物有一定的代表性，民工这个群体由于他们出生在农村，思想相对比较单纯，遇到事情想得简单，容易吃亏。这王宝强路上就遇到了徐峥演的这位成功人士，一个大老板。俩人欢喜冤家，一路上冲突不断，发生很多搞笑的事儿。徐峥一路上就觉得很不可思议，说王宝强实在太单纯了，这样不行，社会这么多陷阱，肯定会被欺骗的。王宝强不相信徐峥说的话，一路上很乐观，反倒把徐峥给感化了，觉得人和人应该以诚相待，单纯才能幸福。

影片的结尾特别值得琢磨，王宝强和徐峥一个思想单纯一个思想复杂，最后事实证明他俩谁是正确的呢？徐峥是正确的。

因为王宝强饰演的民工后来的的确确没有要到钱，他白忙活了。这个老板不想给钱，把他踢给债主，让他去替老板讨债，讨来了就有工钱。但这是个混账逻辑，你欠我的钱就是欠我的债，我卖力气挣钱，天经地义。凭什么你的债要我来帮你讨呢？所以王宝强这个角色最后没有要到钱，他还是个受骗者，而他过年回家的钱，是徐峥出于怜悯，自己掏腰包，冒充债主付给他的。

这是个喜剧，一路看过来，观众都会觉得很欢乐，结尾也充满了人间的温情，正能量。但咱们站在农民工的角度再仔细想想，结尾非常悲哀。王宝强这角色不是乞丐，他有力气，也付出了劳动，但劳动最终不能换来他应得的报酬，却要靠有钱人的施舍，才能过上一个好年。这种情况，在几年前并不少见。

王宝强总演这种受骗的民工。在更早的时候，冯小刚拍了一部电影《天下无贼》，讲的也是这个道理。王宝强演的这个河南民工，到西藏去打工，挣了五万块钱，准备衣锦还乡，回家盖房子，买家电，买牲口，娶媳妇。

他坐火车回家，结果这一路上风起云涌。当然这些人里头，有想害他的，有想帮他的，但大家注意，不管是想害他的黎叔，还是想帮他的那两个雌雄大盗，有一个人跟他说了实话吗？他们全都在骗他，甚至身为正义化身的张涵予演的刑警，也骗他。这也反映了很无奈的现实，农民工的确好骗，不管是他的老板，还是社会上的人。在当时那几年，他们没有什么太好的办法，只能寄希望于人们的良知。

要是遇到没良知的呢？

2005 年有个电视剧非常火，在各个地方台收视率非常高，影响也很大，叫《生存之民工》。这部剧的结尾就比较惨，民工为了讨回自己的工资，和建筑公司斗智斗勇，历尽千辛万苦，后来好不容易就要拿到钱了，却被工程负责人给卷跑了。这里头的故事很多都是现实中发生过的。

这部电视剧中一个演民工的小配角出了大名，后来还拿了金马奖影帝。这人是谁呀？黄渤。他在剧中演民工薛六，演得非常好。

●民工爱生活

黄渤当时演这部剧的时候还没有名气，为了演好这个角色他非常努力，整天和民工住在一个工棚里头，吃一样的，住一样的，慢慢就培养出纯正的民工气质。

这种培养出来的民工气质，再加上黄渤本身的长相，有时候出门还真被人当成民工了。有一回他去手机店买手机，看上了一部，拿过来就问，这个手机多少钱啊？服务员看了他一眼，说了俩字，很贵。然后就走了，人家真把他当民工了。

当时是十年前，民工的工资没有现在这么高，可能也就一千左右，手机两三千，相比之下的确很贵。售货员心说，你一个月挣那点钱，买什么手机啊？

黄渤在剧中塑造的薛六这个角色，为什么让大家这么喜欢呢？因为大家从他身上看到了民工的另一面。一般来说，我们总觉得民工在城里干活，就是劳动，没别的本事。但黄渤演的这个民工非常热爱生活。他对爱情对未来都有追求，让人感觉这才像一个正常的人。比如，他喜欢上一个也是从农村出来打工的失足少女王家慧，为了这个失足少女，可以说薛六不顾一切，毫无保留，敢爱敢恨。这就是这个角色最可爱的地方，虽然长得难看，行为举止很粗暴，但他追求幸福的举动非常勇敢。

在此之前文艺作品里出现的民工形象，主要以苦为主，主要表现他们多么不容易，或者文化程度多低。但黄渤这个角色给了大家一个新的概念，那就是民工也有追求幸福的愿望，民工再苦，也热爱生活，甚至比城里人更热爱生活。这部剧是管虎导演的作品，这种表现方式比较写实。有的导演更大胆，把民工的生活描写得非常梦幻，可以说，营造了一种非常理想化的民工生活状态。

这就是周星驰的《长江七号》。

其实，周星驰对民工的了解未必有多全面，但是难能可贵的是，他关注这个群体。在《长江七号》里头，他演的是一个身为民工的父亲周铁。周铁是周星驰作为演员的最后一个角色。为什么说他营造的民工生活很梦幻呢？通常农民工的子女有两种生存状况，一是留在家乡，和老人一起生活。这也成为一种社会问题：留守儿童。另一种呢，打工的父母把孩子带在身边，生活在城里，但孩子没有城市户口，入托、上学都很麻烦，而且费用往往很高，可能两口子卖力气挣的那点钱，光给孩子交学费了。

这个问题现在政府正在努力解决，但在前几年，这也是比较严重的问题。而周星驰电影里头呢，爸爸一个人带着孩子在城市做民工，还把孩子送进贵族学校，这其实只存在于理想中。

周星驰演的这个周铁，和真实的民工一样，工作很辛苦，很热爱生活，对未来也满怀希望。但是影片中是靠什么来解决周铁一家的现实问题呢？没文化，教育面临困难；没保障，工地受伤没人管。靠谁呢？靠的是外星人。换句话来说，周星驰是想不出好办法的，他只能通过自己的电影，歌颂生活的美好，然后呼吁大家关注这个群体。

真正能解决农民工问题，保障农民工利益的，就是大家的关注和相关法律法规的制定。

当然，社会在进步，今天的农民工生存状况，已经比前几年好很多了，各方面的保障也多了，收入也相对提高了不少。这是社会与时俱进的表现，我想，这其中也有文艺作品对这个群体的关注，及其所带来的积极效应。

私家侦探有点悬

有很多朋友非常喜欢看一些侦探推理片，觉得这些侦探实在太牛了，像福尔摩斯、大唐狄仁杰，还有卫斯理，那都是大名鼎鼎的传奇神探。

这些人就像古代的侠客一样，别人有难，请他出山。只要他一出山，一切问题就都解决了。他们上知天文，下晓地理，逻辑思维非常缜密、严谨，什么事情他一琢磨，干净利落地都解决了。而且，他们还会武功，关键时刻擒拿犯罪分子都不在话下。

就好像这些人无所不能一样。那么，现实情况是不是这样呢？现实中私家侦探是不是也像影视剧里头这么牛呢？

推理办案，侦探到底有多大权力？跟踪调查，他们又如何规避风险？昔日英雄，而今为什么鬼鬼祟祟？怀着侠客心，却成了阶下囚，中国的福尔摩斯到底怎样实现他们的梦想？

●侦探在中国是灰色行业

有一点我提醒大家注意，电视剧里的这些私家侦探，比如福尔摩斯，那是外国的。狄仁杰倒是中国的，但他是古代人。好不容易有个现代的卫斯理，还是小说中虚构的，属于科幻性质的人物。所以，数来数去就发现，没有一个是当今中国真实的私家侦探。这是为什么呢？因为在中国，眼下的私家侦探不是完全合法的。

为什么不完全合法？我给大伙儿举个例子。

二十世纪九十年代，我国有一部电视剧，叫《爱情女侦探》，里边有俩女孩，一个叫橘子，一个叫素素。她俩同时爱上了一个男人，而这个男人很不地道，脚踏两只船，我跟你谈恋爱，我也跟她谈恋爱，我两边都骗。

最后，这俩女孩通过一些蛛丝马迹发现真相了，这俩人合伙把这男的收拾了一顿。收拾完之后，这俩女孩同病相怜，就在一块儿聊天，就聊这男人多可恨。她俩心想，通过这件事，你想想，这天底下不知道还有多少这样的男人在骗我们女人呢！咱俩既然有查找真相的能耐，干脆，咱们合伙开个侦探社，专门调查这种事，看哪个男的骗女的，包括已婚男人的婚外恋，看他怎么骗自个儿老婆。于是俩人一合计，就打算开一家爱情侦探社。

但是开爱情侦探社，首先要到工商局去注册。因为你是个企业，是个公司，结果碰到难题了，工商局不给注册，为啥？那个时代中国的私家侦探社是违法的。1993年的时候，公安部就下了一个通知，禁止开设任何形式的私家侦探社。为什么它是违法的呢？开侦探社，做私家侦探，你首先得有侦查、调查别人的权力。在我们国家，侦查的权力属于公权力机构，是在公检法司法机构，个人是没有调查权力的。你侦查别人的这些手段都是不合法的，只有被公权力机构赋予权力的公务人员才能干这个事。像公安局的人、检察院的人，只有他们才有这样的权力，所以，个人干这样的事是违法的。

橘子和素素俩人一琢磨，不让明着干，咱就偷着干吧。她们就改成另外一个公司，叫什么商务咨询公司、信息服务公司。

现在看中国绝大多数私家侦探社，它注册的名字都是商务咨询、信息服务等，没有一个叫私家侦探社。后来中国加入 WTO 之后，好多领域要开放，在西方国家私家侦探社是合法的，怎么到中国就不合法了呢？有时候，公权力确实管不了那么多的事。

我举个例子，比方说俩人离婚，这女的就说这男方有婚外恋，有过错一方在分家产的时候是要吃亏的。类似这种离婚的案子，中国遍地都是，如果这事也让公安局给你去调查，它不现实，因为警力资源有限，忙不过来。这也是我们经常所说的，清官难断家务事，这个时候怎么办？只能求助私家侦探的力量调查取证。因为社会有这种大量的需求，它必然催生出大量的私家侦探社，所以中国一点点开始对它解禁了。

解禁是解禁了，但不能以私家侦探社的名义注册公司。

●操侦探的心，干记者的活

私家侦探社不但注册受到限制，而且业务范围也是受到严格限制的。

比方说，警察部门限于警力管不了的太烦琐的事，你来管。凡是能归警察管的，私家侦探社一般都不能插手，比如刑事调查。比如有人被杀了，家属雇你给他调查调查，这个事一般都找不到私家侦探社。

私家侦探社的业务范围是什么呢？给大伙儿举个例子，比如电视剧《北京人在纽约》，姜文在剧中饰演王启明。王启明跟老婆郭燕俩人来到美国，隔了不长时间，他找不着自己老婆了。这时候，王启明就找到私家侦探社，把老婆的照片及相关信息提供给对方，你给我找找，看我老婆郭燕去哪儿了。这是私家侦探社的一个重要业务。

现实生活中，哪个人的家属丢了，也贴个告示什么的，有时候公安局的警力涉及不到那么大的范围。要是有私家侦探帮你到各个地方去找，它的专注性可能更强。

私家侦探第二大业务是什么呢？调查一些重要信息。咱们都知道，要账是一件挺头疼的事。我知道你公司有钱，你也有固定资产，到法院去告，法院也判了，你必须得还钱。但这公司是老赖，我就不还钱，我没钱，资产都转移了。你要让法院去调查、去执行，成本高，非常难办。有时候没办法，只能让私家侦探去调查。比如，这个公司的钱都去哪儿了，他的固定资产转移到哪儿去了。

所以，有关财务和财产的调查，这是私家侦探的第二个业务。

第三个业务也是现在最常见的，就是我刚才提到的婚姻感情问题处理。2007年，有一部电影叫《十面埋妇》，可能很多人都没有看过，是韩乔生主演的，他主演的电影就很可乐了。老婆发现老公手机里总有一些很暧昧的短信，她就嘀咕，这是怎么回事呢？于是，她就找私家侦探社，你给我调查调查，我老公是不是出轨了，是不是有外遇了。就这么着，私家侦探开始跟踪这个男的，最后查到他跟哪个女的在一块儿。

这可能是中国当前私家侦探社接得最多的业务，有人说这个不侵犯个人隐私吗？确实侵犯个人隐私。所以，现在的法律对这方面有严格规定。但有一些特殊情况，比方说名人去看电影了，名人到饭店吃饭了，这时候你拍他，这不算侵犯隐私，为啥？因为这些人是在公共场合活动。什么叫侵犯个人隐私呢？比方说，在宅子外边安装针孔摄像头，或者潜入人家卧室安装窃听器，这绝对侵犯人家隐私。

你的侦查范围，是在公共场合还是在私人场合，这是违法犯罪与否的最关键一条。你跟踪一个出轨的男人，发现他跟哪个女的在公共场合见面了，俩人逛商场，俩人烛光晚餐，俩人如胶似漆，这不违法，因为这是在公开场合。但是你跟人家进了楼里头，一看人家进屋了，你也从窗户跳进去，躲在人家床底下听，要不就在人家厨房里安个摄像头，甚至在车里头安窃听器，跟踪人家手机，其实这都违法，因为这是人家的私密空间。

所以，这个界限是否逾越，是中国现在的私家侦探打擦边球的一个重要原因。关键就是，到底你有没有进入人家的私人空间？你要没有进入就不算，你拍到人家在商场里见面了，然后搂着对方的腰、拉着对方的手，甚至在公开场合很亲密，这都无所谓，这就可以当作证据。法院要判离婚的时候，男方有出轨现象，财产一多半得给女方，所以，这是它满足市场需求的一个重要层面。

有人说，他干这个是不是挣钱挣得挺多？不是。这种业务，要是没有什么特殊要求的话，接一单也就是五千到一万这个费用。大伙儿琢磨琢磨，他为什么挣不着钱。有人说就跟那么几天，挣五千到一万不少了。但问题是，跟踪这事不是一个人能完成的，如果你被跟踪对象发现了，你就彻底失败了。我们举个例子，比方说这男的在外边金屋藏娇，这私家侦探得知道他住在哪儿，他买的房子在哪儿，这一路跟下来，他进楼里头了。电梯里就两三个人，大眼瞪小眼，人家上十楼，你也上十楼。这人我没见过，搁谁心里都得怀疑。所以，跟踪不是一人能干的，怎么干呢？我跟着你进这个楼了，电梯你按十楼，那我就按十一楼，或者按九楼。我一看你在十楼下了，我就记住了，下次我再跟着你的时候，同时，我派另外一个人就在十楼那里等电梯。然后通过余光一扫，比方说你进了1002室，10楼2号门，你拿钥匙开门了，没错，确信你就住在这儿。

所以，这得两个人相互配合。咱们前面说过电视剧《爱情女侦探》，光橘子和素素两个女孩干不了跟踪的事，她们又找了哥俩来帮忙，这哥俩一个叫土豆，一个叫地瓜。你琢磨琢磨，这五千到一万，好几个人一分，再加上侦查过程中又得坐车又得买道具，最后也就剩不下多少了。

所以说，私家侦探社很难就靠这个活着，但是有一些特殊需求。哪个女大款说了，我就要你调查调查我老公，你只要调查出证据，我给你多少钱。注意，这个时候为了能够得到一手的证据，有很多私家侦探铤而走险，就干了侵犯私人空间的事。而一旦侵犯私人空间，又被发现了，这个人是一定要受到法律惩处的。

所以，私家侦探是一个高危行业。为了挣钱，往前多走一步，可能就成了违法犯罪，这种事在国内出过不少。

●违法侦探，不伦不类

2009年的时候，重庆有一家私家侦探社，对外叫重庆邦德商务咨询有限公司。说是商务咨询，其实就是私家侦探。

那一年，这家侦探社被抓走了六十多人，说涉嫌违法犯罪。怎么违法犯罪了呢？要账要出事了。我们前面说过，私家侦探也负责调查财产信息。一开始这家私家侦探社只是信息调查，后来债主一看，你都给我包了得了，你负责把账也给我要回来。欠账还钱，杀人偿命，天经地义，如果找法院的话，它需要一定时间，而且是有成本的——时间成本。在这个过程当中，可能那个欠债的人把财产都转移了，就来不及了。所以，有的债主就选择了这种黑道式干法，你把账给我要回来，我给你百分之多少。有的私家侦探社在这个基础上，为了多挣钱，就发展成了黑社会性质的犯罪团伙。

这个邦德咨询有限公司就干了这个事，强制要账，跟黑社会、古惑仔干的事没什么区别。咱们有的朋友看过王晶执导的电影《澳门风云》，其中一个人欠了账了，黑社会找他要账，把他和他老婆给抓来了，你还不还？不还不要紧，把你老婆送到哪个妓院去，先接客三年。要是你还是不还，就把你的肾挖出来卖了，就完全采用黑社会的方式来要账。

重庆这家公司也是用这样的方式。他们抓到欠债的人，你还不还？欠债人说我真没钱。于是，他们就把他弄到重庆歌乐山上，挖了个坑，把他往坑里一放。来，给我填土。你不还，就活埋你。结果，把这人给吓得都尿裤子了，一个劲儿地说，大哥，我真还不起，我没钱。好，那就埋你。有人拿铁锨就往里填土，土都填到脖子上了，这人受不了了，我还，我还，就算借钱我也还。最后，就用这个方式把账要出来了。

可以看见，这是粗暴侵犯人身安全，侵犯人身权利，这可是赤裸裸的犯罪！最后，警察一举打掉了这个犯罪团伙。所以说，中国现在的私家侦探是高危行业。它要想生存，有的时候就可能打擦边球，干点违法的事。否则，你挣钱很困难。想挣点钱，有可能就越界，所以这行在中国非常不好干。

也有的人总觉得，这一行神秘、刺激、有意思，而且这事要是成功了，还算行侠仗义呢！其实，有这种想法的人不在少数。

●侦探身份侠客心

咱们看过电视剧《黎明之前》，吴秀波饰演刘新杰是一个卧底。人们看待私家侦探，就和看卧底的心态差不多。

一开始，你做卧底的时候，很得意，谁也不知道我是卧底，我真干成点事，很有成就感，我把你们都骗了。可是时间长了他就发现，这卧底太危险了，时刻得戴着面具，谨小慎微，做梦说梦话都害怕。时间一长，他有一种深深的恐惧感，由开始欣然自得，到最后坐立不安。

私家侦探也是这么一回事，一开始入行的时候，觉得自己这事了不得，行侠仗义，我把你们都糊弄了，你们谁也不知道我的存在。他越干越发现，这行很危险。

至于福尔摩斯那些人，其实那是文学的演绎，有没有原型呢？也有原型，也有人真能做到。但是这样的人，一二百年才能出一个。福尔摩斯的原型是谁呢？他是十九世纪世界上最有名的私家侦探，名字叫维多克。

他干私家侦探一直干到八十岁，这个人厉害在什么地方呢？他就是一本百科全书，就像福尔摩斯先生，物理、化学、生物、天文，这些知识他都懂。只有借助这些学识，他才能根据复杂的犯罪场面，判断出哪些是有价值的线索。而且，他还精于化妆，很会演戏，他就曾经化装成一个绅士，获得一个犯罪团伙老大的信任，最后把案子给破了。除了丰富的知识，他还懂人情世故，对各种人的生活状态和心理状态，他都非常了解。所以，能成为一个鼎鼎大名的私家侦探，这个人的能耐大得不得了，他懂得非常多。

举一个例子。有一个公司发现财务上有笔钱不知道去哪儿了，没查清真相前，公司里头所有人都是嫌疑人。老板就找维多克帮忙，维多克把这些人都找过来，挨个儿调查一番，最后得出结论，就是负责管财务的女人干的。这个女人四十多岁，再一问，她就招了，是她把钱给弄走了。他怎么判断出来的呢？这个女人是个老处女，性格很孤僻，可最近一段时间很阳光，也打扮起来了，擦的还是很贵重的香水，还一天天乐呵呵的。这说明这个时候她开始谈恋爱了，用很贵重的香水，说明她有钱了。而且据调查，她跟一个岁数比她小的小白脸交往，她没钱人家能跟她吗？她以前穷成那样，就是一个工薪阶层，怎么突然就有钱了呢？这说明有问题。

影视剧塑造的侦探形象，其实只是一种艺术创作的需要，不过是为了吸引大家的眼球。现实生活中，私家侦探这个活不好干，风险还很大。所以，奉劝做着侦探梦的一些年轻人，最好不要轻易踏入这一行。

总而言之，影视剧中的侦探形象看似风光无限，像侠客一般享受充满惊险刺激的人生。然而，在现实生活中，却完全不同。谨小慎微，如履薄冰，甚至不得不以触犯法律为代价牟取利益。由此可见，荧幕内外，私家侦探的差距非常大。

律师不好当

近几年比较流行大叔文化，不少热播剧都是老男人主演的。比如，王志文主演的《大丈夫》，张嘉译主演的《一仆二主》，还有吴秀波主演的《离婚律师》，都挺火。

特别是这个《离婚律师》，更是被媒体称作 2014 年的“剧王”，它到底火在哪儿呢？除了吴秀波本身的魅力之外，主要就是剧里所表现的这个特殊职业——离婚律师。

咱们以前也看过不少律政剧，大部分都是TVB的港剧作品。那里面的律师，代理的基本都是一些非常重大的刑事案件。在搜集证据的时候，你看那些律师，一个个明察秋毫跟福尔摩斯似的。他们站在法庭上，戴个假发套，也是一脸的严肃，说起话来铿锵有力，一看就特别酷。

再看《离婚律师》里面，这吴秀波和姚晨，怎么看怎么都有生活气息了。那么，真实的律师究竟是什么样子呢？咱们就结合影视剧里的律师形象，说一说律师这个特殊的职业。

互摊底牌，敌我双方彻夜长谈；不择手段，公堂内外耍尽花招；玩弄法律，职业操守都去了哪儿？影视剧里的律师们，究竟是还原现实，还是娱乐大众？

●古代律师有点无赖

咱们一说律政剧，好像它都应该是现代题材的，因为现代才有律师。其实，现代律师起源于古罗马。公元前五百年，古罗马就有了比较完善的辩护律师制度，清末的时候传到中国。而在清末以前，中国也有类似的职业，不过不叫这个名，叫什么呢？叫讼师，有的地方也叫状师。

虽然不叫一个名，其实工作性质都差不多，给人写写状纸，帮人打打官司，而且本质是一样的，就是得能言善辩，特别是在古代。关于现代律师，还得具备一点侦探的技能，还得依赖证据和确切的法律条文。在古代，就全凭诡辩，能赖就赖。所以，古装剧里的律师形象，跟酷一点都不搭边。

比方说，广东最有名的是四大状师：陈梦吉、方唐镜、何淡如和刘华东。我一说这四个人名儿，周星驰的影迷至少能认出俩来。陈梦吉，电影《算死草》里面周星驰扮演的角色。方唐镜，电影《九品芝麻官》里面和周星驰扮演的包龙星打官司的那个人。据说，这俩人还是师徒关系，方唐镜是陈梦吉的徒弟。

话说这俩人在电影里的形象都不怎么样。陈梦吉，他平常的爱好是什么？嘴皮子厉害，爱耍人。方唐镜，钻法律空子，耍阴谋诡计。包括周星驰扮演的包龙星，刚开始是替补县令，后来也改做状师了。他做的第一件事就是去妓院跟三姑六婆学斗嘴皮子，你说这哪是古代的律师啊，这明明就是地痞无赖的感觉嘛！

有的人说了，那是周星驰喜剧的特色，无厘头嘛。其实，在我国律师这个行业形成规范之前，还叫讼师、状师的时候，这一行就是这样的。比方说，中国律师的鼻祖，最早的讼师叫邓析。春秋末期的郑国大夫给人打官司，用的就是无赖式打法。

当时郑国有个习惯，法律条文写在纸上，然后挂在城门上给老百姓们看，这叫悬书。比方说，法律规定，老百姓走路必须得先迈左脚。老百姓一看，哦，迈左脚，不迈左脚就得挨板子，都挺听话。

但是，肯定有人有的时候就记不住，不小心就先迈右脚了，这就要挨板子了。怎么办呢？找邓析，打官司。这邓析去了就说了，你这法律条文就不合理，怎么不合理呢？你看你规定先迈左脚，从什么时间开始算呢？那你迈完左脚之后，我停了一会，再迈右脚，这不又是右脚先走了吗？你不能用一只脚走路吧？你看，这不就是诡辩吗？结果，把审案子的官员都气得一愣一愣的，因为说不过他，他的官司就赢了。

后来，这邓析就成了老百姓的保护神了，一有老百姓触犯法律要公堂受审了，马上想到的就是邓析。邓析也不白打官司，他也要代理费，打一次官司要两件新衣服。所以，往往出现这种情景：老百姓一被抓到公堂，第一件事就是说，先别打，孩儿他妈，赶紧去借两身新衣服，找邓析过来给我说道说道。

久而久之，郑国当时的宰相子产就头疼了：这人怎么这么能说呢，黑的说成白的，白的说成黑的，那么，我这法律不就白制定了吗。他想来想去，觉得这都是邓析的错，都是他一张利嘴把老百姓给变成刁民了。干脆，我把邓析以危害社会秩序的罪名给杀了！就这样，邓析就被杀死了。

也就是说，在古代，当律师是一个非常没有前途，而且非常危险的工作。不但不酷，往往还不怎么招人待见。像邓析这种算好的了，维护百姓利益，死了之后，老百姓也替他感到惋惜。而在他之后，大部分的古代律师都什么样呢？

有不少存心不良的，他想，别的我干不了，我就一张嘴，我就靠这嘴吃饭。可是，你们都不打官司我吃什么呀？没官司我也得制造官司，所以，就有专门挑事的，这样的人就叫讼棍。

不像现在，律师们都需要严格的考核才能持证上岗，有严格的职业操守和行业规则，成了一个很受人尊敬的职业。

●现代律师打法律擦边球

也有的人说了，我看现代的律师也不尽然啊，也挺坏的，像《离婚律师》

里面的律师，就没一个纯粹的好人。就连里面的主角都挺有问题的。

比方说吴秀波扮演的池海东，帮一个富商打官司。这富商在外面有小三了，怕原配不肯离。怎么办呢？池海东给他出了一个主意：你假装说要买别墅，现在不是限购吗，你就借着这个理由，跟你原配商量假离婚的事儿，最后假戏真做，不就把婚给离了吗。

你说这主意得多损，就说作为律师，池海东明知道假离婚中所包含风险和欺骗，竟然还帮着对方出主意、做合同。

最后，这事让富商的原配知道了，气得不得了。于是，又发生了一系列在网上披露小三隐私、在众目睽睽之下给小三泼油漆的闹剧。而这一切恶性事件的发生，其罪魁祸首就是出馊主意的池海东。这让观众觉得，你看主角都这样，可见这律师都没什么好东西，都没什么正义感和是非观，都不讲职业道德底线。

说坏律师有没有呢？肯定有，任何行业都有好有坏。

首先说钻法律空子，玩弄法律于股掌之间的律师，就像《离婚律师》里面表现的那样，每一个律师都是钻着法律空子，打着擦边球，完全不顾职业操守，为了赢得官司不择手段。在现实生活中，这样的律师也有，但肯定不是人人都是这样的。

所以，这部电视剧一上映，外行看热闹，内行看门道。不是律师的外行一看，俊男美女，浪漫的爱情，还有家长里短，都是身边的事，挺好看，挺热闹。律师一看都气坏了，不少律师看完电视剧都上火，这不是给我们行业抹黑吗？我们平常的工作哪是这样的啊！

而且，《离婚律师》除了剧中的职业操守，其实还有很多专业性的问题。比方说，罗鹂、池海东俩人的当事人打官司，他俩不但不互相避嫌，反而住到了一起。大半夜俩人穿着睡衣喝着红酒，坐在一起聊天，把自己当事人的底线都给摊开了谈。这事也挺玄乎，这属于没立场，在现实生活中这是根本不允许的。即使是庭下和解，双方律师也只能给对方打个电话，不能随便见面，就是为了防止自己的当事人多心，你是不是对方派来卧底的律师呀？

但是话说回来，影视剧毕竟是影视剧，它来源于生活，但是它还得高于生活，不可能是对生活的完全还原，编剧编得再有鼻子有眼也不是真正的现实。而且，要是真拍一个律师日常生活和日常工作的纪录片，咱们也不一定乐意看。

特别是《离婚律师》这部电视剧，它本身就和其他的律政剧不太一样，它是借着律师这个行业，讲的是男女主角两个律师的爱情故事，顺便揭露一下现实生活中的一些婚姻问题。

它对律师这个行业的还原，肯定就不可能那么专业。

●律师为啥为坏蛋辩护

还有的观众觉得，《离婚律师》中的这些律师都不讲行业规则，这可能是为了追求戏剧性，不那么专业造成的。但是，剧中有一个现象，是所有的律政剧里面，包括现实生活中也会出现的情节，就是为坏人辩护。

像池海东明明知道那个富商在外面养小三，要抛弃糟糠之妻，不是什么好人，为什么还给他做代理律师呢？这不是没有道德的表现吗？

比方说，被网友戏称为中国四大腐败帮凶律师之一的田文昌律师。

他因为擅长办理各类典型疑难法律事务，打过很多有名的官司，发表了不少有价值的学术论文，被很多知名节目采访报道过，本来挺受人尊敬的一个人，结果，因为帮黑社会老大、帮贪官打官司，现在骂他的人比夸他的人多。

其中，特别有名的是刘涌案。

刘涌是沈阳的黑社会老大，他被捕入狱的时候，当地媒体几乎天天让他上头条，就说这个人多么多么可恶，坏事做尽，罄竹难书，又是杀人又是放火的。所以，在一审的时候被判为死刑，老百姓都感觉大快人心。

没想到，刘涌不服上诉，这次他就请田文昌帮自己打官司。这田文昌太厉害了，把公诉人都快逼哭了。在二审的时候，有这么一个细节，刘涌说，坐老虎凳的时候你不是看见了吗？我这腿肿得都已经不行了。公诉人当时想都没想，张口就说，你后来不都好了吗？田文昌就抓住这个细节，怀疑警方有严刑逼供的行为。就这么着，结合刘涌在二审翻供的证词，把一些不利于刘涌的诉状给推翻了。最后，二审结果是什么呢？死缓两年。

这一下，社会上是骂声一片。中国政法大学有个大学生就特意给他写信，说田老师，我曾经特别尊敬你。可是，没想到你竟然帮黑社会分子打官司，你太让我失望了，我感到非常悲哀。

那么，田文昌是怎么说的呢？律师不是正义的化身，但他可以通过自己的行为来维护正义。每个人都有为自己辩护的权利，包括那些触动了法律甚至给社会造成巨大伤害的人。别管刘涌是不是真的像媒体所报道的那样，说他是个恶魔。但是，在法律面前，人人都是一个普通公民。既然是普通公民，就有权受到法律的保护。

所以，你看 TVB 的律政剧里不都这么演吗？一个人犯罪了，警方在抓他的时候都得首先说，你有权利保持沉默，但是，你所说的一切都会成为呈堂证供。被抓以后，假如这个罪犯挺穷，自己没钱请律师，警方还得送给他一个免费的辩护律师帮他打官司。这体现的就是法律面前，人人平等。

也就是说，被告人是好人还是坏人，对于辩护律师来说，这并不重要。重要的是，被告人是否是自己的当事人。而且，律师为坏人提供法律帮助，既不存在法律上的障碍，也完全符合律师职业道德的要求。有人认为律师为坏人辩护，所以律师也是坏人，实际上是混淆了律师职业道德与一般社会道德的界限。对于律师来说，在社会道德与职业道德之间，律师需要尽力或优先维护和遵守的应当是职业道德，而不是社会道德。

这就像医生治病一样，他治病的时候，不会在意他治疗的这个人是好人还是坏人。也不会去想他把这人治好了之后，这人是不是要出去杀人犯法。治病是他的职责，他要遵守他的职业道德，律师也要遵守律师的职业道德。

再回到《离婚律师》，池海东帮助找小三的富商打离婚官司，这本身并没有错。而且，作为富商的代理律师，他就应该帮助自己的当事人在离婚事件当中获得最大的利益。但这个前提是，你必须是合法的。你不能唆使自己的当事人去跟老婆假离婚，这就违背了职业道德和社会道德了。

那么，律师的职业道德是什么呢？帮助自己的当事人获得最大程度的法律权益。但是，这一切要在遵守法律的前提下进行。至于怎么在合法的前提下帮助自己的当事人，这其实考验的不光是律师的专业能力，更多的是良心和底线。

空姐的秘密

几年前，曾经有一家杂志做了一个调查问卷，主要针对高中以上的女孩子：你们最愿意选择的职业是什么？后来调查问卷收上来，哪个职业排在第一呢？空姐。

为什么很多女孩子愿意选择空姐这个职业呢？首先咱们看外形，甭管世界上哪个国家的航空公司，这空姐都是美丽、优雅、有素质的。个头、身材、长相、举止、言谈，总是令人印象深刻，很受人尊敬，这是其一。

第二呢，这些年飞机成了大众普及的交通工具。可是在过去，在人们的印象当中，飞机得有钱人才能坐。能够接触有钱人，这也成为很多女孩子选择成为空姐的原因之一。咱也不能说人家嫌贫爱富，谁不想过两天好日子？假如说要嫁个金龟婿，找个有钱的如意郎君，女孩子得奋斗多少年？如果做空姐，在飞机上接触有钱人的概率就高了。

基于这两个原因，所以很多女孩子喜欢空姐这个职业。

爱内斗，飞机上演《甄嬛传》。艳遇多，云中遭遇《浪漫邂逅》。培训难，女飞人变身女超人。万米高空上的神秘生活，空中小姐究竟什么样？

●空姐艳遇多？

那么，到底空姐有没有刚才我们说的那么吸引人呢？其实很大程度上是被影视剧给误导了。我记得 2010 年有部电视剧叫《和空姐一起的日子》，剧中姚晨饰演冉静。

后来冉静当了空姐，结果在飞机上认识的好多人都追求她，有的一见面就向她要电话，不是土豪就是大款，还有尾随她、偷窥她的超市经理，还有满小区追着向她求婚的跆拳道教练。反正好多都是有地位、有钱的，这冉静也把追求者都编了号，都编成了三位数。很多人觉得，空姐总能在云上邂逅一些有魅力的男人，好像这日子过得挺浪漫。

说起来，空姐还真是经常遇到这样的情况。因为空姐训练有素，往那儿一站，外在形象挺好，说话温文尔雅，所以很多男人对空姐产生了不切实际的幻想：哎呀，我老婆要是这么温文尔雅该多好！这是男人的福气。可能有人在飞机上就对空姐表白，但是你不能说这人道德败坏，这是“窈窕淑女，君子好逑”，很正常的事。

但是这事做得过分了，对空姐来说，那不仅不是惊喜，甚至是惊吓。

我举个例子，香港有一个演员叫李若彤，咱们好多朋友都知道她。在 1995 年的武侠剧《神雕侠侣》中，她跟古天乐俩人，一个演小龙女，一个演杨过，一个漂亮，一个潇洒。其实，她进入影视圈这行之前，就是干空姐的。

因为她的长相和她的气质很吸引人，所以在飞机上总有人向她求爱，有的含蓄一点，在字条上写下自己的电话递给她，有的鲁莽一点，直接表白“我爱你”，扑通就跪下来求婚。此外，还有更极端的人。比如有一次飞国际航班，碰到一个法国老爷们。咱们都知道法国人爱浪漫，一看这李若彤真漂亮，我就喜欢东方女人，太好了。于是，他就向她表白，从飞机上下来他就追着人家走。空姐结束工作之后比较累，需要休息休息，他就尾随李若彤进了一家酒店。也不知他用什么办法，居然打听到李若彤住哪个房间。他就打房间座机，在电话里求爱说，我爱你，我要嫁给你，我要给你生孩子，整个人都颠三倒四了。这可把李若彤吓坏了，半夜三更打电话算怎么回事，还让不让人活了，赶紧把电话线给拔了。电话线是拨了，可这法国老外不会善罢甘休。我知道你房间号了，早上的时候，人家正睡得迷迷糊糊，他就敲门去了。李若彤以为是同事叫她，是不是今天有什么航班任务啊？她就打开门了，还没明白怎么回事，就被这老外给抱住了。李若彤吓坏了，大喊“非礼”，幸亏同事及时赶来，否则后果不堪设想。

这样的事在世界各地的空姐里头，绝不是什么特别新鲜、特别罕见的事。对于这种唐突的客人，空姐只能礼貌地拒绝。为啥呢？因为在飞机上他对你表白或者追下来，他并不了解你，你更不了解他，但爱情总要建立在互相了解的基础上。至于一见钟情，毕竟还是少数。

有人说，你看空姐天天云里来雾里去，从一个地方飞到另一个地方，看着就跟免费旅游似的。不过，你琢磨琢磨空姐的感情世界，真的没有想象中那么如意。你要进入空姐这个行业，如果还没有男朋友，谈恋爱都是很费劲的。为啥？你总是在空中，接触的都是不熟悉的人，有时候回到地面也累得要死，恨不能赶紧回家睡觉去。更何况，大多数时间都是在飞机舱里待着。所以，你没有时间，也没精力去顾及那么多！

电影《非诚勿扰》里舒淇演的梁笑笑不就是这样吗？她在做空姐的时候爱上一个有妇之夫，后来她又觉得不对，想要摆脱这一段感情，可因为工作的原因，哪里能认识那么多人呢？没办法，就去网上征婚，一看葛尤演的秦奋也征婚呢，两人就这么遇见了。这个例子就可以说明，空姐在情感世界里的选择并不多。

●空姐爱内斗？

慢慢地，大家就发现，空姐往往最后选择飞行员。

他们天天一块儿工作，日久生情这是常有的事，可是这时候问题出现了。一架飞机上有几个飞行员呢？一个正驾驶一个副驾驶，就俩男的，空姐多少个呢？少说五六个，多的有十多个。这么一对比，男女比例失调，这事怎么办呢？

有人就琢磨过这个事。

2008年，泰国有一部电视剧叫《天使之争》。谁是天使？空姐。争什么？争飞行员。往往五六个空姐看上一个飞行员，那怎么办？这个戏更夸张，有一个空姐长得很漂亮，她喜欢上了飞行员，飞行员也喜欢她，而且这个飞行员还是已婚男士。其他空姐嫉妒得要死，就围绕这个飞行员争风吃醋。

在地面上也斗，甚至大打出手，弄得乱七八糟。这个戏的收视率挺高，谁不愿意看泼妇打仗？多热闹！多有意思！

可是这个戏演完之后，遭到航空公司的一致抵制。这是什么破戏，很多空姐就投诉，我们怎么都是这个形象呢？居然都追一个有妇之夫，还你打我我打你，这都赶上《甄嬛传》了，都成宫斗戏了。

当时泰国的劳工协会也提出抗议，这不真实，我们根本不是这个形象。因为泰国航空公司的空姐，多年来在国际上有口皆碑，人品、素质各方面都很高，这么演不是糟蹋我们吗？

后来，电视剧制作方站出来道歉，泰国电视台也承诺绝不再重播这个戏了。

从另一个方面来说，它也等于在告诉我们：空姐的情感世界，比一般女孩要单调得多，这都是由于工作的约束。

●空姐培训难？

也有人说了，单调虽然单调，但背着旅行箱，可以四处走走啊！

今天这儿一趟明天那儿一趟，你看看那梁笑笑，一会儿北海道，一会儿西溪湿地，日子过得多潇洒，而且据说这收入也不低。其实，你别看人家收入不低，她付出得非常多。

空姐上岗前是要培训的，这个培训过程非常艰苦。

我举个简单的例子吧。空姐每天面对来来往往的客人，不能总拉着脸吧，得微笑服务。微笑服务怎么训练？一笑露八颗牙齿。2008年北京奥运会的礼仪小姐训练和空姐训练一模一样，往那儿一站，脑袋上经常顶一本书，一顶一上午，这书不能掉下来。有的还顶个碗训练。一笑露八颗牙齿怎么训练呢？咬筷子，一咬筷子这牙齿就露出来了，然后撤掉筷子还这样。你看，不是站就是笑。所以，这一个个细节练起来就非常辛苦。

空姐上机之后，基本的服务内容你得知道。如果飞机上出现一点情况，比方说有小孩有老人的，你得知道一些医疗常识。飞机在空中颠簸，这时候出现一些意外情况，如果空姐先慌了那就完了，所以，空姐必须进行心理测试。临事不慌，然后告诉大家如何应对紧急情况。其实，这些仅仅是空姐最基本的素质。

但现在情况和过去不一样了。以前，只有有钱人和当官的坐飞机，坐飞机的人少，对空姐的服务要求没有那么高。现在有的人因为工作关系两三天坐一趟飞机，坐飞机的人一多，它的要求就多种多样了。

所以，现在对空姐的训练比过去要全面得多。比如韩国航空公司，空姐得会拉小提琴，如果头等舱哪个客人精神不好，一到飞机上他就烦，空姐就拉拉小提琴，安抚一下客人。有的得会唱歌，比如日本航空公司。飞机上乘客过生日那是常有的事，空姐时不时就得唱一段。有的还要求空姐会哄孩子，空姐得学会怎么能短时间吸引小朋友注意力，让他别哭别闹。

所以，空姐这个行当你看着挺风光，其实训练起来非常苦。

●空姐不风光

有人说，哪行训练不苦呢？你都得学啊。上岗之后就好了，熟能生巧嘛！

其实，一切没那么简单！

现在空姐面临的问题，比过去多多了。坐飞机的啥人都有，每人有不同的要求，有合理的也有不合理的。你碰上讲理的乘客好办，他要不讲理可就难办了。

2012 年，南方航空发生一件影响挺大的事，当时这空姐就够委屈的。我们都知道，飞机行李架上就那么大地方，谁先来谁先放东西，行李一多就给占满了。后来上来两口子，见没地方放行李，就让空姐过来给挪地方。空姐说，人家先来的都占满，前面有空地方，我帮您把行李箱放那儿吧。反正这飞机半道也没人下，一站到底，你到那时就拿下来。结果这两口子就嫌那样不方便，死活都不愿意，而且还骂人。空姐说，我也没得罪您，我帮您拿还不行吗？说着说着，结果就吵起来了。这两口子说话很难听，但是空姐这行有规定，乘客做得再过分你不能跟他吵，结果把这空姐给憋得够呛，就躲到工作舱里呜呜直哭。

当时，这事还引发了空姐服务标准的大讨论。其实不光现实生活中发生过，影视剧里也表现过。

其中就有这么一个情节：有一个空姐叫艾姗姗，她和乘客之间也是发生类似的摩擦，这乘客话说得很难听，她一生气，就气糊涂了，忘了关闭行李舱的门。飞机起飞后一颠簸，行李就掉了下来，把下面的乘客给砸着了。人家就开始投诉，一投诉航空公司就开会，把这事当作典型例子来讨论。大家就批评艾姗姗，你这是怎么工作呢？她一肚子委屈这时候就爆发了，这段戏演得挺精彩。艾姗姗说我容易吗？我一上班就四五个航班，一天累得要死，回家睡觉都休息不好。碰到什么样的乘客我都得受着，骂我这骂我那我都得接着，我们这行容易吗！

一些航空公司的工作人员说，她说得没错，我们这一天心里特委屈，这种非正常的事件也挺多，就只能给自个儿吃宽心丸，自个儿窝火。其实话说回来，如果每个行业的人，都只想到自己的利益，这行就没法干。三百六十行哪行都有难处，哪行也都能安身立命，如果它不能安身立命，它就不能叫行当。

在外行看起来风光无限的空姐，其实也有自己的苦恼。入职前的魔鬼训练，受尽委屈的职场生涯，以及疯狂的追求者，那么，空姐的生活真的一无是处吗？

没有任何一项职业天生是伟大的，也没有任何一项职业天生就是卑贱的。咱们都是为了吃饭，所以，求得生存是第一位的，谁都不容易。

天底下没有完美的职业。无论哪一行，你看起来风光，它里面一定有一些不为人知的东西。眼下，空姐这个职业挺受社会追捧，所以有不少野鸡大学，趁机招收空乘学员，还承诺包分配，专门骗人家的钱财。

在这里，我奉劝一下大家，千万不要被影视剧里的假象所迷惑。你要进哪个行当，你必须了解这个行当，既知道它好的地方，也知道它不好的地方。千言万语一句话，选择职业，切莫盲目！

大家必须记住一点：社会上任何职业都有它有利的一面，都有它不利的一面。不管你选择哪一行，你都要学会坦然接受，积极面对。

厨师那些事

现在，电视剧中的行业剧为什么这么火呢？因为它既有专业知识，又有人物矛盾和情节冲突，你看的时候还长见识。

有人统计过，哪些行业剧最受欢迎，大概有这么几个行业：警察、律师、医生、厨师。咱们分析一下，警察、律师和医生，这三个职业往往挺特殊，而且都挺神秘。

警察不轻易让你知道细节，律师办案子有它的行业规则，医生更不用说，咱们有病瞧大夫，大夫说什么是什么。这三个行业有时候挺神圣，有时候挺神秘，容易让人引发浓厚的兴趣。

可是，厨师这个行业特火，很多人就挺难理解，这厨师不就是做饭的吗？哪家没有一个会做饭的人？哪家过日子不起火？有的小孩儿比灶台高一点就会炒鸡蛋，这有什么奇怪的！

那么，厨房背后，有哪些不可告人的秘密？厨师也得有情怀，大厨们究竟是怎样炼成的？

●后厨门道多

你可不要小瞧这一行，这行业里面有门道。什么门道呢？

门道很多，我随便举两个例子。你看现在的一些大饭店，它的后灶往往是整个包出去的。也就是说，一个大师傅带徒弟，他自己平常也炒菜，但更多时候是徒弟炒菜。有的饭店，整个厨房的人员，其实都是一个大厨带的团队。

大厨作为一个代表人物跟饭店老板谈，有的是包工，后灶这些事我全包；有的包工又包料，比如每天买菜进菜都是我管，到时候跟老板一起算账。其实，这里面分工也很细，最低档次是什么呢？就是采购。有时候大厨兼采购，因为采购这事容易跑毛利，你说这芹菜三块五，万一市场就三块钱，五毛钱不就你赚了吗？所以，一定保证不能出现这事，否则这事就没法干了。

为什么饭店老板不能有两三个呢？你记住，合伙开饭店绝对干不好。因为饭店每天的流水账非常多，每天都有进账，前台收银的人稍微管得松一点，这账就乱套了。一个大师傅带着整个团队包工的话，往往他就能干好！

因为包工往往分工分得很细，有人出去采购，有人在家洗菜洗肉，有人归类切墩。什么是切墩呢？比方说，每天准备多少菜多少肉，就按照每天大致的客流量来算。今天可能点地三鲜的客人多，那就提前把土豆、茄子、辣椒切好。因为先做先切不赶趟。切墩是体力活，虽然他有一定的刀工技术，但更要付出很多的体力。

再往上走，就是二师傅和大师傅。二师傅也炒菜，但不是后灶的灵魂，因为他不是那个掌舵的。大师傅水平最高，有的大师傅专门负责把关，你怎么切墩我不管，你怎么炒菜我也不管，我就管火候。最后关键时刻，大师傅画龙点睛，这菜的味道就出来了。所以，后灶的人员构成其实挺复杂的。

●鲜为人知的开荒厨师

还有一种厨师叫开荒厨师。

什么叫开荒厨师？咱们平常到饭店吃饭肯定有这种体会，这个饭店新开张，咱尝尝吧。一看菜单上这菜没吃过，一尝味道很鲜，吃完之后下次还来。吃了几次，哎，这菜怎么没有了呢？或者，菜单上这道菜还有，但不是一个味了。

这是什么原因呢？其实，这就跟开荒厨师有关。

这饭店刚开张，得想办法拉回头客，得把这名声打出去，这菜就得好吃。你想让你的菜好吃，就得请高水平的厨师。可是高水平的厨师要价也贵，一般的厨师一个月给他八千块钱就可以，好厨师得要两万。不雇好厨师名声打不开，但总雇好厨师我又拿不起这个钱。

那怎么办？前两个月我把这好厨师请来，你跟我饭店的效益不挂钩，我单独给你钱。你不是要两万吗，我给你两万一，你给我干两个月，我给你四万二，你就炒你拿手菜就行了。他把这菜炒好了，大伙儿一吃真好，回头客也上来了。我这厨师是国家特一级，这奖状、那奖杯，都往墙上一贴，这名声就都传出去了。两个月之后，这大厨卷铺盖走人了。既然一个月两万一我请不起，我就换一个月薪八千块钱的厨师。

这个时候，大家吃饭都吃顺口了，菜谱如果真的换了，有时候你也不当一回事了，一喝酒就都晕了。说到底，开荒厨师就是给你打名气的。

咱们有时候到饭店去，吃的菜没了或者不是那个味了，那都跟开荒厨师有关系。所以说，这厨师看着简简单单，这门道可多了去了。

此外，厨师还分红案师傅和白案师傅。红案师傅是做菜的，白案师傅是做面点的。

●后厨纷争多

为什么咱们爱看厨师类的电视剧呢？因为后灶它本身就有一些冲突，没有冲突拍不了电视剧。有冲突，它就很吸引人。

有的大饭店后灶厨师往往不止一个，多的甚至有六七个厨师。既然大家是同行，谁都不肯轻易服气。你干这个我也干这个，凭啥说我不如你？所以，厨师之间也相互竞争。

老板凭什么请你？你有拿手菜。你红烧肉丝做得好，他宫保鸡丁做得好，我干煸牛肉丝做得好，我水煮牛肉也不错，每个人都有强项。这些强项，就是你在这儿安身立命的根本。

假如说你不服气，人家前面点了一道菜，那厨师正忙着做其他菜，趁这工夫你替他做了，这时候对方态度就不好了。

这就跟练武术的踢场子、踢馆一个道理，你等于在人家面前班门弄斧，这很不礼貌。后灶的厨师，如果谁想把对方撵走，那么他就做一道拿手菜让老板尝。老板一尝，确实不错。既然我比他好，那你还要他干吗呢？

所以，在后灶里头，“同行是冤家”是永恒的真理。

还有一句话大家也要记住：厨师不偷，五谷不收。

●厨师的“小秘密”

厨师好偷东西，这到底怎么回事呢？

因为厨师手高手低、手紧手松，结果大不相同。比方说腰果虾仁这道菜，这厨师手一哆嗦可能这里面虾仁就有十八个，他再一哆嗦可能就是二十个，差一点你能知道吗？这一盘腰果虾仁上来，你吃饭的时候和老板坐一块儿，你总不能拿着筷子挨个数吧？

再比如说，咱们在家里炖牛肉。一斤牛肉买回去，什么时候搁点凉水，什么时候搁醋，什么时候搁酱油，到最后，一斤牛肉只能出八两了，前前后后差二两。二两牛肉怎么算？所以，厨师这儿手高手低，那只能是大致的估计，这就给厨师拿东西留下很多的空间。

咱们看海清和小沈阳演的《后厨》，这边一伙，那边一伙，都说对方偷东西了：你藏着油，你藏着盐，你藏酱，你藏肉。那好，咱们检查一下吧，把每个厨师柜打开，结果每个厨师那里都有赃物。

有人说，这是盗窃，道德败坏，其实，也不能完全这么说。在中国厨师这一行，自古以来就是那句话，厨师不偷，五谷不收。往往东家觉得厨师偷点东西好，起码说明你们家富裕，不在乎那一口。如果斤斤计较，证明你是穷日子，不吉利。所以，厨师这行自古以来就是这样，他干活不偷点难受。

现在这种情况少了，过去可是很普遍。

话说有一个厨师，过年回家炒菜。厨师行业有一个特殊的特点，咱们逢年过节都在家吃饭，可是厨师偏偏赶年节。因为大户人家要请厨师到家里办宴席，所以，厨师大年三十、初一他过不了，往往初五六家宴不摆了，厨师也回家过年了。所以，厨师过的是“年后年”。这是专有名词，年后年就指服务行业的人得年后才能歇着。

厨师回家做菜，他媳妇说，今儿难得你下一回厨。因为大厨一般在家不做菜，今天有空，我就做个简单的带肉的菜。过了一会儿，他媳妇一看，油哗哗的！他媳妇说，你干吗呀？厨师愣了，哎呀，对不起对不起！我以为是在外面，在外面这么干习惯了。

所以，厨师后灶里头有好多有意思的事。

厨师这个行当，还有一点吸引人的是：菜肴的味道。咱们都有这种体会，到饭店一吃，哎呀好吃！到后灶看看人家怎么做，然后回到家买食材自个儿做，结果你发现，你怎么整也整不出饭店的味道。

●厨师也有秘技

这是什么原因呢？

原因之一就是：饭店的灶火急，那油下去火上得快。炖过小鸡的都知道，家里的高压锅和农村的大铁锅炖出来都不是一个味。饭店设备好，这也是原因之一。

其次，人家厨师有独门秘技，有专门师傅传授。人家招数比你多，这是不争的事实。你看《闯关东》里的朱家老大，为了一个酱牛肉的方子，费了多大劲。只要得到这么一个方子，我做出来的味道就跟你的不一样。

所以说，这个独门秘技特别重要。

咱们看《武林外传》里头的佟掌柜，她说，人家对面怡红楼的人特多，咱们这儿少。你李大嘴这厨师怎么当的？李大嘴说，你不就要新鲜东西吗？我给你弄八八六十四道菜。也就是说，厨师怎么能够扬名呢？

一个是，咱俩都做一样的菜，我做的比你做的好吃。再一个，我花样翻新，弄出点新菜来。现在很多厨师都考级，能自己研究出传统菜的不同做法来，然后大家感觉都不错。

李大嘴说，他那不是清蒸黄花鱼吗，我也能清蒸黄花鱼。我这味道跟别人不一样，你尝尝！大伙一尝就吐了。为啥啊？他清蒸黄花鱼用的是清水，我用的是汤水。用的什么汤水啊？最近做菜剩的汤都没扔。那都馊了，味道能一样吗？所以李大嘴当不了好厨师。

所以，每个厨师得琢磨属于自个儿的独门秘技，每个厨师都有一些自己的窍门。当然了，现在有一些厨师不大守规矩。有人说，中国现在的食品进入了化学时代，咱们好多食品安全问题就是这么引起的，比方说添加剂。

现在通过添加剂，什么口味都能给你弄出来，比如鸡精、鸭精、牛肉精都有。最有意思的是，炖鸡没有鸡肉味，那加点鸡精，这样味就出来了。

现在的科学技术就能做到这一点，比方说这水里啥也没有，加鸡精就是鸡精味，加牛肉精就牛肉味，所以有的时候厨师厉害得不得了。他想让这菜的味道出得快，就往里面加这些化学调剂。当然，这个东西肯定是吃不死人的，但吃得时间长了就不行了。大家都知道，食品添加剂加多了对健康是有害的。

有人说，厨师要都这么干，他不怕报应啊？他不也得吃饭吗？厨师这行还真有办法。比如，厨师带着哥们到哪个饭店吃饭了，他哥们挑他的朋友圈，彼此之间知根知底，对方一看你来了，那做菜得注意点。

即使不熟悉的，他们也有他们的行业暗语，到饭店一说话，后灶就知道来了同行。所以，他们有他们的规矩。其实，哪一行都有你不知道的内情。

当然，厨师这个行业并非都是如此，厨师和厨师也是不一样的。

你看有的厨师做的那些菜，无非就是把家里的厨房搬到了饭店。饭菜上来了，你一尝，这口味和自己做的好像没啥区别啊。

但是有的厨师就不一样，举手投足尽显大将之范，就连切菜都切得那么好看。人家做出来的菜品，无论是刀工、拼盘、造型，各方面都非常棒。

咱们看看《食神》这部电影，那里头的造型虽然有点夸张，但现实当中确实有这样的，厨师把自己的工作当成一种艺术来对待。

厨师为什么能把一门平平常常的手艺做成艺术呢，关键一点，他心中得有一种情怀。

●厨师也要有情怀

无论哪个行业，当达到一种高度和境界，它都有一种情怀。这个情怀是什么呢？那就是一种投入感。

台湾著名导演李安早年拍过一部电影《饮食男女》，讲的无非就是做饭的事，却看得人直掉眼泪，因为那里头有这情怀。

主人公老朱就盼着礼拜天，因为礼拜天他就可以跟三个女儿在一个桌子上吃饭。他有一手好厨艺，做得一手好饭菜，一家四口周末团聚，吃团圆饭，其乐融融。可是孩子大了以后事情多，爹说了不算，这三个女儿各有各的事儿。

而且，经常传来坏消息。这个女儿未婚先孕了，男的要抛弃她。那个投资破产了，活不下去了，反正这顿饭吃得不消停，所以，老朱的心情渐渐也变坏了。他经常忘事，不是忘了放花椒，就是少放了大料。

后来二女儿得到他爸爸的真传，决定重新做这顿饭。围绕这顿饭，家里人耐心沟通，最后收获了一场其乐融融的天伦之乐。

在这部戏中，为什么做饭的那些细节那么引人入胜，因为有父女之间互相关爱的情怀。所以说，做饭这种事情，有情怀和没情怀是不一样的。

有情怀才能投入，认认真真做一道菜和瞎糊弄那是不一样的。关于厨师的职业精神，自古以来有一句话说——狠心的胡子，孝心的厨师。胡子就是土匪，无论你家里有啥好东西，他都能给你抢空了。厨师都很孝顺，每一个做菜的厨师端上这盘菜，都希望你把它都吃了。你吃得越多，他越高兴，因为他有成就感。

说到底,厨师的情怀其实就是一片爱心。你看世界顶级的大厨,大都是如此。

日本有一个三星级大厨叫小野二郎，九十多岁了，是世界上年龄最大的三星级大厨。他开的店很有意思，就在东京的一个地下室里，大概十平方米左右。地方小不说，连外面的门脸他都不装修，你爱来不来。来了之后，你吃多长时间都有规定，十五分钟必须端牌。也就是说，你吃十五分钟就得走人，多一分钟都不行。

人家新闻联播还三十分钟呢，你为什么就给十五分钟？他为什么这样傲气呢？他做的是寿司，他有他的底气。顾客到他这儿来，最低消费是三万日元，大概相当于人民币一千五百元，而且还得提前一个月预约。

他为什么能做到这一点呢？就是因为这个小野二郎对厨艺爱到了骨子里。你到我这儿来吃一回，我这东西都能把你给“拴住”，吃了这回下次你还想吃，我就有这本事。

这个寿司，你看着做起来挺简单，好像就是大米加点鱼，其实不然。每一次到市场买原材料，小野二郎必须亲自去，这鱼他挑得差一点都不行。今天这米质量不行，好米价格很贵，但贵我也买。为了保证寿司口味，我必须保证我的原材料最好。

他对这手艺爱到骨子里去了，我跟它志同道合，好一辈子。这个行当为什么有的时候引人入胜？就在于你投入了多少心血。

在电影《食神》里面，最后剧中的角色不是说了一句话吗——其实男女老少，人人都是食神。这句话说得很对，为什么呢？只要你用心，你就是食神。所以，大家千万不要以为，厨师就是端个勺子、炒个菜那么简单。

人人都会做饭，但厨师却不简单。除了精湛的厨艺，厨师还有绝不外传的菜谱。大厨们背后那些鲜为人知的秘密，令人们感到既好奇又向往。也许，这就是目前厨师剧受欢迎的原因之一。

说起来，这也情有可原。上到达官贵族，下到黎民百姓，谁不吃饭啊？吃饭其实是一件很有意思的事。只要接地气，或者高不可及，它都能上升到一个艺术高度，所以中间有很大的一个想象空间。

厨师剧在创作的过程中，充分发挥它的想象力，再把世间百态融入其中，既有专业的知识背景，又有影视作品的文化艺术，这也是厨师为什么能够在行业剧里火起来的重要原因。

婚礼策划师的“甜蜜事业”

前面我们说了很多影视剧里面常见的行业，三百六十行，行行出状元。其实，三百六十只是个虚数，这是怎么来的呢？

根据宋代周辉《清波杂志》的记载，唐代的时候，社会上主要的行业一共有三十六行。后人在说各行各业的时候，觉得三十六行不够壮观。要细说起来，大大小小各行各业加起来，上千个也不止啊，所以有人就把这三十六增加了十倍。再往下流传的时候，结果就变成三百六十行了。

这些行里面，有些是自古就有，也有一些是根据现代人的需要催生的一些新行业。今天咱们说的这一行比较特别，它把这两种情况融合在一起。也就是说，它是自古就有的新兴行业。这个特别行业，就是婚礼策划师。

那么，甜蜜婚礼又有哪些难防的陷阱？新人有苦却不言，这里面究竟有什么奥秘呢？

●古代婚礼策划师大妗姐

咱们有句古话，说人生有四喜，哪四喜呢？久旱逢甘雨，他乡遇故知，洞房花烛夜，金榜题名时。其中，这个“洞房花烛夜”就是今天的结婚。应该说，这是几乎人人都能遇到的，也是人生中最大的喜事。

现代是经济时代，人们都很有头脑，琢磨来琢磨去，就在喜事上面琢磨出商机来了。结婚不得有结婚典礼嘛，于是通过一个仪式来公布两个人的特殊关系。现在，就有一行专门跟举行婚礼有关，叫婚礼策划，这是近几年才兴起来的新行业。前面我为什么说，这是自古有之的新行业呢？因为，其实在古代的时候，就有人做类似的事了，这种人就叫大妗姐。

这个大妗姐，在宋代的时候就有了。2008年的时候，有部电视剧叫《七十二家房客》，说的是民国时期的事，里面就有关于大妗姐的内容。在剧中，兰姨要做大妗姐，没经验，西洋蔡和炆妹俩人就假扮新婚夫妻，假结婚，让兰姨主持婚礼。那么，整个婚礼流程都是兰姨去掌控的。

为什么以前的行业，现在又叫新兴行业了呢？这是因为，婚礼策划满足了现代人新的需要，虽然和大妗姐工作内容一样，但是本质有所不同。

到了民国的时候，很多地方都还是包办婚姻。俩人结婚，双方对婚礼也都没有什么要求，喜庆一点，热闹一点，别让人挑出毛病就行了。所以，大妗姐设计的婚礼流程，都是按照当地的婚俗来安排的，没有太多自己发挥的东西。说点吉祥话，讨个好彩头，该有的礼节都不少，这婚礼就算完成了。

而现在的人呢，都是自由恋爱了，婚礼有了新的意义。除了喜庆热闹，新人觉得这是迈向新生活的第一步，所以，都希望能够办得特别一点，给未来留下一个美好的回忆。于是，人们就有了新的要求。

现在某些地方，比如说香港仍然保留着大妗姐的风俗。不过，婚礼由婚礼策划机构负责以后，大妗姐就变成了新娘的女伴了，专门负责在婚礼的过程中说点吉祥话。

2012年的时候，有个老艺人得病去世了，很多明星非常悲痛，都前去悼念。这个艺人叫陈凤冰，是个甘草演员。什么叫甘草演员？甘草咱们都知道，它一般都作为药引子使用，配合别的药起作用。甘草演员也是如此，说白了就是专业配角。所以，这个艺人在咱们观众看来并不是很出名。为什么那么多明星怀念她呢？就是因为她还兼职大妗姐，比如杨千烨、吕良伟、杨婉仪等，很多知名的港星结婚的时候，都请她去做大妗姐。她的职责就是，专门给人家说吉祥话。

●婚礼策划有点苦

原来的时候，大妗姐被称作全福人、好命婆。到了后来，有了专业的婚礼策划，大妗姐就只负责在新娘旁边说吉祥话了。这个时候，她又有了一个新的称呼，叫新娘保护神。也就是说，这个职业从古至今都非常受人尊敬。

然而，婚礼策划就没那么好命了。

很多人都觉得，这个职业多好啊，天天跟新人打交道，能沾不少喜气，天天还不得喜气洋洋的？其实，这个行业有点苦。为啥呢？现代人不是对婚礼有了新要求吗，总追求与众不同，这种与众不同往往让人哭笑不得。

英国有一对夫妻，就因为特别喜欢僵尸电影，非要举行一场僵尸婚礼。新郎、新娘包括所有宾客，都得打扮成僵尸的模样，一身腐肉满脸是血，知道的这是结婚，不知道的，还以为植物大战僵尸呢。

诸如此类，追求新鲜奇特婚礼的新人特别多，有的是奇特的，有的是玄幻的。比如说申雪、赵宏博，他俩不都是滑冰运动员嘛，就举行了一场冰上婚礼。一边滑冰，一边就把婚礼仪式都给办完了。总之，不管什么样的婚礼，新人追求的就是一个难忘的记忆，不光自己难忘，还得让别人也难忘。

在电影《失恋 33 天》里，白百何就扮演一个婚礼策划师，她曾经策划了很多婚礼，有海底婚礼，有学校婚礼，还有在夜空下一边放烟花一边结婚的，等等。有一天，她又接待了一对新人，这男的非常有钱，是个高富帅。这女的就仗着未来的老公有钱，很挑剔，事很多。她要求自己的婚礼必须得和别人不一样，不但梦幻、有惊喜，而且得有悬念，还得体现奢华的内容。

最后，这场婚礼都快把白百何逼疯了，要不这样，我在你婚礼上雇几个小三闹场，这悬念什么的就都满足了。

●婚礼策划师兼职“保安”

说到闹场，这也是让婚礼策划头疼的一大难题。因为，婚礼策划师不但要保证，整个婚礼满足新人的要求，还得保证，婚礼能够按照这个策划顺利地进行下去。

在电视剧《我爱男闺蜜》里面，黄磊扮演的男媒婆就是这样的人。除了给客户介绍对象之外，还得负责包办婚礼。在一个客户的婚礼上，他的徒弟就问他，你办了这么多场婚礼，有没有什么奇闻怪事啊？

这黄磊就说了，这事可多了，有的男女亲家突然在婚礼上就干起来了，再不然，前任闹场，那就奔着人命来的。正说着呢，那客户的前妻来了，陈数扮演的，先是用硬币当礼金，然后在婚礼上大吵大闹，大打出手。

现实中生活这样的事也不少。2013 年的时候，不就有个怀孕的小三闹婚礼的事吗？就连明星都不可避免婚礼的闹剧。比如说，孙俪和邓超结婚的时候，就出了不少问题。俩人在结婚之前就曾经放话，说允许媒体参观。举行婚礼的时候，不少新闻记者都去了，结果这俩人又反悔了。他们解释说，我们说的媒体参观，指的是媒体的高层领导，普通记者不行。记者太多了，如果都进来，我这儿还怎么举行婚礼？

记者们也挺生气，大老远赶来了，一大早就在这儿守着，这会儿又说不让进了。大家都不乐意了，就都赌气在门口等着，不让进我也不走。结婚嘛，大喜事，都图个喜庆热闹，平心静气的多好。等到婚礼快结束的时候，这俩新人琢磨了一个新环节来安抚记者的情绪，其实也是怕记者回去之后乱写。所以，他们开始给记者发红包和喜糖，红包是一人五百块钱。这多新鲜啊，别的婚礼都是参加婚礼的给钱，这个是给人家钱，没想到，就是给钱给出事了。

记者拿着钱之后也挺高兴，按理说这事应该就圆满解决了，两边都皆大欢喜。结果，有两伙记者因为一个红包抢起来了。这边记者说，我们少一个红包，那边记者说，这是发给我们的。就这样，两边打起来了。

结果，第二天的新闻头条不是“孙俪、邓超婚礼大出血”，成了“记者在婚礼现场上演动作片”。

所以说，当婚礼策划师，不是那么容易的事，没点真本事还真不行。在内，你得 hold 住新人；在外，你还得 hold 住现场。

●新人结婚不甜蜜

前面曾说到，有亲家在婚礼上吵起来了，电影《搜索》里面就有这么一个情节。不过，这对亲家吵架其实是婚礼策划的一个环节。

赵又廷在里面扮演婚庆公司的摄影师，顺便跟在老板身后跑跑腿、打打杂，因为人挺实在，所以老板也挺喜欢他。可是没想到，最后就因为这个实在出事了。到底怎么回事呢？

公司策划了一个婚礼，这婚礼挺特别，是老板的儿子结婚。这老板的亲家就套话，于是问赵又廷，结婚花点钱很正常，这钱我得掏，我嫁女儿，我得知道多少钱啊，你能不能给我交个底？人家说花了五十万，我猜也就四十万吧？赵又廷寻思了寻思，实话实说了，三十万。

这可把亲家气得够呛，走上主席台把那老板臭骂一顿，这天底下哪有这样的事，儿子娶媳妇还挣亲家的钱！

有的观众看到这儿特有感触，为啥呢？因为也被坑过，也有一肚子委屈呢。

现在的离婚率是越来越高了，但是，无论谁结婚的时候，不管第几次结婚，都认为这是自己人生中最后一次婚礼。这是我幸福新生活的开始，一般人没有想结下一次婚的。所以，谁都希望这婚礼能够完美一点，自个儿满意，所有宾客都满意，希望能给他们留下一个特别的印象。

可是，如果遇到不好的婚礼策划师或者婚庆公司的时候，终身大事就掉进了甜蜜陷阱，完美婚礼也就成了一种奢望了。

陈小艺曾主演过一部电视剧《咱家那些事》。陈小艺的三妹开了一家婚庆公司，三妹自个儿做婚庆策划，结果，因为没经验，就把人家婚礼整得乱七八糟的。婚礼马上开始了，背景帷幔还没买呢；彩虹门送来了，鼓风机还没有着落呢；好不容易弄着鼓风机给吹起来了，门还破了个洞，漏气了。最后没招了，这三妹叫来一个帮手，让他在那儿用手捂着。

到正式结婚的时候，三妹兼职司仪，正主持婚礼呢，谁曾想，帷幔上面挂着的“喜”字，因为没挂结实，就掉下来了。

此情此景，想想就可乐。

你说新人要是赶上这么个不靠谱的婚礼策划，这得多闹心！当然，电视剧里的这个三妹是无心之失，因为没经验，所以没办好。而有些婚庆公司，是专门设好了陷阱，就等着新人往里跳。

比如说，婚庆用品以次充好，酒席上菜品缩水，婚车你定的是奔驰，结果来的是丰田。这些招数说起来就是一条，钻合同的空子。

因为婚礼策划还是个新兴行业，很多顾客都还没有这个意识。在婚礼要求上呢，都是口头协议。等到了婚礼上，发现协议的东西都变了，再后悔也来不及了，总不能因为一两点不满意的地方就取消婚礼吧！

现在，我们国家对新兴行业的行业规范增加了管控力度。比如说，2009年的时候，我国出台了《婚姻庆典国家标准》，但这个标准只有要求没有惩罚，真正实行以后，其实还缺乏一定的约束力。后来，一些地区也相继出台了《婚礼庆典服务业合同示范范本》这一类文件，其中就有惩罚条例的要求。可是，在执行的过程中，还是有很大的困难。

说白了，对于某些婚庆公司、婚礼策划师来说，他们本身做的是一次性买卖，不像别的行业，这次我服务好了，下次我还可以再来。所以，他们抱着的就是来一个宰一个这种心理。而对于新人来说也是这样，婚礼过去了，有不满意的地方，算了算了，反正就结这一次，结完了就拉倒吧，不愿意再继续折腾这事。

没有投诉者，就没法去处理，不良的婚庆公司就抱着这种侥幸心理，浑水摸鱼。所以，光靠规范准则去规范一个行业，远远是不够的。不光这一个行业，整个社会文明的进程都是如此。在相关政策法规的指导下，它需要大家齐心协力、自觉遵守。

“兼职”的理发师

现在我们说的这些行业，可能在荧幕上经常出现，而在现实生活中，我们却不太了解，或多或少，总觉得有些神秘或陌生。

但是，今天咱们要说的这个行业，却有些不同。这是一个人人都要接触，荧幕上反而不太常见的行业。什么行业呢？理发。

可以毫不夸张地说，从满月剃胎发开始，人的一辈子都得和它打交道。然而，在这个行业背后，却有很多一般人不知道的事儿。

那么，理发师究竟起源于哪里？剃头匠还兼职外科医生？造型师，又有哪些不能说的秘密？从走街串巷到连锁分店，美发行业到底经历了哪些变化？

咱们就来谈谈“兼职”的理发师。

●最早的理发师

现在，咱们一去美发店都挺高兴，都乐乐呵呵的，因为改头换面嘛，美一美，换个新形象。但是这个行业刚出现的时候，大家伙去见“理发师”都乐不起来，不哭鼻子就不错了。

这是怎么回事呢？

因为，理发师最早出现在咱们国家的时候，是一个行刑人。行的什么刑呢？髡刑和耏刑。耏刑现在也写作耐刑，耏和耐俩字长得差不多，音不同。耏刑，就是剃掉胡须；髡刑，就是剃光头发。比如，你看古代的一些图画，俩人光着脑袋在那儿哭，中间那个行刑的人就是理发师。

咱们现在都觉得不可思议，免费给你剃头、剃胡子，这是好事啊！你看挺干净的，这理发师技术还不错。有人问，免费剃头怎么还能算是一种刑罚呢？

其实，这跟古代人的价值观有关。

咱们古人信奉什么呢？“身体发肤受之父母，不敢毁伤，孝之始也”。这句话出自我国古代十三经当中的《孝经》。这句话是什么意思呢？你的毛发你的身体，这都是父母给的，你不能让它受到一点点损害，一根汗毛都不行，这是孝心的根本。所以，头发、胡须你让人家给剃光了，这对古人来说是一种耻辱。

在《三国演义》里面，曹操不就是这样吗？在行军的时候，他跟手底下的人说，你们不但要管好自己不骚扰百姓，就连自己的马也得管好了。现在正是长庄稼的时候，要是谁的马把庄稼给踩了，那就得杀头。结果这话刚说完没两天，曹操自个儿的马就蹿出去了，把人家的庄稼给踩坏了一大片。这下曹操下不来台了，拿着剑就要抹脖子。手底下的人赶紧拦着，主公别这样，你可千万别自杀，你死了咱们不就群龙无首了吗？可是，这话早就说出来了， 不能自己打脸呀，曹操想了半天给自己找了个台阶，既然大家这么挽留我，那我不死了。这样吧，我削发代首，我割下一束自己的头发算我赎罪了。

开始有人不知道，就说这曹操太会作秀了，用这种伎俩收买人心。可是，你收买人心怎么还不舍得下血本呢？割点头发就拉倒了？现在咱们知道了，这对于一条汉子来说，割发是一种极大的侮辱。

所以说，理发师最早不是从事服务行业的，而是作为行刑官出现的，就是给犯人理发、剃胡子，以此作为对犯人的一种惩罚，而且是附加惩罚。就比如说，男女家臣被卖为奴隶（隶臣妾），或者是劳动改造，男的上山砍柴，女的择米（鬼薪白粲）。在这一类的刑罚之外，附加一个耏刑或者髡刑，以此作为犯人的标志，也是一种对犯人精神上的惩罚。

●从惩罚到服务

那么，理发师从什么时候开始，从惩罚工作变成服务行业了呢？也就是说，理发师不光给犯人理发，也开始给老百姓理发了，其实这是从清朝开始的。

咱们都知道了，清朝满族人的发型，都是前面一半光溜溜，后面一半留着一条辫子。清军入关的时候，多尔衮出了这么一个主意，让老百姓都剃头，向我们满族人看齐。当时他辅佐的顺治帝登基，顺治帝就下了一个剃头令，留头不留发，留发不留头。

所以清朝的时候，街头巷尾就出现了很多“理发店”，还有走街串巷的剃头匠。在电视剧《宰相刘罗锅》里面，其中就有一集：刘罗锅微服私访，就来到街头的一个剃头棚剃头、剃胡子。这老师傅手艺还挺好，后面还有个学徒在那儿剃冬瓜。冬瓜嫩啊，上面还有一层绒毛，只要能把冬瓜剃好了，剃人脑袋就没有问题了。这就是那个时候的理发师，已经发展得比较完善了，不仅有店铺，还有师徒体系。

关于理发，还有个事跟清军入关有关系。咱们现在有个说法，叫正月不剃头，剃头死舅舅，这是怎么回事呢？当时，很多人不愿意剃头，还是想着“身体发肤受之父母，不能损毁”。可是，不剃头又不行，人家统治者不干。清军入关之后，从宝坻、香河、三河这三个县抓来了大批民夫，让他们干啥呢？拿着营业执照，到各个地方走街串巷剃头去，不剃头的直接砍头。后来郭启儒说了个相声，叫《高眼》，里面有句话，宝坻，剃头的多。其实，就是从这儿来的。

不能留发那怎么办呢？大家伙私下统一起来，刚过完年的那个月，也就是正月里咱们都不剃头，表示对过去的怀念，对孝道的遵守。可是，这话又不敢明面说，如果让官府知道了，不就摊上事了吗？不过话说回来，人家顾客来了你不给剃头，总得有个说法啊，想来想去，正月剃头死舅舅。这话就是这么来的，实际上是思旧。

●清宫剧发型误导观众

不过，咱们看《宰相刘罗锅》里面，老百姓的发型都是前面光着半个额头，后面梳着一个辫子。其实，这是一个误导。刘罗锅是乾隆时期的宰相，他那个时候的发型可不是这样的。

实际上，从清军入关之后到乾隆时期，老百姓留的发型叫金钱鼠尾。脑袋顶上留一小束比小拇手指头还细的头发，编成辫子。编完之后，这个辫子必须得保证能从铜钱中间的钱眼里面穿过去，就跟老鼠尾巴似的，这就叫金钱鼠尾。为啥让老百姓留这个发型呢，这表示跟真正的满族人之间有所区别，这是一种身份的象征。

到了乾隆的儿子嘉庆皇帝登基的时候，这种局面才逐渐有所改变。人们的辫子越留越粗，到了清朝后期，才变成咱们在影视剧里面经常看到的那样：前面光头，后面都梳起来编成辫子。

清朝的时候，除了街头巷尾的剃头匠以外，皇帝还有自己专门的按摩场所，也就是按摩、剃头的地方，一般是太监担任御用理发师的工作。可是皇帝的头可不好理，那刀快点慢点，稍不留意脑袋就划一道血口子，别管多大的口子，让皇帝见血了，这就是死罪。所以，基本每个月都得死一个太监，这怎么办呢？这个时候，有个领班的太监叫罗道士，他想找出一个保险的办法。经过反复琢磨，他发明了一种剃头刀。这种刀，刀片两边都夹上竹片，就露出一丁点刀刃，有点像现在的剃眉刀似的。这样剃起头来，既不容易划口了，还可以防止人监在剃头的时候行刺，上下都放心。因此，不少剃头太监都幸免于死罪。

慢慢地，这种剃头刀就传到民间去了，也方便了其他的理发师。为了感激和怀念这位罗道士，大家就把他奉为“行业神”“祖师爷”，供奉在家里或理发店里。

●理发师和外科医生

罗道士不但是理发师的祖师爷，还是外科医生的祖师爷。这俩行业有什么关系呢？

在我们国家，理发师不但要理发、剃胡子，还得兼职郎中。什么郎中呢？比如说疥疮，他拿刀给割开，然后切除，这就等于小型的外科手术。在欧洲，理发师的工作范围就更广了，因为欧洲这些国家跟咱们国家一样，咱们认为身体发肤受之父母，不能损害身体，欧洲国家的人认为身体受之于上帝，是神赐予的，也是不能损害的。有信仰的医生不屑于做这种动刀子的事，那谁做呢？也就剩下理发师有刀子了。

所以，咱们看现在的理发店门口都有那个转灯，正规的都是由三个颜色组成的，红的、蓝的、白的。这三个颜色代表什么呢？红色代表动脉，蓝色代表静脉，白色代表绷带，这三个颜色就是从这儿来的。

而且，在十五世纪的时候，还有个有意思的事，就是理发师能治笨病。咱们现在说俏皮话，说谁笨得没治了，那个时候能治。怎么治呢？荷兰画家博斯有一幅名画，叫《愚笨的治疗》，画的就是这个治疗的过程。

医生在笨人的额头上，用手术刀划开一个口子，从里面取出块石头给患者看，然后当着患者的面，把石头扔到河里去。最后再把口子缝上，这就等于治好了。咱们都明白，这是骗人的，石头都是理发师提前准备好的，塞到袖子里面。等开刀的时候，假装从刀口里面取出来的。

因为那个时候科学也不发达，大家伙都有些迷信，觉得自己笨不开窍，就觉得是因为脑袋里面有石头，愚笨之石。咱们现在说谁笨，就说那脑袋笨得跟石头似的。他们就觉得，我把石头拿出来了，我就聪明了。有的理发师就钻空子，利用这种把戏来骗人。但是，通过这个例子咱们也能看出来，那个时候理发师开刀的手法已经挺不错了。

再比如说开膛手杰克，大家都知道，那是1888年挺轰动的一件案子。在案中，五个妓女被开膛破肚，手法还很专业。连福尔摩斯之父都参与调查了，结果直到2014年这案子才有点眉目。当时有几十个嫌疑人，包括英国王子、内科医生等人，其中，这内科医生的嫌疑最大。这个案子的很多研究者都认为，这么专业的手法，肯定是医生干的，别管内科外科。没想到，2014年，国际DNA专家通过死者的一件披风，把凶手找出来了，是谁呢？一个理发师，叫亚伦·克斯米斯。这个理发师精通外科，只可惜，克斯米斯把外科手艺用到这种地方去了。

所以，正儿八经说理发师的影视剧不太多，因为这理发师都干别的去了。

●从理发师到推销员

在理发师这个行业发展完善之后，也逐渐形成了自己严格的行规，而且它非常有职业情操。

比如说，孩子剃满月头有讲究，剃头的时候不能出声，为什么呢？这样，孩子长大以后文静稳重。再者，三不剃三不鸣。三不剃，女人、和尚和乞丐，不能给他们理发，也都用不着理发；三不鸣，是指走街串巷的剃头匠边打铃边吆喝，但有三个地方不行，过寺庙怕惊鬼神，过桥怕惊龙王，过剃头棚不鸣，怕惊扰了同行的生意。

后来，那种传统的剃头棚和走街串巷的剃头匠，就逐渐变成国营理发店了；再后来，国营理发店也退出历史舞台了，现在满大街都是美发店、造型店。很多老理发师的那种精神，也随之消失了。

2005年有一个电影叫《做头》，上海人管理发叫做头，而且非常有讲究，他们觉得这是一种身份的象征。理一个好的发型，整个人精气神都不一样了。关之琳饰演改革开放之前的上海妇女，生活中非常失意，就总去理发店换头型。这理发师就是霍建华扮演的一个小帅哥。俩人在做头发的过程中逐渐产生了默契，可就在爱情要擦出火花的时候，改革开放了，理发师所在的这家国营理发店要倒闭了，他要另谋高就，就去了美发沙龙。影片结尾非常伤感，两个人分道扬镳，关之琳从此以后也不再去做头了。这也代表了一个旧时代的过去和一个新时代的到来。

可是，这个新时代究竟是好是坏呢？大家都有体会。就像前面我说的，很多人都是高高兴兴、乐乐呵呵地去理发店，怀揣着一颗爱美之心，可是走出理发店的时候，还那么高兴的就不多了。

很多理发店都是这个套路，一进去之后，理发师就跟你聊天，好一顿侃大山。但是不管侃到哪儿，都能侃回来，就是让你办卡，让你做造型，让你消费，侃来侃去其实都是砍你钱包呢。

有的时候，早上上班路过理发店，就能看见理发店外面一群理发师在那儿喊号子，甚至唱歌跳舞。这是干什么呢？保险推销员不都这么干吗？给自己洗脑，增加自己与人交流的勇气，到时候好忽悠顾客。所以，现在有些理发师主要学习的不是理发，而是说话。

而且，理发店里面有很多不能说的秘密。比如说洗发水，用的都是浓缩液，十块钱一大瓶，回来用温水兑，兑完之后，一个人用的量也就几分钱。洗完了头发干涩呀，人家理发师就说了，你这头发该保养了，得，又得掏钱。你看，这哪是理发师啊，这简直就是美发产品推销员。还有的理发店，看着用的是品牌洗发水，他是怎么干的呢？一半一半，一半是真的，一半是浓缩液。你一闻这味道对，实际上东西不是那个东西。

再说毛巾，你用完了他用，说是消过毒。即便店里有消毒柜的，你问那理发师，他也未必会用。咱们去理发店门口瞧瞧，大部分理发店门口都晾着一堆毛巾，消毒基本靠晒，能起多大作用咱就不知道了。前一段时间不是有个新闻吗，有个人去理发，发型不怎么样，一脑袋头皮癣回来了。

要不然，他们就忽悠人。比如说离子烫，做过的都知道，拉直定型然后上药水，药水干什么用的？说是护理的，其实也没什么作用，但就属它的价格最贵。就像电视剧《我爱男闺蜜》里面有个老师傅，他就看不惯现在理发店里这些骗人的招数，他给陈数扮演的这个女主角的姐姐洗头，说用两瓶啤酒洗，比什么护发素都好使，还便宜。但是现在的理发店都不告诉你，如果告诉你的话，他们还怎么挣钱啊。

当然了，咱们也不能一竿子打死一船人。不愿意同流合污的理发师也不少，他们心里明白，这是在砸自己的饭碗呢，这种昧心钱能挣多少？很多小理发店今天开了明天换人，非常多，为啥呀？顾客不是傻子，魔高一尺道高一丈，大家伙心里都有数。所以，好好的一个饭碗端在手里，那就得好好地端着，靠骗人终究不是长久之计。

道德杂谈

诚信的分量到底有多重
以德报怨要因人而异
何为职业道德
执着要掌握分寸
教育孩子需要好环境
如何孝敬我们的双亲
“无度不丈夫”何以被曲解
帮人是个技术活
知足常乐大有学问
究竟你有几个好知己
到底谁改了“无尖不商”

诚信的分量到底有多重

可以说，五千年的文明历史，古人给我们留下了不少宝贵的精神财富，包括一些好的文化传统和道德品质。但是，有的观众可能觉得，有些东西搁到现在已经过时了。

比方说诚信，古人讲究一诺千金。古代就有一个爱情悲剧——尾生抱柱，就和诚信有关。有个叫尾生的小伙子，为了信守承诺，跟姑娘约好了在桥那见面。结果，姑娘没来，他就一直等，等到下暴雨涨大水，他就被活活淹死了。

有人就说了，现在还有这么讲诚信的吗？这不是愚蠢吗？现代人相互之间的信任感都非常淡薄，你防着我，我防着你。有句话不是这样说吗，防人之心不可无。即便夫妻之间，往往也充满了谎言。

今天，咱们就说一说，现代社会的诚信问题。

尾生抱柱，到底该不该？一诺千金，还有市场吗？《赵氏孤儿》，观众为啥不买账？下岗夫妻欠下百万巨债，他们又是如何依靠诚信峰回路转的？

●尾生抱柱有点夸张

尾生抱柱，这个故事是出自《庄子·盗跖》，它的原委到底是怎样的呢？

话说这个尾生是春秋时期的鲁国曲阜人，和圣人孔子是老乡。他为人非常正直，也很守信用，十里八乡的老百姓都很喜欢他。

后来，他搬家搬到梁地，认识了一个年轻漂亮的姑娘，俩人一见钟情，你侬我侬就私订终身了。没想到，这姑娘的父母比较势利眼，一看你这是什么人呀，品性是不错，但是太穷了。我这姑娘嫁给你不遭罪吗？坚决不同意。

父母不同意，这俩年轻人就决定要私奔。这姑娘就打算跟尾生回他曲阜老家，俩人就提前约好，在韩城外的一座木桥旁边碰头，一起远走高飞。到了那天，尾生挺激动，这姑娘要跟我走了，我俩的爱情马上就要修成正果了。他一大早就来了，站在桥上等，可是左等姑娘不来，右等姑娘还不来，一直等到乌云密布，狂风怒吼，电闪雷鸣。他也想过，不行我先避避雨，但再一寻思，我俩在私奔前都约好了，不见不散。我走了，她就找不着我了，我再等等。这一等，大雨滂沱，山洪暴发。很快，这江水夹泥带沙就把桥面给淹没了。最终，这个尾生为了不让自己被水冲走，死死地抱着桥的栏杆，结果就被活活淹死了。

再说这个姑娘，她为啥没来呢？因为她私奔的念头不小心让她父母给看出来了，所以被禁足了。一直到后半夜，她逃出来了，冒雨到了城外桥边。这时候，洪水已经退得差不多了，再看这个尾生已经成了尸体了。这姑娘不禁失声痛哭，哭完了，抱着尸体跳到了江中。

可以说，这是挺凄美的一个爱情故事，可以堪称中国的罗密欧和朱丽叶。

●《赵氏孤儿》为啥不火

有人说，这不就是个故事吗？现实中真有这样的人吗？其实，古代为了讲诚信，不惜牺牲自我的故事也非常多。

比方说，最有名的一个例子就是赵氏孤儿，还被拍成了不少电影电视剧。2012年的时候，吴秀波就主演过一部电视剧《赵氏孤儿案》，他在里面扮演程婴。

赵氏孤儿到底是怎么回事呢？

春秋时期的晋国，有个大臣叫屠岸贾，权力非常大，一手遮天，而且无恶不作。忠臣赵朔就频频弹劾他，俩人由此结了仇。

后来，屠岸贾利用国君晋景公的昏庸，随便安了个罪名，就把赵朔全家满门抄斩了，这件事史称“下官之难”。

那么，就在满门抄斩的这一天呢，正好赵朔的夫人生了一个男婴，她就偷着把这个男婴交给了义士程婴。程婴因为受赵夫人的临死嘱托，并且感念赵家一族的忠肝义胆，最后在屠岸贾发现赵氏还有遗孤的情况下，把自己刚出生的孩子给献了出去，结果被屠岸贾给活活摔死了。而自己则忍着背信弃义的骂名，把赵家真孤抚养长大。

这个悲剧故事曾经轰动一时，而它所表达的这种一诺千金的品德，就连外国人也非常赞同。法国有个著名的文豪伏尔泰，还把它改编成了戏剧《中国孤儿》，在巴黎的各大剧院巡回演出，非常受欢迎。

可是，到了现代社会之后，有人就议论说，程婴这么做值得吗？拿自己孩子换人家孩子，为了一个承诺，这样做值吗？所以，有人就把剧情给改了。

2010年的时候，陈凯歌就导演了一部电影《赵氏孤儿》，葛优在里面扮演程婴，王学圻在里面扮演屠岸贾。此外，还有范冰冰、黄晓明、张丰毅等一系列当红明星。然而，这部电影上映之后却饱受争议，骂的人比夸的人多。

这是怎么回事呢？陈凯歌把这个剧情给改了，他怎么改的呢？葛优扮演的这个程婴，本身不是什么英雄，也没那么讲诚信。可是，一系列阴差阳错的事故，不小心把他给逼成了一诺千金的英雄。导演可能觉得，这样更符合人性的特点，更符合现代社会的价值观，更能让现代观众接受。

可是没想到，观众不买账。

其实，这事咱们想想就明白了，你要是怕观众接受不了当时的价值观，你就别拍《赵氏孤儿》。你既然选择拍《赵氏孤儿》了，就别怕观众接受不了，那都是咱们老祖宗做过的事儿，弘扬的也都是老祖宗的传统文化。你这么一改，整个猪八戒照镜子——里外不是人。

所以，通过这部电影上映后观众的反应，咱们也能看出来，现代人还是崇尚这种诚信的品德。其实，这种价值观并没有过时，还是受到普遍认可的。

●百万巨债夫妻咋还

那么，有的观众可能说了，好人谁不喜欢，英雄大家都敬佩。但是，愿意做好人当英雄的就不见得那么多了。就好比你在大街上碰到一个抢钱包的，心里都寻思，要是有个见义勇为的多好。但让自己去见义勇为，心里可能就犯嘀咕了。

像程婴、尾生那种人，现代社会有吗？确实有。而且，因为诚信而峰回路转，因祸得福的事，现代社会中也比比皆是。

比方说，2007年的时候，就有一部根据真人真事改编的电视剧《天经地义》。

一对夫妻负责托人炒股，挣了不少钱，结果，周围的邻居、同事，还有亲人，都让他俩帮忙托人买股票。没想到，所托非人，所有的钱都打了水漂。因为这个买股票的人，自己携款逃跑了。这件事按理说，既然大家伙主动把钱放在你这儿炒股，最终也不是你把钱给弄丢的，而且自己也是受害者，所以不必承担主要责任。可是，这对夫妻觉得，既然大家信任自己，我们就不能辜负这个信任，决定自己把钱给还了。

那欠了多少钱呢？一百零五万，这可不是个小数目。而且，这对夫妻在这事发生不久就下岗了。这么多钱怎么还呢？

最后，这些债主都被感动了，大家能帮忙的帮忙，纷纷给这对夫妻介绍工作，想路子，想办法。夫妻俩在大家的帮助下，在家里开起了小作坊，利用一家工厂深夜闲置的车床，生产药品批号打印机。夫妻俩又当工人又推销，并且这些债主和其他人都知道他俩讲诚信，都利用自己的关系帮忙。渐渐地，他们把市场给打开了，生产规模逐渐扩大，于是作坊变成了公司。

电视剧中这对夫妻的原型，就是上海的章铸和罗凤仙。当初他俩欠下了三十六位亲朋好友和父老乡亲一百零五万元钱。最终，他们用了十年的时间，把所有钱都还上了。现在，他俩也是全国诚实守信的模范。

章铸夫妻的事迹也能说明一个问题，咱们总说人和人之间多么冷漠，但是，人心都不是铁打的，它有能焐热的时候。章铸夫妻，就用诚信激发了人更大的正能量。

他俩在还债的时候，其中有对老夫妻，男的姓唐，老伴姓曹，他俩是章家七万四千块钱的债主，但是，一直没跟章家联系。最后，老夫妻俩来了，他们说，我们一直没敢来，为啥呢？怕你们多想，以为我们催债呢。这个钱你别担心，我们可以不要了，你们好好地过日子，别这么辛苦。

后来，章铸夫妻俩才知道，老两口为啥要来一趟呢？因为，男老伴当时已经被诊断出白血病了，姓曹的呢，也是癌症晚期。当时，俩人怕这个时候不过来说，以后没机会了。马上要离世的两个人，最后想的不是你们还欠我七万多块钱呢，而是告诉他们，这个钱我们可以不要了，你们别着急，别这么辛苦。半年之后，这个男老伴就去世了。

其实，现实生活中，像这样感人的事情非常多。

但是，章铸夫妻俩还是坚持无论多少钱，一分钱都不藏着，每挣一万就还八千，剩下的用来扩大生产，用来维持生活。后来，他们的事迹被新闻媒体报道了，很多客户和合作者慕名而来。毕竟，这种诚信的精神，正是作为商人得天独厚的优势。所以，他们的公司才能越做越大，这也算是因祸得福。

●立木为信意义何在

小到个人，大至一个企业，乃至一个国家，诚信都是必不可少的。它既是经营企业、治理国家的灵魂，也是对外的一张脸面。

比方说，我国古代有一个很有名的故事——立木为信。

秦国统一六国之前的时候，在战国七雄当中，在政治、经济、文化等各方面都比其他中原各诸侯国要落后得多。而它最终能富强起来，和当初的商鞅变法有很大的关系。

一个国家要变法，就必须要取信于民，让老百姓相信你，他才能心甘情愿地服从统治。比方说，涉及奖惩的，老百姓觉得，我要做了，万一你不奖励我怎么办呢？那我不就白忙活了吗？朝廷不拿老百姓当回事的例子太多了。比方说惩罚，凭什么当官的就能够免责呢？只准官府放火，不许百姓点灯，那怎么让老百姓信服呢？

改革家商鞅就想了一个方法——立木为信。他派人在南门外立了一根三丈高的木头，然后贴出告示，谁能把这根木头扛到北门去，就奖励十两金子。

那时候十两金子是什么概念？可以毫不夸张地说，够一个普通的老百姓家庭吃喝几十年的了（大概一两金子就能花四年，这还是稍微富裕的花法）。一群老百姓就围着木头看，谁也不相信，这木头这么轻，谁扛不动啊？大家伙儿都觉得，太好的事背后都有陷阱。这事情太美好了，你往往会觉得心里不安。

商鞅知道老百姓不信，接着就把赏金提高到五十两黄金。可是，大家伙还是看热闹，谁也不行动。最后，人群里头出来个毛头小子，说我试试呗。他扛起木头就走，非常轻松地搬到北门口。商鞅立刻派人传话，当场赏给小伙子五十两黄澄澄的金子，一两也没少。这事立刻传开了，一下子轰动了秦国。老百姓从此以后就相信了，这商鞅说话绝对是说话算话，唾沫掉地上都能钉个钉。就这样，商鞅把他起草的新法令公布之后，大家都非常积极地响应。秦国也自商鞅变法开始，农业生产增加了，军事力量也强大了。不久，秦国进攻魏国的西部，从河西打到河东，把魏国的都城安邑都给打下来了。

其实，对于一个企业来说，同样需要诚信。

比方说，2001 年的时候，郭宝昌执导，陈宝国、斯琴高娃主演的电视剧《大宅门》，讲的就是医药世家白府，经历了一场时局动荡，随着国家、民族的历史发展而发展的渐变过程。它的原型就取材于同仁堂的真实故事。

在《大宅门》里面，白府得罪了詹王府吃了官司，连家族企业百草厅也充公了。在这黑暗的时刻，白府的老爷子经受不住打击去世了，剩下二奶奶独自支撑家业。这个二奶奶就是斯琴高娃扮演的，她没有气馁，而是实行了一系列措施，最终把百草厅给盘回来了。她想的什么招呢？其实，说起来最简单不过了，无非就是核心技术和诚信品质。

二奶奶手里留着百草厅制药的秘方，可是，盘下百草厅的董大兴，明明没有秘方，卖药时却偏偏打着白家的旗号，质量还以次充好，被二奶奶揭发后摘了匾额。同时，二奶奶又开了一家新的药店，跟百草厅对着干。这家新药店用药考究，原料都是最好的，配药都是二爷亲自调配的，制出来的丸药在水里化开之后甚至没有药渣。就是凭着这些核心技术，最终把不讲诚信的、董大兴经营的百草厅给挤垮了，从而又收到自己囊中。白家也是凭着自己的诚信，才在动荡的时局中始终屹立不倒。

而且，随着时代的不断发展，社会制度的不断完善，诚信也成了一种社会道德规范。在很多西方国家，公共管理显得非常宽松，比方说，坐火车没人查票，考试没有监考，甚至还有无人售卖的超市。如果你觉得没人管，想偷偷干点啥坏事，一旦被抓到了，这个就会记录在你的诚信档案里面。而且，这个诚信档案会伴随你的一生。诚信档案上有了污点，无论是找工作、从银行贷款、办手机卡，还是谈恋爱，都会对你产生影响。

现在，我们国家也开始实行这样的制度了。从 2013 年 10 月起，有九个省的居民都有了自己的诚信档案。这个诚信档案，主要是商业交往的需要，包括信贷交易历史、银行信用信息，等等。虽然内容暂时没有那么全面，但这也是好的开始。也就是说，诚信不但是一种需要自觉遵守的美德，而且已经开始有了明确的规范。

相信在将来的社会，无论个人、企业，还是国家，无诚信者将寸步难行。

以德报怨要因人而异

在传统文化中，有一些是糟粕，但也有很多是珍贵的财富。珍贵虽然珍贵，但经过两千多年的流传，时间太长，难免会产生一些误读。

举个例子，“以德报怨”这句话，很多人知道是孔子说的。但很多人都把这句话意思给误读了，以为这是孔子教育弟子们，要用恩惠来应对别人的仇恨。那是不是这样呢？其实不是，这是断章取义，他后面还有话。

《论语》的原文是这样的：“或曰：以德报怨，何如？子曰：何以报德？以直报怨，以德报德。”孔子的弟子问他，师父，别人欺负我，我不还击，我用恩惠回来应他，我感化他的仇恨，你看怎么样？孔子说，如果用恩惠来应对别人的仇恨，那拿什么来报答别人的恩惠呢？这不乱套了吗？应该以牙还牙，以恩惠还以恩惠。

大概是这个意思，所以，我们很多人误解孔子这句话了。

受到别人的欺负，用胸怀感化对方，从而得到天下。同样的做法，以德报怨，却惨遭恩将仇报。一种观念，为何结果大相径庭？面对敌意，我们该如何做出正确的选择？

●以德报怨的齐桓公

面对敌意，我们究竟应该以牙还牙，还是应该用无私的奉献，用宽大的心胸去感化对方呢？这一直以来是大家争论的话题。孔子不同意以德报怨，那么其他的古人，他们对这事儿有什么看法呢？我们遇到这样的事儿，该怎么选择呢？这恐怕是老祖宗给咱们留下的难题。咱们今天就来聊聊以德报怨，希望能把它聊清楚了。

古往今来，我国以德报怨的故事很多，但是结果各不一样。有的人以德报怨，被害得够呛，以后遇到坏人再也不敢这么干了。有的人以德报怨，效果奇佳，通过这一招收买了人心，干成了大事。先不说孔子的观点对不对，咱们先从正反两方面讲几个故事，看看能不能找到什么规律。

咱们先说一个成功的案例，看看一个君主是怎么对待敌人的。

这事儿发生在春秋早期，齐国当时出现了内乱，齐襄公被杀了。当时，齐襄公的两个弟弟小白和公子纠都逃亡到国外。弟弟小白在莒国，哥哥公子纠在鲁国，后来齐国叛乱被平定了，需要一位新的国君来继承皇位。小白和公子纠分别得到了消息，那还不赶快往回赶？谁先到谁就是冠军，第二名哪怕差几分钟都当不了齐王，两个公子分别从鲁国、莒国往回赶。这时候，公子纠兵分两路，一路是公子纠，拼命往齐国临淄跑；另一路是公子纠的手下，由管仲带队，跑到莒国的国道上，干什么呢？伏击公子纠的竞争对手小白。管仲偷偷埋伏着，就见小白等人坐着马车，着急赶路。管仲的箭法非常好，能够百步穿杨，他躲在暗处，瞄着小白一箭射过去。只见小白腹部中箭，然后倒在马车上。管仲赶快派探子快马送信，告诉自己的主公公子纠，说小白已经被拿下了，没人跟你争王位了。

公子纠一听说这个好消息，行了，不用着急了，回去就是我来继承了，慢慢赶路吧。结果走了六天，等他到了齐国国都临淄，傻眼了，小白已经先他一步继承王位了。有人说小白不是被管仲射死了吗？其实很小白幸运，箭头射在他腰带的钩子上了，只受了轻伤，没伤及内脏。小白将计就计，假装倒在车上，反而利用公子纠放松警惕的机会，提前赶到继承了王位。当然，这公子纠成王败寇，难逃被杀的命运。他的手下管仲，被扔进了大牢。

要是换了别人，这管仲可就死定了。好家伙，齐王差点被你射死，咱们常说的“一箭之仇”的典故，就是从这儿来的。这下落仇人手里了，管仲就只好等死了。可没想到，在小白的谋士鲍叔牙的推荐下，小白不但没跟管仲计较这一箭之仇，反而让他当大官，成了齐国上卿，也就是宰相。小白信任他，委以重任，让仇人帮自己治理国家。这就是咱们说的以德报怨。结果怎么样呢？

管仲被小白的大度感动了，就像获得了第二次生命一样，全力以赴帮小白治理国家。经过管仲的改革，齐国迅速崛起，小白成了春秋五霸之首，史称齐桓公。管仲对于齐桓公的作用有多大呢？后来管仲去世了，齐桓公这管理就不行了，国家变得乱七八糟。齐桓公在自己的宫殿里没人管，竟然被活活饿死了。当然，这都是后话了。

所以你看，以德报怨是有好报的。

除此以外，我国古代还有一个类似的故事。

●以德报怨的蔺相如

这个故事，是讲一个文官是怎么征服一员武将的。

故事发生在战国时期的赵国。赵国出了一个能人，叫蔺相如，这人只身闯入秦国，靠三寸不烂之舌，硬是从秦王手里把赵国的和氏璧给要回来了，完成了完璧归赵的伟大任务。他回来之后，赵王就特别器重他，这样一来，原本作为赵国军事顶梁柱的廉颇将军，就不太高兴了。他心想，一个文官，手无缚鸡之力，整天耍点小聪明，耍点嘴皮子，凭什么有这么高地位？我廉颇南征北战，脑袋绑在裤腰带上，立下赫赫战功，怎么还不如你了？廉颇心理不平衡，就琢磨着要收拾蔺相如，给他来点下马威。

然后，廉颇就制定了一个挑衅的计划。他专门找蔺相如出行的路口，带着大队人马故意迎着他走。路窄，两队人谁也过不去。论朝廷的地位，蔺相如是文官，比廉颇地位高一点，真遇到这种情况，按理说应该廉颇让路。但别人一看，很明显就是廉颇故意堵在这儿，这是挑衅。廉颇怎么想的呢？我堵住你的路，你要是出来骂我，我就揍你，论武功你不是我的对手。结果没想到，蔺相如以德报怨，你不是堵我的路吗，好，我客客气气给你让开，将军你先走。廉颇感到很意外，到处跟人说，这蔺相如有什么了不起的，果然胆小。

有人不理解，就问蔺相如，你怎么这么怕他呀？蔺相如一笑，廉颇将军再可怕，能有残暴的秦王可怕吗？秦王我都不怕，渑池会上我敢跟他就地拼命，我还能怕廉颇将军？我是考虑到赵国。你看咱们赵国，武力上有廉颇，秦王比较忌惮他的打仗能力，所以不敢贸然打咱们。他若使阴谋诡计，但是赵国有我，他的什么诡计我也不让他得逞。所以，赵国有我和廉颇将军，这事儿妥妥的。但是如果我和廉颇将军互相打起来了，哪怕是互相在朝廷里拆台，谁若被挤掉了，秦国不都乐得够呛吗？廉颇将军心理不平衡，我让让他就是了，相信他有一天能明白。

这话后来传到廉颇耳朵里，廉颇听了羞愧难当，心说这么好的一个人，我那么羞辱他，他居然毫不在意。他心胸这么宽广，这不是胆小，这是以德报怨。不行，我得当面赔礼道歉。于是廉颇背着荆条，去找蔺相如负荆请罪。

类似的故事，还有诸葛亮七擒孟获。

三国时期，刘备死了之后，诸葛亮正要完成先帝的遗愿，打算北伐打曹睿，但是南边传来消息，说是云南那边蛮族的孟获不服管理，蠢蠢欲动。于是诸葛亮出兵攻打孟获，不平定南边，就没法出兵打北方。按理说，以诸葛亮的兵力和战将的实力，灭了孟获没问题，可这时候呢，偏偏诸葛亮和孟获玩起了游戏。诸葛亮说，你快投降吧，别嘚瑟了。孟获说，我不投降，有本事你打我！诸葛亮说，打死你都不算本事，我活捉你，你信不信？孟获说，我这儿地利人和，你要真能抓住我，我就真服你。结果两边开战，诸葛亮身经百战，孟获总上当，结果中计被擒获了。诸葛亮问，你服不服，孟获说这次是我不小心，我不服！诸葛亮说好，放了你，咱们继续打。打着打着，孟获又被诸葛亮设计给抓住了。服不服？不服。好，放了再来。来来回回七次，终于，孟获服了。

孟获说，我这么敌对你，你不杀我还能放我七次，我是心服口服了。从此，诸葛亮把云南交给孟获管理，安心去讨伐曹睿，出兵祁山。

这也是一个以德报怨的经典故事。

●以德报怨为哪般

以德报怨这是一种珍贵的品德，其中不单单有宽阔的胸襟，更主要还有高超的智慧。但是，你得明白怎么做才行。那么，为什么孔子反对以德报怨呢？咱们前面说了，虽然有成功案例，但失败案例也不少。换句话说，往往以德报怨换来了恩将仇报的结果。

那么，都有哪些失败的故事案例呢？其实还真不少。

比如说，东郭先生和狼的故事，吕洞宾和狗的故事，农夫和蛇的故事，还有郝建和老太太的故事。我这么一说，大家可能想起来了，2014 年春晚小品，马丽和沈腾表演的小品《扶不扶》，讲的就是以德报怨、恩将仇报的故事。

郝建是个善良又窝囊的老实人，大过年在路上看见一个老太太倒在地上。按说他心里很清楚，扶这个老太太可能会被讹上，这是有风险的。但是，他还是去扶了，果然，他就被讹上了。

正当说不清道不明之际，眼看着他将面临恩将仇报的结果，这时候路过的交警发现，这个郝建他见过，他证明郝建的自行车是和轿车追尾撞坏的，排除了他撞老太太的可能。终于，郝建洗脱了冤屈。

这是一个喜剧小品，但仔细想一想让人后背发凉。大家可以把这个小品翻出来再看看，马丽演的这个老太太为什么最后想起来是自己扭秧歌摔的？不是因为她自己明白过来了，是因为警察的态度很明确，郝建没罪，不能让好人蒙受不白之冤。老太太觉得实在是讹不着了，只好说出真相。她说是我糊涂了，误会了，小伙子是好人，还是好人多。

按照前面的剧情状况，我们可以想象，如果不是交警及时出现，她还得讹着郝建，好人还得蒙受不白之冤。

在现实中，这种事儿非常多。

黄渤获得金马奖影帝的电影《斗牛》，其中就有这么一个情节：灾荒之年，黄渤和一头奶牛相依为命，路过一群灾民，饿得都快死了，很可怜。黄渤善良，就用牛奶喂他们。结果这帮人吃饱了，还饿，要杀这奶牛吃肉。黄渤说，你们还是人吗？它救了你们的命，你们要吃它的肉？早知道这样，当初就该把你们饿死。最后，他跟这帮人拼命斗争。

这段情节，展示了人性的残忍。

以德报怨，换来的却是恩将仇报，这让好多好人凉了心。所以咱们开头讲了，孔子才会说，以德报怨，何以报德？以直报怨，以德报德。可以想象，孔子也许经历过恩将仇报的事，也被这种人伤过心。

现在摆在我们眼前的很多案例，以德报怨有成功的，也有失败的。两种观念，两种处理方法，一种是以德报怨，一种是以直报怨，好像都有道理。如果我们遭到别人仇恨，甚至是无端地攻击，我们应该怎么处理呢？听谁的呢？

现实中咱们要是面对这样的选择，到底该怎么办呢？其实说穿了也很简单，选择以德报怨还是以直报怨，主要看对方的怨是怎么来的？或者说，看对方本身是君子还是小人。

●以德报怨，如何选择

孔子有个习惯，他喜欢把人分为两种，君子和小人。他自身是追求高尚品格的，所以呢，他对小人比较深恶痛绝，对君子很宽容。他说以直报怨，明显是说如何对待小人。也就是说，孔子假定对方是小人，那就要以直报怨，毫不客气。

东郭先生故事里的狼，农夫故事里的蛇，吕洞宾故事里的狗，饿得眼红的灾民，这些哪个也不像是君子的做法。他对你的怨是从哪儿来的呢？来自于他的本能需求。狼饿了，它就是想吃人，你救了它，他还是要吃人，所以，你对他就不能抱有幻想。蛇也是一样，天性就狠毒，你对它施以恩惠也改变不了它。灾民饿得除了吃的，爹都不认了，这种刚需你用胸怀来感化他是不可能的，他没工夫听你的教诲。

面对这种情况，孔子说以直报怨太对了。否则你就成了助纣为虐，不但没有功劳，还有罪过。

2007年春晚，周炜有个相声，叫《我惯着他》。就是看到别人占自己便宜了，不对抗，反而惯着他，等他被惯出大毛病，好看热闹。这不是以德报怨，这是害人呢。所以，遇到小人别客气，该怎么办就怎么办，也别向他展示胸怀了。这样，不但自己不受伤，对对方也是一个警示。

那什么人值得以德报怨呢？如果对方是一个君子，深明大义，因为误解，或者一时想不开，或者处于不同立场，跟人结了仇了。这时候，谁能勇敢地慷慨地退一步，往往就能化解仇恨，不打不成交嘛。因为君子和君子之间，只要仇恨化解了，双方的价值观可能就是统一的。你看前面说的管仲、廉颇、孟获，即便孟获文化程度低，但这人也守信用，他们谁都不是小人。对这样的人以德报怨，可以说那是最智慧的感情投资，最后总会有大回报。

希望我们这个社会，人人在面对敌意的时候，能分清对方是不是可以化解仇恨的君子。如果是，冤家宜解不宜结，英雄不打不相识。如果不是，就像孔子说的，以直报怨，然后以德报德。

何为职业道德

2014年春天，韩国发生了一起客轮沉没事件，灾难到来，大家都感到惋惜。

但让韩国民众愤怒的是，事故之所以造成这么多人死亡，居然是因为岁月号船长在关键时刻丢下所有的乘客自己逃命了。逃命之前呢，他还下达命令，让乘客们不要动，在船舱里等候，结果自己却偷偷逃了。

这就引发了一场广泛的社会讨论。身为一名船长，是最应该为乘客安全负责的人。船长应该为乘客负责，为乘客着想，这是你的使命。现在大学生毕业都要接受培训，具备职业素养才是合格的职员，何况船长责任那么重大。

事实上，在中国的传统文化里头，“职业”这个概念是非常神圣的。咱们就通过几个故事来聊聊，在老祖宗的眼里，职业的使命到底有多重要。

古代人为什么有如此高的职业素养？古代记录历史的文员，为何惨遭灭门？一个修鞋的老头，如何给全国观众安全感？一个保安的台词，怎么就成了最热的流行语呢？卑微的职业，真的会因为恪尽职守的人而变得崇高吗？

●修鞋匠的职业素养

在古代，每个职业都有每个职业的使命，就算小偷，也有小偷需要遵守的职业道德，这就叫盗亦有道。更何况那些正常的职业，想必就更讲究道了。

周星驰主演过一部电影，剧中就有一句经典台词。男主角随身背着他那把杀猪刀，他说，身为一名刀客，刀不离身。这句话其实是装蒜呢，他一个杀猪的，还学刀客，还讲究这个。但这一句台词，也侧面展示了咱们古代的传统文化，刀客对自己的职业素养是重视的。他们认为，作为刀客是神圣的，得遵循刀客的道，不能坏了规矩。断刀如断魂，必须刀不离身。

在我国传统文化里，不仅是刀客这样看起来挺威风的职业，其他任何职业都是如此。不管这职业挣得多挣得少，无论高贵还是卑微，它都有自己的道。举个例子，比如修鞋匠。

这一行，从古时候就有，只要有穿鞋的，就会有修鞋的。这职业不怎么风光，属于社会底层，但这些修鞋、钉鞋的手艺人，也有自己的职业素养、自己的规矩、自己坚守的道。

1997 年，黄宏和巩汉林把修鞋匠排成小品，搬到春晚舞台上，名字就叫《鞋钉》。大家肯定印象很深，其中有句台词是：我是修鞋的不是修理破鞋的，扫黄不归我管。在小品中，巩汉林想找黄宏这个修鞋的老头买一根钉子，黄宏就坚持说，行有行规，我们卖的是手艺，不卖钉子。既然你需要一根钉子，那行，钉子不值钱，我做个好人，送你一根，这不就行了吗？巩汉林不干，我这公司刚开张，就得花钱买根钉子。这钱得花出去，图个吉利。你送我反倒不吉利了，公司开张人家都送红包，讨个喜庆，这叫抬头见喜。你送我钉子，这不是抬头碰钉子了吗？巩汉林的这种说法，当然有些迷信。俩人你有你的原则，我有我的诉求，这矛盾冲突就产生了，争来争去，演得非常可乐，非常精彩。

这个小品讲的就是这个道理，虽然修鞋这职业不怎么高档，但我也有我的职业素养、职业原则，超出这范围的事儿我不能干。你们可能看不起我这修鞋的行当，但我可得看得起我自己。这小品看了让人觉得特别温暖，特别有安全感，因为这正是当今社会所需要的。

我们知道，改革开放以后，社会发展了，很多人赶下海的大潮，就富起来了。所以，社会上很多人看到这种现象，也想富起来，这心就活了。当老师的不好好当了，整天琢磨着怎么给孩子补课多挣点钱。当医生的也不好好当了，就琢磨着怎么给病人开点贵的药，好拿回扣。生产奶粉的也不好好生产了，竟然生产出三聚氰胺来。

其实，很多人就忽略了自己这个职业应该坚守的责任。所以，后来我们看到，毒奶粉、黑心棉、地沟油，这些让人感觉不安全的事就出了不少。这个小品所倡导的恪守职业原则的精神和品质，特别珍贵。

如果全社会的每个职业都能像钉鞋的老头这么讲原则，那么，这个社会就可以让人放心了。这个小品所带给人们的，其实就是一种安全感。这钉鞋老头的道从哪儿来呢？一辈一辈传下来的，从老祖宗那儿传下来的。

“要想守住你的摊，首先守住你的道。”这就是小品《鞋钉》的精髓所在。

除了修鞋的，那别的职业又恪守什么信条呢？每个职业都有，多了去了。比如说，古代负责记载历史的文员，就有很多关于职业素养的故事，真可以说是惊天地、泣鬼神。

●崔杼弑君为哪般

记载历史的文官，在古代叫作史官，这是一个关于史官的故事。

春秋时期，齐国发生了一件大事，他们的大王齐庄公突然死了。这是怎么回事呢？齐国大夫崔杼有个漂亮的老婆，倾国倾城，名叫棠姜，也叫东郭姜。本来呢，这个女人姓东郭，后来嫁给了一个叫棠公的，就跟夫姓，叫棠姜。那么，她怎么又成了崔杼的老婆呢？棠公死了，她这是二婚。这女的漂亮啊，就被齐庄公给看上了。庄公虽然身为大王，也不太正经，经常趁着崔杼不在家，跑到他家和棠姜私会，俩人有私情。这事儿让崔杼知道了，怀恨在心，几次利用国内外势力，想把齐庄公给干掉，结果都没成功。这个过程很有意思，但比较复杂，咱们以后有机会再讲。后来崔杼找了个机会，把齐庄公骗到自己家里，大门一关，把他给杀了，这下可解气了。

解气是解气了，但国家没了大王，这可怎么办呢？这崔杼还真有本事，依靠他在齐国的势力，把这事儿给稳住了，这就相当于他自己掌握大权了。然后，他要做的事是什么呢？齐国有史官，大王死了这么大的事儿，总得记录成历史吧。崔杼把职位最高的史官大史找来，他跟这大史说，咱们的大王，人死都死了，不能复生，咱们得往前看。这样吧，你就这么记载，庄公暴毙，暴病而死。大史说，但事实不是这样的呀，他是被你杀的。这大史拿起笔，就写上：崔杼弑其君。崔杼一看，哟呵，敢说实话，不怕死。崔杼就把这大史给杀了。

杀了是杀了，也解气，可这国家不能没有历史啊，还得有个新大史来干这件事。于是，崔杼就叫了这个大史的二弟过来，让他来记载历史，他们家族都是史官。崔杼说，你哥不听我的话，被我杀了。听我的，你写庄公暴毙。二弟弟说，晓得晓得，拿起笔，写上“崔杼弑其君”。崔杼把这二弟也杀了，又把三弟叫来。三弟仍然如实书写，崔杼弑其君。结果，三弟也被杀了。

这时候，崔杼又把大史家最小的弟弟叫来。这最小的弟弟年纪不大，从来没见过这世面，吓得直哆嗦。崔杼说，我也不忍心杀这么多人，你说庄公人都死了，有必要为这件事丢命吗？你就写，庄公暴毙，大家都好，行不行？这小弟弟吓坏了，哆哆嗦嗦拿起笔，写上崔杼其弑君。他说，我们一家都是史官，史官是干吗的？记录历史，这是我的职责。你让我背叛自己的职责换取一条命，那太耻辱了。我虽然怕死，但我是史官，你不如杀了我算了。

崔杼最后很无奈，我杀了你咱们就没史官了，算了，你写就写吧，我不杀了。话刚说完，从外面走进来一个人，这人鬼鬼祟祟的，手里拿着竹简。崔杼一看，还活着一个，我以为都杀光了呢。这史官的小弟弟认识他，就说你不是南边那个国家的史官吗？怎么到这儿来了？这南边的史官说，我听说你们家的事儿了，我就赶快来看看。要是你们全家因为如实记载历史都被杀光了，那我来接替你记下：崔杼弑其君。

听完这个故事，可能很多观众都觉得很震撼。古代人这么看重自己的职业？竟然比自己的生命都重要？在咱们老祖宗眼中，恐怕是这样的。

在中国的历史上，因为职业操守的事儿丢命的故事不计其数。每行都有每行的职责，失职是非常丢人的事儿。这是一种珍贵的操守。但可悲的是什么呢？到了现代，咱们自己把这些东西丢得差不多了，反过来却去羡慕别人。

1998 年，《泰坦尼克号》上映的时候，很多人看完，就为剧中的船长感动。那船长，白胡子老头，可比韩国岁月号的船长职业操守好多了。船要沉了，他恪尽职守，组织妇女儿童坐救生艇逃命，他自己必须是最后一个离开这艘船，提前逃，他丢不起那人。最后他和泰坦尼克一起沉没了。看完电影后很多观众说，你看人家，这是英国人的贵族精神。说得没错，英国这种贵族精神的确高尚，但这种职业精神不是他们独有的，跟被杀的大史一家比怎么样呢？都是好样的。但在春秋时期，咱们就有崔杼弑君的故事了。

我国的传统文化，甚至影响了整个东亚地区，别的国家很多都继承下来了，比如日本。

●入殓师探秘

在日本有很多百年老店，规模都不大，可能从爷爷的爷爷就开始经营。比如寿司店，或者裁缝店。经营百年老店难在哪儿呢？这么多年过去了，他们的服务质量和产品质量不会变，踏踏实实、兢兢业业地干这一行，不求干得多大，只求对得起自己的手艺。不像咱们这几年，哪家肉饼做得好吃了，有点口碑了，赶快投资，加盟连锁，扩大生产，恨不得明天就上市，结果多少品牌因为盲目扩张，导致质量保证不了，最后兵败如山，退出市场。原来规模没那么大至少还有手艺，后来连赖以生存的手艺都丢光了。其中的差距在哪儿呢？你要具有像史官记录历史那样神圣的态度，能够为每一张卖出去的肉饼负责，质量绝对不会下降。你要光想着怎么挣钱，把手艺给荒废了，那才是职业的耻辱。最后丢了根本，反而没竞争力了。

日本有很多文艺作品，都在做同一件事，就是把一个普通的职业神圣化。比如，《排球女将》把运动员这个职业神圣化，或者拍个医生的电视剧，把医生这个职业神圣化，或者拍个消防队的影片，把消防队员的职业也神圣化。

他们让社会上处于不同职业的观众看完以后，总觉得自己的职业真神圣，这对社会的发展很重要。本来自己是小人物，无形中有了使命感，这样会更好地对待自己的职业、对待生活，这是正能量的事儿。再举一个最极端的例子，那是一部获得奥斯卡最佳外语片奖的电影，叫《入殓师》。

这部电影讲的是一个梦想破灭的大提琴演奏家，迫于生活，干起了入殓师这个职业。他本来嫌弃这个职业，非常不甘心，每天想着还得找机会回去拉大提琴。但干着干着他发现，入殓师这个职业很伟大，能为一个个死者服务，让他们体面地离开人世，还可以造福很多家庭，让他们得到心灵的慰藉。因此，他获得了崇高的使命感，于是他决定把这个工作干下去。开始的时候，他的妻子、家人也反对，后来真正看到他的工作，所有人也都支持他了。

这就是日本人厉害的地方，他们能让所有的职业，哪怕再被人嫌弃的职业，都能找到属于自己的崇高使命。

●以职业为荣

事实上，我们每个人都像入殓师这个角色一样，开始的时候，有自己想做的事业，有自己的理想。当然，大部分人的理想可能都是比较光鲜的那种职业，比如影视明星、体育明星、歌手等，或者玩音乐、当乔布斯。但是经历了现实的考验之后，发现并不是每个人都能实现自己的理想，可能是因为没有天分，或者说有机会实现，但由于付出的代价太大了，就放弃了。这是绝大多数人都会经历的，但是作为社会的一分子，还得有一份工作，这样才能有所作为。也可能你别无选择，就干了类似这个主角一样不满意的职业。

如果你干了一份工作，总想着我其实应该是一名电影明星，那么，这工作你干着就没劲。或者你总想着这工作不如人家的好，人家全国各地溜达，还比我挣得多，那么这工作你也干不好。其实，每行有每行的困难，每行有每行的职业病。但一个人总是这样三心二意，总抱着这种消极的想法，恐怕很难成为一个行业里真正有竞争力的人。

我们不如学学前面讲的史官，喜不喜欢这个职业是另一回事，既然我是这个身份，那么我就守好这个道。当然，现代社会很难发生史官那样极端的事儿了。但有一点是不变的，任何一个职业都是对社会有意义的，你认真对待自己的职业，也许有一天，在别人眼中，你的职业会因为你的存在而变得崇高起来。

说到这儿，不得不再提一个小品。2013 年春晚孙涛和秦海璐演的《你摊上事儿了》，讲的也是这样的道理。写字楼里有个保安，呆头呆脑的，没啥才华。但他就一点好，恪尽职守，我的职责很简单，有牌的让进，没牌的你再吓唬我，我也不让你进。你可以威胁我，也可以笑话我，但这就是我的职责，因为我是保安，因为自己讲原则，我骄傲。而这种骄傲，不是调侃，是真真正正的骄傲。

可能很多人都觉得，保安这个职业不怎么样，但是小品的保安这么拿自己的职业当回事儿，这还真让我们切身感受到，保安这个职业在小品里升华了，变得神圣了。

在此，我也想给文艺工作者提了个醒，为什么我们不能多创作一些像《入殓师》一样类型的作品，以此来激励各行各业的人呢？就像开头我说的那样，如果社会上的每一个职业人，都能珍惜自己的职业操守，那么，这个社会就没有伪劣产品，也没各种悲惨的事故了。

我想，那才是我们理想中的中国。

执着要掌握分寸

咱们古人喜欢写一些劝世喻人的小故事,说的都是咱们老祖宗的传统文化。比方说，比较经典的《愚公移山》。这是战国时期道家的代表人物列子，也就是列御寇在《列子 · 汤问》中创作的故事。《列子 · 汤问》又叫《冲虚经》，里面主要就是记载一些富有哲理和启示的寓言神话故事。

《愚公移山》的原文就那么几十个字，后来中央电视台还拍成了一部三十集的电视剧，叫《王屋下的传说》。此后，又涌现出了很多同名歌曲、动画片等作品，有的还被选进了教科书。可以说，这个故事早已经深入人心了，几乎没有不知道的。

但是，对于它的争议，也从来没有停止过：愚公到底应不应该那么执着？咱们就借着这个故事来说一说，我们应该如何选择，又该如何执着坚守。

生活告诉我们，低能儿也能做英雄，求长生只能害人害己，执着也要有自知之明。坚持和变通，我们究竟应该如何掌握其中的分寸？

●愚公移山的故事

咱们首先说说愚公移山。

话说有个老头呢，名叫愚公。咱们从名字上听，这愚的意思大家都知道，就是笨。他也干了一件让大家觉得非常愚蠢的事，就是想移走大山。他的房子前面有两座大山，一座叫太行，一座叫王屋。这山有多大呢？占地七百里，高达八千丈，非常巍峨的两座山。

这愚公住了一辈子了，到了九十岁的时候，突然老来得志，说这两座山挡着一村子人的出路。我这辈子已经因为这座山处处不方便了，不能再让我的后辈也这样受困。不如咱们为乡亲们做点好事儿，把这山给铲平了吧。就这么着，这个浩大的工程就开始了。

邻居有个寡妇，带着一个七八岁的小孩也跟着帮忙。结果，干了好几年，这山连个样儿都没变。

这个时候，有个智叟出现了。你看，一个是愚公，一个是智叟，一个愚一个智。意思就是，这智叟很聪明。他就说了，你这得干到啥时候呀？你这力气也不够啊，你都九十多岁了，让你砍个树都费劲，你还想搬山呢！这愚公听了，不乐意了，你觉得你聪明，我看你比我还笨呢，想事你都想不明白。我干不完，不是还有儿子吗？我儿子干不完，还有我孙子呢，早晚有干完的时候。

终于有一天，他们的行为让山神害怕了。你要把这山给我铲平了，我以后上哪儿去住，那我不成光杆司令了吗？再说，山里藏着我好多宝贝呢。所以，他把这事儿就报给天帝了。天帝觉得这老头太有志气了，太了不起了，就决定帮他一把，于是派了大力神夸娥氏的两个儿子帮忙，把这两座山给移走了。一座挪到朔方东边，一座放到雍州南边。

这个故事让后人也非常感动，江涛有首歌这样唱：“望望头上天外天，走走脚下一马平川，无路难呀开路更难，所以后来人为你感叹。”

但是，也有的人就质疑，说有这必要吗？你搬到山前面去住不就得了吗？

愚公移山，它既然是一个神话故事，故事的目的就是为了表达自己的思想和主张。可凡是故事，它就不可能面面俱到，一个故事讲一个道理，它就有兼顾不到的地方。所以，愚公移山说的不是值不值的问题，而是只要你执着于你的梦想，那么就有成功的可能。

●长生不老，到底害了谁

为什么说执着有可能成功，而不是一定成功呢？成功需要方方面面的因素，比如天时地利人和，再加上天赋、汗水以及执着，等等。任何一种因素你单拿出来，都不能说绝对成功。因此，所有的执着都得建立在一个基础上，才有可能会成功。什么基础呢？那就是自知之明。

这个自知之明包括三个部分：第一，你得知道你所执着追求的是不是正确的，如果压根就是错误的，那你的执着就叫执迷不悟；第二，你要做好选择，然后再去执着。否则，如果目标是不适合你的，付出再多也是枉然，还容易走火入魔；第三，你执着的事情，万一不成功，万一没有结果，你能不能接受得了。如果说我做了，我就一定得追求一个结果，那么就容易陷入执念。

为什么呢？咱们先说第一个：选择正不正确。比方说秦始皇，他追求什么呢？长生不老。咱们现在懂科学懂知识了，都知道长生不老是不可能存在的。但是在那个时候，秦始皇被方士一糊弄就相信了，谁劝都不好使。他派徐福带着三千童男童女，去蓬莱仙岛寻求仙药。最后，徐福一去不回头，秦始皇劳民伤财不说，自己也成了后人的笑柄。

到了汉武帝的时候，更是过之而无不及。他已经对长生不老痴迷到一定程度了，天天吃什么不老仙丹，被方士耍得团团转，还把宝贝女儿都给搭上了。这是怎么回事呢？有个方士叫栾大，打着长生不老的幌子，用一些小魔术小戏法，成功取得了汉武帝的信任。不是说汉武帝不聪明，主要是他这个时候已经走火入魔，理智已经被蒙蔽了。

最后，汉武帝被栾大哄得一高兴，赐他“天道将军”的玉印，并且，把心爱的女儿卫长公主嫁给他做老婆，还亲自主持婚礼。结果，不到一年的工夫，他就知道栾大是个骗子。汉武帝一怒之下，将栾大腰斩了，卫长公主也成了寡妇。

这就属于是执迷不悟，害人害己。

●在改变中学会坚持

第一步，我已经确定了，我要追求的梦想，绝对是正确的。那么，到了第二步，你就面临新的问题：你执着的事情适不适合你。有的时候，你不具备这个能力，硬去追求这个东西，就容易产生悲剧。而你一旦发现此路不通的时候，如果及时变通，改变自己的方向，也许就会柳暗花明。

比如运动员，最开始选择的时候，并不能明确自己究竟适合做什么，所以，最初的选择往往是出于兴趣。很可能走着走着，就发现走到死胡同里去了，天赋、体力等各方面的条件，都不能再让自己做得更好了。这个时候，他需要做的，不是一味地去突破局限，而是此路不通我就换一条路走。

咱们国家比较著名的几个运动员，都有过这样的人生经历。

刘翔是中国田径史上里程碑式的人物，他也是目前全球男子 110 米栏最优秀的运动员之一，曾经多次在国际田径赛事中夺冠。在 2004 年雅典奥运会上，他以 12.91 秒的成绩平了保持十一年的世界纪录；在瑞士洛桑田径超级大奖赛中，他以 12 秒 88 打破了保持十三年的世界纪录。

那么，可能有人不知道，刘翔最初练的不是跑步，而是跳高。1993 年的时候，刘翔刚上小学四年级，上海市普陀区少体校跳高高级教练顾宝就相中这个“大长腿”了，就把他放到了跳高队。因为跳高需要体能，需要爆发力，所以，刘翔也辅助训练一百米短跑。没想到，在一次上海市青少年田径比赛的时候，小刘翔在儿童组跳高中获得第三名，成绩不算太理想。但是，在副项一百米的短跑比赛中，他却跑得非常引人注目，不仅速度快，节奏控制得也好。他的表现也惊动了当时正在看比赛的上海市第二少体校跨栏教练方水泉。就这么着，方水泉死磨硬泡，硬是从顾宝刚手中把刘翔给要走了。

后来，顾宝刚也说，刘翔确实是个跳高的好苗子，当初他为什么同意放人呢？因为，刘翔的腿要是再多长个五厘米，那以后肯定没说的，但以刘翔当时的身体条件，腰长、韧带紧，撑死也就是个亚洲跳高冠军。

所以说，适时地改变方向成就了一颗田径巨星。虽然这个选择不是他自己做出来的，但是结果是一样的。

那么，有没有自己选择体育方向的运动员呢？也有，比方说姚明。即使不看篮球不看 NBA 的人，都应该认识他。他在各种慈善活动中经常露脸，后来他成为休斯敦火箭队的一员，更是让中国人在 NBA 这个几乎是美国黑人统治的运动项目当中占了一席之地。从此，姚明成就了很多人的梦想，他也是中国人的骄傲。

可是，姚明最初根本不是学篮球的，最初他是打水球的，就是水上足球。他做守门员，因为个子高，一挡一大片。但练了一阵子，教练总批评他，说他游得太慢，根本就不是打水球的料。最后没招了，他才改学篮球。没想到，他一下子成了篮球巨星。

所以说，虽然坚持是好事，但你还得学会适时地变通。如果一条路走到黑，那就不是执着了，那应该叫倔强。同样的人生，同样的梦想，你什么时候该坚持，什么时候该放弃，主要看这个梦想是否适合你。你让达·芬奇去弹钢琴，他肯定弹不出《命运交响曲》。同样，你让贝多芬去画画，他也不会画出蒙娜丽莎。

有的人学成功学，跟打了鸡血似的。因为成功学说了，谁坚持到底他就胜利了。实际上，对于失败者来说，其实都是相同的，而成功则各有各的路子。每个人的成功都是不可复制的，一条路他坚持到底，他成功了，也许换一个时机，换一个地点，换一个人，他也坚持走这条路，最终可能掉沟里去了。

●阿甘的启示

那么，除了要确定你追求的是否正确，是否适合你之外，你在保持“坚持到底”的信念之余，也要问一问自己，如果不成功，我能不能接受得了。

有的人说，还没开始呢，为什么先想失败呢？你必须得想。为啥呢？

过程和结果，这是两回事。如果每个人都能注重过程，我不是尽力而为，我是在全力以赴，那就够了。至于结果怎么样，就是尽人事听天命。如果你总是过分地强求，那就不叫执着，而叫执念了。有了执念，人就会有痛苦，我付出了这么多，那么难我都坚持下来了，为什么我没有成功？这么想，人就很容易误入歧途。

实际上，你坚持下来了，这本身就是一种成功。而且，忽略结果，反而会容易获得惊喜。

比方说，1993 年美国有部励志电影《阿甘正传》，百变男星汤姆 · 汉克斯在里面扮演了一个智商只有七十五的低能儿。他的人生之路注定要比其他人艰难，因为是低能儿，而且腿部还有残疾，他从小就得依靠金属支架，而且饱受周围小伙伴的欺负。这个时候，他的好朋友珍妮就教给他一个技能，你要学会跑。你记住，不管遇到什么危险，你就跑。

就这样，阿甘为了躲避欺负，他拼命奔跑。等到了中学的时候，又是为了躲避别人，他跑进了一所学校的橄榄球场。渐渐地，他脱离了金属支架，他可以自由地奔跑了，还成了一名橄榄球运动员。接着，他就这样跑进了大学，并被破格录取，他成了橄榄球巨星，并且受到了肯尼迪总统的接见。

大学毕业之后，阿甘又应征入伍去了越南。同样，也是因为跑，他躲过了被炮弹打中的危险，并且凭借奔跑救了很多战友，他成了战争英雄。战争结束之后，他再次受到了总统的接见。

总之，阿甘是一个低能儿。如果你一开始就给他定一个目标，无论是什么目标，看起来都有点难以实现。至于奔跑，一开始他是为了保护自己，没有一个明确的目的。通过奔跑，我一定要跑成运动员，跑成战争英雄，他有这样的想法吗？当然没有。

所以，当这些好运来到的时候，那就是一种惊喜。如果他从一开始，就设立一个目标去努力，也许，反而会陷入一种执念，最后，可能一事无成。

相信很多人看过《阿甘正传》，虽然这部电影是虚构的，但是很多人都能在里面看到著名的橄榄球运动员辛普森的影子。辛普森是谁呢？他就相当于橄榄球界的乔丹。他的童年非常穷困，也是天生残疾，只有依靠母亲给他做的腿部矫正器才能勉强行走，就像电影中阿甘的童年那样。巧合的是，辛普森长大之后，居然也和阿甘一样，不仅不是残疾，反而成了一名飞毛腿。

所以，无论这部电影怎么虚构，但是阿甘的经历在现实生活中还是存在的。咱们退一步讲，即使阿甘最后没有成为橄榄球巨星，也没有成为战争英雄，这么多年他坚持跑下来，那身体也得十分强壮，所以这也不算白白付出。

所以说，执着是老祖宗留给咱们的文化瑰宝，比如滴水石穿、愚公移山，而且，你拿到国外去也同样适用。就像蒲松龄所说的那样：“性痴，则其志凝；故书痴者文必工，艺痴者技必良。”什么意思呢？简单地说，你专心致志地做一件事，甚至完全沉迷进去，全身心地投入，那么，你的梦想就会实现。所以，这个痴，咱们也可以理解成执着。我们常说，痴人说梦是嘲笑愚人说梦话。我倒觉得，只有痴人才有说梦的资格。就像愚公，大家觉得他愚，正因为他愚，他才会坚持。因为坚持，他才能取得成功。

但是，面对执着，我们同时还得学会选择和变通。面对正确的道路，我们需要有执着坚持的精神。而面对错误的选择，我们也得有抛弃固执的胆量，只有这样才能不误入歧途。

教育孩子需要好环境

现在几乎家家都是一个孩子。对于这个孩子的未来，可以说，每个家长都是操碎了心。

但是，在对孩子的培养和教育上，大家的方式方法各不相同。正所谓，“前有虎后有狼，中间隔着猫和羊。”这可不是儿歌，这说的是时下的几种家长类型。

有的父母相信逆境成才，不断制造困难去磨炼自己的子女，这属于虎妈狼爸；有的父母相信顺境成才，天天让孩子上补习班，不断给孩子找好老师。无论是物质和精神，孩子要啥给啥，这属于猫妈羊爸。

到底哪一种环境适宜培养人才呢？虎狼猫羊，可以说，是谁也不服谁。那么，到底顺境出人才，还是逆境出人才。

那么，效仿孟母三迁，三次搬家就能培养出一代圣贤吗？神童留洋，为何结果迥然不同？顺境逆境，到底哪个出人才？教育下一代，我们到底需要什么样的环境？

●顺境成就大儒

在我国古代，应该说逆境成才和顺境成才的例子都不少。咱们先说顺境成才的例子，比方说孟子。

咱们都知道，孟子是儒学大家，儒家的重要代表人物。他的母亲也很出名，孟母三迁嘛，不少小孩子都知道。《三字经》里面都记载了，“昔孟母，择邻处”，说的就是这个故事。

那么，孟母三迁到底是怎么回事呢？

孟子早年丧父，他母亲是仉氏（这个仉姓，现在很少见了），她一个人把孟子抚养成人，非常不容易。他母亲把他父亲埋葬以后，就一个人带着孟子在坟地旁边住。虽然不害怕，可是时间长了，孟母发现不对劲了，怎么回事呢？那坟地不是光埋葬孟子父亲一个人，还有其他的死者，所以，隔三岔五就有一些死者的家属过来祭拜。在祭拜时，唱唱跳跳，哭哭喊喊，时间长了，孟子就学会了，说话都哭腔哭调的。

孟母一想，不行，天天哭丧这能成材吗？得，我们还是搬家吧。

就这么着，她带着孟子从荒郊野岭搬到了市中心。可是，没过多久，孟母又闹心了，出什么事了呢？因为闹市商贩比较多，这个吆喝，那个也吆喝，闹市商场，无非就是卖东西嘛，这个孟子脑瓜挺灵，很快又学会了，天天在大街上帮人家吆喝。

孟母一看，不行，这么小就学得油腔滑调的，长大了还能得了吗？算了，还得接着搬。

这一次搬家，搬到什么地方呢？不偏僻也不是闹市，就是正常的一个居民小区。邻居是一家杀猪的，天天一大早就听着那猪吱哇乱叫。杀猪白天也不在家，因为他们得出去卖猪肉，孟母心想这总该没事了吧。

可时间一长呢，孟母又犯愁了。有人说这小孩的模仿能力是最强的，这话一点都不假。孟子看着人家天天拿刀给猪做肢解，他又对这个感兴趣了，没事就在那里观摩，这猪怎么杀最省事，怎么能让猪一刀毙命。他跟着邻居就研究这事，理论一套一套的，还跟他母亲讲。

孟母一寻思，这也不行啊，这杀猪太残忍了。你这么小就研究杀生的事，等长大了，容易养成冷漠的性格。

所以，孟子只能第三次搬家，这次她搬到了一个学宫附近。学宫就是古代政府设立的学校，相对于私塾来说（私塾属于私立学校），它就属于公立学校。到了学校附近，这孟子天天听里面的琅琅读书声，他也跟着学知识。就这么着，这孟母总算安定下来了。

也正因为孟母三次搬家，给孟子创造了学习、成长的顺境。于是，孟子的潜在才能因此被激发出来，最后他才能成为让后世敬仰的文化大家。

●顺境成就“神童”

到了现代也有这样的例子。比方说，台球“神童”丁俊晖。他是中国男子台球队运动员，著名的斯诺克选手，他被英国媒体称作“东方之星”。

可以说，他的职业生涯非常辉煌，十三岁的时候，他就获得了亚洲邀请赛的季军，“神童”的称号就是从这个时候开始的。随后，他又接连获得了十一次排名赛冠军、两次 PTC 分站赛冠军以及一次温布利大师赛冠军。

那么，他是哪里人呢？丁俊晖是江苏无锡宜兴人。开始的时候，他是在中国打球，但是后来，除了代表中国比赛之外，他大部分时间都是在英国训练。这是为什么呢？

因为丁俊晖开始打球的时候，也就是九十年代初，在中国的大环境之下，台球并不怎么受重视。除了大型的比赛之外，业余的比赛非常少。当时很多人就喜欢去台球厅、游戏厅，但是在大部分人眼里，这都是不务正业的小混混经常待的场所。你看影视剧里面一旦涉及台球厅这样的场景，大都是乌烟瘴气的，不是一帮不良男女青年在那儿谈恋爱，就是动不动打架斗殴。

所以，在这种环境下，丁俊晖先是搬家去了中国台球之乡东莞，后来觉得东莞的高手他也打得差不多了，已经没有多少能提高的空间了，他又决定去英国。说起斯诺克，最开始就是起源于驻印英军，它从英国开始盛行的。去英国学习台球，一是在英国大家普遍重视这个运动，他们认为这是非常绅士健康的运动，不管是民间还是参赛，高手非常多，可以经常在一起切磋；二是英国的相关赛事非常多，以战养战能够提高实战经验。

你看，这实际上不就是现代版的孟母三迁吗？

那么，无论孟子，还是丁俊晖，他们的成才经历，实际上就是一个好的环境对于教育的影响。所以，咱们中国有句俗语，叫“龙生龙凤生凤，老鼠的儿子会打洞”。这句话最早是谁说的现在已经无据可考了。后来，它被收录在清代藏书家翟灏编撰的《通俗编》里面。这句话什么意思呢？从字面上理解，说的好像是基因的事，也就是说你的出身决定了你的人生。但是，咱们再仔细一分析，不是那么回事。你是龙生的，得在龙窝里长大，那么你才有可能是龙。为什么影视剧里面，经常有一些双胞胎性格完全不同，就像《绝代双骄》里面的小鱼儿和花无缺，就是因为受到不同环境的影响。

比方说，世界杯球迷都知道，征战世界杯的这些国家队里面，谁是当之无愧的王者？这还得说是巴西，因为它获得世界杯冠军的次数是最多的。

巴西这些球员，大部分都是穷人，甚至生活在贫民窟，这要比农村的环境恶劣得多。那么，他们为什么就能成为冠军呢？

因为穷人平常没有别的娱乐，就只能踢足球。几个人弄一个足球，一条街摆俩筐就能踢，也不需要什么专业的足球场。大家都踢球，那球技肯定就好，也就容易出足球天才。

再比方说中国，众所周知，乒乓球特别厉害。这里还有一个很有意思的小笑话。有一次，在大阪举行乒乓球世锦赛，其中参赛的有一些美国球员。比赛的前一天晚上，一个美国球员去体育馆熟悉场地，结果碰见一个穿中国队服的。他听说中国人打乒乓球厉害呀，他就寻思：我得跟高手过过招，就当热身了。于是，他就跟人家约好，咱俩切磋切磋，三局两胜定输赢。这中国队员挺高兴地就答应了。结果，这美国球员费了好大的劲儿，最后竟然赢了。这下他高兴坏了，跑回宾馆跟队友们一顿神吹，队友没一个相信的，你能赢中国队员？你要不信，我带你们去看看。到时候，你们亲自问问那个队员，是不是我赢了。就这样，一帮人浩浩荡荡地到了中国队的住所。打听了半天，最后终于找着了，中国队员说了，那是我们队的厨师，陈师傅。

虽然有点夸张呢，但不可否认，中国的乒乓球水平的确高。为什么中国的乒乓球厉害呢？你看中国公园里面，到处都是乒乓球桌子，不能说人人会打，但是受大环境的影响，不少中国人都比较热衷乒乓球运动，所以，自然就容易出高手。

●一种环境两种人生

可是，顺境也并非总是成功的保证。

比方说，在丁俊晖成名之后，就给了很多默默无名的打斯诺克的台球球员一个启发，好像英国成了一个风水宝地，只要去了英国就能打出名气。所以，后来一大批中国球员，比如刘闯、肖国栋、于德陆等都纷纷跑到英国去训练。但是，最终这些人还是没打出什么成绩，真正成功的球员，依然只有丁俊晖一人。

甚至还有更惨的，比方说，同样被称为“神童”的足球天才董方卓。后来，他也是选择去英国发展，还曾经被英国的《天空体育》称作“国王董”——King Dong。然而，他和丁俊晖的命运却截然不同。丁俊晖去了英国，得到了更好的发展，最后成了斯诺克巨星。话说英格兰的足球水平也十分厉害，但董方卓去了英国之后，却没有得到更好的发展，反而灰溜溜地回国了。从此以后，他四处流浪，最后委身中超，渐渐成了被人遗忘的中国足坛边缘人。

那么，俩人同样去了一个好环境，为什么差距却这么大呢？

董方卓是辽宁大连人，他的足球职业生涯可以说一直是顺风顺水。2003年，他才十八岁，就进入了大连实德队。这是中国顶级联赛传统的四大豪门之一，拥有郝海东、张恩华等传奇球星。而董方卓进入大连实德队的第一天，就把郝海东保持了六年多的球队百米跑第一名和跳远第一名夺走了，从而让天皇巨星郝海东屈居亚军。也正因为如此，他得到了郝海东的赏识，成为他的钦点接班人，并且成了实德队的一线球员和重点培养对象。

也是同一年，在亚冠小组赛大连实德队七比一大胜奥萨苏帕队的那场比赛里面，董方卓攻入了他加盟实德队的首粒进球，可以说非常出彩，这也吸引了国外球探的注意。

很快，英国曼联队向董方卓抛来了橄榄枝。关于曼联，估计不少不看足球的女性观众都知道，大帅哥非常多，比如欧文、贝克汉姆、C 罗等，原来都曾效力过曼联。加入曼联，可以说这是无数中国球员的美梦。然而没想到，很快，这个美梦就变成了噩梦。

最初的时候，因为劳工证的问题，他不得不被下放到比利时的安特卫普俱乐部进行训练。在安特利普俱乐部，语言就成了董方卓生活和训练的大障碍，等终于到了曼联队的时候，这个问题就变得越来越严重了。

其实，中国运动员留洋，语言关一向是至关重要的一环。比如丁俊晖，他当初到英国的时候，第一个难关也是学习外语。不过，每个人的语言能力都不同，丁俊晖很快就适应了这个语言环境。而董方卓，他本身就是非常不擅与人交流的人，所以在欧洲闯荡了很多年，语言问题都没有解决。当他还在比利时的时候，一个实德队的高层去欧洲公干，还特意跑去看他，人家回来之后就说了，什么都好，就是太内向，不主动跟人张口说话，到现在还语言不通。

就这样，语言的问题到最后也没能解决。此外，虽然他在中国是佼佼者，但到了英国之后人才更多了，他的优点就被湮没了，缺点反而越来越突出。人家说话他又听不懂，搞得董方卓不但球技退步了，连性格都有点问题了，甚至有点孤僻了。按理说，实在不行那你就回国吧，再重新开始。可是回来之后，他又转变不了那个思想，总觉得我是在欧洲待过的人，是跟球星一起踢过球的人，他不能适应这个身份的转换。所以，他就不服从教练的安排，不愿意跟昔日的队友们在一起训练，最终，他把自己弄成了足坛的一个边缘人。

同样是留洋，丁俊晖行，董方卓不行，其实原因非常简单，也就是说，每个人都是不一样的个体。无论性格、学习能力，还是心态、适应能力，等等，他们都不一样。同样的一个环境，对于这个人来说是顺境、是天堂，也许，对于另外一个人来说，就有可能是逆境、是地狱。

环境，它也是因人而异的，甲之蜜糖，乙之砒霜。你不能看人家虎妈狼爸，让孩子从小吃了那么多苦，最后成才了，结果你也非得照样去折磨自己的孩子。其实，真正的成功是不能复制的。成功的环境也各有各的不同，我们要因人而异，因势利导，只有真正适合自己孩子的环境才是最重要的。

如何孝敬我们的双亲

要说起我国古代的传统文化，其实有一个话题是无论如何也绕不过的，那就是孝道。

在所有古代文化里面，孝道应该是排在第一位的，因为它是做人的根本，也是所有道德礼仪的基础。所以，我国有句古话，叫“百善孝为先”。

人人都说孝敬父母，却不一定每个人都知道该怎么孝敬父母。有的人说了，那有什么难的呀，无非就是顺从、不忤逆，老人说什么听什么，要不怎么叫孝顺呢。这“顺”，就是从这儿来的。

古人不是说，不孝有三，无后为大吗？也就是说，子女得传宗接代，在政策允许的情况下，早点结婚早点生孩子，让老人放心。然后，多挣点钱，让操劳了半辈子的父母能够过得舒坦点。其实，这里面很多都是对孝道的曲解，甚至是错误的做法。

咱们就说说，“孝”这个字的真正含义。作为子女，我们到底该怎样孝敬双亲。

那么，顺从父母，就是孝顺吗？无后为大，是谁误解了古人？和颜悦色，到底有多难？常回家看看，你做到了吗？

●孝就是顺吗

很多人一说“孝”这个字，马上就想到一个词，那就是孝顺。很多人觉得，什么是孝？无非就是顺，顺着父母来，那肯定就没错，父母说啥就是啥。不是有句话这样说吗，叫“天下无不是的父母”，所以顺就是孝。

其实，这在古代文化里面根本就是两回事，而且，它俩有的时候还是相互对立的。

比方说春秋时期，鲁国有个人叫曾参，他是孔子思想的正宗传人，被后人奉为“宗圣”，也是孝道的代表。在春秋时期留下的名人故事里面，他的出场率很高。其中一件事儿，说的就是他和他爸的故事，叫曾参受杖。

有一天，曾参和他爸曾皙俩人一起在瓜地里除草。结果，这曾参也不知道是手笨还是走神儿了，一锄头下去，把瓜苗的根给砍断了。按理说，那么大一块地，伤了一个瓜苗，这也不算什么大事，没想到，他爸拎起手里的木头棒子，劈头盖脸就把曾参一顿揍。这曾参也不躲也不辩解，就在那里跪着一动不动。最后，他竟活活被打晕了，不省人事了。

过了很长时间，曾参醒了，醒后的第一件事，不是质问爸爸：因为一个瓜苗，你把我打得半死，至于吗？而是赶紧下跪，你看我，犯这么大错，劳您亲自动手打我，您手疼不疼啊？身体没不舒服的地方吧？没气坏了吧？

他爸还心疼自己那瓜苗呢，一看他也没啥事，就没再搭理他。曾参寻思寻思，他又做了一件听起来有点匪夷所思的事，自个儿跑到自己房里去，拿起琴开始边弹边唱，唱得很开心。为啥呢？是为了气他爸吗？不是，是为了让他爸放心。你看你这么打我，但是我心无怨恨，我还挺开心。而且，我这么开心，证明我身体也没啥问题。

后来，这事被广泛流传，让他成了鲁国的大明星。不少家长都拿他当榜样，特别是打孩子的时候，一边打一边说，你哭什么哭，你这个逆子。你看看人家曾参，被打了还乐乐呵呵地弹琴呢，还关心自己老爹手疼不疼呢！

但是没想到，这事传到他老师孔子的耳朵里，这孔子不乐意了，他跟自个儿学生交代，以后曾参来见我，别让他进来。这就等于取消了曾参的学生证。曾参挺不理解，就想问孔子，你不是挺推崇孝道的吗？我这么孝顺父母，你怎么不待见我呢？但老师不见他。于是，他就找别的同学帮忙去问孔子，我到底咋的了，你得给我个明白话啊。

这孔子怎么回答他呢？其原话是这样的：“小棰则待过，大杖则逃走。”啥意思呢？要是你父亲用小棍子打人，你就挺着吧，反正小棍子打不死人，挨两下没事；可是，要是他用大棒子打，那你就应该赶紧跑。大棒子下手重，轻重都不好说，父母在气头上，手里没轻没重，万一把你打死了呢？打死你的话，以后你父母身边就少了一个人尽孝了。如果你是独生子，那就叫失独家庭，多悲惨呢！而且，他还得负法律责任，一命还一命，你这不是害你爸爸吗？就算没打死，你现在名声是好听了，都知道你是孝子，但是你爸呢，就成了恶父了。

曾参这才明白过来，吓了一跳，竟出了一身冷汗，自己差点把自己爹送上断头台。

最后，孔子又说了一句：“从父之令，又焉得为孝乎！”意思就是，如果孩子一味地顺从，使父母陷入不义之中，这怎么能说是孝呢！

搁到现代社会，也是这样。比方说，婆媳关系一般，一段失败的婆媳关系里面都有一个过分顺从父母的儿子。2011 年有个电视剧，叫《婆婆遇上妈》，李小璐和贾乃亮主演的。俩人戏外是夫妻，戏里也是演夫妻。这个贾乃亮就有一个非常极品的老妈，天天看不上自己这个儿媳妇，竟然撺掇儿子出去搞外遇。这儿子也真是的，当妈的说啥是啥，结果外遇败露了，媳妇怀着孩子跟他闹离婚，小三把他妈妈的积蓄都给骗光了。后来这事闹到了公司，让他把工作也丢了。总之，家里最后闹得是鸡飞狗跳、四分五裂。

所以说，一味地顺从，能算孝心吗？孝和顺，这根本是两回事。父母做得对，那得顺；父母做得不对，那就不能顺。后来，孟子也提出过三不孝，他没说这三不孝具体是啥，后人帮他给总结道：人三不孝，第一个不孝，就是一味顺从，见父母有过错而不劝说，使他们陷入不义之中。

●被冤枉的孟子

那么，其他两个不孝是什么呢？

一个是家里太穷，儿子还不去做官。这个比较有时代特色，对于现代来说，没什么参考性。至于第三个，应该是咱们最熟悉的，影视剧里面一到夫妻俩离婚，或者老太太逼着儿子娶老婆，就经常出现一句台词：不孝有三，无后为大。也就说，三不孝里面，你没有子孙后代，这就是最大的不孝。所以，到现在就形成了一系列的逼婚文化。

有的人为了孝敬父母，抓紧时间结婚生孩子，很草率地就把自己嫁了，然后再痛苦一辈子。有的人为了应付父母，干脆去借男友或女友，甚至花钱租个男女朋友回家。

2014 年有个电视剧叫《我的儿子是奇葩》，宋丹丹、佟大为主演的，里面就提到了这个现象。佟大为在剧中扮演儿子，为了应付宋丹丹扮演的老妈，他就让自己的同事假扮自己的未婚妻，虽然结果是好的，俩人最后假戏真做了，但是，这毕竟是影视剧，是编出来的。

在现实生活里面，哪有这么多好事。不少假扮未婚夫妻，假扮男女朋友的，结果往往没那么美好，大部分是一拍两散。惨点的，被骗财骗色，以闹剧开始，以悲剧收场。

其实，孟子说的无后为大，根本就不是没有子孙后代就不孝的意思。出自《孟子 · 离娄上》的原话怎么说的呢？“不孝有三，无后为大，舜不告而娶，为无后也。君子以为犹告也。”什么意思呢？就是说不孝有三种，其中，以不守后代之责为大。舜没有提前通知父母就私自结婚了，这就属于没有尽到后代的责任。但是，君子还是认为，他也算告诉父母了，因为舜是出门在外，又是尧主动把女儿嫁给他。

也就是说，孟子并不是提倡不传宗接代就是不孝顺，而是说，结婚这些大事，你得跟父母打招呼。即便现在也是如此，你结婚的对象可以自己选，但是不能结完婚了才跟父母说。如果你跟父母说，爸妈，我昨天结婚了。你说，这算怎么回事呢？这就是不拿父母当回事。

反过来说呢，如果是为了讨好父母，孝敬父母，随便找个人嫁了，结果往往也不会太好。很可能夫妻之间因为不够了解，产生了矛盾，毕竟婚姻是一辈子的大事。嫁汉娶妻不是说两个人你瞅我顺眼，我瞅你来电就完了，还有双方的亲朋好友，远远近近一堆的社会关系。这都需要双方长时间地互相了解，互相磨合，更何况一着急，还指不定来不来电呢。所以，闪婚的结局往往是闪离。

或者，为了满足父母急着抱孙子的愿望，就随意打乱自己的人生计划，草率行事，其结局往往是自己弄得手忙脚乱，孩子也没有一个舒适的童年环境。如果这样的话，那父母能开心得起来吗？

●真正的孝心

那也有人说了，现在我们知道了，一味地顺从，着急结婚生孩子，这都不是真正的孝，那到底该怎么孝敬父母呢？其实很简单，总结起来就两点：第一是和颜悦色，第二是陪伴。

这和颜悦色，咱们说起来容易，做起来难。孔子的徒弟问他，孝道最难的是什么？孔子就说色难。这个色，就是对父母的态度好，也就是和颜悦色。

有人可能觉得，这有什么啊，自己的父母不可能跟自己挑理，没必要那么小心翼翼。其实不是那么回事。老人处在人生的一个非常特殊的阶段，奔波忙碌了一辈子了，到老了，没力气了，啥也干不动了，他容易产生自卑心理。特别是和子女住在一起，要依靠子女生活，就更敏感了。他老琢磨，今天我儿子是不是嫌弃我了，我媳妇是不是嫌弃我了，我孙子孙女是不是嫌弃我了？人一老，他就容易琢磨这些事。

比如说，有一个老太太，她去儿子房间找报纸，正好赶上儿子回来了。她儿子刚谈崩了一桩业务，心情不太好，他看见自个儿老妈正在自己的床上乱摸呢，这股无名火就撒到他妈身上了。你不好好在自己房间里面待着，上我床上瞎摸啥呀？你眼睛不好，就老实找地方坐着得了，别老到处乱走。他妈说，你别生气，我就找个东西，找累了在床上坐一会儿。这儿子火还没下去呢，扔下一句“吃饱了没事干”就走了。没想到，他走了之后，他妈越想越委屈，她不知道自个儿儿子是工作出问题了，觉得是自己被嫌弃了。她越想越觉得，人老了没用了，活着还给儿子添乱，干脆，从七楼跳下去摔死算了。

所以说，不要总觉得父母跟自己最亲，有些事情就可以不去顾忌，也许你不知道，你的一举一动，你父母已经在心里伤心了好多回了。“二十四孝”里面有一个故事，叫“彩衣娱亲”。有一个老头，叫老莱子，为了哄自己年迈的双亲高兴，七十多岁了还穿着小孩儿的七彩衣，摇着拨浪鼓装嫩。摔了跤，怕他父母担心，就学小孩假装在地上打滚、撒娇。

当然了，咱们不用做得这么极端。但是，这种孝敬父母的态度，还是值得后人学习的。不管自己多大岁数，你仍然是子女，仍然得有做子女的态度。

●常回家看看

那么，下面我们要说的就是陪伴。用孔子的话说就是“父母在，不远游”。

也就是说，如果父母健在的话，你不能走得太远。那有的人说了，这搁在现代社会也不现实，好男儿志在四方，哪能天天守着家呢？关于这个问题，人家孔子也说了，不反对年轻人追求远大梦想，如果你非要远游的话，就得“游必有方”。意思就是，你得有一个安顿父母的方法，或者是等自己成家立业一切都稳定了之后，把父母接过去住，或者常回家看看。

说起常回家看看这句话，二十世纪九十年代有一首流行歌曲就叫《常回家看看》，它之所以能在一堆缠缠绵绵的歌曲里面脱颖而出，并传唱至大江南北，就是因为歌词太感人了，打动了不少赤子之心："找点空闲，找点时间，领着孩子，常回家看看。妈妈准备了一些唠叨，爸爸张罗了一桌好饭。生活的烦恼，跟妈妈说说，工作的事情，跟爸爸谈谈。"你看，这歌词写得多么真实！

但是，真正能做到常回家看看的人有多少呢？更多的时候，都是妈妈准备完唠叨，爸爸准备完好饭，最终空等一场。

2011 年的时候，有一部公益微电影《让爱回家》，说的就是这么个故事。

一个白领三年没回家了，给爸妈打电话说我要回家，他爸妈那个乐呀，赶紧去菜市场买菜，逮着谁跟谁说，我儿子说了，春节要回来，我们得多做点好吃的。结果，做了一大桌子菜，到最后也没等回来儿子。咋回事呢？原来他们儿子在路上接到领导的一个电话，赶回去加班了。在电影的结尾，有这么一句话，很多人都看哭了：别让父母的爱成为永远的等待。

现在，"常回家看看"已经写进了老年人权益保障法了。有的人说，这不是开玩笑吗？能有当爹妈的因为这么点小事就告自己儿女吗？没想到，法律刚颁布出来，真有不少老人把儿女告上了法庭。武汉有一个七十八岁的老人，把自己的两个姑娘和一个儿子给告了，北京有个八十来岁的尹老头，自己不会写字，花了两百块钱雇人写了个状子，把自己的六个儿女全给告了。

但是咱们得说，常回家看看变得难以实现，一部分是儿女的原因，重利轻父母，一心扑在工作上，总觉得我给老人花钱了，这就是好生活了。所以，2000 年春节晚会，赵本山和宋丹丹演了一个小品叫《钟点工》。赵本山演一个老头，到城里投奔儿子来了，结果儿子太忙，没时间陪他，儿子没招了，就花钱给他请了个钟点工，陪他唠嗑。

此外，还有一种情况。有的人倒是回家了，说是回去看父母，结果今天跟同学聚会，明天跟发小聚会，后天又有别的朋友，好不容易回趟老家，真正陪父母的时间也是屈指可数。

子女不能常回家看看，可能还有一部分原因，我觉得是社会原因。在古时候，当官也好，做事业也好，全民都把孝道放在首位。即便皇帝说，你得跟我去做一件事，只要这人说一句，不行，我家中老母病重，我离不开。那么，连皇帝都没辙。

然而，随着经济发展、社会进步，孝道反而还退步了。其实，以前古人重视孝道是有理由的。汉武帝的时候，国家还特意设了一个考试科目，叫孝廉。就是看你这个人是不是讲孝道，是不是为人正直。如果你连父母都不孝敬，那怎么可能对国家忠心耿耿呢？用老百姓的话说，父母都交不下你，那你这个人就不可交。

所以说，孝是做人的根本。

现在，有些企业也开始重视企业文化，开始重视老祖宗的智慧，开始重视孝道了。公司会给自己的员工放探亲假，或者安排员工带父母集体旅游，或者发放孝心奖金，等等。

其实，这是一个好现象。因为只有社会和个人一同努力，孝敬父母才不会有心无力，而孝心也不会成为一纸空谈。

“无度不丈夫”何以被曲解

现在很多古人留下来的道理，在上千年的流传过程中，慢慢意思就变了。

为什么会变呢？因为时代变了，人们对这些道理的认知和理解也变了。所以就会逐渐曲解老祖宗留下的一些东西，毕竟理解得不全面，有的地方就会留下一些破绽。

比如有一句话叫，量小非君子，无毒不丈夫。我们在影视剧里经常听见有人这么说。有些人要干什么坏事之前，总爱念叨这么一句。但这句话是病句，前后句显然是矛盾的。

我们都知道，君子和大丈夫意思差不多。前面都说了君子要度量大，后面怎么一百八十度转弯，又说大丈夫要毒呢？这不精神分裂吗？其实，这就是误传的结果。古代这句话叫“量小非君子，无度不丈夫”。其实原话是标准的并列关系，意思就是，量小你就不是君子，没度量你不是大丈夫，这样理解就合理了。

在历史上，曹操、刘邦的不计前嫌，是品格还是智慧？一代道德模范称霸失败，他输在了哪儿？作为取胜法宝的度量，何时演变成了狠毒？一个个至理名言被歪曲的背后，又有着怎样的历史规律？

●刘邦：大度就是不能记仇

为什么古代人会对度量这事儿这么重视呢？后来人们又是怎么把“度”变

成“毒”了呢？咱们今天就来说说这其中的玄机。

无度不丈夫是什么意思呢？通俗的解释就是，我是大丈夫，我度量大，凡事我让你三分。有人说那不是吃亏了吗？在古代社会，这可不一定是吃亏。有很多历史事件证明，让别人三分，有时候反而占了大便宜。

举例来说，周文王遇到没有礼貌的姜太公，让他三分，结果得到了贤臣。公子小白抓到仇人管仲，大度地放弃了报一箭之仇的机会，结果得到了霸业。蔺相如遇到找茬的廉颇将军，选择大度地忍让，结果得到了一个好朋友。最终他们不但没吃亏，还获得了实际的利益。于是很多人发现了一个道理：遇事让三分，表现得大度一点，这在外人看来是道德的选择，同样也是智慧的选择。

其中最典型的例子，就是和汉高祖刘邦有关的一个小故事。

大家都知道，刘邦可不是什么体面人，经常是流氓作风。但是他在关键时刻，强忍着怨气大度了一回，结果还真能解决问题。

刘邦从一开始就有一个死对头，叫雍齿，这人和刘邦是同乡。刘邦最早自称沛公，当他起义反秦的时候，雍齿就在他身边跟着。但雍齿这人呢，一直不服刘邦，觉得你是流氓，我也是流氓，凭什么你前呼后拥的？于是，他就经常在后面拆台。后来在刘邦最困难的时候，他拆了最大的一回台。当时刘邦从秦军手里打下了丰县，让雍齿把守，结果雍齿卖友求荣，拱手献出自己把守的丰县，投降魏国了。这把刘邦气了个半死，回头想打回丰县不成功，险些牺牲，万般无奈，委身投奔项羽。后来刘邦厉害了，得到了天下，雍齿经过几次反复，最后还是回来向刘邦投降。刘邦心说你还敢回来？等我哪天找个理由把你杀了解解恨，结果几次想杀他，都没腾出工夫。

后来，刘邦问张良，你说这雍齿这么讨厌，我该怎么处置他？张良说，我看你应该给他封侯。刘邦说这是什么意思？张良说，现在天下刚平定，好多人心态都不稳定，整天发你的牢骚。雍齿这人背叛过你，又知道你的底细，所有人都知道他是你一生的敌人，如果你反过来不杀他，封了他，天下人会怎么看你？刘邦说，天下人会以为我是精神病？张良说，不对，天下人会觉得你度量真大，他们为你博大的胸怀而感动，这样就忘了发牢骚了，雍齿是你征服舆论的武器呀。刘邦一听，好主意，就算我现在杀了他，过去的损失也没法挽回了。现在应该从零开始，给他封侯，拿我这点私仇和天下的舆论交换，这笔账划算。

后来，在电视剧《楚汉传奇》中，陈道明把刘邦塑造成一个什么形象呢？一半真情真意，一半又很精明。他不杀雍齿，一半是因为咱们前面说的利益的考量，另一半他的确和雍齿恩恩怨怨这么多年了，自然也有感情的考量。

这让观众判断刘邦这个人的时候，也有两个选择，你可以选择相信刘邦是一个有血有肉的人，你也可以选择相信刘邦是真的枭雄，他做出了智慧的决断。

●曹操：大度就是放你一马

还有一个例子，那就是曹操。

东汉末年，曹操和袁绍开战。当时是袁绍先动的手，不光大兵压境，他还在精神层面折磨曹操。袁绍手底下有个大文豪，叫陈琳，这人和曹氏父子以及孔融等人，并称“建安七子”，这个称号在文学界非常有名。这人非常有才华，文字功力了得，他就配合袁绍的军事行动，写了一篇檄文，叫《为袁绍檄豫州文》。文中罗列了曹操从出生到幼儿园再到工作的很多罪状，不仅如此，他还把曹操的祖宗八代从坟墓里头刨出来，说曹操的爷爷是宦官，干过什么缺德的事儿，说他爹曹嵩罪不可赦，说他家里头有这事儿有那事儿。

这还不是最可气的，最可气的是，陈琳这篇骂人的文章，写得居然气势磅礴，文笔优美，从文章的角度来说，非常精彩，让人看了以后忍不住再看一遍，一时间大家争相传阅。于是，这篇文章当时就在全国传开了，陈琳也出尽了风头。

这文章曹操肯定也得看啊，不论是文学家、大诗人的身份，还是政治敌人的身份，曹操都非看不可。当手下给曹操念这篇文章的时候，正赶上曹操头疼病犯了，曹操难受得不得了，差点没挺过这道坎儿。

后来，曹操通过一系列周密的战略措施，把袁绍给打败了，俘虏了很多袁绍的旧部下。曹操就在这些战俘营里找，这一堆是文官，这一堆是武将，武将里没啥看头，文官呢？哎，碰到一个认识人，谁呢？陈琳。来吧，跟我走吧。大家都以为，陈琳跟他这么大仇，曹操得怎么折磨死他呀？没想到，曹操不但没有为难陈琳，反而重用他，还称赞他文章写得好，是不可多得的人才。他的意思就是，你看咱们同为文化名人，英雄惜英雄，我这么有眼光有胸怀，怎么能忍心杀你呢？这一下，陈琳直感激得热泪盈眶。从此以后，别说陈琳本人服服帖帖，曹操手下的其他人，都由衷地竖起大拇指。他们心说，主公这么宽宏大量，对仇人都能如此，我们跟着他就更放心了。

同样，外人看来这是一个道德的选择，同时对于曹操，也是一个智慧的选择，曹操得到了他想得到的。其实大家都知道，曹操这人有这么慈悲吗？他当然没那么单纯。当年杀吕伯奢一家的时候，人们可没看到他有什么度量，这也是有历史记载的。他杀孔融的时候，同为文化名人，他也没有英雄惜英雄。他对陈琳的大度，只是他的一种手段和伎俩，他要借此机会征服舆论领域，然后获得更大的利益。

所以在古时候，大家追求大度量，追求高品格，其实都是别有用心的。因为，天下没有免费的午餐。

●宋襄公：大度的失败者

前面讲了两个人物，他们利用智慧，占据了道德的制高点，从而征服了舆论。当然，什么招数都不能使用得太过了，太过了就有玩火自焚的。下面，咱们再举个反面的例子。

春秋时期有一个人，他一直都想把自己树立成道德模范，结果因为处理不当，输得很惨。这个人就是春秋五霸之一——宋襄公。

宋襄公本名兹甫，是个非常豁得出去的人。他一辈子的追求，除了霸业以外，就是仁义。他仁义到什么程度呢？他曾经拒绝继承宋国的王位，原因就是他觉得自己的庶子哥哥目夷比自己更仁义，所以他要让位。但由于哥哥宁死不从，最后没让出去。

他这一辈子苦苦追求“仁义”二字，却有两次栽在仁义这杆大旗上了。第一次，是几个国家首脑开会，大家约定咱们就是单纯开会，谁都不许带兵。宋襄公的哥哥目夷，同时也是他的助手，就劝他说，楚国不守规矩，不讲信用，咱们得防着他点，还是带点兵吧。宋襄公说，这哪行？都说好不带兵，他们遵不遵守是他们的事，我得信守承诺。你看，这人多严于律己。结果楚国哪管你这个，楚成王偷偷带了兵，埋伏在会场周围。开会的时候，宋襄公果然和楚王发生了争执，结果被楚王带的兵给擒住了，带回楚国扣押着，闹得非常狼狈。过了好几个月，经过中间人鲁国的调解，对方才把宋襄公给放回来。

这下两国结了大仇了，第二年，因为郑国的事儿，宋国和楚国在泓水这个地方打起来了。当时是楚国进攻，宋国防御，宋襄公亲自带兵全力出战，两军隔着个泓水，所以楚军首先得渡河。我们知道，河水是天险，抢滩登陆的难度特别大，你在水上别人在岸上，一是你兵力不集中，二是水上机动力差，别人射箭，你没处躲。虽然宋军兵力不占优势，但有这个泓水作为天险，还是有很大优势的。

结果宋襄公的表现出乎所有人的意料，楚军已经在渡河了，宋军这边按兵不动，没有到河边布防，也没有在河滩上迎击。目夷就说，大王，这时候该冲锋啦，这是攻打他们的最好机会。宋襄公拒绝了，他说不行，敌人在渡河，他们处于危险之中，我们堂堂仁义之师，干这种乘人之危的苟且之事，赢了又有什么意义？他不让出兵。过了几个时辰，楚军完全渡过泓水了，整理装备，在河滩上开始摆阵。目夷又跟宋襄公说，他们过来了，杀吧！宋襄公摇摇头，不，你看，他们的兵阵还没摆好，我们现在杀过去，他们一团糟，我们也是乘人之危。赢了他们也不会心服口服，我要赢就要赢得漂亮。我不但要赢了武力，还要赢得一个霸主的风度。宋襄公这时候想的，和咱们前面说的刘邦和曹操一样，他是想通过自己处理事情的大度、仁慈来征服舆论，甚至征服对方的人心。

结果，那边楚军摆好了阵势冲过来了，宋军被打得满地找牙，大败而归。宋襄公自己大腿上也被射了一箭，伤得不轻。

回国以后，所有人都埋怨，大王，这全都怪你，本来不至于是这么个结果。宋襄公不但不认错，反而教训他们说，我没错啊。我作为一名有仁德心的霸主，就应该这样。打仗的时候，受伤的人就不该打，白发苍苍的敌人，就不该打，防守的时候就不该靠险要的关口取胜。没有做好准备的敌人，就不该打，这就是我做人的原则。

你看，他输了还认死理儿。又过了一年，他伤势复发，再加上郁闷，就死了。风光一时的春秋五霸之一，就这么没有了。同样是打着道德牌，同样想征服舆论、取得霸业，为什么结果差距这么大呢？

宋襄公的失败告诉我们什么呢？第一，不讲科学，不知己知彼，光靠树立仁义的大旗，是不足以成事的；第二，从春秋时期开始，像楚成王这样不讲信用的贵族越来越多。周朝时候兴盛的礼乐制度，流行的追求高尚品格的风尚，已经开始礼崩乐坏了。

在世风日下的情况下，像宋襄公这样恪守道德的孤独的守望者，注定下场会很凄凉。

●被曲解的“无度不丈夫”

说到传统文化，经常有人提到一些老祖宗留下的被曲解的名言。它原来的本意，流传到今天就面目全非了。为什么会出现这种现象呢？原因很简单，时代变了，人们对名言作用的需求逐渐改变了。于是，按照大家的需要，慢慢地，这些名言就被曲解了。

比如这个无度不丈夫。在古代某个时期，原来是指大人有大量，想干大事就得先学会让别人三分，这个道理是大家最需要的，所以流传了下来。可是后来，历史进入了乱世，在乱世环境下，人性变得很残酷，生存法则变了，原来那套高大上的讲究原则的完美主义就不管用了。在这种情况下，这些名言要么就从历史上消失，要么以另一种意义继续流传，于是其意义就被歪曲了。结果，取而代之的是没什么原则的生存哲学。

这时，大家就发现，无度不丈夫过时了，要狠一点才行，无毒不丈夫才实用。曹操一辈子留下那么多雄心壮志的诗，其中不乏一些正能量的思想。但大家用得最多的，却是“宁教我负天下人，休教天下人负我”。奇怪的是，大家偏偏把这句话给留下来了。

就像曾经有一句流行语，叫“学好数理化，走遍天下都不怕”。后来时代变迁，大家发现学好数理化也没法混得那么好了，反而靠人情关系在社会上变得流行了。于是，原来那句话就变成了“学好数理化，不如有一个好爸爸”。

不知道，还有多少古人伟大的智慧还没有被发掘出来，没有被发扬光大；也不知道，有多少智慧在历史长河中被化神奇为腐朽了。正因为如此，我们今天才有必要把古代老祖宗留下来的东西，尤其是正能量的东西找回来。

我们要让这些宝贵的思想财富，继续丰富我们的精神世界。

帮人是个技术活

咱们这几篇文章，说的都是古代文化的事。有人可能觉得，咱们的古人好像都有点不食人间烟火。可能在那个时候，人心没有现在这么复杂，要不然，他们怎么天天就研究诚信、美德、道义等这些高大上的东西呢。

其实，除了崇高的人生观、价值观，古人也留下了不少接地气的东西，比如，与人交往、为人处事的比较实用的智慧。在现实生活中，你要做到万事不求人太难了。人本身就是群居动物，就是你帮我、我帮你，大都是这种相互关系。那么，帮人到底该咋帮，这让很多人犯愁了。

要谈论这个问题，我们首先不妨从一个寓言开始说起。明代文学家马中锡的散文集《东田集》里收录了一篇《中山狼》，说的就是一个叫东郭的先生和一只狼的故事。很多人看了这个故事，就很有感触：你看东郭冒着生命危险救了狼，结果呢，狼一回头就要把他吃掉。

很多人在现实生活中，也都做过东郭先生，也都救过狼，就很唏嘘，怎么这么多忘恩负义的小人呢？帮人怎么还帮出仇来了呢？咱们就说一说，老祖宗留下来的那些帮人的智慧。

在生活中，曾经的姐妹，如今却成死敌；一百多刀，怒杀恩公全家；东郭与狼，为何不断上演？恩将仇报，这其中到底有什么难解的奥妙？

●什么人能帮

咱们古人推崇什么呢？助人为乐。你像四大名著中的《水浒传》被改编成电视剧后，那主题歌都是这样唱的：路见不平一声吼，该出手时就出手。《水浒传》里面的英雄，什么拳打镇关西，什么醉打蒋门神，这都是助人为乐的典范。

其实，说是助人为乐，但你也不能头脑一热，看人有困难就不管不顾地就往上冲，这里面也是有智慧的。咱们总结起来，老祖宗帮人的智慧，其实无外乎就这么几条：啥人能帮？帮多少？该咋帮？

先说啥人能帮，这就得提到咱们开头说的《中山狼》。

《中山狼》说的是春秋后期发生的故事。当时，晋国的大夫赵简子带着一群随从，到山头的树林里面狩猎，他发现一头看起来非常凶狠的恶狼，便一箭射过去，结果，箭偏了一点，没射中要害，就射中了狼的一条前腿。这狼一瘸一拐地就逃跑了，赵简子一群人就跟在后面穷追不舍。

就在这个紧急关头，狼心里正寻思呢，我命休矣，前无明路，后有追兵，我还身负重伤。眼看着就不行了，没想到柳暗花明，它看到前面有个老头，看起来是个老学究的样子。他牵着一头驴，驴身上驮着一个大书袋子。好了，这下有救了！

它赶紧跑到老头面前，跪在地上就开始哭，你救救我吧，你看你们读书人都知道，书里不是经常有什么龟呀、蛇呀报恩的故事吗？你看，我比那龟、蛇可有灵气多了。你救了我，以后我肯定能报答你。

那老头是谁呢？就是东郭先生。他也挺犹豫，我救你吧，这打猎的肯定都是公卿权贵，万一被发现了，别说你日后报答我了，今天我这小命就不保了。可是，不救呢？又违背了我做人的良心。他正寻思呢，这狼着急了，干脆自己拽过袋子拆了口，然后自己往里面钻。没招了，救吧，东郭先生就把狼给装到书袋子里面了。

没过多久，赵简子等人追上来了，也没看到狼影，然后就离开了。等大队的打猎人马走了之后，这狼安全了。没想到，这狼钻出来要做的第一件事是什么呢？它就对这个东郭先生说，你干脆再行行好，救人救到底，送佛送到西吧。你看我还饿着呢，你让我吃了填饱肚子得了，要不我饿死了，你也白冒险救我一场了。

这把东郭先生给气得够呛，我冒着生命危险救你，你居然要吃我，那咱俩找个人评评理吧，看看我该不该让你吃。这狼哪听这个呀，二话没说就开始追东郭先生，俩人绕着树就跑。东郭先生虽然岁数大，腿脚不利索，但是狼腿上中了一箭，伤得不轻，谁也占不着便宜。追了半天没追上，狼没招了，狼说那咱俩找人评理吧，要是说我该吃你，你可得乖乖让我吃。在深山老林走了大半天，好不容易遇到一个人，还没等东郭先生说话呢，这狼揪着人家就开始诉苦，东郭先生救我一命是不假，可是他把我装到书袋子里面，我可受了不少苦，那他得补偿我。这人一听，就明白怎么回事了，使了一计，他说这么着吧，你说你受苦了，我可不信，你再钻袋子里我看看，能那么遭罪吗？这狼傻乎乎的，就真钻进去了，刚钻进去，这人就把袋子口给扎上了，然后把狼给砸死了。

东郭先生救了狼，还差点反受其害。这个事咱们细细琢磨一下，就属于识人不清，帮了不该帮的人。

那啥人不该帮，或者说，该谨慎地帮助呢？

第一，陌生人或者是不熟悉的人。像《水浒传》里面，鲁智深也不是刚见到金翠莲，一听她说，镇关西欺负我了，他就风风火火地跑过去把人家打死了。在行动之前，他也是有几个步骤的，他先从金翠莲这儿问明白前因后果，到了镇关西那儿马上就要开打了，他还质问镇关西有没有这回事，所以这就叫谨慎。那东郭先生和狼就属于不熟悉的关系，连好坏都分不清就冒死相救，这叫鲁莽。

第二，对有前科的人得谨慎帮助。这个前科不光是说恩将仇报，像狼，咱们都没什么机会接触，但从各种渠道都有了解，狼凶狠残暴，不是什么好东西。那人也是这样，有的人已经恶名在外了，或者说他已经做过很多坏事了，这样的人，你帮他也不是不行，你得小心谨慎，别最后把自己搭进去了，人家还不领情。

●帮人要“限量”

那么，很多时候，我们帮的人都是自己的亲朋好友，我们也熟悉他，这人本来也是好人。或者，我已经通过种种渠道了解他了，他是个不错的人。这个时候，我帮了他，甚至是倾囊相助，竭尽自己的所能，结果怎么还落不下好呢？

有的时候，坏就坏在“竭尽”这俩字上。这就涉及到什么了呢？该帮多少的问题。你帮得少了，人家未必埋怨你，说我有多大的能耐，我就给你出多大的力。可有的时候，你帮多了，反而落仇了，所以，帮忙得“限量”。

怎么“限量”呢？比方说有一个例子，电视剧《甄嬛传》估计不少人都看过，一到寒暑假的时候，各大卫视几乎循环播放。孙俪在里面扮演主人公甄嬛，后来通过选秀进入宫中。在宫里她有两个姐妹，一个是从小一起长大的叫眉庄，一个是半路上认识的，叫安陵容。这个安陵容可把不少观众给气得够呛。为啥呢？安陵容是一个穷县长的女儿，穿着打扮都不行，选秀的时候，又遭到了人家的侮辱。结果呢，甄嬛帮她解围不说，还给她精心打扮，她这才有入选的可能。入选之后，秀女得先回到自己家学习宫中礼仪，到规定的日子以后再正式入宫。那安陵容是外县的，距离太远了，只能在京城找一家旅馆先待着。甄嬛看着她可怜，就给接到自己家去了，后来在宫中，甄嬛也是处处维护她。你说这么大的恩情，安陵容不但不领情，还把甄嬛害得流产，甚至家破人亡。有人说，这人简直就是白眼狼。

那么，安陵容为什么恩将仇报呢？除了本身的利益冲突之外，她自己也说了，你说，咱俩这么好，你在皇帝那儿那么得宠，你怎么不推荐推荐我呢？你光顾着自个儿一个人开心，把你好姐妹给忘了，你这不是不仗义吗？

用咱们现在的话说，这叫什么？这就叫得寸进尺。用咱们老祖宗的话，叫什么？升米恩，斗米仇。什么意思呢？十升等于一斗，也就是说，在别人快饿死的时候，你给别人一升米，这是救命之恩，人家会感激你。你给人家一斗米，这就太多了，别人会觉得，你都有一斗米了，你干吗不干脆给足了呢？让我以后不用再为饥饱犯愁了。这也就是咱们说的，救急不救穷，救穷没有头。

所谓得寸进尺，咱们用句老百姓的话说，这都是惯出来的。如果当初甄嬛能适可而止，安陵容也没机会得寸进尺。

很多人都有这种感受。比方说，在公司你看着厕所挺脏的，我闲着也闲着，打扫打扫吧。第一次，大家伙感激你，说这小伙儿真能干，够意思。第二次、第三次，大家习以为常了。有一天你突然不打扫厕所了，你看就有骂你的了，厕所那么脏了，也不知道收拾收拾。莫名其妙的，不知道什么时候，这活就成你分内的工作了。

那么说帮人要“限量”，除了怕对方得寸进尺之外，你还得考虑对方的接受能力。有的时候，你劲使太大了，反而会成为别人的负担。

比方说，2004 年的时候，郑州有一起让很多人都非常唏嘘的刑事大案。

有一个三十七岁的女人，叫田凛寒，把朋友杨姓一家人差点给灭门了，一百多刀砍死了三口人。你说这得有多大的仇恨啊？那至少得是杀父夺妻之恨。最后警方一调查，根本不是那么回事。俩人不但没仇，这杨姓一家呢，还是她的大恩人。

这到底怎么回事呢？这田凛寒是江苏人，刚到郑州的时候，她公公托自己的老同学，也就是老杨头帮助她。这老杨头在自己的亲朋好友圈里，那是有名的古道热肠，就这么着，两家一直来往密切。有一回，田凛寒要干个小买卖，陆陆续续地跟老杨头借了十万块钱。老杨头一家虽然也嘀咕，这数目挺大，可瞅着俩人的生意不太好，这钱能开口要回来吗？但是，碍于两家的面子，再加上自己本身就是热心肠，不管什么时候人家开口要求，他也没好意思回绝。

没想到，这十万块钱就惹来了杀身之祸。最后田凛寒生意破产了，果然，这笔欠款还不上了，怎么办呢？她一想，干脆，我把他家灭口得了，这样就没人知道我欠钱了。

这虽然是个极端的例子，但是，因为恩情太大，干脆和恩人老死不相往来，这种事，在现实生活中还真不少。

因为谁也不喜欢欠人情。比方说小来小去的人情，今天你给我家送点菜，明天我给你家送点米，有来有去，越欠俩人越亲密。但是，如果这个人情对方还不起怎么办？人家总觉得欠你的，俩人的关系慢慢就开始不平等了，他总得仰望你，天天想方设法怎么把人情分期付款还回去，久而久之这怨恨就产生了。

就像古代，帝王为什么喜欢杀功臣？仔细琢磨，也是这个道理。刘邦杀韩信，为啥？你帮我打下了江山，这么大的人情我怎么还？我只有把半壁江山送给你，可是，我又舍不得。那怎么办？唯有杀之！

●到底该怎么帮

现在，咱们知道什么人能帮了，也知道该帮多少了，剩下的问题就是该怎么帮了。

有的人说了，那还能怎么帮，人家让我怎么帮我就怎么帮呗！找我借钱的，我给出钱，找我出力的，我去出力。只要我能看清人，能适度适量不就没事了吗？

其实，这说的是人家主动找你帮忙，你被动帮忙的。有的时候是什么情况呢？别人确实需要帮忙，但是，他没有明确地跟你说，没有告诉你，你得怎么帮我。而且，你俩关系又非常不错，或者说，你有主动帮助他的意愿，这个时候，就涉及一个怎么帮的问题了。你不能说脑袋一热，你有啥问题我给你解决啥问题，这样，也往往也会帮出事来。

举个特别典型的例子，咱们国家就有一个。他特别乐于助人，而且非常高调，今天帮这个明天帮那个，末了他还处处挨骂。他是谁呢？陈光标。

2011 年的时候，这个陈光标又把援助之手伸向谁了呢？就是曾经在 2001

年大运会的体操项目上摘金夺银，被誉为中国体操新星的张尚武。

张尚武确实天资不错，后天也努力，可惜，不幸的是由于伤病，跟腱断裂，他最终不得不告别体坛，从此以后，他的人生就变得非常凄惨了。比如，变卖金牌、盗窃入狱、乞讨卖艺，总之，要多惨有多惨。所以，陈光标就打算帮助张尚武，让他来自己的公司担任一个闲差，每个月是一万一的工资，除此之外，还有乱七八糟的各种赠予。其实，这就是一个变相的捐款。本来这也是一件好事，没想到，在接受陈光标帮助的第一百一十天之后，张尚武辞职了。为啥呢？伤自尊了。

怎么回事呢？陈光标在各种各样的慈善会上都带着张尚武，每一次张尚武都要违背自己的意志去以一个受帮助者的形象，接受大众的洗礼。而有意思的是什么呢？他在伤自尊的同时，又自己出钱赞助了一个贫困大学生。并且，他不顾这个大学生的反对，硬是拍了一张大学生受自己恩惠的照片。实际上，这是一个暴力慈善的恶性循环。为此，这个大学生的姐姐，同样以伤自尊为理由，跟张尚武闹成了不共戴天的仇人。

其实，这就是咱们古人说的，不为五斗米折腰，廉者不食嗟来之食。你帮助我，我高兴，但是，你要照顾我的感受。不能说，因为我是一个受助者，你就可以随意地践踏我的自尊心。

总之，帮人也是个技术活。

对于施恩者，咱们要记住一句话，施恩勿念。你在帮助别人的时候，得做到不求回报，无论是物质的还是精神的回报。物质的回报，那叫利益交换，精神的回报，比方说，你想让别人感激你，那叫施舍，你想留下美名，那叫花钱买名声。同样，对于受惠者也要记住，受惠莫忘，滴水之恩当涌泉相报，有恩不报非君子，忘恩负义是小人。如果报答不了，至少你不能起害人之心。

我们从出生开始，就离不开帮人和被帮。如果人人都能做到施恩勿念，受惠莫忘，那也就不会有那么多恩将仇报，让人寒心的事儿了。

知足常乐大有学问

在两千多年前的春秋战国时期，我国在哲学领域是走在世界前列的。当时，我国出了很多思想家，比如孔子、老子、韩非子等人，他们的思想成果，不论在文化上还是在经济上都深深影响了中国上千年。

但现在世界不同了，进入现代，有些人就觉得，他们的思想不一定对现实有指导意义了。为什么这么说呢？举一个例子，老子有一句话，叫知足常乐。很多人就觉得，这不合时宜了。知足常乐，成了懒人的借口，逃避的托词。

一句警世之言，为何常常被人曲解？那么，老子的本意是什么？又是说给谁听的呢？在日常生活中，我们该如何平衡欲望和快乐的关系？又该怎样看待知足和懒惰的区别呢？

我就给大家讲讲，人们对于知足常乐的误解。

●知足常乐是一剂良药

因为现在社会竞争激烈，人在社会上处世，就如逆水行舟，不进则退。什么智能手机，什么各种生存技能，稍不努力就被时代淘汰了。现在讲究的是步步紧跟，丝毫不能松懈，怎么还能停下脚步知足常乐呢？那不就等于不思进取吗？

有这种想法的人不在少数，很多人认为老子这一套，不是这个时代所需要的。那到底是不是这么回事呢?

当然不是，老子的这句话可没这么简单。这句话不但没被时代淘汰，反而随着社会发展，对特定的人群有更大的意义。

如果咱们细心总结所有的名言，就不难发现，古代留下的名言警句，按照用途可以分为两大类。一类是用来养生的，就是你听了我的格言，对你今后的生活、奋斗都有好处。不听呢，也没事，反正决定不了你的生死。这就是养生的格言，救穷不救急。另一类呢，就是用来治病的，救急不救穷。也就是说，你已经陷入危机了，都走到人生的悬崖边上，这时候我一语惊醒梦中人，让你幡然领悟，悬崖勒马。你若不领悟，那你死路一条。

比如说，知识改变命运，这句话显然是养生这一类的。时间就是金钱，这也是养生的。再比如，放下屠刀立地成佛，这是治病的。意思就是，叫你立即停止杀戮，回头是岸。珍爱生命，远离毒品，这也是让你立即悬崖勒马，否则后果不堪设想。

咱们再回过头来说老子“知足常乐”这句名言，这句话是养生的还是治病的呢?很多人认为，这肯定是养生的，告诉你生活的态度，人要知足，差不多就行了。你看，听起来就挺养生的。其实，这句话事实上是一句严厉的警告，它告诫你，再不知足，你就毁了。这是典型的治病的名言，专治偏执狂。

偏执有两种：一种偏执是欲壑难填，另一种偏执是过不去的坎儿。

有人问，你这么说有什么依据呢?这句话出自老子的《道德经》，原文是这样的：“罪莫大于可欲，祸莫大于不知足；咎莫大于欲得。故知足之足，常足。”听起来比较拗口，翻译过来就是：这世间，最大的罪恶就是放纵自己的欲望，最大的灾难，就是对于欲望非得到不可，最大的祸患就是你不知足，贪得无厌。所以，懂得什么时候该知足，你才能获得永久的满足。联系上下文，这显然是一句十分严厉的警世名言。

以前很多人认为，知足常乐这句话是说给生活不如意的人的，就是日子过得太惨了，拿这句话安慰自己。人啊，知足常乐，凑合活着得了。其实恰恰相反，其中根本没有安慰这层意思。这句话的本意，老子不是说给过得不好的人，而是说给过得太好的人。他警告那些事业上风生水起但想要太多，导致欲壑难填、欲罢不能，甚至根本停不下来的偏执狂。他劝说这些人，趁早收敛一下自己的欲望，学会知足，否则没有好结果。

老子为什么要这么说呢？因为在他生活的春秋时期，有太多这类活生生的例子了。因为自己能耐大，对于欲望过于执着，欲壑难填，不知道适可而止，最后就遭了殃。比如说，西周怎么结束的？春秋怎么开始的？就是因为周幽王偏执地想博得美人一笑，烽火戏诸侯。

●知足常乐的警示

西周最后一个王叫姬宫涅，他叫什么大家都不太在意了。他死了以后，别人给了他一个不太好听的谥号，叫周幽王。

周幽王原本日子过得挺不错的，大周朝有雄厚的军事基础，也有比较完备的礼乐制度。按说他好好当这个王，能力高点低点都不耽误，可坏就坏在他对一件事太执着——女人。当时，他还算是一个有正事儿的王，为了扩大领土，就攻打褒国。褒国哪打得过大周啊，为了缓解矛盾，对方献上一个美女，就是褒姒。这美女不姓褒，姓姒，因为来自褒国，所以都管她叫褒姒。这褒姒非常漂亮，倾国倾城，但可能童年生活不太幸福，再加上被人当作礼品献过来，就有点抑郁，整天见不着笑脸。无论怎么做，都没法让她开心。

这一下，她把周幽王的欲望给勾起来了，不是男女之事的欲望，而是征服欲。一般事业太顺利的人都有这毛病，征服欲强。他心说，天下都是我的，这女人我就没本事博得一笑吗？为了让褒姒笑，周幽王像科学家一样，开始研究各种办法。比如，给她最漂亮的衣服，给她奇珍异宝，收集天下最好的笑话，结果褒姒都不笑。周幽王是越来越不甘心。这要换了咱们正常人，实在不行就算了，强扭的瓜不甜，到此为止就行了。可周幽王的征服欲太强了，有些偏执了，他就跟这事儿较上劲了。他下定决心，不惜一切代价，就是要让褒姒笑。

这时候，我就又想起老子说的那句话了："罪莫大于可欲，祸莫大于不知足；咎莫大于欲得。故知足之足，常足。"这世间，最大的罪恶就是放纵自己的欲望。因为周幽王太贪恋让褒姒笑了，结果呢，有人就投其所好，他就劝周幽王，这褒姒估计不喜欢小来小去的把戏，咱得试试大场面。周幽王问怎么才算大场面？那人就说，不如咱们把烽火点着，引诸侯来援救，你看这场面大不大？周幽王当时为了博得美人一笑，已经鬼迷了心窍了，想都没想就答应了。好，就这么办，来人呐，点烽火。

烽火台是干什么的呢？类似于现在的防空警报，就是通知所有人，外敌入侵了，马上进入备战状态。烽火台一个传一个，没多久就传到了各路诸侯那儿。诸侯们一看，不好，烽烟四起，这是犬戎入侵了。当时，周朝把周边的北方少数民族叫犬戎，这当然是蔑称。诸侯们有的撂下筷子，有的扔了酒杯，有的从床上爬起来，以最快的速度整顿兵马，从全国各地长途奔袭到当时的首都镐京。结果来了以后，大家发现没事儿啊，没有外敌入侵啊，好几队人马在城下乱成一团。还有刚刚赶到的人马，大家不知道怎么回事，连人带马十几万，都火急火燎的。这场面，让城楼上的褒姒看到了，那就相当于看奥运会的团体操表演，可以说声势浩大、表演逼真，情节跌宕起伏。褒姒实在没忍住，就笑了，周幽王多年的心愿终于达成了。

可各路诸侯怎么想呢？大家知道真相以后，都非常气愤。你这是耍猴呢？我们对周王一片赤诚，你却把我们当消费品，这太让人寒心了。从那以后，周幽王对各路诸侯就失去了号召力。几年以后，犬戎真的攻打镐京，周幽王再点烽火报警，各路诸侯就没几个愿意来支援了。即便来的，也没有第一次烽火戏诸侯那么快了。结果由于缺乏援军，犬戎攻下都城镐京，把财产洗劫一空，周幽王在逃跑的过程中被人杀死，褒姒也下落不明。

西周灭亡后，周平王不得不东迁，建立东周。东周虽然建立了，但周王朝一来失去了军事实力，二来失去了威望，统治力已经名存实亡了。从此以后，各诸侯开始各自为战，春秋五霸开始崛起，春秋时期就是这么开始的。

可以说，从某种意义上来说，周朝就毁在周幽王贪得无厌以及毫无意义的征服欲上面。当然，周幽王属于脑子有点笨的昏君，但这种惨痛的教训，在当时也出现了很多。

春秋五霸之一宋襄公，他的前半生非常精彩，把宋国从一个小国的地位提升到霸主之一，甚至像齐国这样的大国都得看他的脸色。后来，宋襄公的控制欲越来越大，他不顾及自己国家的实际实力，就想跟齐桓公一样号令天下诸侯。结果称霸失败，自己也葬送了性命。

其实，历史上这样的例子太多了。

老子劝大家知足常乐，其实就是劝这些人，要适可而止，要止住自己不断膨胀的不合理欲望。换到现在，就是劝类似卖肾买手机的傻孩子，不是劝老百姓小富即安、不思进取、整日懒惰。

我们今天来理解老祖宗留下的思想，也得结合着当时历史的状态，当时的语境，不能随便判断这句说得对，那句说得不对。

●知足常乐的心态

说到底，老子讲的“知足常乐”，其实就是用来警世的，就是用来治病的，治欲壑难填，治穷兵黩武。每个人都有欲望，但不是所有欲望都是合理的。大人物们要是控制不了自己的欲望，利用自己的能力胡作非为，那这个社会可就要遭殃了。

此外，还有一种偏执，叫过不去的坎。咱们任何人在遇到过不去的坎的时候，都容易得这种心病，就是自己把一件在别人看来无所谓的事放得特别大，自己和自己较劲。这种病，俗称“想不开”，严重的就能干出不合理的事儿。人每当到了这个时候，都是比较危险的，这时候就得用知足常乐的精神来调节自己，别让自己崩溃了。

比如《西游记》里的唐僧就遇到过这么一回。其中有这么一个情节，从西天取到了真经以后，师徒四人往回赶。途经通天河时，四人犯了难。这时候，有个老龟说，我免费带你们过河吧。

到了河中间，这老龟就问，我委托你们帮我问如来佛祖，关于我的寿命的事儿，你们问了吗？唐僧说，哎呀，一到西天我都乐傻了，忘了给你问了。老龟说，你看，我就求你们这么点儿事儿，你们还给忘了，你们拿不拿我当朋友啊？这老龟也是心眼儿小了点，一气之下，把他们师徒四人连带着所有经书给翻到河里去了。这是九九八十一难中的最后一难。这一难虽然没有什么人员伤亡，但经书全都湿透了，师徒四人在岸边把经书晾好了，发现有一页破损了，少了几个字。这时候，就看出唐僧的心理素质不行了，他当场就崩溃了。

唐僧就说，我好不容易取了真经，还给损坏了，我这一趟还有什么意义？我怎么这么没用？上天为何如此惩罚我？谁知道我们该梦归何处？谁明白尊严已沦为何物？是否找个理由随波逐流，或是勇敢前行挣脱牢笼？我该如何存在？

悟空拍了拍唐僧说，师父，你先别唱了。不就损失了几个字吗？这么多经书都取回来了，等回到大唐，你有生之年能把这些经书看完一遍就算不错了。为了这几个字寻死觅活的，真不至于。在你眼里，这好像天塌下来了，在我和八戒眼里，根本就不是个事儿。世间哪有十全十美的事儿？经书也一样。咱赶快收拾收拾回大唐，迎接咱们的是热情的长安市民和无上的荣光，见到这些你就什么烦恼都没了，咱得知足常乐呀。

唐僧一听孙悟空这么一说，就想开了。

也就是说，唐僧自己在心里把这几个字的损失给放大了，甚至大过了整个取经大业，大过了自己的生命。这种事儿咱们看别人犯傻，觉得特别可乐，但自己赶上了，可能比别人更傻。所以老子这句知足常乐，就是提醒咱们，没有啥过不去的坎儿，生活还要继续。这个事儿你的能力已经没法解决了，这时候，人应该知足常乐、适可而止。

别跟自己较劲，保护好自己的心灵，否则会付出非常大的代价。

●知足常乐的哲学

咱们前面说了，知足常乐是老子给世人治心病的，一治欲壑难填，二治过不去的坎。这些现象在老子那个兵荒马乱的时代非常普遍，现在虽然没有了战争，但隐形的战争无处不在。

社会高速发展，商场如战场，官场、名利圈等竞争激烈。范伟演的电视剧《老大的幸福》就反映了这些社会现象。老大傅吉祥这一家人，都或多或少有偏执的毛病。

比如老二傅吉安是个成功的商人，但他把自己变成了一台商业机器，有些不像人了。他对财富的追求没有尽头，结果他一点也不幸福。他儿子总结得挺好，说他是金钱的奴隶。老三傅吉兆为了走仕途，整天看老婆脸色，说一些言不由衷的话。老四傅吉星整天做明星梦，对名利的欲望大得自己都控制不住了，特别贪慕虚荣。为了成名，他不惜一切代价。老五傅吉平喜欢追求捷径，开始炒股赔得什么都没有了，后来又想嫁入豪门。

这四个兄弟姐妹，每个人都走到了自己人生的悬崖边上。范伟饰演的老大傅吉祥用自己知足常乐的人生哲学，把他们一个一个从悬崖边上拉了回来，从而找到了各自的幸福。可以说，在当今社会，傅老大这个人物形象，为老子知足常乐这句话做了最好的诠释。他告诉我们，在现在这个物欲横流的社会，应该怎么控制自己的欲望，应该如何获得永久的快乐。

但是值得注意的是，傅老大这人知足常乐，但我们看看，他懒惰吗？他逃避吗？完全没有。他既不懒惰，也不听天由命，他对生活的态度恰恰是最积极的。在事业上他很勤劳，在养生理疗方面他是大拿，对待人生，他能争取的从来都全力争取。不论是为了自己的幸福，还是弟弟、妹妹、朋友们的幸福，他都不遗余力。他是真的做到了老子所说的：遏制不合理的欲望，得到永远的幸福。

所以，那些拿知足常乐为自己生活上的懒惰和退缩找借口的朋友，真应该好好看看《老大的幸福》，看看什么才是真正的知足常乐，什么样的生活才最快乐、最幸福。

只有像傅老大那样的人，才是真正的人生赢家。

究竟你有几个好知己

说起来，古人其实挺憋屈的，基本就处在一个熟人的社会里面。当时也没有什么交通工具，娶个媳妇要不是一个村的，那都得骑驴走好几天。所以，相对来说，他的交际圈就窄。

那么，到了现代社会呢，出个国都是分分钟的事，各种各样的交友网站、交友工具，更是举不胜举。原来我那会儿还流行笔友呢，十天半月的，能收到一封信，就开心得不得了。现在都流行网友了，手机、电脑一打开，不但能看见人，还能听见声音，跟面对面交谈没什么区别。

随着交际圈的扩大呢，有不少人就觉得，我朋友真不少，走遍天下都不怕。哪哪哪都有我哥们，哪哪哪都是我闺蜜。可是，究竟什么叫知己？什么叫朋友？什么叫关系？有时候，有的人就未必能分得清。咱们就说说朋友这个话题，说说古人的交友智慧。

一面之缘，伯牙为子期断弦；衣锦还乡，恩公却送来假酒；同做生意，好友竟常常贪钱；看似不靠谱的友情，为啥成了知己的千年典范？

●知己得志同道合

到底什么样的人才能叫知己呢？不是说，今天咱俩去拍两个大头贴，明天咱俩一起逛逛街，女孩子没事搭伴上个厕所，男孩子闲得慌就聚一起喝点小酒、吹吹牛，这样的人就叫知己了。

知己是有非常严格的标准的，咱们古人衡量知己的标准，大体有这么三点：第一，得志同道合，第二，得能互相理解信任，第三，得能同甘共苦。只有这三点同时满足了，那才能叫知己。满足一两条的叫朋友，一条都满足不了的，只能称作是你的社会关系。

咱们具体说说这三点，大家伙自己在心里估摸一下，自己到底有几个知己，有几个朋友，或者说，你大部分的朋友都只是社会关系。

首先是志同道合。这个大家伙都知道，不是有句古话吗，道不同不相为谋。志同道合既是指兴趣相投，也是指人的人生观、价值观基本一致。

比方说，在电视剧《黎明之前》里面，吴秀波扮演的刘新杰和林永健扮演的谭忠恕。他俩关系好不好？刘新杰父母早逝，寄居在谭忠恕家，俩人一个妈养大的，不是亲兄弟却胜似亲兄弟，有生死之交。但是，因为立场不同，一个是共产党一个是国民党，政治理念就不一样。最终，俩人只能分道扬镳，走向了不同的人生方向。

所以说，志同道不同，只能是做惺惺相惜的对手，或者做互相仰慕的陌生人，没办法走到一起去。志不同道同呢，俩人没什么共同语言，我喜欢的你不了解，你喜欢的我也不明白，俩人一坐在那儿干瞪眼，没法交流。

在我国古代就有一个非常有名的志同道合的例子，他们是谁呢？伯牙和钟子期。

据说，春秋时期的楚国有这么一个读书人，叫伯牙。有的说叫俞伯牙，其实，那是明代的时候，冯梦龙在小说里面杜撰的，伯牙本身就是姓伯名牙。据说，他非常喜欢弹琴，很小的时候就跟着一个叫连城的先生学习。因为天资聪颖，所以琴艺进步也很快。可是，他总是很难弹奏出乐曲的那种神韵。

有一天，伯牙就去东海蓬莱山散心，顺便看看大自然美景。他顺着一条山路往山里面走，快走到路的尽头的时候，他吓了一跳，怎么回事呢？这景色太美了，瀑布、清泉在山谷里面激荡。伯牙顿时跟开天眼似的，灵感就来了，席地而坐，创作了一曲《高山流水》。

从此，他的琴艺一发不可收拾，甚至达到了什么地步呢？当时的人，都管他叫琴仙，就说这琴弹得太好了。

但是，琴艺太好了，伯牙的烦恼也来了，因为没有知音。不管他弹啥，听的人都喝彩，可是一问，我弹的啥呀？不知道，反正就是好听。

后来，伯牙去晋国做了大夫。有一天，他奉命回楚国，坐船走到半道上遇上刮大风，走不了了，只好找个江口做短暂的休息。到了晚上的时候，风平浪静，月亮出来了，景色特别美。于是，伯牙的琴瘾就上来了，他就在船头弹琴。这个时候，忽然从草丛里面跳出个人来，弹得好啊，弹得真好。这是谁呀？冷不丁吓人一跳。再仔细一看呢，戴斗笠、披蓑衣、背冲担、拿板斧，这是个樵夫。他就纳闷了，一个砍柴的大老粗，你也会听琴啊？

这樵夫相貌平平，他把琴先接过来，看了一眼，然后跟伯牙说，你这个琴叫瑶琴，当初是伏羲氏制造的，用的是三丈三尺高的梧桐树中间的木头。最开始的时候，这个琴是五根弦，金木水火土、宫商角徵羽嘛。后来，周文王添了一根弦，这叫文弦；再后来，周武王又添了一根弦，这叫武弦。所以，这把琴又叫文武七弦琴。你看我说得对不对。

伯牙一听，太对了，你懂得挺多呀。好，既然你懂琴，我看你懂不懂曲。于是，他开始弹自己的那首《高山流水》。他弹的时候，心里想着高山。这樵夫就说，真好听，像泰山一样巍峨。伯牙又开始想流水，这樵夫就说，太好听了，像江河一样浩大。

伯牙这下彻底服了，你要不是算命的，那你就是太懂我了。这么多年，我总算碰上一个知音了。后来，我们常说的知音，就是从这儿来的。伯牙说你叫啥？干脆咱俩拜把子吧！那么，这个樵夫是谁呢？就是隐士钟子期。就这么着，俩人拜了把子。二人约好了，明年中秋节的时候，俩人还来这儿，伯牙继续给钟子期弹琴。

第二年中秋节，伯牙欢天喜地地拿着瑶琴来了，可是没找到钟子期。没曾想，他找到钟子期的坟墓了。好不容易找到一个知音，只有一面之缘就阴阳永隔了，这伯牙越想越伤心，越想越难过，抚琴痛哭，流着眼泪弹了一首《高山流水》。然后，他就把琴弦剪断，把琴砸了。

为啥呢？他的原话是这么说的：“相识满天下，知心能几人。”他觉得，他这辈子恐怕再也遇不到这么懂自己的人了。既然没人懂，那也没必要再去弹琴了。

这，就是“高山流水遇知音”的故事。

●知己得互相理解

知音和知己，其实还是有差别的。可如果俩人是知音了，就等于入了知己的门了，还得往里走，往里走是啥呢？互相信任互相理解。说到这里，咱们古代有个典型，就是管鲍之交。说的就是管仲和鲍叔牙，可以说，这俩人的关系都空前绝后了。

他俩是春秋时期的人物，一个很偶然的机会，俩人见了一面，不知道怎么的，历史也没有记载，就说这鲍叔牙慧眼识英雄，觉得管仲是个人才，对他非常倾慕，俩人就成好哥们了。这个时候，鲍叔牙家里有积蓄，管仲很穷，他就想，既然是朋友了，我得帮帮你。他就跟管仲商量，咱俩做买卖吧，我主要出钱，你主要出力，到年底，咱俩五五分成。

按理说，要搁到现在社会，出钱的是董事，出力的顶多能算个执行总裁，俩人利润平分，这管仲就已经很占便宜了。没想到，他还不知足。到年底分红了，他总是给自己多算点，分来分去，管仲总是给自己多分一份。这么分到最后，帮忙的伙计都看不过去了，你这人怎么能这样呢，人家拿钱做买卖跟你平分，你还得贪点，这是人干的事吗？鲍叔牙赶紧劝架，没事没事，我不吃亏，管仲这么干不是他贪财，是他家里太穷了。他要养活的人多，多拿点是应该的。

后来，生意终于还是被管仲给搞砸了，因为挣得少赔得多，就干不下去了。这鲍叔牙就安慰他，没事没事，做不了生意，咱们当官，我给你捐个官干干。

结果，捐了三回，三回都被撤职了。有人就说风凉话了，这管仲也太无能了，当个官都当不好。鲍叔牙不乐意了，就跳了出来，你们别说管仲无能，他的能力大了去了，只不过是盘子太小转不开。等他以后当了大官，就能施展开了。

自此以后，管仲三次被抓去当兵，参加战争，又是三次从兵营里面逃出来了。这时候，很多人都已经看不起管仲了，说这不就是胆小鬼吗？贪生怕死，算什么爷们？鲍叔牙又跳出来帮管仲解释，你们别胡说八道，他才不是胆小呢，他这是有原因的。什么原因呢？他家里有个老母亲，他是独生子，如果他死了，他母亲得多难过，谁养活他母亲？所以，他这么做，是出于孝道，自古忠孝不能两全，总得顾一样。他这么做没啥错，我支持他。

终于，有了这么一个机会，管仲成了齐国公子纠的手下。这个时候，鲍叔牙当了齐国公子小白的谋士，俩人等于是有点对立的。因为，公子纠和小白的父亲齐襄公去世后，两个公子要回国继承王位，谁先到谁就是王，这就形成了一个竞争关系了。在两个公子各自往回赶的时候，这个管仲曾经拦截小白，引弓射箭，一箭正好射中了腰带。小白弯腰装死，骗过了管仲。小白日夜兼程赶回国家，顺利继承王位。那边公子纠以为小白死了呢，不着急了，慢悠悠的，等走到以后，他傻眼了，结果也成了阶下囚了。

后来，小白杀了公子纠，正要杀管仲呢，鲍叔牙说话了。你别杀他了，你不是让我做相国吗？我想过了，这事儿我干不了，但是有个人正合适，谁呢？就是管仲。管仲的才能要远远超过我，如果你能不报这一箭之仇，任管仲为相国，将来您肯定能成为一代霸主。

要说公子小白，也就是齐桓公，确实有王者风范，二话没说就把管仲放了。后来，果然就像鲍叔牙说的那样，管仲这回有大盘子了，能施展开了，他的才华便逐渐显露出来。最终，管仲帮助齐桓公成了春秋五霸之一。

这个时候，管仲才说了一句心里话。他说，生我者父母，知我者鲍子也。

这鲍子就是鲍叔牙。也就是说，他俩能做到互相理解、互相信任，这才是真正的知己的典范。

●知己得同甘共苦

那么，除了志同道合，能互相信任、互相理解，能成为知己的第三个条件就是能同甘共苦。

话说，不是有这样一个故事吗。

俩神仙下凡到人间看热闹，他们看见有俩乞丐相依为命，你讨着一口吃的给我一半，我讨着一口喝的分你一半。俩神仙看着看着，这个说，你看这俩人感情多好，虽然过得这么辛苦，但是能互相扶持，不离不弃。那个说，他俩能共苦，却未必能同甘。不信，我给他俩一点考验。转眼间，这神仙变出一堆金元宝，随手扔在了俩人脚边。

俩乞丐一看都吓傻了，这么多钱，这辈子都没有见过呀。俩人琢磨了半天，这岁数大的说，这么着，我去买吃的，你去买酒，咱俩还到古庙那儿汇合。这回咱俩好好吃一顿，庆祝庆祝。于是，俩人就分头行动了。没想到，最后年纪小的这个吃了东西，当场就死了，年纪大的那个喝了酒也不行了。原来，俩人都想私吞这笔钱，就偷偷在食物和酒里下了毒，这才酿成了悲剧。

这是能共苦，不能共甘。还有的朋友呢，能同甘不能共苦，就像咱们说的酒肉朋友。你有钱，你能请得起喝酒，买得起肉的时候，他是你朋友。当你穷困潦倒的时候，你连他的人影都找不到。

所以，什么是知己呢？得三点都符合才行。下面，咱们再说一个非常典型的知己，他们关系好到什么程度呢？如胶似漆。

如胶似漆什么意思？乳胶漆大家都知道，胶和漆都是非常有黏性的东西，你把两个东西混合在一起了，那就分不开了。现在，大家常用如胶似漆来形容恋人或夫妻之间感情好。其实，这个词最开始是用来形容两个老爷们之间的友情。这俩人就是陈重和雷义。

说他俩志同道合，真是太合适了。俩人从年轻的时候就是铁哥们，一起读《鲁经》《颜氏春秋》这些经书，先后被选拔为孝廉，一起到督抚做官。他们不但道合，俩人的爱好也都一样，都喜欢帮别人背黑锅。比如说陈重，他寝室一个同事的裤子没了，就赖他偷的。他也不辩解，出去买条新的赔给人家。过了几天，这同事才想起来，哦，裤子借给别人回家奔丧用了，自己给忘了，奔丧这人回来还裤子他才想起来。这雷义更绝，另外一个同事犯了刑事错误，具体是啥史书没记载，反正后果很严重，上面很生气。查来查去，没查明白就以为是雷义干的，差点要把他发配边疆。后来被顶罪这个同事良心不安，主动去自首，这才给雷义平反了。

你说这俩人、这爱好，因为这么相似的人不好找，所以，彼此都非常珍惜对方，非常珍惜这份友情，也互相特别理解信任。比如，陈重背黑锅的时候，雷义给他申冤，不可能，我哥们偷东西？不可能，你们别冤枉好人。雷义背黑锅的时候，陈重也是死活不信，自己的铁哥们能干出触犯国家法律的事吗？绝不可能。最后他上表，我要辞职，以官位担保他的清白。这才让雷义在同事自首之前没被发配出去，最后只落个被剥夺官衔、贬为庶民的惩罚。你看，俩人一起寒窗苦读，一起做官享福，最后，又一起被贬为庶民，这就是同甘共苦。

所以，后来当地人还写了首打油诗称赞俩人：陈雷胶漆，肝胆相照；为官为民，政声载道。其实，如胶似漆就是从这儿来的。

总而言之，什么是知己？就这三点，志同道合、理解信任、同甘共苦。由此，咱们再自我审视一番，恐怕得有一半所谓的朋友，都只能叫作社会关系。你找我帮忙，我找你帮忙，资源共享、互相帮助，无非就是这么一个关系。但是这也很正常。

人生要是能有一两个知己、三四个朋友，那么，这人生就已经算挺成功了。

到底谁改了“无尖不商”

现在咱们一提商人，往往想到的不是什么好词。比如无利不起早、无奸不商，等等。特别是这个“无奸不商”这个词，用得非常普遍。奸商，就是从这儿来的。什么意思呢？就是说，你要是不奸诈不狡猾，你就做不了商人。换而言之，商人里面就没有不奸诈狡猾的。

现在，不但大家伙儿这么想，就是商人自己也往往把这句话当成了行业准则。他们总觉得，我要是实实在在地做生意，就好像亏本了。别人奸，我实在，那不行。所以呢，一个比一个能糊弄人，以次充好、以假乱真、偷工减料，都给玩出花样来了。

那有的人说了，如此看来，咱们古人也不都是高大上的，要不怎么有这么一句话被流传下来了呢？其实，这是对古人的一个大大的误解，人家原话根本不是这么说的。无奸不商原来是“无尖不商”，不是奸诈狡猾的“奸”，是冒尖的“尖”。

咱们就说说，古人是怎么做这个冒尖的商人的。

不做奸商，也能成为商圣财神？无私借钱，却借成了全国首富！以次充好，受害者真是顾客吗？一字之差，后果为什么迥然不同？从尖到奸，究竟发生了什么？到底，又是谁改了“无尖不商”？

●保质保量，范蠡成财神

无尖不商，到底是什么意思呢？这是从卖粮食的商人那儿来的。卖粮食的时候，商人要把粮食堆成尖，意思是分量给得足，所以叫无尖不商。意思就是，商人要有业界良心。这良心怎么体现出来呢？往小了说，叫保质保量，不坑瞒顾客；往大了说，以人为本，不管做什么买卖，都得和人打交道。

你比方说范蠡，他就是无尖不商的商人典范。

咱们都知道，春秋时期，越王勾践卧薪尝胆，献美女西施，施美人计迷惑吴王夫差。自己又带领国人休养生息，这样才一举灭掉了吴国，壮大了越国。那么，在勾践兴越灭吴的过程中，有个人起到了至关重要的作用，他就是范蠡。

据说，设美人计这主意就是他出的，西施就是他找到后献出去的。那么，在兴越灭吴之后呢，范蠡功成身退，这以后的事，有的人就不知道了。其实，他在此之后的人生更精彩，他不但娶了西施做老婆，自己也成了受后人膜拜的财神。

有人说了，财神我知道，不是叫赵公明吗？其实，财神爷一共有四位，有两个文财神，还有两个武财神。文财神是比干和范蠡，武财神是赵公明和关公关云长。这四人，赵公明在里面其实是最没有名气的一个人，那为啥大家都供他呢？因为他徒弟多，比如招财、进宝、纳珍、利市，还都是好名字。久而久之，老百姓就记住他的名字了。

那么，范蠡为什么也是财神呢？主要是因为他有钱，而且太有钱了。他两次散尽家财，两次成为巨富。而他的发家史，就是从卖米开始的。

话说人类最早的商业贸易，就是卖吃的，比如用你的羊换我的米，大家伙互相换换花样，都能填饱肚子，民以食为天嘛。但是，怎么换呢？全靠估摸。我估摸你这羊有多肥，有多少肉，你再估摸我这米够你吃几顿的。估摸好了，俩人一比画，成交。当然，这难免就有人吃亏有人占便宜。用现在的话说，范蠡比较有业界良心，比较有商德。他说，这样不行，不规范，有的商人趁机浑水摸鱼，投机取巧。那怎么办呢？他就想发明一种能准确测量货物重量的东西。

有一天，他去鱼塘，就看到一个渔夫用杠杆原理打水。咱们都知道杠杆原理，小孩子经常玩的跷跷板就是杠杆原理。这头重那头轻，轻的那头就翘起来了，如果两边一样重，就平衡了。范蠡就根据这个原理发明了秤的雏形，并且把一个铁斧头的重量定为一个单位，也就是一斤。所以，斤这个字就从“斧”字演化而来的。

那比一斤轻的东西怎么办呢？为这事儿，范蠡急得都睡不着觉，长夜漫漫无心睡眠。他站在院子里面眉头紧锁，愁得数星星玩。这一数星星，灵感就来了，那会儿的夜空可跟现在不一样。如今，咱们在城里面一抬头，路灯、霓虹灯晃得太耀眼了，啥也看不着。那时候，日出而作日落而息，到了晚上黑漆漆一片，星星就格外明亮，于是，他就看到南斗六星和北斗七星了。干脆，就把这十三颗星当作计量单位。然后，再加上福、禄、寿三星，把一斤分成十六等分，每份是一两。所以，半斤八两就是从这儿来的。最早的秤，十六两一斤，那半斤可不就是八两嘛。

后来，他还用薄木板做成了口大底小的四方形容器，这就是最早的升斗。容量为一升的木制容器，被称作“蠡升”，也就是范蠡的“蠡”。容量一斗的木制容器，被称作“蠡斗”，十升为一斗，升、斗就用来称粮食的重量单位。我们常说贫民百姓，又叫升斗小民，其实就是从这儿来的。穷人攒不下积蓄，现吃现买，天天都得和卖米的升斗打交道。

那这米怎么卖呢？范蠡先用这个专门的米斗把米量好。量好后，再用一个红木戒尺，把斗里面的米给抹平，什么意思呢？就是说，你看我这分量足，里面没什么空隙，都给你填满了。然后，再额外余点米，倒在米斗上面。这个时候，抹平的米斗就冒出一个尖。这意思就是，额外赠送，足上加足。

他不但自个儿这么干，他还劝别人足斤足两，不要欺瞒顾客。他的原话大意是这样的：经商者若欺人一两，则失去福气；欺人之二两，则后人做不了官；

欺人三两，则折损阳寿。

在他的宣传感染下，渐渐地，其他行当的商人也都这么干。比方说，开布庄卖布的，讲究足尺放三，也就是说，不管你量多少布，在最后一尺的时候，量完了再给你多放出来三寸，这三寸就是赠给你的，足上加足。卖油、卖酒、卖醋也是这样，不有那个油勺嘛，打到最后一勺的时候，再多给加上半勺。

无尖不商，如果细细考究，其实就是从范蠡这儿开始的。

不但量足，范蠡还比较重质。

传说有一次，他被自己经商的对手给坑了，花了重金买了一堆劣质紫草。紫草干什么用的呢？用来染布。在古代的时候，没有特别复杂的化学染料，基本都是纯天然植物性的。结果到手以后，发现被骗了，用上等的紫草染布，那布洗多少回都不掉色，用劣质的紫草，一下水，颜色就被泡开了。那怎么办呢？他底下的人都劝他，这么多钱，咱们不能打水漂呀，再说了，货都订出去了，如果再去买新的，时间也不够了，不如将就着用吧。反正卖的时候顾客也不知道，等他们回去发现了，也晚了。

范蠡一听，挺生气，要想人不知除非己莫为。今天你这批布卖出去了，明天脊梁骨就让人家戳断了，以后谁还买你的东西呢？干脆，一批紫草忍痛全销毁了，换了一批优质紫草重新开工。

所以，他能白手起家成为巨富，然后为了避祸散尽家财，重新换了一个地方，从头再来，又一次成为巨富，他靠的就是保质保量，诚信经营。

●以人为本，胡雪岩成“商圣”

说完保质保量，咱们再说说以人为本。

范蠡不但是财神，还被尊称为“商圣”。咱们古代被奉为“商圣”的，一共就三个人，比财神还稀少呢，他们就是范蠡、白圭以及胡雪岩。

这个胡雪岩，他是晚清著名的红顶商人，民间有句话：“为官须看曾国藩，为商必读胡雪岩”。也就是说，这胡雪岩也是商人的典范。他最初也是跟范蠡差不多，出身贫困，是个放牛娃，后来到钱庄做学徒，勉强混了个吃喝。那么，他后来是怎么成了全国首富的呢？一句话，靠的就是以人为本。

做买卖，说白了就是做人。无论做什么买卖，买卖的都是人心，只有笼络住人心了，生意才能长久。

这一点，胡雪岩看得非常明白。在钱庄做学徒的时候，他这个经商头脑就显现出来了。

有一回，他去茶馆，就碰见一个人，穿着衣衫褴褛，跟个叫花子似的，还挺摆谱，天天点壶茶水，一壶茶从早喝到晚。无论别人怎么嘲笑他，这人都不在意。他就挺好奇，上去跟人家搭话，我看你不是一般人，怎么混得这么落魄呢？

这人就说了，我叫王有龄，本来我父亲给我捐了个官，结果我没钱疏通关系，里里外外这就得五百两银子。我没钱呀，就只能这么待着了。

这胡雪岩心里有数了，哦，原来这么回事。那没关系，你等着吧，明天你再过来，在这儿等我，我有惊喜给你。

到了第二天，他来了，干啥呢？带了个布袋子，里面装着五百两银票。他自己做主，把钱庄的钱借给人家五百两。后来，因为他私自借钱，结果就被钱庄给开除了。

王有龄就靠着这点钱，果然当了大官。他回来的第一件事，就是找胡雪岩，要提拔他，要资助他，并且帮胡雪岩开了他的第一家钱庄。

在此之后，胡雪岩在经商的过程中，从钱庄到药店胡庆余堂，他都坚持这种做法，免费赠药给贫民百姓。为了生意伙伴他可以两肋插刀，处处体现他以人为本的思想。

可惜，在他的晚年，因为功成名就，又是当官又是富甲一方，他就有点飘飘然了。他娶了十二房姨太太，奢靡无度，又卷入了官场斗争，最终成了官斗的牺牲品。

●尖商为啥变成了奸商

那么，说了这么多无尖不商的例子，这个冒尖的“尖”怎么就讹传成奸诈的“奸”了呢?

咱们说过，古人有很多话都被误解了，其中有很多原因。有的是断章取义，有的是为了统治需要，有的是为了利益需求，还有的就是后人按照自己的想法去理解古人的意思。

到了明清时期，正是我国由传统的农业经济转向近代商品经济的萌发阶段，经商的人一多，林子大了什么鸟都有，有的商人就开始投机取巧了。

明清时期，应该是奸商的第一次爆发。

明代中期，有个进士叫田汝成，有一次去西湖玩，结果被这些奸商给气坏了。于是，他写了一篇文章《西湖游览志余》，说的就是这种不良风气：“杭州风，一把葱，花簇簇，里头空”。说做假做到什么程度呢?他在文章里面也写了：“酒搀灰，鸡塞沙，鹅羊吹气，鱼肉贯水，织作刷油粉。”绿的杨梅染成紫的卖，母鸡插两根野鸡的尾巴毛，乔装打扮成野鸡，黄泥掺红颜料搓成丸子冒充老鼠药，总之，骗你没商量。

到了清朝，这股奸商风就愈演愈烈了。

据说纪晓岚还深受其害，他去一个小店买根蜡烛，拿回来点火，怎么点也点不着，扒开一看，竟然是泥巴搓成的棍，外面糊了层羊脂。后来他又买了号称是明代制墨师傅罗小华做的墨，这罗小华做的墨非常值钱，但是假的也多。据说留到现在，唯一一块真的，在北京故宫博物院呢，叫“一池春水”墨。当时，纪晓岚买了十六块，装在一个旧盒子里面，很像那么回事。拿回去一用，竟然也是用泥巴做的，只是表面染成黑的了。你看，这多糊弄人，估计咱们古人造假的材料实在不多，就跟这泥巴靠上了，这把纪晓岚气得哭笑不得。

到了现在，不用我说大家伙都深有感触，可以说，那奸商就更多了。1996年的春节晚会，赵丽蓉和巩汉林演的一个小品《打工奇遇》，说的就是奸商的事儿。

赵丽蓉是乡下老太太，有钱以后想开一个大酒楼，就跑到城里免费打工学习经验。于是，她就去了巩汉林开的这个太后大酒楼了。结果，这一开始学就把她吓坏了。这里面有好多门道呢，什么宫廷玉液酒，一百八一杯，其实就是二锅头兑的凉开水。八十块钱一盘的群英荟萃，其实就是萝卜开会，里面就是一堆各种颜色的大萝卜。你说这不就是骗人吗？在小品最后，赵丽蓉接了一个物价局的电话，把巩汉林给举报了。临走时，她还留给巩汉林一个致富秘诀。什么秘诀呢？货真价实。

所以，奸商一多起来，很多老百姓就把这无尖不商给理解错了。虽然只改了一个字，但结果就大不相同了。买方和卖方本来是相互依存的双方，但因为信任没有了，就你骗我，我防你。你看现在，经常是今天开业的店，后天就关门了，为什么会这样？今天一个包子二两，明天生意好了，就变成一两半了。奸商总觉得自己很聪明，殊不知，当你自作聪明、投机取巧的时候，这本身就是一个双输的局面。

其实，现在商人失德并不是说传统文明中断了，而是整个社会的制度环境无法支持道德的维系，缺乏外在的维系力量。因为违背道德几乎不需要付出成本，这才是道德和价值观崩溃的原因。

像宋代的时候，《宋史》里面就记录了这么一件事：寿春卖饼家饼薄小，世宗怒，执十余辈将诛之。什么意思呢？五代十国的时候，后周皇帝柴世宗去买饼，结果买回来的饼，比别人家卖的都小，这不是缺斤少两吗？他一生气，就把这家饼店的十多个人全抓了起来，统统给宰了。

有的人说了，这是皇帝，他有这权力。其实，不但皇帝有这个权力，各朝代都有相关的惩治奸商的法典。到明清以后，商人地位提高了，法典对商人的约束渐渐就不那么严厉了，这才导致奸商越来越多。

所以，如果现在也能对违背诚信经营的行为都施以沉重的惩罚，不是说非得斩立决，比如说有诚信污点、弄虚作假的，可以规定终身不能经商。如此一来，或许就能对奸商起到一定的约束作用。

心理病症

无处不在的拖延症
我们为何如此焦虑
无孔不入的强迫症
神秘的催眠术

无处不在的拖延症

现在这个社会竞争越来越激烈。人的生存空间看起来宽阔，其实很狭窄。按理说，为了争取更大的生存空间，咱们应该提高效率，快马加鞭往前赶。可是，偏偏现代人出现了和这个效率至上的年代完全不吻合的一些习惯。什么习惯呢？拖延症。

年轻的朋友们，你们想一想，有几个人没有拖延症？明明我今天能干好的事，非要拖一拖，不到下班最后一刻就不干。明明可以顺利完成的论文，不到最后交稿的那一刻，你就写不完。在日常生活中，拖延症几乎无处不在。

我上小学的时候有一个座右铭：明日复明日，明日何其多？我生待明日，万事成蹉跎。现在人们给改了：明日复明日，明日何其多？既然那么多，何妨再拖拖。你看，竟然就变成这个说法了。关于这个拖延症，为什么有人说，它是不治之症呢？结合工作习惯、生活习惯，我给大家说说这拖延症是怎么回事。

那么，竞争日益激烈的现代社会，拖延症为何大行其道？历史上又有哪些赫赫有名的人物被拖延症所拖累？克服拖延症各位大咖又使出什么新奇的手段？治疗拖延症是否真的有好方法？到底，如何才能让拖延症成为一种生活艺术？

●拖延症患者的一天

我们先举一个有关拖延症的典型的例子。

比方说，早晨到公司上班，面对着电脑发呆；然后领导开会，一开开到十点；领导给布置了任务，比方说，下午四点前，你要拿一个某某活动的策划案出来。你坐在办公桌上琢磨，一看表才十点，早着呢，不着急。打开电脑，或拿着手机，先看个新闻吧。一上网，八卦新闻就没头了，一个多小时过去了。再一看表，十一点半了，得了，先别想这事了，我好好闭上眼睛琢磨琢磨这策划案怎么弄。还没琢磨明白，十二点了，要下班了。

中午休息，朋友来找你了，中午吃什么？吉野家？没意思，天天吃那玩意，都吃腻了。好不容易商量明白了，走，咱吃饭去吧。吃完饭一看，周围大街挺繁华，咱逛逛街吧。买买衣服，看看这个，看看那个，到下午一点半回来了。回来一看，自己桌子上怎么这么乱，收拾收拾。收拾完一看电脑，这电脑桌面也乱七八糟的，再归置归置。这一归置可就两点了，对了，该想这策划了。

想着想着，突然手机铃声响了。一个朋友打来电话，晚上咱去卡拉 OK，还是吃烤羊肉串去？卡拉 OK 没意思，我这两天嗓子不得劲。吃羊肉串，那地方乌烟瘴气，都说那是死猫肉整的。唠完嗑，一会儿工夫又过去了。

好不容易沉下心了，一看表，将近三点钟了。左想右想，这策划案也不成熟，得了，我先拿个提纲出来吧。反正老板到时候也得问你，你这是怎么回事？你先跟他说说思路，老板，你看我这提纲行不行？如果行，我再细化，到时候给您一份完整的策划案。

就这么着，四点前把提纲拿出来了，交到老板那儿。回过头还自鸣得意，你看，本来这一天干的事，我这么会工夫就干完了。就凭我这效率，不知道可以省出多少工夫出去玩玩、喝喝酒。

你看，这还有一种完成任务之后的小轻松，还自个儿觉得挺得意。

●被遗传的拖延症

我不知道我举这个例子，会不会有人说，这不是说我吗？这不是说我同事吗？这不是说我哥们吗？反正，肯定有这样的人，这就是典型的拖延症。

那么，这个拖延症究竟是怎么来的呢？你先别急着扇自个儿嘴巴，其实，咱们老祖宗就有拖延症的基因。到底什么基因呢？中国是个以农耕文明为主的社会，日出而作，日落而息，凿井而饮，耕田而食，这是典型的农业社会。说白了就是，早晨起来吃早饭，吃完了种地；中午回家吃中午饭，下午接着种地；晚上吃完饭，愣一会儿，然后睡觉。一天，三个饱一个倒。所以，农耕文明的特点是以自然规律作为作息习惯的。

日出日落，二十四节气，春天干什么，夏天干什么，秋天干什么，冬天干什么，寒来暑往，秋收冬藏，它是有规律的。既然有规律，什么点做什么事，那你还着啥急？有的时候不知道火车站几点开车，咱们得早点去看时刻表，我要知道了，我还着什么急？八点火车开，那我七点半到那儿就行了，检票上车能用几分钟啊？所以，农耕文明就是这个特点，它有规律，一有规律，你就想，我不用着急，早一会儿晚一会儿不都能来吗？

比方说，这两天到时候了，该收麦子了，你初一收，我初八收，就差一个礼拜。你就琢磨，就差这么几天，也不可能这个时候天降大雪，一下子都给埋在地里，既然不可能，我就不必着急。所以，农耕文明就有拖延症的基因。

在封建社会，很多人就有这种拖延症，一点也不着急，而且还被包装成文人，享受自然风光，享受人生时光，甚至连老外都有这个问题。这不有那么一个故事吗，一个富商到码头溜达，看到一个船夫，穿得破破烂烂，躺在那儿晒太阳。富商问，你一个月能挣多少钱？船夫说，我挣得很少。富商说，那你怎么不干活呢？你应该赶紧出海打鱼。船夫说，我打鱼为什么？富商说，挣钱。船夫问，挣钱为什么呢？富商说，挣钱娶好媳妇，住大房子，开好车。船夫问，你挣这么多钱，房子有，车也有，那你还干吗呢？富商说，那我就可以很悠闲，啥也不用干了，我就可以躺在那儿晒太阳了。船夫说，你看，我现在不就是在晒太阳吗?

你看，老外也有这拖延症。

现在，你看很多人说我追求自然，享受自然，其实这是给自己的拖延症找借口。《西游记》里也有拖延症，剧中的每一个妖精都有拖延症。为什么这么说呢? 她们把唐僧抓住了，一看门口孙猴子来骂阵了，好，待我把那猴头拿下，回头一起再吃唐僧肉。要不就是等自己干妈，但凡有一个妖精不拖延，逮着唐僧就给吃了，那么，那九九八十一难也就没有了，西天取经早就拉倒了。但是这拖延症，据说是如来佛祖安排的。所以说，这拖延症自古及今、古今中外都有。

那么，这拖延症是什么原因造成的呢?

有两种情况容易造成拖延症，一个是完美主义情结。就比方说做事，我要不是都把它都置办齐了，我不动手，这是完美主义拖延症的典型特征。这种拖延症，老外有个典型例子。这个人叫乔治 · 麦克莱伦，是美国的一个少将。美国南北战争时期，他是北方的一个少将，美国南北两方因为废奴问题发生战争。这个麦克莱伦将军在西点军校学习的时候就很优秀，他还发明了一套全军的后勤系统，比如怎么供给，怎么排兵布阵，所以他的声望很高。当时他组织了一个波托马克军团，在美国很有影响力，后来他就成了北方军队的总司令。但是，这个麦克莱伦是扎实的学院理论派，他是个完美主义者。行军打仗，如果没有十足的把握，或者准备得不是特别充分，就不动手。

虽然我们也常说，不打无准备之仗，知己知彼百战不殆，但是我们知道，打仗是瞬息万变的事，整个形势随时都可能发生变化，要不怎么叫兵贵神速呢? 所以，行军打仗，速度是第一位的。他就常常追求完美，我不着急，我要等一阵儿，于是错过很多时机，甚至在 1862 年关键的安提坦一战中，当时北方军队两倍于南方军队实力，完全可以围攻全歼对方。结果他总是犹豫，觉得时机不成熟，决定再等等。后来，南方军队跑了，结果这战争一直拖到 1865 年。

咱们也知道，美国南北战争一直持续到 1865 年才结束，可以说，耗费了美国巨大的国力。南北战争期间死亡的人数，是美国后来参加所有世界战争死亡人数总和的三倍，这损耗太巨大了。所以，林肯最后说，如果麦克莱伦将军不珍惜眼前的时机，那我们就把军队借给别人，干脆你就别带了。

你看，这就是拖延症的一个典型案例。

●兵贵神速才能成功

咱们再举一个正面的例子。

辽沈战役期间，当时的指挥者是林彪，其实是第四野战军（简称“四野”）指战员指挥。当时是在黑山、大虎山一线阻击廖耀湘军团，然后在锦州这儿围攻范汉杰军团。阻击很成功，围攻也很成功，虽然最后把锦州打下来了，但是我方伤亡也非常大。

这个时候，驻守在沈阳的国民党军区司令员卫立煌就当即断定，四野打锦州打得这么辛苦，绝不可能短时间之内就直接打到沈阳来。为啥呢？四野伤亡太大。但他没有想到的是，四野打下锦州刚刚过去三天，就兵临城下，直接打到沈阳来了。国民党军队完全没有思想准备，四野以迅雷不及掩耳就把沈阳就拿下来了。

为什么能如此迅速呢？一方面，四野打完锦州之后，就地补给挺多，因为当时很多其他部队都来补充四野的兵力。另外一方面，战争都打乱套了，这边打，那边打，最后打得你是哪个团，他是哪个营，根本就分不清楚了。那么，四野采用什么办法呢？他不追求军容整齐，虽然你是我的兵，你不需要了解这个营那个营，也不用管我们怎么分工。打完了之后，先弄明白，你这个团团长还在不在。如果其他团的团长牺牲了，那好，就以你这个团的团长为大，你号令开始集结，其他没有团长的部队，都到你这个团来。等到一个团名额满了，就把剩下的人安排到另外一个团去。然后，营、连、排、班都按这个建制安排。你这个班打散了，其他班长招呼你，你就赶紧过去，凑够十一个人，这个班就可以了。剩下的士兵，再另作安排。

就这样，在很短的时间之内，部队完成了整合集结，然后向沈阳开进。结果三天之内，沈阳就被拿下了，这就是不拖延的好处。如果这个时候四野的指战员说，咱先别着急，反正打胜仗了嘛，休整休整，等这个军容整齐了，我们再进发沈阳。反正锦州的南大门已经关上了，关门打狗吧，再等也没多大意义了。包括最后兵困长春，在双方都有准备的前提下，一直困到长春的守将郑洞国弹尽粮绝了才投降。要是等对方有更充分的准备再打，往往这个战役的时间就更长了。

所以说兵贵神速，这是不拖延的一个典型的正面例子。

●天才也有拖延症

前文我们说了，第一类拖延症来自于完美主义者。他总想把所有事都弄好了，一切都弄齐了，才开始行动。这就好比吃火锅，各种料都调好了，十多个菜、肉都码齐了，那嘴急的人肯定受不了。在这个过程当中，饿不死也馋死了。逮不逮，头一嘴，先尝尝鲜再说。所以，这是拖延症的第一个来源——完美主义。

拖延症的第二个来源是注意力不集中，也就是说他的兴趣高度分散。比方说，今天要写一篇稿子，或者写一个总结，早上起床，一看时间还长，也不着急。拿起笔来，或者在电脑上敲敲，先听听歌吧。听着歌，拿起手机来刷刷朋友圈。一扭头，那边有薯片，先吃两片薯片吧。再一照镜子，我这脸怎么这么别扭，敷敷面膜吧。转眼间，一会儿工夫就过去了。该干的事不干，他的兴趣点总是转移，注意力不集中，结果正事就给耽误了。

有人统计过，人注意力最集中的时间也就二十五分钟。比如上课，一节课四十五分钟，为什么老师讲到二十五分钟，就得适当地舒缓一下？原因就在于此。

以我自己为例，我印象最深的就是上小学的时候。我是直接上小学二年级，这就等于跳级，全班同学大都比我大两三岁，我是班里年龄最小的。当时老师采用什么办法呢？我可以听二十分钟课，然后允许我到操场上跑一圈。因为我比他们都小，注意力更加无法集中，我认为这是很科学的教学方法。即使这二十五分钟精力集中的时间，也得有二十分钟集中到你感兴趣的事上，真正做事的时间可能五分钟都不到。很多正事被耽搁，结果正是由于兴趣不集中。

注意力不集中，最终导致很多伟大的天才的成就被埋没了。

欧洲文艺复兴的巨匠达·芬奇，这个人太了不起了，他的名号很多，比如画家、作家、天文学家、植物学家、物理学家、化学家、雕塑家，反正你能说得出的某某家，基本他都能做到。他是第一个设计人形机器人的人，第一个描绘母体里胎儿形象的人，第一个发现阑尾的人。至于说什么蛋怎么立到桌子上，还画了世界名画《蒙娜丽莎》《最后的晚餐》，那都是细枝末节的能耐。可以说，这个人简直太全面了，很多伟大天才的想法都是在他头脑里产生的。可问题是，为什么他的很多成果没有转化成实际产品？达·芬奇留下了六千多页的手稿，他的很多想法是在整理草稿的时候才发现的，哦，原来他还有这发明，他还有这个东西。其实，他当时只要往前再完善那么一小步，很可能这成就就会影响人类历史，他就能够拥有诸多影响人类历史的发明创造。

可是，我们现在一提达·芬奇，很多人想到的无非就是人体解剖，要不就是《蒙娜丽莎》。那《蒙娜丽莎》的画稿都拖得够呛，人家说好三个月要这个画稿，他拖了四年；《最后的晚餐》说好俩月要交稿，他最后拖了三年。要不是客户催得紧，他又着急挣钱，可能这画作都完成不了。为啥呢？达·芬奇是个兴趣高度分散的人，他很难集中精力去干一件事。早上起来他决定，我今天研究人体解剖学，我得把人体骨骼画下来；画着画着，外头小鸟鸣叫，往外一看，小鸟正吃树上的果实，这果实为什么小鸟愿意吃呢？这果实糖分怎么来的呢？早晚温差大，低温多，糖分就高，于是，他又研究植物学去了。

转过身，正吃中午饭呢，吃着吃着肚子不舒服，我这儿总疼，就是阑尾那个地方。阑尾怎么回事？我得琢磨琢磨。进屋一看，仆人过来了，老爷，我给您煮好鸡蛋了。拿着鸡蛋，他有些纳闷：奇怪了，这鸡蛋怎么在桌上立不住？你看，他的注意力又转到这儿来了。他一天脑子里一百多个想法，一会儿想这个一会儿想那个，连他自己都感叹，我到底能做好什么事？他在日记里进行自责，我今天这事又没干完，我又去干别的事去了，我自己到底能完成一个什么事。

如果我们仔细琢磨的话，达·芬奇的成就非常了不起，只要他肯坚持下来往前再迈一步，他的好多东西就成形了。其实，好多东西都是达·芬奇最先发明的。但是，因为注意力不集中造成的拖延症，让他错失了很多机会。

在我们日常生活当中，拖延症的现象非常常见。比如，一会儿听听歌、一会儿吃薯片、一会刷朋友圈、一会看微信，反正一天的工夫就这么不知不觉地过去了。

●名人如何对付拖延症

很多人都说，拖延症是个不好的习惯，那么，我们该怎么办呢？其实，要想治疗拖延症，你得有非常强大的毅力，我们不妨举两个例子。

法国作家雨果就是一个“拖延症患者”，他也是兴趣分散型的人。比方说他在家里写作，《悲惨世界》刚写了两笔，忽然一想，今天我那个朋友说想举行一个 party，约好要到郊外烤羊肉串去。这事感觉挺好，一想他就坐不住了，心里跟长草似的，他把外衣一穿，走，去烤羊肉串，书稿下午我再写。结果，一天工夫就搭进去了。那么，他是怎么治疗拖延症的呢？他告诉自己的仆人，我早晨起来坐在那儿写作，你把我所有衣服都锁起来，锁完了你就走开。你想，他总不能光着身子出门吧？所以，他就这样强迫自己在家里头埋头写作。就这么着，《悲惨世界》《九三年》这些大作才得以问世。

此外，还有咱们的伟大领袖毛主席，他早年坐在书斋里看书，觉得心烦意乱，于是就想了一个办法。我到菜市场看书去，声音嘈杂，逼着自己集中精力。

能这样做事的人，都是有极强毅力的人。一般来说，普通人的毅力没那么强。

拖延症给我们的生活制造了无数麻烦，但人群中70%以上的人都乐在其中，一边焦虑，一边心安理得地拖下去。挣扎在拖延症里的人，是完美主义在作祟，还是另有原因？

最要命的是，当一个人有拖延症时，他自己都不拿它当回事，甚至还有点小高兴。我们前文说了，到四点才把策划案提纲交上去，自己还挺高兴，你看，我在这么短的时间内就完成任务了。

我大学考试的时候就是这种心态，我身上就有过这种毛病。我是学中文的，文科考试和理科不太一样，我们班有的同学一个学期都在认真学习，那肯定能考过去。我是什么情况呢？反正都是背诵的东西，我最多考试前两天背一背，仗着记忆力好，还真通过了。其实，那是老师提前给划好了考试范围，否则，就凭这两天的突击，通过考试门都没有。等考过之后，自己还沾沾自喜，就指着那些同学说，你们费挺大的劲，才得了八十二分，我背两天就考了八十分，就比你少两分，你说你费这劲干吗？你看，我还笑话人家。

你在很短的时间之内完成一件事，你有一种欣喜感，你看，我效率多高！我这么短的时间就把这事干完了，他得用那么长时间，没意思。所以，有的时候，人如果拿缺点不以为耻、反以为荣，那么，在这种心态下做事可就没救了。

有的人写毕业论文，老早就开始准备，认认真真地完成；有的人是最后突击，东拼西凑，今天在网上抄一点，明天在书本上摘一段。最后，反而他看起来比别人都高兴，还洋洋得意：咱这叫磨刀不误砍柴工，我歇着怎么了？我以后总有这种效率，那我一辈子吃喝玩乐，我还能干大事。其实，这是完全错误的自我麻醉。

在这个世界上，你要想干成点事，要记住一点，你要是不从头到尾地始终努力，你干不成事。我们前面举的例子，就很好地证明了这一点。世界上有聪明人和笨人，有的人天赋好，有的人天赋差，可是聪明人和笨人，最后谁能成功呢？一半一半。有的人说做事得靠天分，虽然笨人没有天分，但人家笨鸟先飞，扎扎实实地往前走。这聪明人总想抄近道，我这么聪明，我就可以省点事了，其实，这是小聪明。聪明人也需要努力，这样，这事才能干成。郭靖笨，最后成大侠了，杨康聪明，练完九阴白骨爪也没啥进展了。

所以说，聪明人和笨人谁能真正解决笨鸟先飞的问题，谁就能真正地解决潜意识里的拖延症，那么，谁就有可能更进一步地走向成功。

总而言之，只要有恒心、有毅力，拖延症就一定能够克服。有时候，拖延症是来自人的骨子里的，但能否正确地对待拖延症，并且努力克服它，这是你走向成功必须要迈过的一道门槛。

我们为何如此焦虑

随着社会生存空间的日益狭窄，现代人开始变得越来越焦虑。因为原来的生存空间被少数人占据着，现在越来越多的人加入其中，势必变得越来越拥挤。比如说一线城市北上广深，甚至包括一些二线城市，有很多外来的年轻人在那里漂着，像什么北漂、广漂之类。随着人数的增多，空间的减少，就必然使彼此间的生存竞争变得格外激烈。那么竞争一激烈，人的未来就往往充满不确定性。

在计划经济时代，虽然生活水平不高，但是人并不焦虑。可市场经济时代就不行了，今天你在这儿坐着，明天你就不见得还在这儿坐着。因为未来的不确定性，就造成了现代社会的一个重要的心理疾病，那就是焦虑症。

对于这个焦虑症，可能很多人还没有意识到，其实，现在它已经变成了非常严重的社会现象。眼下，有一个说法叫“白骨精”都是“焦郁碌”。什么意思呢？白骨精，白领、骨干、精英；焦郁碌，焦虑、郁闷、忙碌。所以说，这是当前社会的一个现实。

那么，功成名就，难逃焦虑折磨，为何焦虑症偏爱成功人士？完美要求，执着于高标准却为何成了绊脚石？结果大于过程，又让多少人尝到了失败的滋味？焦虑无孔不入，我们为何频频中招？

我就给大伙儿说说，这个焦虑症有多少种类型，我们到底该怎么应对它。

●焦虑症是如何产生的

其实，罗大佑很早就在他的歌曲里表现了这种社会现象，这首歌叫《现象七十二变》。其中，有这么几句歌词："在这个五千年的悠久历史里面／成功与失败多少都有一点／清清楚楚写在你的脸上／你是个道道地地的聪明人／ 慌慌张张迈开你的脚步／你是个匆匆忙忙的现代人。"现代人慌慌张张地迈开脚步，他为啥慌张？因为他焦虑。如果他心里有数，他气定神闲，他慌慌张张干吗？所以，现代人的这种焦虑感，是和社会的节奏越来越快、竞争越来越激烈密切相关的。

当然生活中的一些焦虑，你必须面对，就是你想躲都躲不开。比方说，咱们都看过一部电视剧《杨光的快乐生活》，剧中有一句台词，大意是，我老大不小了，还嘛都没有呢。这时旁白说，您了别急。你说这能不着急吗？我一听就不得劲，我嘴上不说，心里特别上火。比方说，我都三十了，媳妇还没有呢，房子也没有呢，工作还不稳定呢，爹妈还等我养活呢，这搁谁身上谁都上火。就像这样的事，你是无论如何也躲不开的。

可是我们仔细想想，在我们日常生活中，有的人喊我没房子，你说你才二十来岁，你凭什么有房子？现在你说房价多贵，二十多岁的小青年动不动要住一百多平方米的房子，你说你也不是富二代，你这样的想法不是痴人说梦吗？所以，这就是瞎起哄。

假如说你二十多岁都工作了，一个月挣的钱连吃饭都不够，这你得焦虑，因为这是生存资本。你在这个年龄阶段，就应该干这个年龄阶段的事。你二十多岁，就想跟人家有钱人一样，活出四五十岁的那种状态，住别墅、开好车，这怎么可能呢？如果他要为这个感到焦虑，那是他活该。他异想天开，手伸得太长，光做梦娶媳妇，净想美事。

我们今天说的这个焦虑症，是指你能通过正常途径来排遣的那种正当的焦虑。至于焦虑症大概有几种类型，我们可以一边思考，一边探讨。

首先，我们来说说焦虑症到底是怎么产生的。归根结底，它是源自功利主义背后的患得患失，也就是说，已经得到的东西总是害怕再失去。这一点，在谈恋爱的时候体现得比较明显。你说，这么漂亮的一个女孩跟我处对象了，哪天她要是再看上别人可怎么办？所以男人比较敏感，时间长了，就变成焦虑了。女朋友的手机来个短信要看，来个微信也要看。换而言之，如果男孩很优秀，这女孩心里也不踏实。平时，他到底都跟谁联系？不行，这我得知道。于是就想偷看男朋友手机，可是现在的手机都有密码。有的女孩就想了个招，对着手机屏幕一哈气，然后再看，哪几个数字上面指纹多，说明他经常用。仔细一看指纹，就按这顺序解锁，一下就解开了。

你说，这不闲的吗？这等于侵犯人家隐私。所以说，患得患失，就容易产生焦虑症。

●皇帝也有焦虑症

其实，焦虑症的最典型代表不是现代人，而是古人，而且是一位皇帝。到底哪位皇帝呢？大明开国皇帝朱元璋。

朱元璋患有典型的患得患失的焦虑症，其实这跟他的出身有关。他原来是安徽凤阳的一个叫花子，后来活不下去了就进庙当了和尚。或许是因缘巧合，当时郭子兴的起义军发展快速，于是他就投靠了起义军。当然，朱元璋这个人心机很深，心狠手辣，一步步往前走，最后居然当了皇帝。他都不知道自己哪辈子祖坟上冒青烟、烧高香，他做梦也没有想到，自己居然当上了皇帝。

当了皇帝之后呢，他非常害怕，他为什么害怕呢？他就琢磨，你说我这样的人都能当皇帝，然后对着镜子一看自己这个德行，不由感到有些不安。我怎么起家的我可知道，阴谋诡计、歪门邪道、心狠手辣、见利忘义、两面三刀、背信弃义，我占全了。那么，如今我当了皇帝了，别人会不会也用这些手段来对付我呢？这太有可能了。自己怎么谋反的他自己清楚，那套路他都明白，他就担心别人会以其人之道还治其人之身。再一看手底下这些人，这个御林军，那个特务机构，这帮人下手狠毒，严刑拷打、各种酷刑应有尽有。朱元璋一琢磨，哪一招用在我身上，我都得玩完。他一手创办的这个酷吏机构，连他自己都害怕。所以，他这个时候就患得患失了，跟我一起打天下的这些人，比如徐达、常遇春、李文忠、胡大海、汤和、邓玉这些人，他都没有把握，心里始终没底。

三纲五常这些东西，能给别人洗脑，可对这几位主就起不了作用。他们都跟我打过天下，什么事都明白，万一哪天他们翻脸不认人，我可就悬了。得了，先下手为强，我先宰了他们吧。有人说，这些都是功臣，有的还忠心耿耿，你这么杀人能行吗？他顾不了那么多了，为啥呢？辨别忠臣、奸臣的成本太高了，我怎么知道你是忠臣还是奸臣，人心隔肚皮，做事两不知，所以，我统统都杀掉，这是最省事的方法。

所以，朱元璋属于典型的患得患失的焦虑症。在这种焦虑症的影响之下，朱元璋大肆屠杀功臣。中国历史上好像没有哪个皇帝杀功臣能比朱元璋更狠的。比方宋朝，皇帝想让大将们把权力交出来，人家没有杀人，手段比较温和。我给你土地，你回家养老去吧，这就是历史上著名的“杯酒释兵权”。朱元璋怎么想呢？我就是杯酒释兵权，如果他们回到老家，因为他们有能耐，万一有人造反怎么办呢？你带头反对我不坏事了吗？干脆，斩草除根。

朱元璋为什么这么狠呢？其实他心里头不稳定、不安定，因为他感到十分焦虑。所以，人有的时候做出超常规的事情，焦虑症是其重要的心理原因。

●焦虑症偏爱完美主义者

还有一种焦虑症，是完美主义类型的焦虑症。也就是说，他总觉得自己这事应该做得更好，应该无可挑剔，一旦哪个地方做得不行，他就受不了了。这样的人，往往工作狂里最容易出现。你看有的工作狂大骂下属，其实他并非真的这么暴躁。在生活当中，你要有点儿事，无论倾力相助，还是自掏腰包，其实他都愿意帮你。可是一旦工作有点小瑕疵，他就拍桌子怒骂，你怎么这样？你怎么那样？这就是完美主义类型的焦虑症。他受不了工作中的瑕疵，他喜欢按自己那种标准要求所有人。在这里，咱们得特别提醒一些工作狂，或者你自认为能耐大的，咱得劝劝你，世上的人不是三六九等，而是人以群分、形形色色，什么样的人都有。不是说这个工作人家没干好，人家就低你一等，人各有所长，假如说在某项工作上，你是那条猎豹，你是那匹奔马，那你就得等蜗牛和乌龟，因为它们天生就慢。你快马加鞭跑到前面去了，你若不等别人，这事你也干不好。你不能因为他慢，你就骂他，因为他是天生的，这有什么办法呢？

而且，这跟什么有关呢？猎豹为什么要不停奔跑？它得吃肉，它得吃鲜肉，它不像秃鹫，吃烂肉就行了。但是，为什么蜗牛和乌龟就不用奔跑？因为它们的食物遍地都是，花花草草都能吃。人家对食物的基本需求和你不一样，人家就没想过要吃肉，你挑剔人家干吗？所以，这种有焦虑症的完美主义者，往往工作很优秀，但人缘会很差。

当然，这种人要不跟人合作，选择自个儿去做事，如果遇到困难，他不坑别人坑自个儿。我举个例子，香港有个著名的词作家叫林夕，这名字你们都听过，他写的好歌不计其数，比如罗大佑、王菲、陈奕迅这些歌星，他都给他们写过歌词。其中，最有代表性的一首歌，是他给罗大佑写的《皇后大道东》。

他为什么叫林夕呢？上边“林”下边“夕”不就是梦吗？罗大佑跟他合作开了一个梦工厂，专门进行词曲创作。这个林夕就是典型的完美主义焦虑症，好在他喜欢跟自个儿较劲，不跟别人较劲。他连续九年获得香港最佳词人，他写的歌词很多人佩服得五体投地，甚至有人说，词坛没有林夕，我们的悲伤何处安放？也就是说他的这种表达，他歌词的犀利程度，情深意长的浓度，往往超过很多作家。

可越是这样，大家越捧他，他越是着急，有时候他应邀给人家写了一首歌词，人家说真好，他说不行，跟我以前的比差一点。为这他上火了，在家连饭都吃不下去了，有一段时间，他一看电脑就哆嗦，因为他在电脑前创作歌词嘛。他整个人都瘦了一圈，看人的眼神都往天上瞥，就跟走火入魔似的。后来造成什么情况呢？香港的这些歌手都不敢请他写歌词了，怕引起他的焦虑症和忧郁症，更怕成为害他的凶手。所以，有很长一段时间，林夕走不出来，这就是一种典型的完美主义的焦虑症。

除了以上两种焦虑症，还有一种焦虑症，那就是不敢面对失败。完美主义焦虑症是希望每个环节都能做好，真要失败了，他会从头检讨。但是，不敢面对失败的焦虑症患者，他一旦碰到失败，他就要崩溃，而且他不敢想象自己失败，所以他每天都在提心吊胆，万一我要失败了怎么办？一失败，好像天就要塌下来了。这种焦虑症往往在演艺圈、体育界等文体行当比较多。比如你登台，底下不鼓掌了，你就傻了，咫尺之间，直面挫折。你参加一场体育比赛，关键时刻你输了，那心里肯定压力山大。所以，在这两个行当里边，这种害怕失败的焦虑症患者最多。

以体育界为例，2014 年欧洲金球奖获得者 C 罗，多少年来他都让梅西压着。比如一评世界足球先生，就梅西拿得多。以 C 罗这能力，咱实事求是地说，他不比梅西差，这也是世界足坛公认的。而 C 罗也恃才自傲，我也是天才，你梅西是挺厉害，但我可不比你差。尤其是当两个人都来到西班牙踢球，一个加盟皇家马德里，一个加盟巴塞罗那。这两队我们知道，西班牙国家德比，属于世仇，大家就炒作这个事，结果给 C 罗的心理带来很大的负担。

每当西班牙德比上演的时候，C 罗都紧张，就怕表现不如梅西，就怕在面对梅西的时候失败。没办法，他的经纪人门德斯，还有他以前的教练穆里尼奥，就在比赛前把录像带拿出来研究对手，一看梅西晃过多少人射门进球了，就赶紧给 C 罗吃宽心丸，没事没事，那个队伍是西甲的下游球队，都不会防守。你要跟他踢，你比他还厉害呢。

所以，C 罗曾一度陷入这种焦虑症当中，一到和梅西比赛，他就想我可不能比他差，我可得比他强。结果，往往他越紧张，越发挥不出真实水平。

其实他的实力一点不比梅西差，足球教练卡佩罗就说过一句很有意思的话：C 罗懂英语，但梅西懂足球。意思就是，真正面对足球的时候，C 罗的心态不是很好。

但时至今日，C 罗已经是个老队员了，尤其又经历了世界杯这些挫折，他对失败已经有了充分的心理准备了。所以说，不怕失败是一个非常好的品德。有好多人不怕失败，是因为他们敢于面对失败。

就像我们经常说，想赢不怕输，这个心态是体育比赛最好的心态。

●演员为何容易焦虑

除了体育界，文艺界也是如此。

为什么很多喜剧演员偏偏得了焦虑症？因为喜剧演员控制力的要求太强。假如我在这儿说个笑话，你们要是不乐，我觉得特尴尬，心里肯定不舒服。喜剧演员干的就是这样的工作，我就是要把你们逗乐，你们不乐我可怎么办？你看历届春晚，为什么那些小品演员一个劲儿地扯着脖子喊？就怕那个舞台太大，中间那个过道太长，这个包袱传不到观众那儿去，所以他拼命地声嘶力竭地大喊。

喜剧演员之所以抑郁，是因为自己的作品不被认可。憨豆先生曾拍了一部电影《憨豆特工》，很多人说不好，他就在家得焦虑症了。我想把你逗乐，你不乐，我怎么办？咱们每个人都有过类似的经历，你在饭桌上讲了一个段子，结果没人乐，你是不是特别沮丧？喜剧演员以这个为职业，动不动就沮丧，你说他受得了吗？

不光喜剧演员如此，歌唱演员也有这样的问题。驰名世界的三大男高音之一、已经过世的帕瓦罗蒂，他就是焦虑症的典型代表之一。你看他在台上发挥得完美无瑕，比如《我的太阳》《今夜无人入睡》，他唱得酣畅淋漓。但实际上，他是个特别害怕失败的人。何以见得呢？帕瓦罗蒂在台上演唱的时候，你就会发现，他总是拿一个白手绢。你走遍天下，没见过哪个歌唱演员在台上拿白手绢的，他为什么拿白手绢？按理说演歌剧不能拿，你一边唱歌，一边拿个手绢像话吗？因为原先他是焦虑症,时间长了他用什么缓解呢？上台前拼命吃，一个劲地吃，就是想分散注意力，最后，帕瓦罗蒂吃成了三百多斤的大胖子。他一上台，大伙儿就盯住他的肚子看。

他怕人老看他的肚子，或者说他形象不好，他就想了个招，手里拿一个白手绢。一方面，擦汗的时候能用上，另外一方面，白手绢一挥，吸引别人的注意力，大家就不怎么注意他的肚子了。原来，他的白手绢就是起这个作用的，甚至还能形成一种心理暗示。此外，他每次登台之前，就在后台找东西，他得找到一根生锈的钉子，而且还得是弯曲的。这样，他心里就放心了，为啥？这是他老家的一个传说：钉子能治魔鬼，弯了的钉子能辟邪，生锈的钉子说明这是降妖的老手了。

所以，帕瓦罗蒂一上后台就四处找桌椅，看哪里有生锈的钉子，然后拔下一个来。他看到钉子就放心了。很多时候，在开幕前，演出的主办方都准备一根生锈的钉子。他只要一看到这钉子就来劲了，他在台上开心演唱，很是惬意！

所以说，帕瓦罗蒂是一个不敢面对失败的焦虑症患者。

●如何化解焦虑症

有的朋友说，你说得太远了，又是朱元璋，又是帕瓦罗蒂的，那都是大名人，我们普通小老百姓能不焦虑吗？确实，普通人也焦虑。为啥？这焦虑症是比出来的。现在人比人的事太多了，比方说俩女孩都挺漂亮，人家穿金戴银，拿着好包，你站在这儿一看，为什么我就不如人家呢？同学聚会，人家开着宝马、奔驰来了，我开的这车十万块钱还不到呢，而且驾照上的九分快扣没了，还天天被罚钱，我怎么跟人家比？俩老太太在小区里聊天，我企业退休金八百多块钱，我机关退休金三千多块钱，你说，这怎么比？所以，在现实生活当中，它总有相互比较的事，这一比较就比坏了，于是很多人就焦虑了。

为什么世上最好的孩子都是人家的孩子？比如，你回到家教育自己的孩子，你看看人家，学习成绩多好，你看看你，一天到晚，不思进取，你这样能对得起你爸你妈吗？他为什么这么说？因为他焦虑，他怕自个儿孩子不如人家的孩子，所以，我们普通老百姓也都存在焦虑。

那么，这个焦虑症如何去化解呢？其实很简单，最好的方法就是别攀比。每个人关起门来过自个儿的日子，别管别人怎么过，过好你自己的生活比什么都强。你再羡慕李嘉诚，李嘉诚也不会给你一分钱。人家活得什么样，跟我们没关系，你就安安静静地等待自己的机会，想办法改变自己的命运。

人生在世，无非三件事：自己的事别靠别人，别人的事你别多管，老天爷的事你得配合。外边下雨你不打伞行吗？你家里日子过得挺穷的，你还非要天天龙虾、鲍鱼，那也不现实。命运有时候就是老天爷的事，你得顺应自然，别跟人家比。货比货得扔，人比人得死，你生那个闲气犯得着吗？所以，你就安安静静地把自己的期望值调到一个底线，我就过这样的日子。每天我不愁吃不愁穿，高兴的时候我能喝点小酒。一瓶十来块钱的酒我能喝得起，这样的日子就可以了。你不要总看到富人，富人有富人的想法，你要总这么比较，心里肯定不平衡，甚至有可能给你带来更大的祸端。调整心态，降低期望值，从现实出发，这样你就生活得很快乐、很幸福。

关于这一点，我觉得有一部电影的主题很贴切，那就是滕华涛导演的电影《等风来》。

电影讲述的故事，就是反映平淡生活当中的两个小人物，每天处在焦虑当中，就觉得自己挣得少，工作也不如意。后来一个偶然的机会，两个人到尼泊尔去旅行。他们在山上玩滑翔伞，就想飞起来，想感受飞起来的那种感觉，可是总是飞不起来，那怎么办呢？有人就告诉他们，别着急，等风来，好风凭借力，送我上青云，万般皆在土，各自等时来。

你得等待你的时运，早一步晚一步都不行，你得一点点积攒着。

等风来，这就是在启示我们：在时机没有成熟之前，不要急于求成。即便有再好的愿望，如果不努力，再焦虑也是于事无补的。当你积攒到一定程度，在合适的时机，你可能自此就飞黄腾达了。所以说，克服焦虑最好的办法，就是有一个健康平和的心态。家长教育孩子，最重要的就是教给他们如何培养一种良好的心态。

凡事摆平心态，积极面对，别着急，慢慢来，扎扎实实地做，稳稳当当地走。车到山前必有路，船到桥头自然直，只要属于你的，它迟早都会到来。

无孔不入的强迫症

在日常生活当中，很多人都会有不同的心理状态，有些会影响我们的生活，也可以说是各种各样的心理疾病。如今的现代社会，很多人都有强迫症这种心理症状。

什么叫强迫症呢？比方说有人每天离家时明明把门锁上了，等下楼时出了电梯，心里却忍不住想："糟了，我走的时候好像没关窗户没关灯吧？那门我刚才到底锁上没有？"这样一想，就只能跑回楼上再检查一遍，因为不回去就不安心。这就是早期的强迫症。

在家里看电视，用遥控器调整音量时也会有人犯强迫症。想把音量调高的人拿起遥控器开始按，从 15 按到 19，本来这个音量已经很合适了，但他就是忍不住再按一下，让 19 变成 20，凑成一个整数。

这是为什么呢？恐怕他自己都说不清楚，就是觉得把音量调成整数不会觉得别扭。那么，我们今天就来说说，从早期强迫症到深度强迫症，它到底是怎么样影响你的生活的。

●完美主义的泛滥

现在有很多年轻人喜欢星座，有的人总说很讨厌处女座，因为处女座特别爱较真，而早期强迫症就和被人调侃的处女座的行为方式很像。强迫症这种事说不上有多大危害，只是在说这个人爱较真，有点过度追求完美。有的人穿带帽兜的运动服打球的时候，帽兜两边的带经常垂下来，一长一短，有的人就偏偏喜欢把它拽齐，否则就浑身不舒服。

再比方说，有的人为了彰显自己的个性，穿裤子时喜欢把裤腿卷起来，两个裤子卷起来的褶也要数量一样。要是这边卷一个褶，那边卷两个褶，他就坐立不安。还有的人在家里时，桌子上的杯子也要放得对称，这是为了符合自己潜意识里的对称美。还有的人爱钻牛角尖，无论多无聊的小事也想挖得一清二楚。在春晚上曾有个小彩旗在那里不停转圈，先不说这种原地转圈的表演有多大意义，毕竟那属于艺术，但是有的网民还专门上网搜这个小彩旗转了多少圈。这就是真正的无聊了，这种无聊的人也喜欢自称为强迫症。其实就是好奇心太重加上没事干闲的。

网上曾经有过言论说，杨过的胳膊被郭芙砍了，砍完以后浪迹天涯十六年，就一只神雕陪着他。十六年以来，杨过凭着一个膀子练剑，但谁给他剪指甲呢？为这种事操心的人，也喜欢说自己是求知欲旺盛的小强迫症。

有些演员较真的时候，也会被称为是强迫症。比如国家一级演员陈道明，他在出演电影《归来》时，饰演的角色是知识分子右派陆焉识。剧中的陆焉识从大西北偷偷跑回来看自己女儿和老婆，由于随时可能被抓回去，所以两个多月风餐露宿，扮相十分落魄。

陈道明在表演时就提出要求说，我的衣服，我的眼镜，我背的包袱，都必须按那个年代给我做成破破烂烂的，既旧又脏的感觉；凡是我拍戏的地方，也得脏乱不像样，这样我才能入戏。既然我是演那个年代的人，那剧里的所有道具，包括钢琴和茶杯，都得按照当年的规格来，要是让我看出是新的，那就没法演了，我入不了戏。这是陈道明作为一名演员的强迫意识，必须得是环境跟他高度吻合的时候他才能进入状态。

拍《楚汉传奇》时饰演刘邦的陈道明也是如此，即使是冬天也坚持只穿单薄的戏服，他觉得这样可以使自己处在刘邦的状态，更符合王者的气场。即使在剧组中途换场休息时，陈道明也一直站着，没有坐下休息。有人问他：“陈老师，您怎么不坐下歇会儿？”“不行，要是坐下我就是陈道明了，一旦坐下，我再进戏可就费劲了。”高希希导演也透露，由于陈道明这个大腕经常站着，导致没人好意思坐下休息，整个剧组都只好陪他站着。

这些现象，虽然经常被称为强迫症，但这种完美主义和做事认真的态度可以说是对自身信念和原则的一种践行，属于严格律己的类型，不会干扰到他人。

●囤积强迫症的心理原因

比这一种还要进一步的强迫症，叫作囤积强迫症。囤积强迫症指的是无论看见什么都想捡回去。有一部电影叫《购物狂》，里边的主角叫方芳芳，这个女孩的特点是见到货品就想买回去。但这并不是因为她的钱多，而是她控制不住。每次听到有商场打折，方芳芳都会急忙过去购买，而往往那个打折的货品并不是她需要的。这种强迫症其实就是发疯似的囤积各种东西。

中国有句老话，叫“闲的时候置，忙的时候用”。意思是说，买的东西就算平常用不上也没关系，必须先买回来，万一有用上的那一天，那么这个货品的便宜价格就很合算了。这本来是个朴素的生活理念，但是一旦要转化成强迫症就麻烦了。这个人只要碰到打折，只要看到便宜货就想买，甭管有用没用。按照这种病症来说，女的在这方面比男的更严重，因为男性偏向于花高价买一件有用的东西，但女性则喜欢以低价买一堆没用的东西，这是购物过程当中男女性别表现出来的一个非常突出的特点。

电影里的方芳芳一遇到打折就急着购买货品，往往用信用卡不停地刷，最后把自己买成卡奴了。所以有这种强迫症的人，最好不要使用信用卡，不管买什么都用现金。现金毕竟是真金白银，点着钱花出去的时候人才会心疼，如此一来，这个症状慢慢就遏制住了。

囤积强迫症发作到极致的人也不在少数。

英国有一个老头，三十多年以来，只要他在外边溜达时看到了什么东西，就全都会带回家里。因为他自己觉得，如果出门一趟却没能把东西往家里捡几样，就跟丢了东西差不多，反正就是损失了。就这样，他家里的东西越来越多，最后把家里四间卧室都填得满满的，勉强只剩下他的容身之地。

美国有一个老头比他还严重，也是收集东西成瘾，自己的东西用旧了从来不舍得扔，在外面捡回来的东西都放在家里，有点像果戈理在《死魂灵》里写的人物泼留希金，泼留希金在外面走路的过程当中见什么东西都往家捡，结果这个老头最后把自己屋里所有的空间几乎都堆满了，外边人都进不来了。最后，警察在他房顶打了个洞才进入房间，发现屋里堆满了各种各样的垃圾，好不容易才找到这个老头的尸体。

这就是囤积综合征，也就是囤积强迫症的极致表现。

这种强迫症的心理原因是什么呢？恋旧。有些人的习惯是，用过的东西不愿意扔。比如用过的手机，搁在家里挺长时间也不想把它扔掉，以及其他任何多少年前留的物件：以前使过的钢笔，换掉的眼镜，用过的球拍，这些有囤积强迫症的人全都把旧东西搁在家里舍不得扔。往往是因为这些旧东西承载着人对过去的种种记忆。所谓睹物思人，讲的就是这种情结。最珍贵、最难以割舍的不是物品本身，而是它所经历的那段回不去的时光。

还有一些人囤积东西是为了更深一层的记忆：记录自己的人生经历。比如，有些体育记者采访奥运会、世界杯时，经常会借助采访证完成工作。等工作都完成后，这些记者会把采访证好好保存起来。这和所采访的赛场无关，有些小比赛，甚至是中国第几届农民运动会的分赛场采访证，他们也都会留着。

为什么呢？因为这也是一种记忆，更是对自身价值的提醒，更是记录自己职业生涯历程的最好证明。

●清洁强迫症的现实表现

还有一种很常见的清洁强迫症，也就是人们通常所说的洁癖。患有洁癖的人在我们生活当中很常见，他们通常对卫生有着严苛的要求，对物品的清洁程度已经超出了合理范围。比如，有些人不仅饭前饭后洗手，就连出门去一趟超市也要提前洗手，回家以后再洗，顺便把门把手和钥匙以及鞋子都清洁一遍。

洁癖有两种表现方式，一种是整洁层面，一种是清洁层面。其中，整洁层面的洁癖也属于视觉洁癖，比如大多数人要是看见家里干净的地板上有纸屑，多半是懒得捡起来的，觉得就那么一小张废纸没什么大不了。有些爱整洁的人，也许会打扫，但是他的心理是即使不打扫也行。可是那些有视觉洁癖的人就非要把那张废纸捡起来不可，否则就会坐立不安。

清洁层面上的洁癖就是过度清洁自己了，和别人握手之后急着洗手，不愿意和别人共用一些非私人物品等。很多电影里也体现过这一点，比如获得金卫星奖的美国影片《火柴人》，尼古拉斯凯奇饰演的角色罗伊就是一个有强迫症的清洁癖，他开门需要数着一二三开三次，觉得家里都是细菌，把地上擦得跟镜子一样干净。但是朋友一来，就又觉得是一个细菌结合体进来了，连跟别人握手都担心脏，握完手会不断地洗手又消毒。

生活当中的洁癖患者体现的不仅是自我要求，更是对别人的一种要求，因此，过分地强调清洁，就会给别人带来很沉重的负担，所以很多洁癖患者在生活当中并不受人欢迎。不过，无论是强迫症还是洁癖，都属于心理病症，都是事出有因。比如美剧《绝望的主妇》，主妇布里就是个重度强迫症患者，她经常花费一整天的时间在家里四处打扫，衣服永远光滑平整，头发永远一丝不乱，连睫毛都化得根根分明，让她的丈夫和孩子们都有很大压力。

而在强迫症的背后，布里背负的却是沉重的过去：在她幼时的某个圣诞节中，她的母亲因车祸去世。年幼的布里目睹了母亲的车祸，更看见了马路上的一大摊母亲的鲜血。本该是欢乐团聚的日子却成了忌日，更糟糕的是，路上醒目的血红色不断提醒着她母亲去世的事实。布里当时就拿着清洁工具去打扫，随着鲜血污渍被慢慢清理干净，她的心情仿佛也轻松多了，就像看不见满目血渍，也就能推翻亲人死亡的事实一般。这些都是心理疾病的表现，她把自己的痛苦投放到了脏污上，而清洁就是她的减压方式。

美国有一个叫霍华德·休斯的富豪，是一个航空学家，也是一个电影导演，工程学家，他是《钢铁侠》的角色原型，还有一部由莱昂纳多主演的电影叫《飞行者》，也是以他为原型。霍华德·休斯也是一个强迫症患者，他在吃豆子的时候对豆子的大小非常介意，要用一个特殊的叉子把豆子分开，按大小排序吃。由于他的外表俊美又有钱，是美国有名的花花公子，据说跟上百个电影明星都有过关系，私生活不检点，因此得了性病。

这时，霍华德·休斯的手上长了小水疱，强迫症就更严重了。他拿任何东西的时候都会垫上纸巾，因为他觉得这样可以把他和细菌隔开。医生曾经再三告诫他："你可不能跟人握手，一握手那细菌就传染过去了。"霍华德·休斯把不和别人握手的习惯保持了一生，还因为担心梅毒细菌会寄生在衣物中而烧毁了自己的全部衣物。

最后，在霍华德·休斯的生命快要走到尽头的时候，他把自己关到黑屋里，不跟任何人往来，就怕一开门细菌就会进来。由于得了梅毒，他心里觉得很难堪，无法接受这个事实，也不想正视它，因此在心里把细菌和病毒的危险性放大了，把除自己以外的一切都视为传染源。霍华德·休斯渐渐认为只有在一个相对真空的环境里，他才是安全的。后来，他的精神都不太正常了，只好用毒品来麻痹自己。

1976年4月5日，七十岁的霍华德·休斯在从墨西哥飞往休斯敦的飞机上去世，尸体解剖时，医生在其血液中发现了致命剂量的可卡因和大量的地西泮，胳膊上还发现了四个折断的针头。这是一个强迫症放大到极点的悲剧。

我们国内也有这种悲剧，这种悲剧经常和太在乎自我形象以及追求完美有直接关系。这个强迫症到了顶点是什么呢？就是抑郁症。抑郁症的可怕在于，它也有强迫症的因素。强迫症能把人逼到自杀的地步，这才是人们最恐惧也最无力的地方。毕竟，心情和想法都扭转不了的人，就相当于自己要谋杀自己，别人是帮不上忙的。

有一个身价达到三百亿的年轻富豪叫魏东，他是九芝堂的老板，商业上一直运作得很好，也没有什么经济危机，魏东却在2008年的时候在北京跳楼自杀了。为什么呢？因为魏东每天做生意，渐渐把商业上的规范流程带入到了生活里，形成了强迫性的行为和思维。做事规范严格虽然好，但要是人总在这根弦上绷着，谁也受不了。毕竟人是血肉之躯，不是机器，严格的自我要求本是用来提升自己，而非灭绝人性，这正是人与机器的区别。

魏东在留下的遗书里称：“由于长期的工作压力，近年来我的强迫症愈发严重，本想今年能放下工作，安心休养，医治这种精神上的病症，但近期外部环境又给了我巨大的压力，强迫性的动作，强迫性的思维，如影随形，几乎时时刻刻困扰着我。伴随着严重的失眠和抑郁，我无法面对生活，对于未来能否摆脱它毫无信心，而且长此以往会拖累得我的爱人、我的家庭不堪重负……”

●如何预防强迫症

所以，大家千万不要小看强迫症，它最终能改变你的行为方式，让你处在崩溃的边缘，最终根本无力回到正常的生活状态中。

那么在生活当中，我们怎么预防强迫症呢？其实很简单。

第一，不要太在乎别人对你的评价。强迫症患者往往都特别在乎别人的看法，太在乎自我形象，别人说一点不好听的话都如芒刺在背。可这日子终究是自己的，又何必在乎不相干的人呢？他们有什么权利对你指指点点？

第二，不要过分追求完美。这个世界上不存在完美，谁也做不到绝对完美，因为完美根本不存在。只要是人，就会有缺点，就会有自己的特色，所以不要太把标准当回事，不要被它束缚了自己的生活。如果自己过得不开心，别人口中的完美又值几个钱呢?

第三，无论遇到什么事情，能干就想办法干成，干不成也不要紧。你做不成这一件事，完不成这个目标，地球不会停止转动，你也不会因此活不下去。做事时思维方式要放开一点，胜故欣然，败亦喜之，绝对不能钻牛角尖。

人这一辈子，能走的道路是很宽的，此一时彼一时，有实力就能翻身。

不要过分追求完美，不要过分在意别人对自己的评价，想事情不要钻牛角尖，这是避免陷入重度强迫症的三个重要法宝。

神秘的催眠术

一提到催眠术，很多人想到的都是那些神乎其神的，就像电视上魔术师搞的那一套，催眠师通过语言，或者用一个怀表在被催眠的人眼前来回晃荡，这个被催眠的人一会儿就迷糊了，让他干什么他就干什么。

很多人不相信，说这也太神了，肯定是假的。有的人看了一些影视剧就觉得催眠术就是坏人用来干坏事的，为了达到一些罪恶的目的，把好人催眠了，让他去干这干那。

2014 年有一部电影，叫《催眠大师》，徐峥和莫文蔚主演的，讲的就是催眠术的门道，很精彩，拍得跟恐怖片似的，最后的结局很让人意外。很多人通过这部电影才了解，原来催眠术还可以用来治疗心理疾病，原来心理医生里头也有严重的病人。

那么很多人就想知道，催眠术有电影里演的这么神吗？一个陌生人发号施令，真的能让人言听计从吗？那些药物克服不了的病症，能通过催眠术根治吗？当场催眠十几个观众，这是真的还是假的？催眠大师们是怎样工作的？生活中无处不在的催眠又是指什么？那些各领域的催眠高手，到底都干了些什么？

●催眠术可怕吗

咱们中国人最早是在荧屏上看到催眠术这种行为，比方说日本电影《追捕》。看过的人我一说就能想起来，其中特别经典的一幕，就是这电影中的大反派，通过药物的辅助作用，再加上语言上的催眠，想让高仓健饰演的杜丘从楼顶上跳下去。

“杜丘，你看，多么蓝的天啊……走过去，你可以融化在那蓝天里……一直走，不要朝两边看……昭仓不是跳下去了吗？唐塔也跳下去了……所以请你也跳下去吧。”

其实，这就是催眠术的行为。由于催眠术本身浓烈的神秘色彩，很多文艺作品都把它编成坏蛋为达到罪恶目的所使用的犯罪手段。所以，大家一提到催眠术，就觉得还挺害怕。其实呢，在现实世界里，催眠术和催眠师所扮演的角色，绝大部分是治病救人的，远不像影视剧里那么邪恶。

催眠师这个行业是怎么来的呢？最开始出现在欧洲，有一些搞迷信的大师，说白了就是骗子。在中国呢，这就相当于跳大神的。这些骗子大师给人治病，说你这头疼，你这牙疼，我给你吹口气儿，唱个驱魔的歌，念叨念叨，病魔就走了，你就好了。治完后，好了，你给钱吧。当然，他们不懂什么医术，纯粹瞎忽悠，聪明一点的大师知道自己是骗人的，糊涂一点的连自己是骗子都不太清楚。

这帮人就到处忽悠，骗病人的钱，可是时间一长他们就发现，有的病人还真就好了。尤其是那些正经医生说不清道不明的病，往往被他们一骗，就治好了。这是怎么回事呢？当时科技不发达，也没有什么心理学、神经学专业，反正既然有效，就这么传下来了。后来人们有了科学观念，就开始研究这到底是怎么回事，并着重开发这种疗法，这就有了催眠术。

催眠术在很长一段时间起到什么作用呢？咱们知道做手术得麻醉，要不然开刀太疼病人受不了。我国古代的华佗发明了麻沸散，欧洲没有麻沸散怎么办呢？就用催眠术。外科医生配一个催眠师，手术前他就对病人说，你闭上眼睛，看到一片草地，微风吹来，这有一棵大树，这大树就是你的腿。大树不知道疼，你拿刀砍它，它绝对不疼。催眠成功了，再开刀。这种方法非常不靠谱，经常有人挨了刀子就醒了，还是疼。后来有了乙醚，通过乙醚来麻醉病人，这才把催眠术给替代了。

现在，催眠术主要用来治疗心理疾病。比如有人焦虑，有人心里有事儿总放不下，心理医生就和他聊天，表面上聊得挺好，但没法深入其内心最深处，过后起不到治疗效果。这时候只能下点猛药，用催眠术闯入他的内心深处。

比如有一则新闻报道，贵州有一个护士叫小罗，家人发现她有一个毛病，大半夜睡着觉，突然拿着菜刀满屋溜达，你说这多吓人！等醒了问她，她记不得了。所以有人用催眠术对她进行深入了解，原来她经常梦见工作的内容，比如做手术，梦见主刀医生跟她要手术刀，所以她梦里总拿着菜刀忙活。这是工作压力太大，放松不下来导致的。后来针对这个病因，医生对她进行了心理按摩，这才治好了她的心病。

现实中，催眠师对人进行催眠，必须对方同意并且配合。否则不经允许就把人催眠了，那是职业规范不允许的。当然，电影里怎么演，那是为了剧情需要，属于艺术加工，现实中必须得到对方的许可和配合。而且，即便对方同意催眠，也不是所有人都能成功催眠。有些人天生心理防御能力强，你就催眠不了。

就像电影《催眠大师》里头的主人公，徐峥演的这位心理医生，他自己本身是个催眠大师，对各种催眠的招数都非常精通，而且自尊心特别强，别人想催眠他就非常困难。

●催眠术的原理

现实生活中也是如此，有的人就很难被催眠，这和催眠的原理有关系。

这原理说起来比较复杂，简单来说，催眠术就是催眠师用他的方法，绕过人的表层意识，直接和病人心灵最深处的潜意识进行沟通。但是，如果被催眠的人表层意识的防御能力太强，就好比人的外面穿了厚厚的铠甲，把别人挡在外面了，这就没法触及心灵了。这样的人就很难被催眠。

这种情况很好理解，每个人都有自我防御的意识，即便在被催眠的情况下，他也有防御底线，很多问题你问他，他不会说的。

比如《追捕》里面，把这个人催眠了，让他从楼上跳下去，其实这在现实里几乎不可能。很多人认为，一旦人被催眠了，你那让他干什么他就干什么，其实这是个误区。即便是催眠术，也没法侵犯到他心理防御的底线。比如有人开会爱睡觉，还说梦话，这时候你可以和他对话，他在梦里和你聊天。但你要问他银行卡密码，他一下就能醒过来，你问不出来。因为他的心理防御报警了。

吴秀波演的《黎明之前》里头有这么一情节，第八局抓来一个地下党叫边日南。齐佩林就利用药物的辅助，想让边日南卸掉心理防御，从而说出地下党领导的名字，药物的作用是没法抗拒的，但这触及边日南的心理底线了，他立刻清醒了，他宁可把自己弄死也不说。

所以，遇到这种心理防御很强的人，催眠师就不容易催眠。不过魔高一尺道高一丈，高水平的催眠师，能用他们的办法穿过这层厚厚的铠甲，去触及患者心灵的深处，从而对患者进行心理按摩。

在《催眠大师》里头，莫文蔚就是这么一个高手。为了穿越徐峥的心理防线，她把自己假扮成病人，先引导徐峥进入自己的内心，让他放松警惕，从而设计出天衣无缝的圈套，通过周围人周密的配合，就让徐峥掉进去了。后来，莫文蔚成功深入徐峥的内心，把他内心深处最放不下的死结给解开了，最后把他的心病治好了。

其实在现实生活中，对于用催眠术进行心理治疗，一直存在很大争议。有的科学家认为催眠术的治疗存在一些隐患。也有的社会学家认为，催眠术太容易学习，会的人太多了，如果不受控制，对社会的安定也存在隐患。

说到这儿，可能咱们很多人觉得，催眠术非常神奇，比较高端。其实，催眠在我们的生活中无处不在，有很多不是催眠师的人，催眠的本事也非常厉害。

●无处不在的催眠

为什么说我们生活中，催眠无处不在呢？催眠术其实就是心理暗示，心理暗示在咱们生活中随处可见，只不过程度轻重有所区别，积极的心理暗示和消极的心理暗示也有区别。

举一个例子。在2014年仁川亚运会女子75公斤以上级举重比赛中，中国的冠军选手周璐璐在开举之前，总要大喊一声“轻松诶！”按说轻不轻松你自己知道就行了呗，干吗非要喊出来？万一没举起来多丢人？但在体育领域，其实道理不是这样的。正因为知道举起来不轻松，才要喊一声“轻松诶”，给自己一个积极的心理暗示。这就相当于把自己催眠了，从而激发自己的全部能量。

心理暗示在体育方面的例子太多了，如果大家留意的话，几乎随处可见。

我们知道在关键时刻，人由于心理负担重，往往不能发挥本身的实力，由此导致发挥失常。

期末考试之前家长总爱嘱咐孩子，考试别紧张啊，其实这就是消极的心理暗示，暗示你担心他会紧张，暗示你认为他会紧张。所以你越嘱咐，孩子越紧张，越考不好。

我们知道，中国足球从前实力不弱，就是一到关键比赛就发挥不好，还有逢韩国不胜的恐韩症。这都是因为沉浸在消极的心理暗示的情境里头出不来。但现在不是心理问题了，而是实力真的不行了。十多年前水平还行，但心态不好。后来来了一个教练米卢，提出一个快乐足球，意思就是别想那些出不出线的事儿，先享受足球场的快乐。其实他自己知道，快乐足球是没法让中国队变强的，米卢也不想让中国足球短期内变强，他的任务只有一个，中国队进了世界杯就算胜利。

韩国变强靠的是痛苦足球，日本变强靠的是娃娃足球，没有人靠快乐足球。但快乐足球有一个什么功能呢？它能破解原来的心理暗示，通过快乐足球让球员忘掉压力，专注比赛本身，这样就能把正常水平发挥出来了。2001 年十强赛那么好的分组形势，只要发挥正常，就出线了。米卢训练的时候不是一板一眼，他经常跟球员随便聊天，把球员挨个都捧上天了。他知道这支中国队的情况，不怕打比赛，内心里也骄傲，骄傲就能发挥，就输不了。怕就怕外强中干，表面上硬挺着挺狂妄，但总是心虚，这样就会输球。

他为了给球员催眠，还组织大家集体观看一部好莱坞的橄榄球电影，叫《挑战星期天》。橄榄球我们都知道，其对抗比足球激烈多了，美国的体育电影简直就是兴奋剂，看得球员一个个都跟打了鸡血似的，米卢要的就是这个气氛。所以，米卢很懂得催眠的要领，最后带领中国队成功冲出亚洲，从而获得了韩日世界杯的参赛资格。

古龙在小说《七种武器》里讲过一个靠心理暗示成功的例子。这个故事叫“孔雀翎”。英雄高立要和大反派麻锋决斗，高立知道麻峰是一等高手，自己没有胜算，他怕自己死了，丢下妻子守寡。因为他有顾虑，就跑到孔雀山庄，找到他的好朋友秋凤梧，借孔雀翎。这孔雀翎是江湖传说中最恐怖的暗器，据说见过这暗器的人都死了。高立就想借来孔雀翎，万一打不过麻锋，就用孔雀翎收拾他，这不就有胜算了嘛。秋凤梧一看他这种情况，就说大哥，孔雀翎可以借给你，但它是我们孔雀山庄的宝贝，你得保证，不到万不得已不用它。高立说，我答应你。

高立就把孔雀翎带在身上，去找麻峰决斗了。结果，因为高立有了孔雀翎压阵，心里太有底了，麻锋被他的气势压住了，心想这小子这么有自信，难道他真比我强？麻锋反而迟疑了，结果麻峰刚一出招，就被高立一剑杀死了。孔雀翎没用上，高立回到孔雀山庄，把宝贝还给秋凤梧老弟。老弟这时候才说出实情，其实这孔雀翎是假的，只能给你壮气势，杀不了人，但这东西却给了你自信，所以是最厉害的暗器。原来不是孔雀翎，是自信。

古龙讲的就是这么一个故事。其实高立被秋凤梧催眠了，他认为麻锋必死，自己必胜，这种状态能让他发挥出最高的水平。

所以说，在我们生活中，心理暗示无处不在，催眠也无处不在。当然，有好的，也有坏的，有的是别人催眠你，也有的是自己催眠自己。

比如练瑜伽，很多女同志都比较喜欢，觉得在老师的带领下，练瑜伽的过程非常放松、舒适，整个身体机能都能自由调节。其实你仔细琢磨，每个瑜伽老师都是一个催眠师，他引领着你进入瑜伽的境地。在这个过程中，仿佛世界变安静了，一切都变得美好了清新了，你慢慢变舒适了，变健康了。但其实你还坐在那个毯子上，什么也没变，由于你接受了暗示，所以你调节好了，这就是健康的催眠。

此外，还有开心的催眠。很多人有这种体会，晚会或者影视剧里头，只要赵本山一出场，观众就无意识地开始乐。哪怕他还没有开始抖包袱，哪怕你都不知道他这次演的是不是喜剧，他那张脸一露面，大家就觉得特别开心。为什么呢？他那张脸有催眠的能力，你一看到他，就自动进入小品情境，不用抖包袱就乐出来了。

咱们今天说了这么多和催眠术有关的事儿，了解了这个行业的一些门道，这对我们的生活是有帮助的。如果人有了心病，最好早点找心理医生。虽然专业催眠术的使用有严格的规定，不能滥用，但它的原理其实是随处可见的。我们每天面对着来自四面八方的心理催眠暗示，我们可以做的就是，接受积极的合理的暗示，远离那些消极的暗示。

就像赵本山小品里演的那样，有些人忽悠咱们，是给咱们催眠呢，就是为了把咱们“忽悠瘸了”。这一点你可得认准了，千万别轻易上当。

电影聚焦

《私人订制》：冯氏喜剧引发的风波
《警察故事2013》：颠覆传统“硬汉”
《无人区》：争议背后的玄机
《亲爱的》：再现真实寻子故事
《太平轮》：被历史湮没的传奇

《私人订制》：冯氏喜剧引发的风波

每年都会有这么几部观众等着盼着上映的电影。2013 年底的贺岁档，观众最期待的恐怕就是冯小刚的《私人订制》了。这不奇怪，基本上每年的贺岁档，观众们都等着看冯小刚的贺岁片，国内贺岁档就是他当年打下来的天下。

可《私人订制》的上映却让很多观众史无前例地对冯氏电影不满意，甚至有评论说，这是冯小刚有史以来拍得最差的影片。有人说，电影里的那句台词“成全别人，恶心自己”指的就是这部《私人定制》是成全了票房，恶心了观众。

冯小刚是个暴脾气，听到这些反馈后在微博上把影评人一顿骂。最后，和观众的评价相反，这部影片的票房非常好，赚了将近七个亿。

到底，这是一部怎样的电影，何以引起了如此大的风波？口碑和票房为何如此不成比例呢？

●低质量的商业喜剧

其实，《私人订制》的口碑不理想也是正常的。一部好影片要想得到观众们的认可，首先得导演自己喜欢。只有导演自己喜欢这部作品，他才能够在创作过程中不断地投入热情和心血。导演一边拍，一边想象着观众看到这样的情节、那样的表演会被逗乐，会被感动，这个过程对于导演自己是一种享受。创作者得有全身心投入的状态才能出好作品，因为创作本身就是一件很感性的事。它不像体力活，不像码砖头、挖菜窖，出了力就有劳动成果。创作是把自己的想法加以展示的过程，如果创作者自己进入不了享受创作的状态，那他创作的作品自然也无法使观众产生共鸣。

冯小刚是一个讨厌重复风格，喜欢挖掘不同层次影片的导演。从 2001 年拍《大腕》开始，他就没创作过重复风格的影片。《大腕》是当年比较大的制作，挑战了荒诞喜剧的风格；然后是《手机》，讲现代社会的生活被手机异化了，影响了人们的生活，体现了比较深刻的现实主义，喜剧成分减少了；再后来是《天下无贼》，讲的是雌雄大盗浪子回头的故事，歌颂真善美，这属于警匪片；再往后，冯导干脆放弃喜剧，拍了《夜宴》这部宫廷伦理片；接下来的《集结号》又成了战争题材大片，完全放弃了爱情元素，是一部充斥着雄性荷尔蒙的纯男人大戏；《非诚勿扰》第一部和第二部，又是年轻人喜欢的浪漫爱情喜剧；《唐山大地震》则是灾难背景下的伦理片，讲的是人性；《1942》又在灾难背景下演绎了民族史诗，讲的是历史。

除了《非诚勿扰》，冯小刚的电影作品里没有重复的或者相似的题材。他是个喜欢换花样的导演，不喜欢重复自己。所以他在拍重复题材的时候，就拍得不理想，肯定也就拍不好，比如《非诚勿扰》第二部就比第一部差很多。冯小刚曾在记者发布会上说，我就是喜欢炒冷饭，我就是喜欢翻拍过去的题材。有人觉得他那是嘴硬，打死不承认自己的心态，纯粹是为了宣传《私人订制》而硬着头皮说谎。其实，如果他真的能意识到如今的冯氏喜剧早就成了广告大片，成了毫无像样的电影风格可言，那有为此说谎的行为倒也不算太糟，至少他还知道自己在睁眼说瞎话。

既然是无创意出产的新片，那这部《私人订制》炒的是哪盘冷饭呢？正是冯小刚自己的经典作品，国产贺岁片的开山之作《甲方乙方》。这部影片里的故事结构、人物设置，甚至桥段，都和《甲方乙方》如出一辙。为什么会这样？全怪上一部作品——《1942》，因为它的票房太差了。

这事说来话长。能够把 1942 年的大饥荒搬上银幕，是冯小刚十几年来的一个心愿，他写到自传里，地球人都知道了。终于，华谊兄弟的老板决定满足他的心愿，为他投资了两个亿，拍出了《1942》。很多观众都看过这部片子，这是一篇波澜壮阔的史诗。这个题材能够搬上银幕，不论拍得好坏，都是一件非常有意义的事。这片子公映以后口碑很好，票房也不错，但因为投资成本太高，还是赔了。

这下冯小刚觉得辜负了老板对自己的信任，就想拍一部稳赚钱的片子，替华谊兄弟公司把钱再赚回来，把《1942》挖下的坑填平了。那既然奔着赚钱，最好是投入低、风险小、收益高。什么电影投入低？喜剧电影，不用搞太多电脑特技，不用搭景，不用雇成千上万的群众演员来呈现大场面，顶多需要几个风景好看的景点。即使这样，基本都是当地免费赞助的。

那为什么拍喜剧风险小呢？冯小刚拍了这么多类型的电影，老百姓最认可的，还是喜剧，还是他的冯氏幽默。再加上葛优的捧场，这就有了票房保障，一部稳赚不赔的电影，就这么被计划出来了。

所以说，《私人订制》这部片子不是冯小刚想拍的，而是他为了还人情债，为了给公司赚钱，而给自己布置的命题作文。所以也有人说，这部片子是冯小刚为了成就华谊兄弟，恶心他自己。

●生硬套用旧片桥段

为什么说《私人订制》是炒《甲方乙方》的冷饭？是《甲方乙方》的重复？看过这电影的朋友可能感受比较强烈，这部电影里出现了很多在《甲方乙方》里头出现过的类似情节。冯小刚就是把《甲方乙方》给拆零碎了，然后重新组装。

比如，第一个出场的苗圃，这人有当女烈士的瘾，就找到这私人订制的公司，以及葛优、李小璐、白百何这些人。为了帮她实现梦想，就导演了一出绑架审问女烈士的戏。戏中的法西斯军官把苗圃抓起来，各种威逼利诱，但是女英雄宁死不屈，还主动要求更狠的刑罚。

开场的这个情节，是观众觉得再熟悉不过的了。首先，剧中的二战背景，包括这些军官，二战的气氛，《甲方乙方》里都有，当时英达演的是书店老板，想实现当巴顿的梦想，葛优和何冰这些人也是全副武装，营造二战的气氛，配合他。这回苗圃也一样，等于是把《甲方乙方》里英达体验二战的背景拆解下来，放在苗圃身上了。苗圃被捕以后宁死不屈的情节，《甲方乙方》里也有。李琦演的那个厨子，也有当烈士的瘾，也想在严刑拷打、威逼利诱之下，宁死不屈一回。这次把李琦接受严刑拷打、宁死不屈这情节拆解下来，移植到新电影里头。所以观众一看，冯导，你这些手段我们都见过呀，没什么新鲜劲儿。

此外，包括范伟演的这个角色，一个出租司机想过过领导的瘾，我要当领导，肯定不受贿赂，我一定能清清白白当一个好官。私人订制公司为帮他圆梦，各种各样的手段都使出来了。而范伟刚一当上领导以后就膨胀起来了，对人呼来喝去，尽显一位平民在刚尝到权力滋味后的那种暴发户心态。

这些情节，也是从《甲方乙方》里的英达那儿移植过来的。英达刚从书店小老板变成巴顿的时候，拿着鸡毛当令箭，动不动就枪毙部下。那状态和刚当领导的范伟的劲头是完全一样的。而这里头范伟还有一段色诱的情节，就是李小璐演的这个女下属色诱范伟，看领导能不能经得起糖衣炮弹的腐蚀。范伟就没经得起诱惑。这一桥段《甲方乙方》里也出现过：李琦演厨子英雄时，敌人想逼问他情报，就找来刘蓓在屋里跳舞，也是色诱他，让他就范。这李琦也同样没经得起诱惑，招了。

所以，这等于是把《甲方乙方》里头英达和李琦的情节拆开重新组合，于是成了新电影《私人订制》里苗圃和范伟的故事。

这电影里最让人觉得有意思的，还是演员李成儒。李成儒演的这个角色，是最俗导演。他在俗的方面已经登峰造极，天下无敌了。他厌倦了，做梦都想成为高雅的导演，于是委托私人订制公司把他送到最接近艺术的地方去，说白了就是环境恶劣、民工住的地方。最后，弄得人不像人，鬼不像鬼。

这个情节，很大部分也是从《甲方乙方》里拆解后移植过来的。在《甲方乙方》里，徐帆演的明星和李成儒的最俗导演处境差不多，功成名就，时间长了，就厌倦自己的身份了，想成为普通人。公司给她圆了梦，过上了普通人的生活，结果她后来想再当回明星，已经不行了，观众已无情地把她遗忘了。

还有导演叶京扮演的那个尤老板，每天过着奢华的生活，顿顿龙虾鲍鱼，坐拥豪车豪宅，他也厌倦了，想换个活法，过过穷日子。公司给他圆了梦，送到鸟不拉屎的穷乡僻壤，让他去体验生活。结果公司中间接别的活儿，把尤老板给忘了，想起来的时候已经过去好久了，尤老板被放在村儿里，憋坏了，结果把乡亲们的鸡都吃光了。

其实不管是李成儒演的最俗导演，还是徐帆演的大明星，还是叶京演的尤老板，其实讲的是同一个故事，就是在自己的领域已经成功的牛人，想换个活法儿，结果失败了，再想回到原来的领域，继续辉煌，就回不去了。用现在的话说，叫不作死就不会死。

所以在李成儒这个故事里，观众看到的还是原来出现过的内容，也就是说，冯小刚的作品已经完全没有创作的成分，只是反复把《甲方乙方》的内容拆解了，重新组装，照搬过来。这样偷懒的电影自然不能满足观众的期待。因为观众想要的是创新，想看的是像当初《手机》《天下无贼》《集结号》那样，可以让人眼前一亮，耳目一新的电影。怀旧固然好，可观众想看的不是这个。而且客观地说，虽然同样是王朔编剧，但《甲方乙方》的故事情节很自然，人物和故事之间结合得非常好，让人看了以后心里非常舒畅。藏在电影里的思想内涵，讽刺人性的缺点，歌颂人间的温暖，观众也都感受到了。

但是《私人订制》相比之下全面弱化了，故事情节没那么自然，表达的思想也显得刻意。这每一部电影肯定或多或少有导演想要表达的思想、想要发出的声音在里头，想表达的思想如果藏得太深，就成了艺术电影了，观众不容易明白。藏太浅，或者说，这电影的幽默感力量不足，情节震撼力不足，就撑不住主题和思想。观众看完电影得到的乐趣和感动太少，光剩下惺惺作态的煽情和洗脑了。这就成了说教，观众会觉得矫情，毕竟来看电影的人是想来娱乐的，不是来听导演装模作样教育人的。

这种高高在上的姿态，令观众很不舒服。

●意料之中的差评

影片公映以后，很多影评人对这部片子评价不高，冯小刚直接就怒了。在微博上放了很多狠话，说要跟这些影评人死磕到底。

当然在影片里，冯小刚非常用心地表达了自己对社会、对人心的一些看法。比如，范伟在影片里有一句台词，群众当中有坏人。再比如，那个廉政公署的角色说，先枪毙，再调查，保证没有一个冤假错案。还有，虽然不贪，但不办事，不犯错误，也不作为，这也是腐败。

就像冯小刚在微博里说的，他在电影里突破了对权力的讽刺。

客观地说，影片的成功和失败不是一两条标准能够决定的，这是每一个电影人都知道的，一部电影如果能被称为好电影，那首先能肯定的是它不会有太大的硬伤，还必须在很多方面都非常出色，这才能叫好电影。而且电影好不好，是观众来评价的。不是影评人说了算，当然更不是导演自己说了算。因为电影本身是为观众服务的，不是为影评人服务的，更不是为导演自己服务的。所以，冯小刚和影评人打这场仗，其实没意义，他就是心里不痛快，发泄一下。

关注冯小刚的人都知道，他是经常容易把自己的不痛快表现出来的。多年以来，他最不痛快的事是什么？一个字，俗。在《私人订制》这部电影里，他借着自己的电影，把这股怨气算是发泄出来了。李成儒一出场，观众朋友就都明白了，这是冯小刚在借李成儒说他自己。

观众都知道，中国有很多好的艺术电影导演，比如第五代、第六代导演，国际上的奖可没少拿。但冯小刚不是学院派这个体系的，所以哪一代也不算。由于在艺术片、国外奖项上没有什么建树，相反，在电影接地气、迎合观众方面，他最厉害。所以，相对于那些高雅能拿奖的导演，冯小刚擅长俗文化，他就是最俗导演。

在这电影里他借着李成儒这角色，调侃了自己一把，也发表了自己多年以来的一些不满。意思就是说，你们都说我俗，给我带来多大痛苦你们知道吗？我为此多困扰你们知道吗？我多不容易你们知道吗？你们所吹捧的高雅有多可笑你们知道吗？你们再这样对我，会失去我的，你们看着办吧！其实主要是诉苦。

冯小刚这人在现实中也爱诉苦。不过说实话，这个举动没多大意义。谁还没受过点委屈啊？何况观众也没说错，平民的接地气的就叫俗，谁也没说俗是坏事，是他自己看不起自己。如果不愿意被说成是俗片导演，那他拍别的也没人拦着他，只是不是俗片的《夜宴》那类，他也确实没拍好过。借着俗片赚了不少钱还嫌自己委屈，这事干得可太没意思了。

总之，《私人订制》这片子的票房任务是圆满完成了，虽然不可避免地，冯小刚作品的口碑被拉低了。

其实，观众们真正期待的是摆脱了人情债和春晚重担的冯小刚，能够专心创作，拿出真正属于他水平的作品奉献给观众。

《警察故事2013》：颠覆传统“硬汉”

二十世纪八十年代，国家引进了大量日本电影。观众看了这么多日本电影之后，有这样的感慨：怎么中国就出不了一个高仓健？怎么中国就出不了一个硬汉银幕形象？因为当时国内的当红男演员大都是唐国强、朱时茂这样的奶油小生，所以观众总觉得，银幕上男性化的形象缺失。过了好多年，这个状况一直没有得到改善。直到这两年，国家的电影银幕上，才出现了一些硬汉形象。

很多演员选择了转型，转成了硬汉类型的演员。比如张家辉、孙红雷，甚至谢霆锋，都在往这个方向转型。但其中最成功的，塑造角色最符合硬汉标准的是成龙。

很多人都知道，成龙以前是喜剧硬汉形象，以喜剧为主，现在随着他年纪大了，他觉得喜剧路线越来越不那么适合他了，所以他选择了往纯硬汉转型，他的新作品《警察故事 2013》，就是转型的成功之作。

●硬汉成龙逐渐转型

说到硬汉，很多人对这个词的看法不一样。有人说，谁说中国没有硬汉形象？姜文不就是吗？你看他在银幕上一出现，嗓音也低哑，多硬朗？但姜文不能算硬汉形象，他那是霸气，是王者之气，包括陈道明也是王者之气，和硬汉是两码事。在电影类型里，硬汉是什么意思？通俗地说，硬汉就是能遭罪的人。

换句话说，如果你打人的本事大，那你是霸王，照样不是硬汉。相反，如果你挨打的本事大，怎么被打你都能爬起来，怎么打都打不服你，都不能改变你的想法，你才是硬汉。国际上有几个著名的硬汉演员，比如布鲁斯·威利斯、史泰龙、施瓦辛格、梅尔·吉普森、杰森·斯坦森。这些人挨揍的时候通常比威风的时候多，这就是硬汉。

《警察故事 2013》的导演是丁晟，这个导演非常喜欢硬汉类型的电影。之前他拍了两部这种类型的电影，《硬汉》的第一、第二部都是按这个路子来的。在电影里，刘烨演的角色名叫老三，个性憨直，总是盲目地行侠仗义，结果还总挨揍。论挨揍，在全世界范围内，成龙是行家。所以《警察故事 2013》由成龙来演，比前面的硬汉电影都要好看。成龙是个聪明人，他知道自己的年纪越来越大了，再像从前那样拍戏，恐怕是一条死胡同，所以趁着观众还喜欢自己，尽早转型，尽早让观众适应自己的新风格，这样才能更长时间处于不败之地。这是一个战略上的转移。

成龙的转型轨迹很值得分析一下。其实，成龙很早之前就计划好转型的事了，通过这些年他出演的电影就能看出来。成龙以前是什么风格？有两个很大的特点，一是能搞笑，二是能玩命。但这两个特点显然不适合一个老人了。比如，从前靠搞笑的动作和剧情来吸引观众，现在则把搞笑换成深情，而且这种深情还不是爱情，而是具有更大能量的感情，比如父子之情和爱国之情。

我们可以回忆一下，成龙自从 2006 年拍《宝贝计划》开始，就把所有的深情都给了剧中那个偷来的婴儿。也就是说，这部电影歌颂的是父子之情，友情的成分可以忽略不计；再往后，他拍的《大兵小将》里也没爱情，展现的是热爱和平生活和爱国爱家的情怀；电影《十二生肖》里，成龙在整个片子里都对失踪的文物爱得死去活来，讲的是国民对丢失文物的深情。这部《警察故事 2013》宣扬的是父女情深，也没有爱情。

再一个，成龙从前的看家本领就是玩命，号称自己从来不用替身，全身上下没有一个地方没受伤过。可现在的成龙拍电影时，玩命的场面也少了，改成什么了呢？内心的波澜起伏。比如电影《警察故事2013》里，虽然还有很多惊心动魄的打斗场面，但已经没有从前跳楼、飙车之类的危险场景了。成龙正在慢慢做减法，把他原来最擅长的，难度最大的特点，都慢慢去掉了。

但是，这不表示成龙放弃了惊险刺激，他把所有的惊险刺激都变成内心的情感了。成龙原来靠惊险得让人难以想象的高难度动作，靠身体的挣扎来告诉观众，他是个英雄。现在，他靠心灵的挣扎来体现男人的气概，他用内心戏向观众证明，我还是英雄。他在故事里面临很多艰难的选择，比如，你到底要做一个好警察还是一个好爸爸？如果你和你的女儿只能活一个，你怎么选？这样的抉择，恐怕是人间最痛苦的难题，没有一颗硬汉的心，这些坎都过不去。而观众，就喜欢看硬汉面对极端的困境，看主角是怎么硬挺过去的。这是硬汉电影的最大看点，看硬汉就看个精气神儿。

成龙的发型基本上都不变，标准的成龙头，从七八十年代开始，到《十二生肖》，有时他的头发会剪短，但总体来说发型是不变的，也就是那种蓬松的发型，比较有香港特色。这次，成龙在戏中的改变太大了，直接把标志性的发型改成了板寸。为什么这么做？因为《警察故事》是系列电影，前几部以及《新警察故事》，里面讲的都是香港警察。所以，成龙以前用香港特色的“成龙发型”没有关系。

但《警察故事2013》里的故事发生在内地，成龙演的是一个上了年纪的公安干警，香港的符号太明显了就和塑造的角色气质不符。所以，成龙剃了个板寸，再加上内地警察的制服，人物一出场就显得特别真实。

●旧题材拍出新鲜感

《警察故事2013》讲的是什么故事呢？它和成龙以往的电影都不太一样。前几部《警察故事》都是大片，所以经常有大场面，大场景，从这条街打到那条街，直升机、轮船、爆炸，什么道具贵、什么道具有冲击力就拍什么。

成龙拍电影历来都是大片气势，不怕投资太大收不回成本，所以剧情里的主角都是上天入地的。也只有那种上天入地的大场面，才能展现成龙年轻时候玩命的特点。

但是《警察故事 2013》不是这样的，主要只有一个场景，就在刘烨演的这个大反派的酒吧里。成龙这个老警察和他的女儿在内的所有人都被困在这酒吧里，铜墙铁壁，谁也出不去，谁也进不来。外头的警察想尽办法营救，一边跟刘烨谈判，试着答应他的要求，一边和里面的成龙联络，试图里应外合，为的是把人质全都安全救出来。后来，成龙作为一个硬汉，吃尽了苦头，受尽了屈辱，但他还是凭借伟大的父爱，和作为一个警察的使命感，战胜了刘烨这大反派，把人质都救出来了。

这种单一场景，高智商犯罪的故事，通常都不是大片。一般在国外都是惊悚片，场景单一，所以大都是气氛比较压抑的心理战，而且封闭的空间本身就容易让人恐惧。比如国外电影《电锯惊魂》《死亡游轮》《小岛惊魂》《恐怖直播》之类的故事，基本上都是靠高智商的心理战和生死未卜的悬念取胜。

但这样的电影让成龙演有点问题。什么问题呢？观众都看惯了成龙电影里的大场面，比如追逐、打斗等。这种密室故事，主要是心理战，观众是奔着看成龙来的，要是光看心理战，他们的预期得不到满足。虽说成龙要转型，但也不能太不照顾观众的习惯了。所以，导演采用了一些折中的办法，想办法把一些外景的戏硬生生地加进了电影里，以增加场景的多样性。比如刘烨和成龙在谈判的过程中，谈到了一些往事，其实是故弄玄虚。成龙说为什么要绑架我？是不是我得罪了谁,你替他报仇来了？我猜对了没有？电影就通过回忆的方式，把成龙之前抓坏蛋的情节和动作戏演了一遍。

然后刘烨说，我才不是和他一伙的。接下来成龙又猜，那是不是因为另一个坏蛋？有一个瘸子拐卖小女孩，我上次开车把小女孩救回来了，主犯跑了，是你吗？电影又把这段救小女孩的枪战戏演了一遍。刘烨说，也不是。观众看完了才发现，这两段回忆中抓坏人以及追逐的戏份，其实和故事一点关系也没有，完全是多余的。那为什么导演还要拍？就是怕这电影场景太单一，光在酒吧里困着，担心观众看腻了，所以故意找个由头，讲点不搭边的追逐戏、打斗戏，以此让观众觉得，哦，这和成龙以前的电影差距并不大。

但观众真正被感动，靠的不是这些场面，靠的还是这个密室里的困局。密室里面发生的故事虽然比较压抑，但是由于场面封闭，可以激发人深藏在心底的感情，比如有的人道貌岸然，但把他放到极端的环境里，在强大的心理压力下，就显出原形了。比如有的人平时看来自私又胆小，到了这个极端环境，反而激发内心的正义感，豁出去了，正能量爆发出来了。也就是说，在密室的封闭环境里虽然看不到多样的景色，但是人们内心的丰富多彩，都展现出来了，真可谓人生百态。

电影里，成龙演的这个老公安，为了向刘烨这个大反派争取多带几个无辜的人质出去，他必须和武功高强的打手决斗。这等于是一场赌注，用自己的受伤做筹码，赌能带多少人出去。在这个过程中，密室里所有人的内心活动都被展现出来了。就像玩杀人游戏一样，可能玩着玩着有人就失态了，非常有意思。

●硬汉精神的可贵之处

成龙演的老公安钟文打不过反派的打手。这打手皮颂是超级散打王柳海龙演的，功夫十分了得。成龙演的钟文岁数大了，再说他也不是专业打架出身，怎么跟职业打手交手？只能拼命。明知打不过也要硬拼，这不就是李云龙说的亮剑精神吗？亮剑精神可不是送死，不是以卵击石，不是明知我打不过你，我还跟你硬打。

真正的强者精神，是抱定了想赢对方的决心，即使自知实力不如对方也不放弃，实力不行就用意志力，用智慧，甚至用生命作为代价，因为他想赢。电影中的成龙就是这样，他明知打不过对方，但是仍然愿意受伤，以此换取一个打败对方的机会。在这样的状态下，如果对手怕受伤，哪怕只是一瞬间的迟疑，自己的机会就来了。

最后，老公安钟文勒住皮颂的脖子，皮颂把他的手指头都掰断了，钟安仍然不松手。这时候，在封闭空间内，这个极度刺激的场面，把很多人内心的真实想法激发出来了。在被扣押的人质中，有的人被这一幕吓坏了，崩溃了，不知道该怎么办了；有的人看到这位警察为了救出自己，手指头被掰断了还在拼命，于心不忍，就说警察你别打了，你的心意我领了，我不出去了。皮颂这时候害怕了，他知道以自己的实力有压倒性的优势，但他打过这么多架，没遇到过这种情况，怎么指头都掰断了还不松手？这还是人吗？他没有甘愿为别人拼命的经历，也不懂为他人奉献时的决绝心理，一种面临未知世界的恐惧感油然而生。这种恐惧感随着时间一秒一秒过去，被成倍放大，他几乎面临崩溃。

钟文在这种情况下展示出来的是什么？就是硬汉精神。他平时可能是一个不太顾家、事业不顺、毫无魅力的一个老男人，一个失败的男人，自己的女儿和自己关系很差，她非常恨他。钟安的生活是波澜不惊甚至失败的，他对家庭负有很强的负罪感，对事业也有很强的负罪感。几年前，因为一个案子没处理好，导致劫匪误杀人质，也间接导致自己的妻子遭遇车祸后没抢救过来。他认为自己是个罪人，对家庭、对事业都负有不可推卸的责任。这个时候，他要赎罪，所以他忍受了常人不能忍的痛苦，从而爆发出了巨大的精神力量，最终成了硬汉。实际上，好莱坞也好，日本也好，香港也好，任何一个硬汉角色想打动人，必须是以赎罪的姿态进行。中国最经典的硬汉形象是《天龙八部》里的乔峰，他也有最典型的赎罪心态。

在这种封闭的、极端的环境中，刘烨饰演的大反派的内心的另一面也展示出来了。他居然产生了英雄惜英雄的感情。他的内心其实是崇拜英雄的，但由于命运的捉弄，为妹妹复仇的想法把他逼成一个高智商犯罪分子。当他面对老公安钟文时，他想寻找一个答案，那就是一个人爱另一个人，应该怎么来证明？你是不是为了她，什么事都可以做？刘烨最后扔给成龙一把枪，只要你自杀，我就放了你的女儿。警察死了，女孩就得救。成龙拿过枪，跟他女儿说，我不是一个好爸爸，但是爸爸为了你，什么事都可以做。于是，他就扣动扳机了。

结果枪里没子弹，因为刘烨英雄惜英雄，他在成龙身上看到了自己的影子，也不舍得让硬汉死。最终，成龙大获全胜。这个场面非常感人，看，没有花样翻新的打斗场面，没有飙车和跳楼，只是在一个封闭的酒吧里面，依然可以把英雄的故事演绎得震撼人心。尽管成龙因为自己的年纪太大，从而放弃了一些宝贵的特色，许多观众可能不太适应，但不得不说，他转型成功了，他塑造的新硬汉形象深入人心。

不过，这部《警察故事2013》也有不够好的地方。现在，只要是动作电影，恨不得每一部都搞3D电影。《十二生肖》做3D特效也就罢了，毕竟很多大场面在视觉上可以很华丽，但是密室的高智商犯罪电影实在没必要用3D呈现。因为片中场景空间小，故事特点和3D效果是相违背的。

普通电影和3D电影票价差了将近一倍，制片方为了多卖点票，有欺骗观众的嫌疑。仅仅一味追捧3D效果，可能会让一些电影损失本身真诚的感觉，毕竟不是所有的电影，都是能够以视觉效果取胜的。

《无人区》：争议背后的玄机

人们平常去电影院看电影时，都喜欢看新电影，哪个新出来就看哪个，这也是电影下线快的原因，因为总有更新的电影上映。看电影就跟吃水果和海鲜一样，讲究新鲜，越新鲜吃得越开心。和这个定律相反的是酒，无论白酒、红酒，越新鲜的反而越不值钱。那些在地窖里封存个十年八年的酒就非常高档了。

那么，有没有电影像酿酒那样，拍出来以后先搁置起来，不放给人看，让它在库房里落灰，不见天日，存几年再拿出来给观众看？这样的电影还真有，宁浩导演的《无人区》就是如此。甚至，在电影被传出禁播的消息时，豆瓣电影那些没看过片子的人就给它打了高分，还有的欢呼叫好。最后，《无人区》终于播出。

这样一部神秘的电影，就像一坛封存了多年的老酒，观众都不知道它是什么味道，都想尝尝。因为拍摄和放映间隔了将近四年，产生了很多有趣的变化，所以观众格外好奇。

那么，《无人区》到底是一部怎样的电影呢？

●尘封回年的《无人区》

《无人区》这部电影本来2009年就拍完了，原定于2010年春节档上映。

结果日子快到的时候，导演宁浩突然宣布说，这电影不能如期上映了，因为片子还有很多需要修改的地方，还需要补拍徐峥的戏，所以档期得往后挪。

结果明眼人就看出来了，补拍肯定不是延期上映的真正原因，有人就猜测，这片子不能按时公映，可能是因为电影没有通过相关部门的审查。

电影院的电影放映之前都有一个电影公映许可证，也叫龙标，这个标志上面写着编号。按照规定，任何国产电影或者引进的电影，如果没通过审查就不能公映，也不能进口和出口。有的知情人提前看过《无人区》，就表态说，这部电影当时没通过审查，不能公映了。果然，这一搁就是四年。

据说是因为电影审查部门觉得，这部电影里好人太少了，基本上全是坏人，太黑暗，而且警察的角色有点蠢，被坏人收拾得不知所措，有损警察形象。所以，要求宁浩改好了片子再公映。宁浩就一边琢磨怎么修改，一边也没闲着，于是筹拍了《黄金大劫案》。有人说，如果《无人区》当时通过审查了，就没有后来的《黄金大劫案》了。不过在《黄金大劫案》里，宁浩拍得还是比较主旋律的，结尾宣扬的是为国捐躯的爱国精神，审查毫无悬念地通过了。

很多人始终惦记着尚未公映的《无人区》。人的好奇心是最没救的，无论什么事，只要让人觉得神秘了，这事的位置就被抬高了。话就怕说一半，外界越是猜这片子不能放，观众们就越好奇，到底是个什么样的片子让人觉得棘手了？揭露社会丑恶了吗？颠覆价值观了吗？展示某种真相了吗？这种蠢蠢欲动的好奇心被酝酿了将近四年。

这四年里，都发生了什么事？《黄金大劫案》已经顺利杀青公映了；《无人区》的男主角徐峥都学会当导演了，他学着宁浩的类型片拍法，自己导演了一部小成本电影，结果拿了十二亿的票房，成了票房纪录保持者。在这段时间里，中国电影行业可以说是天翻地覆。后来，《无人区》经过修改，终于通过审查重见天日了。很多人虽说没到奔走相告的地步，但也都为神秘的禁片终于得以播放而十分兴奋，抢着去看《无人区》，发表相关影评也成了当时非常时髦的事。

结果看了这部电影以后，观众的反应很不一致。有的人说，非常精彩，电影张力十足，这是中国非常稀缺的西部片；有的人说，不好不好，都是模仿人家的，中国根本就没有什么西部片；还有的人说，甭管是不是西部片，这片子被禁，我还以为拍得有多好呢，原来也就这德行，是我的想象力高估它了。

但是不管怎么说，一部影片上映以后，无论是好评多还是恶评多，只要有争议，这电影的票房肯定好，甭管是聪明人的钱还是傻瓜的钱，导演肯定是赚得盆满钵满。有人通过观众的反应，把商业电影分为这么四类：全是好评没有恶评的；全是恶评没有好评的；有好评也有恶评的；没有好评也没有恶评的。

有的电影没有恶评，全都是好评，这种电影往往都是制作上极度完美的，比如当年的《泰坦尼克》，后来的《阿凡达》《少年派的奇幻漂流》，这都是好得不能再好的电影，国内基本拍不出这样的影片。《让子弹飞》就是相比之下没什么明显缺点的国产片了。观众都说这部电影好，互相推荐着看，这类电影的票房肯定差不了。

大部分电影，都达不到无差评。有的电影放出来所有人都骂，劝周围人千万不要去看，观众都明白这是垃圾，也没什么演技好的演员，那人们通常也不会去看，票房也不会好。还有一类有争议的，说好的人觉得真好，真精彩，说不好的人，觉得这什么玩意都不算。这种电影也会有票房，因为争议会让旁观者好奇，也想体验一下，从而获得发言权。

此外还有一个特例，就是拥护者是一个特定群体。比如有抄袭恶名缠身的郭敬明导演的《小时代》系列电影，喜欢看这一类虚幻拜金片的都是尚未接触社会的学生，或是金钱欲望很重却没有经济实力的人。对他们来说，《小时代》和韩剧一样，虽然是个虚幻的肥皂泡，但是他们却能在短暂的泡影中得到心理慰藉，因此全力支持，对外界的批评也充耳不闻。对他们来说，否定了这样的电影，就是否定了自己的价值。不过好在这样的类型片还是相对少一些，它的拥护者群体也狭隘一些，因此即使有支持者会给好评，即使也会有很多人去买票贡献票房，但大家都心知肚明喜欢这种片子的都是什么人。

最后一种最悲惨，没好评也没恶评，观众看了觉得，就是那么回事，没什么亮点，也没什么令人发指的，就不提了。这种电影没话题，别人连骂它都没兴趣，结果死得最惨。

●《无人区》被称为“中国西部片”

《无人区》则属于这种情况：观众们都很好奇，有人说好，有人说差，就有越来越多的人想亲自看看它是好是坏。这种好奇心，会促使观影人数增多。

那么，《无人区》到底讲的是什么故事呢？

徐峥扮演的男主角潘肖是一个无良的金牌律师，他为了钱，不惜颠倒黑白，不顾公平和正义，甚至为罪犯们辩护，钻法律的空子。如果是道德败坏的人，本事越大就对社会危害越大，其实说的就是潘肖这种人。影片里，这个无良律师千里迢迢来到荒凉的西部，受雇于一个罪大恶极、偷猎鹰隼的黑老大，做他的辩护律师。这个饰演黑老大的人叫多布杰，是一个藏族演员，演过《红河谷》和《可可西里》。这黑老大已经被抓住了，法庭想判决他，可是辩护律师潘肖巧舌如簧，利用证据不足的漏洞，使这个犯法的黑老大最终得以无罪释放。

潘肖的工作完成了，就向黑老大索要起初谈好的十万元酬劳。但黑老大推说现在没钱，让潘肖先回去，自己以后再汇给他。潘肖说，那你到时候不认账怎么办？口说无凭，你把你红色小轿车抵押给我吧，黑老大同意了。于是，徐峥扮演的潘肖就把黑老大的红色小轿车开走了，他以为这事办成了，打了个漂亮仗，又得了名，又得了利。可他没想到，一切噩梦都从此开始了。

他的车驶入了无人区后，黑老大派出了黄渤扮演的杀手，准备在路上截杀他。没想到，潘肖开车时一不小心把杀手给撞了，但他又不知道杀手的真实身份，以为自己杀人了，就到处寻找藏身之处。惊慌失措的潘肖误入黑店，遇到了一个被拐卖的女孩，一番阴差阳错的激烈搏杀以后，无良律师潘肖的良知突然觉醒了。最后，他舍生取义，为救出女孩，惩治罪恶，炸了装汽油的卡车，自己和黑老大同归于尽了。

为什么很多人喜欢这部电影？很多人说，这电影拍得漂亮，是中国的西部片。西部片也被称为牛仔片，画面里经常看得到地平线的茫荒的原野、卷着黄沙的大风、烈日下神情凝重的表情，充斥着一股压抑的肃杀之风。西部片这种类型片在好莱坞二十世纪五六十年代非常盛行，故事主要发生在美国西部的荒漠里，标志性的特点是广阔的荒漠配合极具风格的音乐。音乐部分主要是管乐，比如笛子。

另外，作为西部片，还必须得有小镇，有坏人，最重要的是要有牛仔，有激烈的枪战、决斗等元素。有人认为《无人区》就像美国的西部片，它成功地展现了西部的辽阔。尤其是在影片的开头和结尾，人在苍凉的大漠里飞驰，悠扬的音乐和景色相配合，西部片的感觉就出来了。

但也有人说，中国根本没有西部片。这是比较较真和狭隘的说法，他们的逻辑是：西部片就是牛仔片，牛仔片才是西部片，因为中国根本没有牛仔，所以中国没有牛仔片，也就没有西部片。总之，这种推理是照本宣科，没有灵活性。

事实上，在《无人区》这个片子里，无良律师潘肖就相当于牛仔，虽然他起初属于黑暗势力，但后来幡然悔悟，站到了正义一边，为了救人而大展豪情，不惜和坏人殊死搏斗，这不就是美国西部片里，英雄牛仔做的事吗？只不过他是一个中途才转行当上好人的牛仔。另外，《无人区》在故事结构方面，也符合西部片的特点。

曾做过《霸王别姬》和《活着》的编剧芦苇总结过西部片的结构：在西部片里，必须是英雄来到小镇，发现小镇被黑暗势力控制，而且小镇的居民被坏人要挟，却无力反抗，只能消极度日，还因为怕惹是生非而不搭理英雄。后来，英雄和坏人打起来了，由于小镇居民不帮英雄，孤立无援的英雄败了，陷入绝境。后来，英雄靠自己的力量突破绝境，把坏人彻底打倒，这时的小镇人民才明白英雄是救世主，从而拼命挽留英雄表达感激之情。最后，英雄仍然选择离开小镇，继续自己的人生。这是芦苇总结的美国西部片特点，大都是这样的，几乎没有例外。

从这个标准来看，《无人区》完全符合。潘肖作为拜金的无良律师来到小镇，小镇里全是坏人，只有一个被欺负的居民，就是余男演的被拐卖的妇女。潘肖目睹了她的窘境，又加上自己的经历，终于良心发现，内心脱胎换骨成了英雄，他为了救被绑架的受害者而陷入困境，后来突破困境，和黑老大同归于尽。虽然这个受害者感激怀念潘肖，但他再也回不来了。

如果是按这样的标准，很早之前的《双旗镇刀客》，还有姜文拍的《让子弹飞》也都是西部片。张麻子来到鹅城想上任县官，却发现鹅城被黑心富商黄四郎控制着，张麻子得不到鹅城百姓的支持，也在和黄四郎的斗争中陷入绝境，后来靠着自己的力量扭转战局，战胜了黄四郎。鹅城百姓开始感激拥护张麻子。但张麻子说，我不跟你们玩了，我继续潇洒去了。这是何等地豪气！

西部片展现的是一种远离现实的大侠一般的浪漫情怀，有点像古龙的小说，生和死这都不是英雄主要考虑的事，就连成功之后的欢呼和掌声他都不稀罕，他只想活得潇洒，做自己想做的事，这个准则不会因任何人任何事而改变。用中国武侠小说里的话来讲，这叫快意恩仇。

●《无人区》风格的争议

如果宁浩拍的是一部纯粹的西部片，可能故事就没有现在观众看到的这么惊险复杂了，也很难挑出毛病。很多人看完以后不满意是因为，这个潘肖从无良律师到舍生取义的英雄，这个转变过程不能让人信服。还有他和余男演的这女孩之间的感情，两个人突然之间就交情这么好了，也不能让人信服。

不但人物关系不能让人信服，《无人区》里的第二硬伤是影片风格没有完全统一。有人说看了这部电影，总觉得哪里不舒服，但又找不到原因。其实就是因为风格拧巴了。总体来看，这是个西部片，但片中大部分讲述剧情主线的方式，是在学科恩兄弟的《老无所依》。《无人区》影片的开头和结尾表现的都是西部片的英雄，属于浪漫主义风格，但中间的故事就像换了个电影一样，变成猥琐的黑色故事，也就是科恩兄弟的黑色风格。

黑色风格并不代表黑色幽默，毕竟太黑色了就幽默不起来了。以前宁浩学黑色幽默学得很好，他照着《两杆大烟枪》拍出的《疯狂的石头》《疯狂的赛车》，那才是真的黑色幽默，因为不管是黄渤演的盗贼，还是有点憨的台湾黑帮，反派也都有其天真的一面，这和他们的身份立场相结合，就显得非常滑稽、非常倒霉。虽然他们主观上是坏人，但能力太低，运气太差，所以显得人畜无害，反而非常搞笑，那才叫黑色幽默，不是《无人区》这种赤裸裸揭开人性丑恶之处的无力感。

《无人区》里偷猎的黑老大一点也不滑稽，一点也不笨，杀气腾腾，简直就不像是个人，像是毒蛇猛兽。他的一切做法都是以自己的利益出发，怎么让律师给自己开脱罪名，怎么打发走索要酬劳的律师，怎么拿回自己的财产，再怎么利用这个要被暗杀的律师，黑老大的头脑十分清醒。他把人的贪欲和罪恶曝光在屏幕前，让观众惊得在心里悄悄叹一口气，完全笑不出来了。

所以，宁浩在西部片基调里突然插上了这么一段，是不明智的举动。毕竟西部片是经典的好莱坞故事，而好莱坞故事大都比较符合大众口味，讲的是正义战胜邪恶，好人打败坏人，英雄征服了美女，侠客笑傲江湖。可黑色幽默是反其道而行之，英雄在绝境里凶多吉少，那基本上就是死定了，他不会因观众的同情和眼泪而突然起死回生。西部片重在给人希望，满足大众的英雄情结，而黑色幽默正是把这些希望一个个击碎。两种基调混在一起，从结果来看，效果并不理想。

有人因此说，宁浩就会模仿，从前的疯狂系列模仿《两杆大烟枪》，《黄金大劫案》模仿《无耻混蛋》，这回又模仿科恩兄弟的风格。不过，只要不是抄袭，试探性的模仿绝对不是坏事。

如果今后多出几个宁浩这样善于学习的导演，能丰富国产类型片的种类，对于观众来说，这是一件好事。

《亲爱的》：再现真实寻子故事

在2014年国庆节期间放映的诸多电影中，有一部非常特殊的电影。它不是传统意义上的商业电影，然而不仅票房不错，还收获了无数的好评，很多观众在电影院里看得都掉眼泪了，回到家接着哭。

这是一部什么样的电影呢？它的名字叫《亲爱的》，听起来像一部爱情电影，其实是反映亲情的。

《亲爱的》讲述了丢失孩子的家长如何历经千辛万苦找回自己的孩子，而买孩子的那一方又是怎样表达对孩子的爱。这样一部片子，不仅反映了拐卖孩子的犯罪问题，同时还把视角转向了买孩子的那一方。如果没有这些买主，罪犯也就没有了绑架孩子的必要，那这些人又是为什么想买孩子呢？所以这部片子的催泪点，正是两个方面的无缝衔接。

这部片子开拍时，导演陈可辛曾表态说，当了一辈子导演，总得拍那么两部不用瞻前顾后的片子。即不考虑这种类型片的票房，败了就败了，但是要拍出一部有情怀的好片子。

那么，《亲爱的》到底有什么与众不同，能让导演陈可辛下这样的决心呢？

●取材于真实事件

黄渤扮演的普通人田文军和郝蕾扮演的前妻鲁晓娟有一个可爱的孩子田

鹏，结果这个孩子被人贩子给拐走了。之后，夫妻两人就开始了漫长的寻找孩子的过程，最终费了很大劲把孩子找到了，同时也发现，这个人贩子并没有卖掉孩子，而是把他领回了自己家。

这个人贩子的妻子李红琴是由赵薇扮演的，她没有孩子，人贩子就谎称田鹏是自己外遇时的私生子，交由李红琴抚养。性格老实的李红琴默默接受了这个谎言，并且一心关爱孩子，并逐渐产生了深厚的感情。最后，田文军和鲁晓娟虽然最终找到了孩子，但李红琴也舍不得孩子了。对孩子抱有一腔真情的三个人，全都被深深伤害着。

这个剧情并不是编剧的构思，而是在真实世界里发生的。被拐卖的孩子的父亲，田文军的原型叫彭高峰，他和妻子都是湖北潜江人，在深圳开了一个话吧。两口子有个孩子，这个孩子叫彭文乐，小名叫乐乐。在孩子三岁大的时候，也就是 2008 年 3 月 25 号的晚上七点，孩子突然失踪了。和电影里的剧情一样，彭高峰夫妻跟疯了似的找孩子，黄渤演的角色在各种人多的地方都找遍了，却没有找到。

夫妻二人又赶紧去派出所报案，但派出所回应说不行，不能给你们立案，因为孩子走失还不到二十四小时。这个剧情实际上是错误的，如果是报成年人失踪，确实经常出现这个情况，比方说两口子吵架，媳妇说，我不跟你过了，我走了。丈夫一害怕就报案了，派出所找来找去，发现他媳妇躲在网吧上网。警力有限，不能什么事都立案，否则会浪费警力。

但是所有的法律条文都没有哪条规定是“不满二十四小时不予立案”的，这个说法其实是错误的。国家的公安系统有个网上系统，如果要进行失踪人口登记，必须是二十四小时以后才能登录。这样一条规定被很多公安机关里一些业务不熟的警察，误解为“不到二十四小时不能立案”，其实事实并非如此。在 2010 年时，我国的法律条例就是，对于儿童，以及年满十四周岁却未到十八周岁的少年这两类特殊人群，只要有报警的，那就得马上立案，这是为了防止买卖妇女儿童这种恶劣的犯罪行为。所以说，这个说法存在误会。

当这个电影里的警察说不到二十四小时不予立案的时候，有很多法律专家批评电影演错了。其实不是电影演错了，现实当中彭高峰遇到的警察确实是这样说的，是他说错了。这是公安机关工作当中出现的重大失误，警察没弄清楚法律条例就驳回了公民的立案诉求，延误了办案时机。

彭高峰被警察拒绝立案后，只好继续自己寻找，可还是没结果。三天后，找遍各个地方的彭高峰只好又去警察局，警察局拿出一摞记录了街上六个监视器拍下的镜头碟片，让他自己看。结果，彭高峰还真看出来线索了：孩子在一个黑夹克男子怀里拼命挣扎，哭喊，甚至一度挣脱到了地上，想逃脱，但是周围的路人没有一个过问或上前干涉的。在众目睽睽之下，男子又一把抱起孩子，跳上一辆正好开过的大巴上扬长而去。

虽然看到了犯罪嫌疑人，也能查找到他坐的公交车开往的方向，可是时间毕竟过去很久了，他们早就走远了。彭高峰全家都陷入惊恐的情绪中，他的媳妇体重九十多斤，本来就够瘦的了，孩子失踪后变成七十多斤了，只能靠输液来维持体力，整个人都要崩溃了。彭高峰的奶奶在湖北老家听说重孙子丢了，一着急就栽到了地上，摔得脑淤血了。本来在深圳的彭高峰爹妈也跟着找孙子，结果孙子没找着，自己的身体也出毛病了。孩子被拐走也就短短几分钟的事，但一个家庭随之就散了。

彭高峰的老奶奶脑淤血，再往下一辈的爷爷、奶奶得回去伺候更老的人，彭高峰的媳妇身体也不好，所以彭高峰把寻找孩子的重任都挑到自己肩上了。在他开的话吧外面也写着“寻子”的字样和悬赏金额同时，彭高峰拼命地发消息、贴告示，还在网上开通寻子博客，一时之间，孩子没回来，却有一帮骗子来找他。

●重金寻子却引来骗子

有骗子打电话跟他说，你的孩子在我这儿，你给我寄钱的话就让他回去；

有的骗子为了让彭高峰上当，让其他孩子捏着鼻子装成幼龄孩子的童音，想骗他的悬赏金；居然也有人冒充绑匪，在电话里对他说，你要是不把我要的钱寄来，我就把你孩子的手指头剁了。电影里也展示出，田文军跟那些骗子周旋的片段。他只以为世上只有人贩子是坏人，万万没想到还有人趁火打劫，想发不义之财。

绝望之下的彭高峰差点被那些骗子逼得跳河，他还曾经悲愤地大喊："你们都是什么人哪？别闹了！"确实，现实生活当中，就有这样一些丧尽天良的人，人家丢孩子本来就是伤心事了，他们还不顾一切地往人家伤口上撒盐。他们感觉不到别人的痛苦，也不明白道德准则，根本不能算人，简直就是畜生。可是对于彭高峰而言，每一次他满怀希望地拿起电话时，期待的都是一条有价值的线索，而不会是这样愚蠢的捉弄和敲诈。

彭高峰陆陆续续地找了一整年，到了最后，就连骗子都不给他打电话了。彭高峰当时甚至都希望，还能有个骗子再骗骗我，那至少说明还有人注意到了我发的寻人启事，还有人在关注这些事。同时，彭高峰还加入了深圳的一个寻子联盟，这个联盟在现实中是孙海洋创办的，他的孩子也被拐走了。在电影中，孙海洋的角色化身为富商韩德忠，由张译出演。孙海洋在深圳组织寻子联盟后，所有丢失了自己孩子的人都经常坐到一块，互相打劲，互相加油鼓励，不让彼此丧失信心。

现实中，孙海洋的儿子叫孙卓，三岁的时候就被人拐卖了，直到现在也没找着。后来，孙海洋夫妇又生了一个孩子，电影里的韩德忠也生了孩子，有人认为，再生一个孩子就意味着找第一个孩子的心淡了。但是当过父母的人都清楚，无论生多少孩子，也无法冲淡失去亲生孩子的悲痛。看不见孩子了，就是在心脏上又多了一道疤，疼痛并不会因为时间的流逝而减轻。

时至今日，孙海洋仍在网上苦苦发布消息，并反复声明不会追究人贩子和买家的责任，只要看见孩子就行。

●团聚背后的心酸

电影里的田文军最后找到自己孩子了，也就是说，彭高峰的儿子找回来了。那么彭高峰是怎么找到乐乐的呢？这得感谢互联网时代。彭高峰撒大网似的在网上发消息，被《凤凰周刊》的记者邓飞发现了。邓飞经常在网上倡导打击拐卖儿童的犯罪行为，他在自己微博里又转发了彭高峰的寻子微博。由于邓飞是媒体人，社会影响力相对大一些，乐乐的照片被转发了六千次。

结果，奇迹出现了。微博起初被转发的日期是2010年8月，到了2011年2月1日时，有一个在大学生给彭高峰打电话说："我老家是江苏邳州的，我放假回家时看见有一个孩子，长得跟你孩子一模一样。"当时距离乐乐丢失已经有三年时间，彭高峰本来没抱太大希望，因为这些年他接到的类似电话实在太多了，结果总是落空，他都麻木了。

可是接下来，那位热心的大学生给他发了一张那个孩子的照片，彭高峰一眼看见，马上惊呆了："这就是我儿子，绝对假不了！"虽然已经过了快三年，孩子有些长大了，但是外表上的细小特征全能对应上。欣喜若狂的彭高峰赶紧给江苏邳州的当地派出所打电话，根据大学生提供的线索控制了那家人，自己也马上动身去了江苏认领孩子。这一路上，心情复杂的彭高峰无数次地想，要是见到了买走我孩子的那个王八蛋，我肯定往死里揍他。这种心理是可以理解的，毕竟买方是造成走失孩子家庭痛苦的来源，这把彭高峰的家都折腾散了。

可是到了现场之后，彭高峰的怒火却平息了。他了解到，事情的经过并非如他所想，是买方故意通过不正当手段买走别人的孩子。收养他儿子乐乐的人，是一个叫高永侠的农村妇女。和电影里的剧情一模一样，高永侠的丈夫在深圳打工，两人有个十多岁的女儿，但是由于当地思想封建，重男轻女，高永侠的丈夫一心想要个男孩。高永侠是个憨厚又封建的农村妇女，因为自己没给丈夫生出儿子而心怀愧疚。这时，她丈夫从深圳带回一个小男孩和一个两个月大的女婴，并解释说，男孩是他外遇时和别人的私生子，他带回家养。

按理说，一般的女人如果知道丈夫背叛自己，肯定会十分气愤，可是高永侠是个没文化的农村妇女，她不懂得争取自己的合理权益，反而顺着她丈夫的思路想：反正我也不能生男孩了，这孩子年龄小，以后养大了只认我。所以，她就把孩子留下了。由于她对孩子很好，所以乐乐就依赖上她了。

到了现场，彭高峰看到自己儿子跟高永侠十分亲昵，明白自己的孩子没受委屈，买方并没有苛待孩子，也不是拐卖案中的主谋，怒火就消失了多半。但是因为孩子走失而带来的心灵伤痛是无法弥补的，对彭高峰来说，无论高永侠是不是故意抢走自己的孩子，自己都不愿意看到她。她就是他痛苦的对立面，是抢走他心心念念的儿子的罪人。

在电影里，高永侠化名为李红琴，由赵薇出演。李红琴曾经到深圳看孩子，孩子的父亲田文军只说了一句，我已经努力做到不恨你了，别的你就不要想了。而最后李红琴说了句话，别给孩子吃桃，他吃桃过敏。这一句话把看电影的所有观众打动了。李红琴是真的爱这孩子，观众看到那一瞬间的时候，可能就原谅了李红琴。因为她确实不知情，不知道丈夫是个人贩子，不知道这个孩子是被拐回来的，但是她对孩子的爱是真实的，与孩子的亲生父母没有区别，所以也很值得同情。

现实当中的高永侠原本养着两个孩子，乐乐被彭高峰认领回家了，那个女婴在三岁时也被带到深圳福利院了。为什么查不出人贩子是从哪里绑走女婴的呢？因为高永侠的丈夫回到村子不长时间就得病死了，因此另一个孩子是从哪里拐来的，再也没人能知道了。深圳福利院带走了女婴，没有允许高永侠抚养，后来被别人把女孩给领养走了。

现实当中的结局是，乐乐虽然被接回自亲生父母身边了，可是，他在农村的领养家庭中生活的时间很久，一换环境就觉得不适，产生了不信任人的感觉，对新家庭很抵触。可能还需要一段时间，乐乐才能彻底完全接受自己的亲生父母。在农村的高永侠也因为无法忍受旁人对她家庭的议论而离开故乡，去其他地方打工了。

所以在整个过程当中，没有人得到真正的幸福，拐卖孩子这种事即使圆满解决，也会给人留下无数心理伤痕。在这种事件中，应该负责任的除了罪大恶极的人贩子，也有因为自己没有孩子，就用金钱抢走别人孩子的买家。但是最终，这种错事会给所有人带来伤害。买方在电影里虽然也很可怜很无辜，甚至赵薇扮演的角色展示出的人性还有那么点伟大，但是法律就是法律，非法所得无论再伟大也是错的，这不是仅仅靠一句“我也爱孩子”就能平息的。

法律都是人类文明的基石，无论买方是否能提高孩子的生活水平，或者是站在什么立场上参与买卖人口这种违法行为，做事不该只合情合理，如果不合法，再令人感动的行为也应该受到惩罚，因为买方的满足和幸福是建立在受害者家庭的绝望与痛苦之上的，买方更没有权力自作主张偷走孩子的抚养权，这样的关心不叫爱，叫私欲和贪婪。

新版修正案已经在这方面做了改动，增添了买方入刑这一项，因为这整个犯罪链条毕竟是建立在买方的需求上的。要是从人贩子手里买孩子，无论你多疼他，同样是违法犯罪，这条底线是不能越过的。

《太平轮》：被历史湮没的传奇

2014 年贺岁档电影的竞争非常激烈，而贺岁档上映的第一部大片是吴宇森导演的《太平轮》。这部《太平轮》被称为“东方的泰坦尼克号”，很多观众买票进电影院之前，以为这又是一场类似“泰坦尼克号”沉没那样波澜壮阔的灾难片。可是进到了电影院，看完了电影挺失望。

这明星倒是不少，有黄晓明、章子怡、宋慧乔等很多大腕，但是没有看到想象当中沉船那个惊心动魄的场面，三对主角的爱情故事都铺垫得差不多了，才开始登船。

很多人就说，不是说太平轮沉没了吗？不说它是“东方的泰坦尼克号”吗？怎么没看到沉船的场面？其实《太平轮》分上、下两部，这次上映的是《太平轮》（上），《太平轮》（下）还在后期制作中，据说还得一两年才能上映。

有人就戏称，吴宇森这《太平轮》(上)是电影史上最长的一部预告片。当然，这种说法是玩笑，但很多人觉得有道理。观众想看沉船，结果看了半天缠缠绵绵的爱情故事。

那么，太平轮沉没，到底是一起怎样惊心动魄的事件，值得吴宇森用整部影片去做铺垫？咱就说说历史上真实的太平轮沉没事件。

●太平轮沉没的独特背景

太平轮沉没事件发生的时间，是一个独特的历史节点。它发生在 1949 年 1 月 27 日晚间，这一天正值农历腊月二十九，撞船发生在十二点前，而沉没的时候是大年三十零时三十分。

这艘太平轮，由中联轮船公司经营，是客轮也是货轮，从上海出发到台湾的基隆。轮船驶离吴淞口后，午夜时分，来到舟山群岛白节山岛附近海域。这时对面过来一艘叫建元号的货轮，上面装着煤炭和木材，呈丁字形就顶上了，建元号货轮五分钟后就沉没了。太平轮还挺坚固，撑了四十多分钟，当时打算到附近的海岸去抢滩，结果没有达到海滩就沉没了。船上上千人，最后就救回来不到一百个人，剩下的人都死了。而且死的人里头，好多都是大名人，比如当时辽宁省政府主席徐箴夫妇，蒋经国留俄时期的好友俞季虞，国立南京音乐学院院长吴伯超，还有“神探”李昌钰的爸爸李浩民。此外，还有大量的金银财宝，包括金条、银圆以及各种各样的好东西，从此永远地沉到冰冷的海底了。

这件事在当时影响之大，是超乎现代人想象的。如果单从海难的角度来讲，其实太平轮无论轮船的吨位，还是死难的人数，还不算最大的。因为就在太平轮沉没前一个多月，也就是 1948 年 12 月初，有一艘叫江亚轮的轮船从吴淞口驶离的时候，正赶上国民党空军的飞机执行任务返回，由于担心机上挂着炮弹影响飞机降落，空军就把这弹药扔了下来，结果路线没计算好，不小心把江亚轮给炸沉了。当时船上有四千多人，最后死了三千多。

这是人类历史上最大一次海难事故，按这个数量来看，它比太平轮要严重多了，可是它的影响没有太平轮大。为什么呢？这咱得说说太平轮沉没的非常独特的历史背景。

●太平轮事实上成了逃难船

翻开中学历史课本，很多人都知道，1948 年 11 月 6 日淮海战役打响，国共内战进入收尾阶段。因为当时辽沈战役结束之后，马上就展开淮海战役，东北大门已经关上了，战争的重心移至华北一带。从 1948 年 11 月 6 日打到 1949 年 1 月 10 日，历时两个多月，共产党出动六十万军队，国民党出动八十万军队，最后随着杜聿明被抓等一系列重大事件，国民党在华北一带的精锐部队差不多被消灭殆尽。这时候，经过淮海战役，长江以北的大部分地区，事实上已被共产党占领了。

接下来，国民党的势力只能维持在长江以南，而且危在旦夕。在这种情况下，很多依附于国民党政权的人，包括上海、江浙一带的有钱人，和一些不了解战争形势的民众，感到大难临头，纷纷选择逃离。中国人的观念，宁为太平犬，不为乱世人。

学过《桃花源记》的都知道，桃花源里的人们，自云先世避秦时乱，率妻子邑人来此绝境，不复出焉。战争年代，人的生命如蝼蚁一般，说碾死就碾死了，人们渴望太平，不愿意打仗，渴望找到桃花源般的理想世界。当时很多人一琢磨，这大陆没法待了，眼看着国共两党战火就要烧到长江以南，整个华东、华南都不太平了，干脆跑吧！往哪儿跑？台湾岛孤悬海外，1945 年从日本人手里接管回来，百业待兴，这地方不会打仗。所以，当时有大量的船从上海、福州开往台湾。当时从上海吴淞口到台湾基隆，货运非常繁忙。当时基隆这个货港有记录，从上海开过来的船一天就有五十多艘。当时一开始是货运，到后来就变成逃难船了，人们稀里哗啦就往台湾涌过去了。

那个时候，太平轮的经营方就是中联轮船公司。中联轮船公司是个民营轮船公司，它由五位宁波人合伙组建，大家知道宁波商人很厉害的。这五位股东凑到一块儿，就发现很多人要往台湾跑，还要携带大量的物资，这是个商机。

他们就开始组建这个公司，主要往台湾开。船不够，他们就向当时的太平船务公司租借了太平轮，一个月租金七八千美金。这五个股东里头，有一位股东姓蔡，叫蔡天铎。

蔡天铎有个儿子，现在很多电视观众都熟悉他。大家看台湾的电视节目《康熙来了》，主持人蔡康永就是蔡天铎的儿子，蔡康永他爸爸就是当年太平轮的股东之一。蔡天铎跟国民党招商局的关系很密切，所以一开始，这个太平轮就是货客两运。最开始的时候运新台币，当时国民党准备撤退到台湾，蒋介石早就做准备了！

在台湾发行的货币，都是在大陆这边印刷好然后运过去，中联公司就负责运这些新台币。这么重要的大事，国民党为什么不出动军舰来运呢？因为那会儿，战舰一边忙着打仗，一边忙着运输战备物资。所以，当时的民间，尤其一些达官显贵、社会名流，就通过各种各样的社会关系弄到船票。反正能上这艘船的人，都争先恐后把自己的家属往台湾运，连同值钱的东西一块儿带过去。

●为何说太平轮是黄金船

当时，人们对时局已经不抱任何幻想了。但是对国民党政权抱有希望的人，就把这些轮船当作救命稻草。那时候有一个最典型的例子，在北平买卖做得最大的珠宝店永宝斋的老板叫常子春，他是个回民。他当时一看，淮海战役都打成这样了，傅作义守北平是守不住了，转眼之间就可能被共产党拿下，看来自己的买卖是做不成了。他干脆把自己在北平的产业都卖了，然后让夫人和七个子女，带着变卖家产的钱财，还有他经营的珠宝以及全部家当登上了太平轮，他一个人留在北平善后。后来船一沉没，家里的好东西连同老婆、孩子全没了。

所以说，这船上的东西有多值钱不用说了，更重要的是，船上的人非富即贵，而且人们为了能上这艘船，八仙过海各显神通。这艘船总共卖了五百零八张票，但实际上船的有上千人，很多人没有票也硬往上挤，比如国立南京音乐学院院长吴伯超。他没买着票，船上有个二副跟他关系好，说你上来吧，你占我的床铺。在那种乱世之下，弄到一张船票就跟捡一条命似的。而且，一张船票在黑市都得好几块金条来换，就贵到这个程度。电影里章子怡演的那个角色，不就是为了登上这船逃难，还上街拉客做了妓女吗？

当时，太平轮就是在这样一种局面下开动的。本来定的不是腊月二十九这天开，应该是腊月二十七八，甚至二十六这天就该开了。但是一而再，再而三地拖延，因为有重要物资要上船，只能等着，所以一直拖到腊月二十九下午四点十八分才开船。到了晚上十一点四十五分，太平轮行驶到白节山岛附近海域时，结果就跟建元号货轮撞上了。

有人说，这就奇怪了，这么大的两艘船，当时在海上也算巨无霸，怎么能呈丁字形撞上呢？太平轮的船头，就跟一把刀似的，“咔嚓”就插进建元号的肚子里去了，你想这撞得多奇怪吧！

咱们说泰坦尼克号撞得狠，那是撞冰山上了。这两艘船都是大活人操纵的，怎么眼睛瞎到这个程度？其实，这里头是有原因的。

●太平轮为何会离奇撞入建元轮

首先一个原因是，太平轮严重超载。如何超载呢？它最后核定的重量，就是应该承受的货物的重量和实际重量之间，差出两倍半。船上都有什么，那么沉？首先有六百吨钢材，你想这六百吨钢材得多重？还有当时国民党《东南日报》的全部家当，比如印刷器材和纸张，这又得一百多吨；当时国民党中央银行运了一千多箱重要的文件。同时，据说还运了一部分黄金储备和白银储备，这个是历史谜团，到底有多少钱不知道，反正当时得四个人扛一个箱子，抬了三十多箱往船上运，那肯定不是黄金就是白银。

当然，这个不可能是国民党运输黄金最重要的船，因为像黄金储备这么重要的事，太平轮顶多承担很小一部分。而且，这船上还有国民党党魁陈果夫的一辆新别克轿车，也借这船运过去。反正达官显贵搭运的货资都在船上，这就导致太平轮严重超载。

除了严重超载之外，它还违背了航行的一些规定：抄近道，还不开航运灯。为什么会这样呢？正常运输怎么跟做贼似的？因为那时候国共两党打仗，国民党对吴淞口一带实行宵禁，晚上六点钟以后，除了军舰以外任何货船不能从这里走。太平轮开的时候是什么时间？腊月二十九下午四点十八分，离六点还剩一小时四十二分，也就是说，在这一小时四十二分里，它必须得开出吴淞口，驶到外面的海面上去，要不然军舰就拦住你，不让你走了。国民党政府的宵禁政策也是战争时候特殊的政策，这个时候的太平轮没有办法，只能开足马力往前赶。

首先把航运灯给关了，悄声地往前赶，希望到时候能蒙混过关，别差几分钟让人给拦住。另外一个得抄近道，原来的航线咱就别走了，走一些新的航线，或者不熟悉的，反正哪儿是捷径就走哪儿，顾不了那么多了。所以这个时候，超速、超载、抄捷径，然后又没有开航运灯，在这种情况下，在不到六点的时候，还真就一口气开出了吴淞口。

这天也是该着倒霉，平常这个地方都有几级风浪，这时候风平浪静，几乎是航运过程当中最好的海况条件。你想，它抄捷径一路着急往前赶，可算在六点之前把船开离了吴淞口，从船长到大副再到二副，终于松了一口气，再看海平面上风平浪静什么事也没有，大家憋着的那股劲就松下来了，行了，没事了！

凡事就怕麻痹大意。中国有句俗语，叫“淹死会水的，打死犟嘴的”。越是水性好的人越容易出事，因为水性不好反而小心谨慎。这船上的船长大副也是身经百战，干多少年了，这个时候就大意了。还有一点，这时是腊月二十九，第二天就大年三十了，这个船到了台湾那边也该过年了，干脆在船上提前过年吧。不光乘客一个个喝酒庆祝，船上一百多名船员也开始欢庆：没事了，剩下的事就是往台湾赶了，拿出酒来尽情喝吧。

这时候就出问题了，什么问题呢？这艘船在往前开的过程中，它是有交接班的，比方说驾驶舱船长来视察，然后大副去休息，接着是二副。结果，二副和三副交班的时候出现问题了。这二副一看我到点了，我得喝酒去了，转身就走了。正常情况得等三副来了你才能走，这三副也在那边喝酒呢，所以就没来。也就是说，二副三副交接的过程当中，驾驶舱没人。

记不记得电影《泰坦尼克号》里有这一幕，也是二副三副麻痹大意，觉得自己在大西洋上行驶这么多年了，什么冰山？我拿鼻子都能闻出冰山味来，等发现冰山再控制已经来不及了，结果就撞上了。太平轮出事和泰坦尼克号有类似的地方。

有人说，你怎么知道这么详细？因为太平轮的生还者当中有一个厨子，他在做笔录的时候，录下这么一段，说我送饭的时候看到，二副三副交接班的时候驾驶舱没人。后来很奇怪，他又翻供了。当然，当时可能涉及赔偿等各种各样的压力。但是我估计，这个厨子提供的情况是非常可信的，要不然你没法解释，当时太平轮的航运灯没开，但是那个建元号货轮的灯是开着的。建元号看不见太平轮情有可原，可太平轮要是看不见灯火通明的建元号，这不就奇怪了吗？

这只能说明，当时太平轮上压根就没人看见前方有船，结果到十一点四十五分就出事了。建元号都开过来了，太平轮还往前开，结果就撞上了。建元号轮船不够坚固，五分钟后就沉没了，船上七十多个船员，最后救上来十人左右。

●太平轮船长为何放弃救援机会

有人会问，当时刚撞上，那太平轮为什么不赶紧呼救？因为这太平轮船长没当回事。

这船长叫杨俊奎，也是身经百战，老航海员了。他当时判断没什么事，为什么呢？这太平轮船头最坚固，要不然直接撞坏了。他觉得自己的船没事，赶紧忙活着救建元号上的人。可惜的是，这时候有一艘圣洁号货轮从旁边经过，接到建元号货轮发出的求救信号，赶紧发电报问，需不需要救援？结果杨俊奎给人家回了一个电报：OK，一切都好，用不着。他对自己的船很自信，这圣洁号一看没事，直接就走了。一个大好的救助时机，就这么白白错过了。

他为什么这么自信呢？是因为撞船之后，这个船的龙骨没事，最后出事是因为船底下那个水密封舱。水密封舱是什么呢？是轮船底下用木板钢材隔开的一个个相对封闭的舱。这舱有什么好处呢？这真要出事灌进水去了，只要其他舱没水，船还有浮力就沉不了。即使倾斜一点，把货往下一扔就没事了。船长对自己的船挺了解，认为没什么问题，但他唯独没有想到，这一次超载超得太厉害，密封舱受到的压强比平时都大，结果圣洁号这边救援的时候，太平轮其中一个密封舱已经进水了。这时候圣洁号已经开走了，船长杨俊奎也没有慌乱，开足马力打算抢滩。舟山群岛不是有很多港口吗，逮着一个最近的港口，直接扎到里头，咱就没事了。

于是，太平轮在撞了建元号之后开足马力，往附近的白节山港口就开过去了。开了四十分钟后，距离海滩就剩下五百米的时候，由于这个压强太大，而且乘客谁也不舍得把货往海里扔，就在严重超载的情况下，这密封舱进水了。这边进水那边密封舱也受不了，结果海水灌进了高压锅炉，一下子就爆炸了。这一爆炸船底完全挺不住了，也就是在离抢滩还剩三分钟的时候，这艘船在白节山岛附近海域发生倾斜，然后就沉没了。船上一千多人大呼小叫，海面上惨叫声连成一片。

隔了一个小时之后，有一艘澳大利亚的军舰从这里经过，救起了三十六个人。附近有渔民划船过来看，因为海上漂着不少财物，也顺道救人，总共救起来五十个人。船长杨俊奎一看这情况，也没脸再活了，就跳海自杀了。也就是说，太平轮沉没，绝对是一次偶然事件。从船的坚固程度，从航线的细腻程度，从以往的经验看，它不该沉没。但是，就在这个特殊的时间节点出了问题，超载太严重，为了躲避宵禁抄近道，然后麻痹大意，意外撞上了建元号，船上的人又不肯舍弃货物，这些诸多因素凑到一块儿，终于导致太平轮最后沉没。

其实，这些因素归结到一起，能说它偶然吗？不偶然，它是在战争的大背景下发生的。没有战争的话，国民党怎么可能在吴淞口实行宵禁？如果没有战争的话，如果不是这么多人一起逃难的话，这船能超载吗？所以说，再糟糕的和平也比战争要好得多，这其实是在那个特殊背景下出现的悲剧。

当然，这个事件的出现，在当时引起了巨大轰动。整个上海，连同台湾都轰动了。事发后，李昌钰的妈妈甚至雇佣直升机到失事海域上空盘旋呼唤。凡是出现这种灾难事件，围绕事件前前后后总会发生各种各样的故事。

●他们的命运因太平轮而改变

历史上有好多阴差阳错的事，比如台湾佛学大师星云大师。星云大师当时从宁波赶到上海，就是要去台湾，结果没赶上这趟船就错过了。要是赶上了，后果就不堪设想了。比如台湾著名主持人蔡康永，他爸爸蔡天铎因为这事一下子破产了。要是没破产，现在蔡康永可能就是一个船业大亨，不会是一个主持人了。还有“神探”李昌钰，他爸爸一走，家道中落，本来他考上海洋大学，但家里没钱供他念书，他没办法只好上了警察学校。因为警察学校不收费，反而倒贴生活费，后来李昌钰成了一代神探。

当时死了这么多人要求赔偿,偏偏老板蔡天铎为了支持朋友开的保险公司，没有投保到那些大保险公司，而是投保给这家新开的华泰保险公司，一出事华泰保险公司立刻宣布倒闭，结果所有的诉讼赔偿要求都指向了中联公司。中联公司迅速就破产了，中联公司的所有轮船，都被铁链拴在台湾高雄港，直到锈烂成为废铁。遇难者家属分别在两个地方，一部分在上海，一部分在台湾，但投诉了不到四个月，一切都结束了。为什么呢？大家知道，接下来解放军进攻上海，打到最后，国民党兵败如山倒。在战乱的情况下，谁还寻思这事儿？所以没办法，两地就分开了。上海这边的人没法去台湾诉讼，台湾那边的人也没法来上海诉讼。直到 1957 年，上海法院才宣布，这件事情因为历史原因，没法再追查那么多证据。因为那边一半这边一半，双方意识形态对立，没法沟通，这案子只能作为历史案件不再审理。

我们回头想想，太平轮只救回了近百人，死亡接近一千人，这近千人永沉海底，得留下多少故事？又有多少令人唏嘘扼腕的悲情？如果今天能还原那段故事，你会发现无数家庭的悲欢离合，都和这艘轮船联系在一起。

我想，吴宇森导演用了一整部电影做铺垫，他会把数不清的悲欢离合的故事都融合到《太平轮》（下）当中，所以，我宁愿看《太平轮》（上）用那么多明星来铺垫，也期待看一看《太平轮》（下），能不能像《泰坦尼克号》那样，再现那段波澜壮阔、悲欢离合的历史画卷。

热剧点评

《便衣警察》：神奇的造星运动
《北平无战事》：剧中人物原型都是谁
《北平无战事》：看老戏骨如何称霸舞台
宫斗剧为何抄袭成风
《爱情公寓》：抄袭的“硕果”

《便衣警察》：神奇的造星运动

现在很多朋友喜欢到电影院看电影，或者在家打开电视机看电视连续剧。有人就说，电影和电视剧容易捧红一些人。那么说，什么影视剧更容易捧红人？其实从严格意义上说，这电影得够艺术水准。

关于电视剧，有很多演员说我演电视剧就是为了养家糊口，意思就是，从综合艺术水准上来讲，电视剧要比电影低那么一截。这也确实是现实，电视剧比电影更接地气。

电视剧一旦进了电视台，只要它能播出，连续这十天半个月，长的一个月，就天天都是你，最起码得混个脸熟。所以，有的时候电视剧想捧红一个新人要容易一点，因为它播出的时间相对比较长。

今天，我们要说的是最能捧红人的一部电视剧。什么时候呢？这得说到二十多年前，1988年的一部电视剧。

很多朋友应该都看过，名字叫《便衣警察》。它捧红了一个大师级的歌手，捧红了几个青年演员，又捧红了现在电视剧圈和电影圈票房超高的两个导演。

●《便衣警察》捧红了刘欢

有人说，我怎么不知道《便衣警察》捧红的这些人？我一点点跟你说，首先说大师级歌手。恐怕目前中国配得上这五个字的人也不多。那么一说《便衣警察》的主题曲《少年壮志不言愁》，可能很多人就想起来了，对，他就是刘欢！

《便衣警察》的故事情节，现在好多人已经记不清楚了，大概就是警察含冤入狱，后来又出来这么一个事。但是那首歌，“几度风雨几度春秋／风霜雪雨搏激流／历尽苦难痴心不改／少年壮志不言愁……”这首歌当年大街小巷放的次数实在是太多了，刘欢就是凭借这首歌火起来的。

当然，那时候刘欢火的歌不光这一首，其中还有电视剧《雪城》的主题歌《天上有个太阳》。当时中央电视台一三五放《雪城》，二四六放《便衣警察》，那时候人们文化娱乐生活也不多，下班回来就看电视。每到一三五晚上，你打开电视机一听：“天上有个太阳，水中有个月亮……”二四六打开电视机：“几度风雨几度春秋……”一礼拜，俩旋律，轮流上阵。

那个时候想不火都难。现在哪个歌手能有这么大面积的播出率？所以，当时刘欢迅速火起来了，火得都不行了。为什么说是电视剧《便衣警察》捧红了他？在此之前，刘欢根本没机会唱电影、电视剧的主题曲。因为那个时候刘欢是个通俗歌手，采用通俗唱法。当时的主流观点认为，电影、电视剧的歌，非美声即民族。比如《我爱你，中国》，就是当初电影《海外赤子》的插曲。当时整个社会对通俗唱法都有点排斥，因为它不庄重，所以，刘欢作为演唱通俗歌曲的人，也不怎么受主流音乐待见。

电视剧《便衣警察》的主题曲就是《少年壮志不言愁》，它的作曲是雷蕾。这个雷蕾，很多观众朋友应该都知道，她还谱过电视剧《渴望》的曲子，叫《好人一生平安》，《编辑部的故事》的插曲也是她写的。她爸爸名叫雷振邦，名气很大。《怀念战友》《冰山上的来客》的作曲就是雷振邦。

这个雷蕾比较能创新，当时她就觉得，如果总按照民族唱法唱歌，那不是蒋大为、李谷一，就是杨洪基，她觉得也没什么意思。她很熟悉刘欢，说刘欢这个嗓门非常剔透、高亢、激昂。虽然说是通俗唱法，但是给人带来的感染力一点也不逊于那些高门大嗓的民族和美声唱法，我为什么不能用他？就这么着，她就琢磨着去找刘欢。

雷蕾去找刘欢，她得瞒着导演，为什么不敢让导演知道呢？她怕跟导演一说，导演说不行，怎么能找通俗歌手？这样这事就完了。她找到刘欢，把这歌拿过去。刘欢觉得这歌太好了，我能录。

现在大都采用分轨录音法，很先进，一句一句地录，然后一合成就行了。当时没这么先进，都是现场录音，那场面很大。比方说，中国广播合唱团的人在这儿做和声，然后刘欢就站在那儿唱。那时雷蕾就担心，刘欢当时也没见过那么大世面，如果一怯场发挥不好，导演不得骂我？所以雷蕾很担心。

等到真录的那天，导演坐到那儿，雷蕾跟刘欢说，你别紧张，没事儿。一开场，哎哟那个好听，那会儿人们耳朵窄，哪像现在这么阔，听这么多。刘欢的声音高亢嘹亮，深情饱满。当时雷蕾一边听一边看导演，导演听着听着眼泪就下来了。行了，这说明导演被感动了，听进去了。

就这么着，刘欢凭借这歌一下就火了，后来数不清的电视剧和电影都找刘欢唱歌。所以说，没有《便衣警察》这个电视剧，就不会有今天的刘欢。所以说，《便衣警察》捧红了一个大师级的歌手。

●林汝为、雷蕾成就了刘欢

当然，这首歌好听，有两方面的因素，一个是词好，一个是曲好。这个词是谁写的？当时的导演林汝为，她是一个女导演，也是一个大才女。

这个词，如果不配曲，听着跟一首诗似的：金色盾牌／热血铸就／危难之处显身手……林汝为本身的文学功底很深。那时候，每个导演舞文弄墨都行，都有两把刷子。现在这导演就不一样了，现在导演就是人脉广，善于玩弄潜规则，要讲真才实学，整体水平不如那个时候的导演。林汝为还做过一首词，就是《四世同堂》的主题曲，骆玉笙老太太唱的那首《重整河山待后生》，你听听那歌词："千里刀光影／仇恨燃九城／月圆之夜人不归／花香之地无和平／一腔无声血／万缕慈母情／为雪国耻身先去／重整河山待后生。"这词你一听，就感觉文学气息很浓厚。

当然，再好的歌都是旋律优先。可是雷蕾接到这个歌词，就有点犯愁。作为一个女作曲家，她写东西往往都很委婉，你看《渴望》的歌词：“有过多少往事／仿佛就在昨天／有过多少朋友／仿佛还在身边……”都是这种非常抒情的。可是这个拿过来一看：“金色盾牌／热血铸就……”气势高亢，和以往的意境不一样。这我怎么谱曲啊？她就在家里琢磨。

这跟她以往的创作风格不一样，她琢磨来琢磨去，始终没上道。“我不能在家憋着，我体验体验生活”。常有作曲家没灵感的，就到外面转悠，可能某个点突然就打开了他创作的大闸。

雷蕾就跑到《便衣警察》剧组，当时有一个真警察到剧组客串一个演员。剧组就一个真警察，我就跟他聊聊吧。要不，你就说说警察的生活吧。因为这个片子人家是带着任务来的，《便衣警察》既然是宣传警察的，我得把警察这些酸甜苦辣说道说道。这个人本来劲头就憋足了，弦都拉得满满的。一看有作曲家找他了解生活，哎呀，警察不容易，关键时候怎么样，怎么出生入死、枪林弹雨、鞠躬尽瘁。这人就跟打了兴奋剂似的，大说特说。雷蕾一看这情绪太饱满了，觉得自己好像抓住什么东西了。回去之后，她就根据这个人情绪激昂的这种程度，一挥而就。但是这个词里曲里，认真琢磨琢磨，不光有高亢的情绪，还稍稍有那么点凄婉。因为剧情表现的就是警察受冤枉，所以它有那么一点悲愤，有那么一点悲壮。所以雷蕾在这个曲子里面，就把这些东西体现出来了。

所以说，一个作曲家如果不深入生活，他的创作往往是闭门造车。在屋里待着创作出来的东西，很干瘪。雷蕾正因为有这样的经历，才把这个曲子写得荡气回肠。

余音绕梁，三日而不绝，这真是一首好歌。

●胡亚捷成为中国最早的“偶像派”

这部电视剧也捧红了演员，有两个演员被这部电视剧捧得大红大紫：胡亚捷和谭小燕，也就是剧里的男女主角。现在的年轻观众可能没怎么听说过这俩人，但当年这俩人可是大偶像。

胡亚捷是东北人，当年是北京电影学院大三的学生。那个时候，导演林汝为找这么一个男主人公，试了八十多个人都不适合。为什么不适合？因为在这个戏之前，警察都是正面形象，传统的演法都是高大全，不能有缺点，但是导演林汝为说不行，新时期拍电视剧要人性化，要真实，要有血有肉，有优点也有缺点。这个人努着劲站在那儿，就根黄继光堵枪眼似的，这跟现实靠不上。所以，她要找松弛的、自然的这种写实演员。

可是那时候有点腕的演员，都已经形成模式了，一演英雄人物，马上就顶天立地，所以林汝为就没看上这些人。她接着挑吧，有名气的不行就找那些没演过戏的。她就到北京电影学院找，那里是培养演员的摇篮。当时胡亚捷是大三学生，导演说你来试镜吧，你在班里成绩不错，有老师推荐了你。胡亚捷就到片场来试镜了，他说这个戏试了八十多人才试到我。前面都有谁来试镜啊？人家副导演就跟他讲，哪个大腕哪个明星。胡亚捷说这不胡闹吗，他们都不行，我更不行了。得了，我就当来长长见识了。进到剧组里，他开始挺紧张，一看林汝为导演坐在那儿，戴着个白手套。有人问，导演戴手套干吗啊？林汝为说，我浑身都是静电。咱都知道，北京天气干燥，有时候一握手就给电一下。

胡亚捷一看这导演挺好玩，心情就放松下来了。他本来就没拿试镜当回事儿，大腕都不行，还能轮到我？所以他在试镜的时候就想，在学校里小品怎么演，到这儿来我就怎么演。他没有任何压力，给各位老师前辈展示完，他就回去了。

可越是这样，他心里面压力就越小。林汝为导演一看，这孩子好，一点没有演戏的成分，这个人物特别真实，朴素自然，于是就把他定下来了。

人们经常说，有心栽花花不开，无心插柳柳成荫，这话是有道理的。当你带着某种目的干一件事的时候，你的功利心越明显越不容易干好，你心思沉，压力就大。那么他要没这心思，反而容易放下一切压力。当时，胡亚捷就是这么火的。

有人说，他这一辈子，可能就碰着这么一回《便衣警察》的好戏，到后来就没碰上太好的了。所以，胡亚捷后来的名气一点点的就不如当年那么火了。

●谭小燕歪打正着成为“女一号”

女主角谭小燕，也是这么给捧红的。

谭小燕原来名气也不大，剧组找她试镜，她还琢磨说我去了也试不上，那我还去干吗？后来，她就回海南陪爹妈过年去了。结果过年的时候她父亲听收音机，那时候已经有了广播剧《便衣警察》，她就过去跟她父亲一起听，哎哟，这个剧情这么好，她就喜欢上了。她就很后悔，人家剧组找我拍电视剧，让我去试女一号，我没去。

她父亲说，你也真是的，这么好的剧，你去看看也是好的。她就赶紧给剧组打长途电话。接电话的是谁？赵宝刚。当时赵宝刚在剧组里当副导演，就是专门挑演员的。他说都通知你了，你没来。那我现在还能去吗？你来吧。就这么着，谭小燕就来了。

来了以后，谭小燕试戏试的哪一段呢？她演这个警察的女朋友，警察含冤入狱了，他女朋友不离不弃。她想去看看男朋友，但是兜里没有钱，监狱挺远的。她就向爸爸要了二十块钱。她姐姐不理解，冷嘲热讽，他都进监狱了你还去看他，你们早就该断了。她演一段心里很委屈的戏。

她正准备上场时候，旁边剧组的人说，我给你打个电话，你怎么没来？她说我家有事儿。你以前演过什么戏吗？没演过，跑过龙套。这个人就乐了，我还以为你多大腕呢，叫你来你都不来。谭小燕说，这不能赖我呀，过年陪爹妈过年去了，我正因为没腕，怕选不上我才回去的。一委屈，眼泪就下来了。

她正在那儿抹眼泪，导演说下一个试镜。她就带着这个情绪进来了，你说这得多巧。前面想酝酿都酝酿不出来，这一上场又赶上受委屈的事儿了。她想起刚才的事了，这眼泪就止不住了，噼里啪啦就往下掉。导演说这情绪太好了，说来就来，真是个好演员。行，就要她了。就这么着，谭小燕演了女一号。

当时，谭小燕火到什么程度呢？有人称 1988 年的春节，叫谭小燕年。为什么呢？那时候年底发挂历，有单位发的，有到新华书店买的。那时候你要到新华书店里看看，挂了一排，十本里头有八本的第一页是谭小燕的剧照。她就火到那种程度。

那会儿挂历上还有周迅，当时她在浙江小百花越剧团。离开剧团以后，她没有别的营生，也没多少演出。周迅那时候干两件事，一是给 MTV 演角色。现在唱卡拉 OK，如果翻以前的老 TV，还能看到周迅的身影。再一个，周迅就拍挂历。当时拍挂历有收入，谁在挂历上出现的次数多，就代表谁火。

可以说，当时胡亚捷、谭小燕这两个人红得不得了。

有人说，现在怎么听不到谭小燕的名字了呢？谭小燕后来嫁人以后出国了，就退出了影视圈。因为那会儿跟现在不一样，当时红也就是名气大，你想挣钱很难，各个地方请你演戏，都是国家规定的项目。不像现在，红了就舍不得走了，赶紧在国内捞钱。所以，当时红是红了，但挣不到多少钱。

而且八十年代的人都知道，当时流行出国热。每个人心里都有一个美国梦、欧洲梦，只要有出国的机会，就义无反顾地走了。所以，现在几乎听不到她的消息。

●《便衣警察》让赵宝刚、冯小刚走上导演之路

这部电视剧和其他电视剧还有一点很大的不同，它还捧红了两个很大的导演，赵宝刚和冯小刚。

我们说过，当时赵宝刚在剧组里是副导演，冯小刚是美工，也就是干场景、美术的。现在拍电视剧的导演，很少有超过赵宝刚的。比如，《过把瘾》《东边日出西边雨》《一场风花雪月的事》《永不瞑目》《拿什么拯救你，我的爱人》《我的青春谁做主》《奋斗》等脍炙人口的电视剧，都是赵宝刚导演的。赵宝刚的好戏可多了去了，谁来演他的戏谁出名可就快了。

其实，赵宝刚就是从一个小演员起家的。以前，他当过工人，也经常客串一些角色。因为他非常喜欢表演，就报了北京电影学院的业余演员培训班。当年，有一部老电视剧《四世同堂》，他在里边演了个小人物，叫祁瑞丰。

后来，他觉得在北京钢铁厂待着没意思，实现不了自己的艺术梦想，他就想进北京电视艺术中心。可是那个时候调动工作，不像现在去上班就完了，那时候都实行聘任制。如果想正式调过来，十分困难。

后来，好不容易调进来以后，北京电视艺术中心主任就跟他讲，小赵，你要来也行，我们约法三章，这儿条件有限，一堆同志都排着队呢。第一，你来了，你老老实实给我干剧组，你就是按照剧务职务进来的，不是按演员进来的，你别想演员这事，别给我捣乱。第二，分房子可没你份，这后边一个加强连都等着分房子呢，哪儿能轮到你，所以，你别想房子的事。第三，我知道你爱人在广西工作，现在两地分居，你可别指望你调进来，顺手把你爱人户口也调进北京，不可能。

这条件照理说够苛刻的，因为八十年代那阵进单位，解决这些问题都是天经地义的事儿。赵宝刚一咬牙，行，我干。我就想到这儿来，我觉得跟我的艺

术梦又近了一步。

开始这五六年，他真是老老实实，没琢磨当演员的事儿，认认真真地在片场里干。他当时就想，我不当演员能干什么？我干导演吧，那导演不是说干就干的。后来，他就成了《便衣警察》里的副导演。副导演是干什么的？挑演员。有的副导演说着好听，其实就是打杂、订盒饭，什么事儿都干。在剧组里边，厂工、剧务、道具等，赵宝刚几乎都干遍了。挑演员本身就是考验一个导演眼光的过程，但他没有浪费一个机会。比如谭小燕，就是他挖掘出来的。他在片场里边跟美工学美术制景，跟灯光学打灯，跟摄像机位怎么走，怎么跟进演员，怎么追。所以说，拍电视剧《便衣警察》是赵宝刚作为导演登堂入室的第一步。要是当时没有林汝为带他，赵宝刚是不可能学出来的。

从此以后，赵宝刚才慢慢转型成为正式导演。此外，《便衣警察》还成就了冯小刚。

冯小刚是1985年调进北京电视艺术中心的，一开始做美工，他打小就喜欢画画。这不，冯小刚最近还跟别人合伙画了一幅画，还参加了拍卖活动。冯小刚在《便衣警察》里还客串了一个小角色，演一个被警察抓住的坏人。为什么让他演？冯小刚那时候长头发，看他那模样，长得尖嘴猴腮，一看就不像好人，只能演被警察抓住的坏人。

当时在片场，除了美工和场景以外，冯小刚也做梦都想当导演。他经常找林汝为导演，赵宝刚在你这儿能得到锻炼，我也想当导演，你能不能给我一个机会？林汝为说你不行，你先干好你的活儿吧。冯小刚说，你给我一个机会吧，一场无关紧要的戏，就算没有台词的戏也行，你让我导导还不行吗？

林汝为说，这样吧，明天上午有场戏，你跟那个女演员谭小燕商量商量。如果她同意，上午你就拍她这场戏。什么戏呢？就是从湖边走到船上，没有台词。冯小刚说行，这戏我导。现在回头看他导的这个片子，跟拍MTV一样，从中你就能看出他的美术功底来，画面拍得非常唯美。

冯小刚也是借助《便衣警察》，第一次当了一回导演，由此他知道导演是怎么回事儿了。如果要讲捧红人的戏，《便衣警察》要是排名第二，可能没哪部电视剧敢说排名第一。

《北平无战事》：剧中人物原型都是谁

不久前，曾经有一部电视连续剧，得到了观众朋友的普遍好评，它的名字叫《北平无战事》。

它是一部历史题材的电视剧，之所以得到大家的好评，主要有两个原因。第一，剧中有很多老戏骨，演技非常精湛，很抓人眼球；第二，它和历史事件有很高的契合度。很多对历史感兴趣的观众朋友，大都对这部电视剧产生了浓厚的兴趣。要说起来，很多功劳还得归功于它的编剧。

《北平无战事》的编剧叫刘和平，除了编剧的身份，他还是一个历史学者。因为对历史非常了解，他参与编剧的作品，比如《雍正王朝》《大明王朝1566》等都有一个特点：他往往能够把历史、人物亦真亦幻、半真半假地融入剧本里边。所以，很多人看了刘和平编剧的作品，都会感觉非常真实。

那么，剧中的故事，历史上是否真有其事呢？如果真有其事，剧中人物的原型又是什么样的呢？坚韧豁达的国民党空军上校方孟敖，凶残虚伪的国民党特务徐铁英，运筹帷幄的中共地下党谢培东，这些角色是否真的有历史原型？他们的原型又是些什么人呢？

●方孟敖的原型是谁

咱们先说说第一个主人公，也就是刘烨饰演的方孟敖。

剧中的方孟敖，是个含着金钥匙长大的富家子弟。他出生在美国，十岁的时候，他爸爸方步亭受宋子文的委托，回到国内办中央银行。方步亭是个银行家，后来又到美国学习飞机驾驶技术，并成了飞虎队中非常重要的一员，从而受到了蒋经国的赏识。所以在电视剧一开始，当他拒不执行轰炸开封的任务的时候，最后蒋经国宣布特赦他。正是因为家庭出身的缘故，可以说，方孟敖就是那种抽着雪茄、喝着红酒的富家子弟的形象。

在剧中，方孟敖是一个坚定的中共地下党，有人说，他的这种经历也太传奇了。其实，在历史上，方孟敖还真有原型。尽管这些情节是虚构的，但确有其人，方孟敖的原型叫谢派芬。

怎么能够断定，谢派芬就是方孟敖的原型呢？这还得从谢派芬这个人开始说起。

谢派芬是国民党笕桥航空学校的上尉校官，这所学校当时位于杭州。十多年前，杭州不是有个民用机场就叫笕桥机场吗？或许，二者应该多少有点联系。其实，笕桥机场就是非常重要的一个军用机场。你再想想看，方孟敖就是笕桥航空学校的上校校官。你看，他俩的身份是高度一致的。

当然了，谢派芬的身世远没有方孟敖那么显赫。他爹不是银行家，他姑父也不是地下党。谢派芬是安徽黄山芳村人，出身乡下，但是他很勤奋，先后考上了国民党机械学校、国民党陆军军官学校。后来，他又考上了国民党的空军学校，成了中美空军混编大队的一个分队长。中美空军混编大队是抗战的时候成立的，其中领头的就是飞虎将军陈纳德，他是一个美国人。当时，谢派芬能够成为一个分队长，在中国军人里边已经非常了不起了，这足以证明其驾驶技术非常好。

后来，抗战结束之后，国共两党打内战的时候，谢派芬和方孟敖一样，非常不愿意把枪口对准同胞。所以，他在单独执行轰炸任务的时候，经常把炸弹扔到荒郊野外去，要不然就机载武器平射。你不往地下打，就不可能伤着人。所以，谢派芬的这种做法，和电视剧里方孟敖的做法是一模一样的。

对于这样的人，中共很早就盯上了。1948年11月，中共秘密策反谢派芬。于是，谢派芬加入中国共产党，成为一名地下党员。那么，他最后的结局如何呢？

我们先看看电视剧里的方孟敖。当时，中共的意思是让他率部起义，结果在建国前夕，蒋介石集团委派方孟敖驾驶飞机，带着他父亲方步亭，再载着北平银行里的那些黄金、白银等相关储备物品，一起飞到台湾去。但是后来，中共又临时改变了计划，允许蒋介石把黄金、白银运走，这样能把民心留下来。于是，方孟敖执行了这个任务，他驾着飞机，带着他父亲和那些黄金、白银在首都上空盘旋了几周，然后非常恋恋不舍地飞到台湾去了。

其实，方孟敖的结局就如同电视剧《潜伏》里的男主角余则成。建国之后，他还要继续在隐蔽战线活动，继续在龙潭虎穴里小心工作。

那么，真实的谢派芬的经历如何呢？恰恰跟他相反。谢派芬当时在笕桥航空学校的时候，中共给他的任务是，让他跟着蒋介石到台湾去，继续在那边潜伏。但是关键时刻，中共又改变了主意，如果率部起义，这样对国民党空军的打击更大，能够促使更多的国民党空军投诚。就这样，1949年1月3日，谢派芬带着四个驾驶员驾驶一架美制运输机，直接飞到了中共控制的郑州，中共自然是热烈欢迎。

后来建国举行开国大典，1949年10月1日，谢派芬还驾驶着飞机从天安门广场飞过，因为他当时的技术是顶尖的。所以，这个原型人物的结果，应该说比电视剧中的方孟敖要理想得多。

●“马汉山”确有其人

下面，我们再来说说剧中的一个反派人物——马汉山。其实，马汉山也确有其人。

马汉山是剧中角色的名字，其实，他的原型就是原来国民党保密局（也就是常说的“军统”）北平站的站长，名字叫马汉三。看过电视剧《潜伏》的朋友应该有印象，国民党保密局天津站站长吴敬中口中常说北平马汉三怎么怎么样。其实，马汉三是历史上的一个真实人物。

《北平无战事》中的马汉山到底是一个什么样的人呢？他跟马汉三的身份不太一样。马汉山是北平民事调配委员会副主任、北平民政局局长，这个人有点江湖做派，一出场，一般有句口头禅：混帐，王八蛋！马汉山是由程煜扮演的，他对这个人物拿捏得非常好。马汉山是反面人物，一个大贪污犯，但是经过程煜一演绎，他有点可怜，有点可笑，还有点色厉内荏。一开始的时候，他和徐铁英（陈宝国饰演）两个人联盟，结果，后来徐铁英诬陷他，说他是杀害崔中石的凶手。其中有一幕戏是这样的：马汉山被方孟敖控制起来的时候，徐铁英跑到方孟敖这儿要人。他要突击审讯马汉山，看看是不是他杀了崔中石。这个时候，方孟敖很想把这两个人一起捏到手心儿里，所以，他故意对马汉山说，你拿我枪干什么？其实，他是引诱马汉山拿他的枪威胁徐铁英。马汉山也是老江湖，本来跟霜打的茄子似的都焉了，都要受审了，一听有人撑腰了，马上就来劲儿了。他就把他那副滚刀肉架势拿了出来，叫嚣着要把徐铁英置于死地。

虽然这个人物的情绪变化很快，但程煜拿捏得非常准确。说起来，马汉山其实是个悲剧人物。因为他的儿子很不争气，结果当他倒台的时候，他的好几个媳妇把他的钱财全给卷走了。所以，在剧中，他有点可悲、可笑、可怜，还多少带着那么点可恨。

回到历史，马汉山的原型马汉三不是这样的人物。要论倒霉程度，马汉三和马汉山差不多，但他是个心狠手辣的角色。在历史上，马汉三原来是共产党员，1931年“九·一八”事变之后，他接受了中共的一些思想，从而成为中共地下党的情报人员，在北平、张家口一带活动。可是后来，跟他联系的上线死了，断线以后，他就和军统的人有了接触，最后就加入了军统北平站。在那个混乱的年代，尤其是地下工作，危险性非常高。作为地下党，你的情况只有你的上线知道，万一上线死了，就没有人证明你是谁了。所以，在当时那个兵荒马乱的年代，什么事都有可能发生。

马汉三出于生存的目的，就跟国民党军统联系上了。他是一个情报人员，为了获取最大价值的信息，所以他就投靠了军统。由于他个人的工作能力很强，做情报工作也确实厉害，于是，就得到了军统头子戴笠的赏识。

●马汉三与戴笠之间的纠葛

戴笠曾经说过这么一句话，这个马汉三呢，就是一部活字典。我想了解北平一带的情况，我只需要查字典就够了。言外之意，就是说马汉三掌握的资料非常丰富，他处理情报信息的能力是相当突出的。当时，戴笠起家是在浙江，所以，军统内部南方人多，北方人少。如果在北方开展活动，你要不用当地人，其局限性是很大的。马汉三就是北平大兴庞各庄人，他是本地通，什么都熟悉。所以在仕途上，马汉三可谓青云直上，晋升很快，也干出了很多成绩，最后他当了军统北平站的站长。

但是在此期间，马汉三背叛过戴笠。开始时谁也不知道，后来戴笠是怎么发现的呢？那是1946年3月，戴笠飞到北平，要到北平监狱提审一位重要犯人——川岛芳子，一个日本间谍。其实，川岛芳子不是日本人，是大清肃亲王的女儿，汉名叫金壁辉，满名叫爱新觉罗·显玗。结果在提审的过程当中，川岛芳子供出了一个惊天秘密：北平站站长马汉三叛变过。1940年，马汉三在张家口一带活动的时候被日本人抓住了，因为怕死就投降、叛变了，并给日本人提供了许多国民党的情报。而且，他还送了一把九龙宝剑表示忠心。

叛变的事情败露以后，马汉三被吓坏了，他心想，这下，戴笠不得好好收拾我呀！可是这时候，正是戴笠用人的时候，他知道这马汉三不是善类，但是暂时还想用他。所以，戴笠就告诉马汉三，你赶紧把那宝剑还给我，咱们黑不提，白不提，这事就算了了。他还写了一封信安慰马汉三，意思是我还继续用你。但是马汉三心里没底了，他说坏了，要是哪天戴老板反悔了，我不就完蛋了吗？这时候，戴笠暂时还没有杀他之心，但马汉三可产生杀戴笠之心了。

其实，关于马汉三杀戴笠这件事是一桩历史谜案。到现在为止，戴笠的死因仍有多种版本，这只是其中一个版本。戴笠到底是怎么死的呢？1946 年 3 月 17 日，戴笠从青岛坐飞机回南京，当飞到南京上空的时候，电闪雷鸣，飞机落不下来，干脆，往上海飞吧。然而上海那边也下雨，就改向徐州飞吧。结果，途经南京郊区的岱山时，天降大雨，飞机鬼使神差般撞到了岱山上，机上无一人生还。

戴笠坐着自己的专机撞山身亡后，坊间就有传闻，戴笠姓戴名笠，字雨农，所以就有人说："戴机撞岱山，雨农死雨中"。当然，这是一种很迷信的说法。

戴笠死后，毛人凤接替了他。

那么，马汉三跟这件事到底有没有关系呢？其中有一种说法是：马汉三当时就想，我得马上把戴笠拿下。他万一回去跟蒋介石一汇报，再回头来杀我，我再出手就来不及了。可是要在北平暗杀戴笠，这太扎眼了，因为这是马汉三自己的地盘嘛。所以，马汉三就派心腹大将刘玉珠跟着戴笠。当戴笠从青岛坐专机回南京时，刘玉珠就混在机场人群里面，偷偷在戴笠的专机上安放了炸弹。据说，当飞机飞到南京上空的时候，机内的炸弹就引爆了，这才撞到了岱山上。后来，调查的人发现，飞机失事是因为失火，可是机舱里边都早已经炸烂了。当然，到现在为止，也没有人能够解密。

所以，关于事件的真相，人们至今无从知晓。戴笠离奇死亡的种种说法总是和马汉三扯上关系，这也足以证明：马汉三是一个见风使舵、见利忘义的主儿，但后来他的下场也很悲惨。

1948 年，国民党举行第一届国民大会，蒋介石由于内战各方面的压力假惺惺地宣布，要参加总统选举，李宗仁成为他最大的竞争对手。当时，马汉三秘密支持李宗仁，最后李宗仁成功当选总统。于是，蒋介石便回浙江奉化溪口镇老家暂时歇着了。

就因为这件事，马汉三把蒋介石给得罪了。蒋介石一看，你支持李宗仁，你根本就不是我的人。1948年7月1日，蒋介石授意保密局局长毛人凤执行一项秘密指令：在北平灯市口大街，秘密抓捕马汉三。同年9月，马汉三被秘密处决。

电视剧《北平无战事》里的故事，都是发生在1948年8月以后。实际上，1948年7月1日，马汉三就被秘密抓捕了。所以，编剧是以马汉三作为人物原型进行虚构，并不是发生在马汉三身上的真实的故事。

●真实与虚构之间

《北平无战事》里最大的反派人物，就是陈宝国饰演的徐铁英，他是北平警察局局长。

如果我们按照历史调查进行推测，当时的北平警察局局长姓杨，而不是徐铁英，他其实是一个虚构的人物。

那个杨局长当时确实干了不少坏事，比如抓捕学生。北平解放前夕，他针对学生运动领袖搞了一个“八一九”大追捕。然后，他也多次策划了抓捕中共地下党的阴谋诡计和暗杀行动。1948年12月，北平和平解放了，这个杨局长就畏罪潜逃了。所以，他跟徐铁英的经历不太一样。

此外，包括中共地下党北平的负责人谢培东（倪大红饰演），这个人物也是虚构的。因为在那个时候，在北平的银行里没有谢培东那么大势力的地下党领导。当时北平地下党有一个城工部，主要用来接洽北平地区的地下工作，这是符合历史史实的。

所以说，这部电视剧有真实，也有虚构。为了能够把这些情节天衣无缝、毫无违和感地融入整个剧情当中，编剧刘和平专门飞到美国、台湾查阅大量的资料，并把一些秘密档案都看了一遍，然后虚虚实实地把它们综合起来。于是，这才有了《北平无战事》里的精彩故事和情节。

《北平无战事》：看老戏骨如何称霸舞台

《北平无战事》这部电视连续剧之所以能够获得观众朋友的赞赏，一个最重要的原因就在于，剧中这些演员演得太好了。

话说这些星光闪耀的演员，你可千万别小瞧，其中有六七个影帝。比如既得过金鹰奖，也得过飞天奖的陈宝国，获得过金马奖和金鸡奖的双料影帝刘烨，《白日焰火》的主演、柏林电影节的影帝廖凡，获得过百花奖的影帝王庆祥，还有获得过飞天奖的焦晃和程煜。

除了这些影帝，还有黄金配角倪大红这样的实力派演员。

这么多大腕在一块儿飙戏，大家看着是真过瘾。可是大家发现，主角没飙过配角。比方说，主角刘烨在这些老戏骨的映衬之下，倒显得很稚嫩。剧中的这些老戏骨，可以说精彩纷呈。

我就给大家讲讲，《北平无战事》里边的老戏骨和经典配角，

●息影多年，焦晃再度出山

剧中的这些配角，要说最德高望重的是哪位呢？那就是饰演燕京大学校长何其昌的焦晃。

这个焦晃老爷子，从事话剧艺术很多年，可以说是中国戏剧舞台上国宝级的人物。很多朋友对电视剧里焦晃扮演的人物，大都停留在一些帝王将相

上，比如《雍正王朝》《乾隆王朝》《汉武大帝》等，焦晃老爷子饰演的角色非常多。

你看他在《雍正王朝》里演的康熙帝，可以说演得入木三分。这个老头其实已经好多年不演电视剧了，但是这个电视剧的编剧刘和平跟焦晃有点交情，硬是把他给拽来了。他对老爷子说，这里头有个角色非你莫属。什么角色？燕京大学校长何其昌，这个校长不好演。为什么不好演？作为剧中的大学校长，同时他还兼任国民党政府的经济顾问，所以他受到一些进步知识分子的排斥，意思是你给国民党效力，我们不待见你。

然而，偏偏这个老头骨子里又极为正直，他身上既有侠客的豪迈，同时又有知识分子的那种耿直。所以，当政府对爱国学生进行迫害的时候，这个老头站了出来，挡到了最前边，你国民党军队要想镇压学生，就从先我身上轧过去，你们不能碰这些学生和进步老师。

所以，这个人物形象一般人是把控不了的，他很难把这个劲拿出来。焦晃如果接这个人物，不光有很大的挑战，而且其中还有一个重要的原因，这个人物跟他有一些骨血相连的特殊关系。

焦晃的爸爸叫焦树藩，当年就是燕京大学的毕业生。他爸爸的老师是燕京大学校长司徒雷登，司徒雷登还是美国驻中国大使。现在有不少人，尤其是一些老年朋友，都知道有一篇文章叫《别了，司徒雷登》，它的开篇是这样写的：美国的白皮书，选择在司徒雷登业已离开南京、快到华盛顿、但是尚未到达的日子——八月五日发表，是可以理解的，因为他是美国侵略政策彻底失败的象征。这是毛泽东当时用调侃的笔法，表达了心中的所思所想。司徒雷登走了，这象征着美国的势力从中国退出去了。

但是历史上真实的司徒雷登，他对中国很有感情。虽然他是美国人，但他就出生在中国，而且他热衷于教育事业。可以说，他为新中国成立前的教育事业立下了汗马功劳。也有人说，中国教育界留下的很多根底都是司徒雷登打下的，这是一个值得尊敬的教育家。可是在那个时代，他的身份是美国人，在政治立场上，他肯定和共产党是有分歧的，所以，当时很多人是排斥他的。当年的司徒雷登在中国有很多学生，焦晃的爸爸焦树藩就是其中一个。后来在抗日战争期间，焦树藩担当了国民党中央银行国库局的襄理。

而襄理这个职务，和剧中何其昌政府经济顾问的角色是很像的。剧中有一幕，政府要对学生动手了，这何其昌急了，我打电话，我给美国大使打电话。很多人说这太假了吧，他背后再有关系，也不可能是美国大使啊。其实，他家里头还真就有这么个背景，前文说了，美国大使司徒雷登是他爸爸的老师。

所以说正因为这样多重的关系，焦晃老爷子饰演的何其昌这个角色，那演得是得心应手，他把知识分子的耿直劲儿演得入木三分。而且，老爷子进剧组时都七十八了，大家都担心他身体受不了。大家越是这么想，他越不服输。焦晃一进剧组，他就告诉大家，给我认认真真研读剧本，我说的每一句话，都跟这戏有关，我不跟你们扯闲篇。演员一看他来了，感觉人家这么大岁数了都这么敬业，所以谁也不敢怠慢。大家一个个正襟危坐，时不时跟老头探讨表演。而这个老头，拍完自个儿的戏他不走，他还继续在那儿待着。当有人劝他，时间不早了，你回去歇着去吧。听到这里，他才转身离去。

所以，焦晃给这剧组的风气带来了很好的典范作用。你说七十八岁的老人家都这样，年轻人怎么好意思不认真。当时拍这部戏的时候，这个拍摄基地有两个剧组。《北平无战事》中饰演方步亭太太的演员陈丽娜，她正好有一个好朋友在另外一个剧组拍戏。她到那个剧组去探班，发现那个剧组的演员，这边坐一个，那边坐一个，优哉游哉地嗑着瓜子、喝茶聊天。可是她这个好朋友到这个剧组探班，一看吓了一跳，你们歇着的时候怎么都还这么敬业？一个个正襟危坐，一丝不苟地看剧本，互相之间说话都揣摩台词，这人该怎么演？这戏该怎么进。别人不禁感叹说，你这剧组太正规、太专业了。其实，这就和焦晃老爷子以自己的敬业精神带动年轻人是有很大关系的。

当时的老戏骨里，焦晃的岁数是最大的，高龄七十八岁，再往下说，就是六十五岁的王庆祥。王庆祥饰演的这个人物难度特别大，他演的是国民党中央银行北平分行的行长方步亭，也就是主人公方孟敖的父亲。这个方步亭毕业于哈佛大学，既有经济学家的头脑，又有政客的手腕，但他不是一个野心很大的人。他本身就很正直，他只是希望，在当时国共两党争斗的局面之下，能够尽可能地保护好自己的家人。所以，他经常不得不面对一些两难的问题，有时候，他不由自主地就陷入了政治漩涡。

所以说，这个人物是很不好把握的。

●戏里戏外都纠结的王庆祥

一开始，王庆祥接这个戏是犹豫的。他跟刘和平曾在《大明王朝1566》里有过愉快的合作，俩人互相欣赏。刘和平给他打电话说有部戏，你接不接。他说，你的戏我愿意接，要不先看看本子吧。刘和平就把《北平无战事》的本子给他了，可看完后王庆祥犹豫了，他为什么犹豫？他说，这部戏里的台词量太大了，以我这个岁数，我这个身体，能不能扛下来都难说。另外，王庆祥也对这个人物的转折有一些担心。

因为大家都知道，王庆祥的形象太正派了。这三十多年来，他演的角色，不是共产党员，就是廉洁奉公的干部。在古装剧《天下粮仓》里他演的刘统勋，你还能找到比他更正直的人吗？在电影《一代宗师》里边，他饰演宫二的父亲，同样也是一个很正派的人。因为他塑造的形象都太正面了，所以决定要不要演方步亭时，他的内心世界是很纠结的。到底行不行，他自己也没有把握。

等进了剧组之后，刘和平看他表现得不错。刘和平很满意，行，就根据你的节奏安排戏份，不让你太累了。有了充裕的时间之后，每一部戏拍完了，他就静静地坐在那儿，拿着剧本往后看，一集一集地捋戏。捋来捋去，他的信心就增强了，因为他有了充分的时间琢磨剧情和演技。

王庆祥有时候感叹，现在的电视剧没法拍了，烂剧太多了，恨不能今天看剧本，明天就拍戏。为了挣钱，作品粗制滥造也在所不惜。王庆祥对这种事很看不上眼，他说，宁可少挣钱我也不接这种戏。所以，他也害怕自己仓促上马，但这个戏给了他充分的创作时间，他觉得很舒服。尤其重要的是，在戏中他能跟这么多好演员一起飙戏，这种感觉太爽了。而且，他和演员陈宝国、倪大红在《大明王朝 1566》中都合作过。当时，他在剧中饰演一个爱国名将胡宗宪，从那个时候起他们就演过对手戏。没想到，在这里他们又碰上了。

这种合作有一个特点，假如你的水平很高，你的对手很差，你若跟他演戏你也会变得松松垮垮的，你也提不起精神来。假如你的对手是影帝级的演员，而你也是个影帝级，常言说，人争一口气，佛争一炷香，我不能在你面前失腕，我不能丢人，所以你会很努力地演。在这种状态下工作，演员能够迅速达到理想的境界。

王庆祥说，在戏里跟陈宝国飙戏很舒服。我都羡慕陈宝国，他戏演得很好。陈宝国饰演北平警察局局长徐铁英，方步亭千方百计要保护自己的儿子，而徐铁英则千方百计要置他儿子于死地。两个人对手戏很多，因为彼此目的不一样，而这目的还不能明说。双方的每一场对手戏，都是暗流涌动、扣人心弦，可以说都很精彩。王庆祥说，陈宝国了不起，你看他那眼神，既犀利，又狡诈，而且还阴险。这个人物，算是让他给演活了。

对于倪大红，王庆祥说，他的戏演得也很好。之前的时候，倪大红在《大明王朝 1566》里演奸相严嵩，是王庆祥这个角色的上级。而在《北平无战事》里，俩人正好颠倒过来了，他演的方步亭是行长，而倪大红演的谢培东是他的部下，而且还是他的妹夫。

王庆祥觉得，和倪大红演对手戏不是很容易。为什么呢？这个人比较慢。比方说大段台词说完了，他不马上接，他要等一会儿。这一等太难受了，把你给撂到这儿了。但是倪大红这么处理，恰恰符合这个人物的特征，因为谢培东就是一个看起来老实、木讷、谨慎，怎么看怎么觉得不怎么机灵。所以，别人说完了，他习惯性地肯定得琢磨一会，然后再很谨慎、惜字如金地说出来。

倪大红对人物把握得很准确，王庆祥说他把握得越准，我这儿越不好处理。他等我这一会儿，我说什么呀？王庆祥演完这个戏，唯一感觉很郁闷的是什么呢？因为方步亭这个人内心世界很纠结，他要想把这个人演好，就得自己压抑着演。结果他入戏太深了，演完这戏很长时间出不来，他一直觉得自己很压抑。

但是这恰恰说明，他对人物的把握是非常准确非常到位的。所以说，王庆祥在戏中体现出来的功力很让人佩服。

除此之外，这部戏另外还有一个人也特别惹人注目，他就是在剧中饰演反派人物马汉山的程煜。

●刘烨为何给“马汉山”让戏

程煜这个演员很特殊，因为在此之前，他没演过这样的人物。

以前程煜演的人物都是什么样的呢？像《插树岭》里的那个村长王百万，像《荣誉》里的那个警察局长林敬东，像《希望的田野上》里的那个乡党委书记徐大地，等等。用程煜自个儿的话说，我之前演的人物都是同一个血型的。言外之意，人物性格都差不多，都富有正义感，都很容易满足。

而《北平无战事》中的马汉山是个反派，而与其他角色不同的是，倪大红、王庆祥等演员都需要压抑内心世界来演，而马汉山不需要，程煜得撒开了演。所以，这个角色和他以往演的角色略有不同，他接这部戏的时候也做了很大的心理斗争。

但是演完大家一看，他把马汉山那种溜须拍马、谄媚上级、欺软怕硬，甚至带点江湖痞气的形象塑造得活灵活现。跟他演对手戏最多的人就是刘烨，因为程煜的演技太了不起了，甚至两个人在对着飙戏的时候，刘烨都有意识地往后让一步。

其中有一出戏，刘烨饰演的方孟敖带着八个工商界精英人士上了飞机，然后他挟持这些人，换取跟马汉山最后通话的机会。这一幕戏，也是马汉山最后一场戏。刘烨心想，我就让你尽情撒个欢，我往后退，我就觉得你的戏好，我得尊重你。因为这是最后一场戏了，程煜发挥得特别出色。

程煜这个人是个地地道道的老戏骨，有的观众朋友可能叫不出他名字，但是一看他的照片，这个戏里有他，那个戏里有他，基本各个角色都是鲜活的。程煜有一个习惯，不熟悉的角色我不演，我要演就得演我熟悉的角色。到现在为止，程煜没有拍过一部古装戏。有人说，那不对呀，他以前净演好人了，这次演坏人他也不熟悉，他怎么接了？其实程煜很熟悉坏人，为什么呢？他原来在话剧团就演了很多坏人。程煜出生在沈阳，长在哈尔滨，当年他上山下乡的时候当团委书记，逢年过节他组织下边的知青排练节目。每一次排节目，他总演汉奸、鬼子。后来有人说，你演得真好，你这水平应该报考话剧院。于是，他就稀里糊涂地报考了哈尔滨话剧院，结果还真考上了。在哈尔滨话剧院上学时，总有一些反面角色，学校领导就说，你让程煜来吧。为什么呢？因为总得有人演坏人，更何况之前他演过不少坏人角色。在那个年月，大家都不愿意演坏人。

举个例子，陈佩斯的父亲、老艺术家陈强就曾演过黄世仁，战士在底下差一点看急了，掏出枪想要上台枪毙他。因为当时演坏人是有风险的，所以没人愿意演坏人。

当初，程煜就是以演坏人的名义进入哈尔滨话剧团的。在话剧舞台上他曾多次演坏人，后来参演电视剧，他就很少再演坏人了。因为之前功底扎实，他演坏人轻车熟路，所以他塑造的马汉山这个形象，才给大家带来很大的惊喜。

给大家说了一下王庆祥、焦晃、倪大红、程煜这些耳熟能详的大腕，可是这些大腕在戏里不当红花当绿叶。以前，这几位在别的戏都是男一号、男二号，在这部戏里虽然只是配角，可是你发现他们的表演非常精彩。也就是说，他们是真正高水平的演员，是不在乎把他们放在哪个位置的。

真正的好演员，不会在乎角色的大小。所以，这也印证了影视界那一句颠扑不破的真理：只有小的演员，没有小的角色。

宫斗剧为何抄袭成风

前一阵子，于正涉嫌抄袭琼瑶作品的事在网上被炒得沸沸扬扬。有很多网友说，抄袭的人多半有前科，于正不一定是头一回。

就这样，有的人就把于正以前的电视剧就给翻出来了，结果这一翻发现问题了。比如《宫锁珠帘》《美人无泪》这些电视剧，怎么看怎么像《甄嬛传》。

这样一来，掀起了网友看这些宫斗剧的剧情是否相似的高潮，结果发现很多反映后宫之间尔虞我诈的戏，情节都高度类似。

也就是说，宫斗剧形成了一个你抄我我抄你的局面，人物也很趋于脸谱化，基本上属于看一眼就能猜出大结局的剧情构造，无聊程度和韩剧差不多。

那么，这些宫斗剧，为什么变得如此雷同呢？

●《宫 2》有抄袭《甄嬛传》的嫌疑

在宫斗剧里，《甄嬛传》算是拍得比较好的了，虽然它也属于那种女主角历经困难步步高升，最后高处不胜寒的走势，但是服装、语言和剧情构造还算用心。以《甄嬛传》为核心，好多剧都在抄它。那《甄嬛传》是什么剧情呢？情节其实一点都不复杂，由孙俪饰演的甄嬛无心插柳，被选入宫中为妃，跟两个姐妹相互依靠，彼此扶持。最后由于家境和性格原因，其中有个姐妹反而开始暗算她。

甄嬛在宫中的处境并不好，她起初为了自保而刻意低调行事，但还是被皇帝注意到了。当时的后宫之中，除了有表面和蔼、心机深沉的皇后外，还有一个刁蛮的华妃，仗着自己的哥哥年羹尧有军功，就飞扬跋扈、不可一世。皇帝虽然在暗地里为灭年家气焰而防备着华妃，但表面上还是很偏爱她，这让甄嬛和其他后宫嫔妃为此受了不少委屈。

当华妃终于垮台之后，已经失去过一个孩子的甄嬛再度成为皇上最珍视的嫔妃之一。但在皇后的设计之下，甄嬛以冒犯已逝的纯元皇后的罪名被逐出宫外。心灰意冷的甄嬛这时才意识到，皇帝之所以对自己情深义重，只是因为自己的外貌酷似纯元皇后。她在宫外的佛寺受苦，又和淡泊名利的果郡王相知相恋，并怀上了他的孩子。本来一切都在好转，但果郡王出征后被误传死讯，甄嬛又听说自己的父母被人排挤，遭到皇上流放。甄嬛不忍心让家人受苦，深知自己的境遇也会影响家人，于是精心设局，终于想办法夺回了皇帝的关爱。

果郡王终于归来，但甄嬛早已准备盛装回宫，也始终不敢告知果郡王已有腹中骨肉的事情。回到宫中的甄嬛已经没有了当初的纯真烂漫，对皇帝也只是曲意逢迎，没有了真情。在诞下皇子和痛失好友的一系列过程中，甄嬛重新爬回高位，并戳穿了皇后的虚伪嘴脸。最后，疑心极重的皇帝察觉到了果郡王和甄嬛的情愫，让甄嬛以毒酒赐死了果郡王。

而在皇帝弥留之际，甄嬛把所有事情和盘托出，看着这个造成自己一生痛苦的帝王无力地在病榻上咽下最后一口气。最后，看破宫中虚浮冷暖的甄嬛孑孑独行，她终于赢过了所有人，但这一切都已经没意义了。

它反映的是甄嬛从单纯、淳朴、不谙世事的一个少女，一点点经过严酷的后宫斗争，成长为权谋之术的领先者。为什么说于正戏里头，抄《甄嬛传》的地方很多？这得先看看《宫2》。

《宫2》的全名叫《宫锁珠帘》，是《宫1》的续集，但其实情节上，和《宫1》没什么关系。为了强行制造关联，《宫1》的主角杨幂和冯绍峰在《宫2》一开篇，又穿越回现代了。在剧中，杨幂是个演员，她接了一部戏，这部戏就是《宫 2》，她为了陪冯绍峰，就把女主角让出去了，就这样构成了《宫 2》的剧情开篇。其实就是让杨幂、冯绍峰搭个桥段，跟他俩都没关系，所以这种设计显得很生硬。

那为什么说《宫 2》有抄袭《甄嬛传》的嫌疑呢?

如果仅仅是故事构架类似，还不能完全构成抄袭，因为电视剧里的三角恋爱关系在影视剧里是很常见的冲突，但是《宫 2》和《甄嬛传》一些具体的情节都非常类似，都是女主角三姐妹一块儿入宫，进宫以后尔虞我诈，有一个能歌善舞的姐妹背叛了，最后又都是跟果亲王之间有私情，所以难怪有抄袭《甄嬛传》的嫌疑。

有的人为于正辩护说，宫斗剧大多也只能通过这些方式表现剧情，就像拍革命历史剧时，无法不拍辽沈战役、淮海战役、平津战役一样。其实，这话纯属强词夺理。

在历史上，这位熹妃实有其人，她就是乾隆的母亲。可是历史上的熹妃绝不是民间选秀进宫，尔虞我诈博上位。熹妃的家世挺显赫，她太爷爷是清朝开国五大功臣之一，被称为后金第一巴图鲁，名字叫额亦都。而熹妃的爸爸是四品典仪官。因为大清的世袭制很有意思，除了王爷之外，其他世袭官职每一辈都得降一级。

熹妃十三岁的时候，被指腹为婚，嫁给了当时的四皇子胤禛，也就是后来的雍正帝。熹妃长相一般，也没有什么才艺，所以雍正对她并不怎么宠爱。后来，熹妃生了爱新觉罗 · 弘历，也就是后来的乾隆。当时的雍正还只是四皇子，有一回得了传染病，身边人都躲得远远的，只有熹妃不离不弃，在雍正身边端茶倒水，喂他吃药，伺候得非常妥帖。雍正的病好了，就很宠爱熹妃。

当时的乾隆年龄虽小，但越来越有出息，才思敏捷不说，为人也很勇武。在一次陪着爷爷康熙出去打猎时，有头被猎中的熊在康熙帝下马查看时，突然摇摇晃晃地站起来了。这时候，小乾隆从马后边跑过来，站到康熙帝和熊之间，大声斥退了熊。这头熊实际上已经受了重伤，晃悠两下又倒地不起了。但康熙帝很感动，觉得这个孙子小小年纪就勇武异常，更难得的是知道孝顺爷爷，能替爷爷挡着野兽，所以乾隆几乎是隔辈指任了未来的皇帝。

由于康熙帝喜爱乾隆，乾隆的爸爸雍正也跟着沾光了，得以继承了康熙帝的位置。康熙曾对雍正说，如果孩子好，肯定跟他妈妈有关系，熹妃是个有福之人，你应该善待她。就这样，雍正更加宠爱熹妃，登基后正式给她封妃，在雍正驾崩后，熹妃成了皇太后。

乾隆治国很有方略，但是好大喜功，讲究排场，给熹妃过寿时不惜铺张浪费。熹妃的六十大寿、七十大寿和八十大寿，一次比一次奢侈，不是建筑行宫，就是搞盛大的活动，熹妃一直活了八十六岁。她是清朝年寿最高的妃子。

历史上的熹妃和《甄嬛传》《宫 2》里的熹妃半毛钱关系都没有。

●《甄嬛传》并非原创

有的人一翻，又翻到另一部于正的戏，叫《美人无泪》，和《美人心计》一样是美人系列。这写的是谁呢？大清孝庄皇后，也就是康熙的奶奶孝庄皇后，顺治帝的母亲。写孝庄皇后的电视剧很多，比如《康熙王朝》这种正剧，但言情剧是没法抄袭历史剧情的。有一个关于孝庄的言情剧是《孝庄秘史》，由宁静主演，在剧中孝庄是皇太极的妃子，但她和多尔衮也有私情。

历史上，确实有孝庄下嫁多尔衮的说法，可这事只是个传说，没有史实能证明这一点。难就难在，即使孝庄和多尔衮之间确实有情愫，后来孝庄为保住儿子福临的皇位而和多尔衮在一起了，正史也绝对不会记录这一点，因为这不合古代风俗，是皇家的丑事。因此，关于孝庄和多尔衮的关系，也算是众说纷纭，成了历史谜案了。

可是偏偏，一段明明似是而非，完全可供创作的历史也无法激发出于正的创作欲望。他写的《美人无泪》也没跳出《甄嬛传》的路数，又成了一个高度类似的故事。他写的情节是，孝庄小名叫大玉儿，是蒙古科尔沁的格格，因为有母仪天下之命，皇太极就娶了她了。大玉儿和甄嬛一样，刚进宫的时候，懵懵懂懂，毫无心机，很单纯，到后来一点点学坏了。整个剧本的情节和《甄嬛传》很像，一些细节更像。

大玉儿怀孕了，结果看到一头小猫，挺喜欢就摸两下，发现猫身上戴着个小葫芦瓶，把葫芦瓶解下来一闻，有一股香气，结果这香气就是造成女人流产的药。在《甄嬛传》里也有这个桥段：安陵容给了甄嬛一瓶治疤痕的药膏，这药膏里面有麝香的成分，甄嬛每天使用药膏，加大了流产的风险，最后失去了腹中的皇子。而甄嬛之所以会有疤痕，正是因为被一只狂躁的猫抓伤的。这些情节，都和《美人无泪》是高度相似。《甄嬛传》在前，《美人无泪》在后，谁抄谁是不言而喻的。

不过有人觉得《甄嬛传》也是抄的，抄谁呢？ 2004 年香港 TVB 推出的电视剧《金枝玉孽》。为什么这么说呢？因为《金枝玉孽》讲的也是后宫嫔妃，剧情也是三姐妹进宫，在后宫尔虞我诈、争来争去，原来的姐妹之情荡然无存，有的还和宫中的一名太医交好。

其实仔细看就能看出来，大陆和港台的电视剧还是有很大区别的。香港算是南方的弹丸之地，没有什么大气的文化底蕴可言，连拍出来的古装剧也是一副小家子气。剧中嫔妃满头的金银，就以为是显贵富裕了，首饰服装各个都透着一股地摊货的气息，剧中的皇宫和皇族住宅也小气得很，还没北京的四合院大。剧中的人物讲起话来也是一股阴阳怪气，跟咽喉炎发作似的。港剧里的嫔妃放到生活里来，也就是个只敢背后戳针的小人，连刀子都不敢捅，看着实在费劲，也亏了香港人还愿意拍。《甄嬛传》里的服装和道具甚至氛围，这都是港剧拍不出来的。

2004 年《金枝玉孽》在香港播完之后，香港的媒体报道说，这根本不是说后宫争夺，这就是写给现代人看，是在教育现代人在办公室里怎么样才能通过尔虞我诈，踩着同事的肩膀往上爬。同样的话，他们也对《甄嬛传》说过。当然，香港那样的南方城市根本没出过皇帝，他们评点古代宫廷剧纯粹是凑热闹的，但有一个事实不可否认：在宫斗剧里，无非就是妃子之间谁害谁流产，最后没被夺走孩子还能生出儿子的就赢了。

●宫斗剧扎堆抄袭为哪般

为什么非得这么俗呢？应该有以下原因：

第一，电视剧播出扎堆。比方说这个台播了抗日剧，那其他电视台也会有不少抗日神剧；谍战剧和家庭伦理剧也是一样，打开电视机差不多这一年都是家庭伦理剧。国内的电视台不习惯创作好作品吸引观众，而是相互跟风，发现哪类电视剧受欢迎，就赶紧播个差不多的，凑上去分一碗羹。其实真的受欢迎吗？也不是。那么多作品拿出来，都是差不多一个路数，看一眼第一集就能知道结尾，反正主角能活下来就对了。大家也许都看了，但是播完了你问她演了什么，她准不知道。中国人口多，闲人也多，这可给了电视台铁饭碗了。

第二，制作周期太快。要是哪个电视台动作慢了，就赶不上抢观众的风潮了，因为他们随时会被另一波俗剧吸引过去。比如《宫 1》《宫 2》这两部剧，第一部是 2011 年 1 月份播的，按照这个时间，如果要出续集，《宫 2》的播出时间应该在第二年的六七月份，可是《宫 2》在当年的九月份就制作好了。于正那一年制作了四五部电视剧，负责编剧的有三四部，所以有人讥讽于正说，大家得理解于正啊，他一年要出这么多电视剧，要是不抄袭怎么能写得出剧本啊？

为了改善这种现象，广电总局在 2015 年推出了新举措：一剧两星。意思是说，一部电视剧只能在两家上星的卫视播出，让更多不同品种的电视剧能够百花齐放。当然，广电出台的限制政策并不是问题的根本，根本还在于编剧的剧本创作能力太差劲。《甄嬛传》虽然拍得好，有八分功劳在演员。这个剧本是经不住推敲的，创作过程当中有很多问题。

《甄嬛传》的原创作者叫流潋紫，是个业余的网络作家，本来是个当老师的，因为喜欢在网上舞文弄墨写些东西，就在2006年写了网络小说《后宫甄嬛传》。这小说在网上出的时候，很多人都说这小说是抄的，因为它的一些句子结构都跟《红楼梦》很像。如今受欢迎的网络作家多半如此，包括《暮光之城》和《五十度灰》的作者，都是文化水平不高的人，也谈不上什么文学修养，但是他们的生活又十分空虚，只好在网上捏造故事情节抒发内心，模拟自己心中的另一段人生。这些东西，由年纪小的人写出来就叫“玛丽苏”，可是他们年纪大，生活经历多一些，因此能吸引的人就更多了。当然，这些被吸引的人是怎样的修养水平就不用多说了。

《甄嬛传》里面的台词由于作者拙劣的文学技巧而半文半白，估计是她闭着眼睛蒙出来的：“倒也不负恩泽”“想来是极好的”“臣妾做不到啊”。性质更恶劣的是，原文中有多个桥段都是从其他作品里直接粘贴上的。有很多人说，流潋紫至少抄了二十多部小说。后来，电视剧《甄嬛传》出名了，流潋紫要出书，才把那些明显抄袭的桥段赶紧改了。所以说，《甄嬛传》不算剧本扎实的电视剧，因为好的电视剧是根据优秀的原著改编出来的，但《后宫甄嬛传》的原著就来路不明，不扎实。这样也就造成了一连串的宫斗剧抄袭成风的局面。

其实这也等于从侧面告诉我们一个道理，电影是导演的艺术，因为它时间短，讲究画面、节奏。电视剧是编剧的艺术，讲故事要合理。如果编剧水平不行，这电视剧就好不了。

再说剧本，什么叫剧本？一剧之本，如果剧本水平上不来，这电视剧的质量可想而知。现在打开电视看看，那垃圾电视剧都成堆，什么原因造成的？多半是现在编剧急功近利，本身能力又不够。当然，这也有观众的错。如果大家能意识到原创是多么可贵的财富，对待侵犯版权的人能像对待银行抢匪那样痛恨，也许就没这么多问题了。

编剧不行，观众闲得没办法只好找抄袭剧看，这是一个恶性循环。我们期待这种现象能有改善的那一天，出现真正优秀的原创电视剧。

《爱情公寓》：抄袭的“硕果”

在2014年1月，有一部电视剧在播映后，迅速获得了收视率冠军。

一般来说，电视剧的主要收视人群是什么人？中年或老年观众。但是这部电视剧获得收视冠军靠的是年轻人。现在的年轻人不看电视，即使看也是在网上，很少打开电视看。可是，这部电视剧播出后，很多年轻人都在电视机前看，它的名字叫《爱情公寓》。

《爱情公寓》已经有好几部了，收视率很好，但是这个电视剧出来之后，争议从来就没消失过，主要是围绕《爱情公寓》抄袭剧本的问题。也就是说，它不是原创，是抄的。

那么，这样一部极得年轻人追捧，类似情景喜剧的《爱情公寓》，它的前世今生是怎么回事呢？它的抄袭罪名到底是不是真的呢？

●《爱情公寓》的意外火爆

这部电视剧的编剧叫汪远，导演叫韦正，这两位都不是很出名的人。当年默默无闻，刚毕业的时候，他们唯一一个拿得出手的作品就是在大学里拍的电影，叫《我的太阳》，大多数人都没看过。这两个人拍《我的太阳》时就琢磨：现在的电视剧大多都是伦理剧和谍战剧，是给中老年人拍的，给年轻人拍的电视剧太少了。仅有的几部，也就是《十六岁的花季》《奋斗》《我的青春谁做主》和《把爱情进行到底》之类，都是爱情题材的。能不能有一部电视剧跳出这些题材，反映年轻人的现实生活，拍出清新幽默的风格呢？

现在的孩子跟以前的孩子不一样了，个性很强，已经学会了不盲目随大流，汪远和韦正开始思考：能不能把这些人的心态和生活状况给拍出来呢？俩人一琢磨，发现根本没资金。他们是穷学生，拉赞助也有限。拍戏的类别之中，情景喜剧最省钱，不用搭外景，不用特技，大多数场景都在一个屋里。于是两人开始筹备情景喜剧。

情景喜剧有个特点，如果台词不行，整个戏就完蛋了，但人物关系很简单，没有大场景，没有打打杀杀，没有波澜壮阔的历史画卷，就是几个人在一块儿家长里短地闹笑话。编剧汪远跟导演韦正绞尽脑汁，最后定名为《爱情公寓》，说的是在群租的公寓里，几个年轻人在此生活时，发生的跟事业、家庭、爱情、未来密切相关的趣事。年轻人的思维在这里自由碰撞，这就是个小社会，这个小社会跟外部的大社会之间是有冲突的，反映这两种冲突之间的一些有意思的事。

由于以前从来没有哪部电视剧反映年轻人观念的，题材很新鲜，因此他们拿这个方案找投资方的时候，有的投资方嫌弃题材太新，太冒险，又知道导演韦正是毕业生，更不愿意投资了。四处拉不到投资的两个人一咬牙，干脆四处借钱自掏腰包了，最后总算硬着头皮拍完了。由于拍出来的作品是一部导演、编剧、演员都没名气的新人剧，很多电视台都不买。汪远和韦正四处求爷爷告奶奶，找了很多家，最后江西卫视肯播了。

江西卫视一开始接这个剧的时候，都没想到它能火，可能这个剧也便宜，反正就是薄利多销，就这么给买了，一下子就火了，都是年轻人看。

●编剧抄袭行为被识破

结果这一火，观众人多了，有分辨力的人也多了。很多资深美剧迷一眼认出：这不是纯抄袭美剧吗？在国内流行的美剧，最早是《越狱》《迷失》，后来就是《生活大爆炸》《老爸老妈的浪漫史》《老友记》《实习医生格蕾》等。美剧的情节很抓人，它的制作和国内不一样。

在美国拍摄电视剧时要选好导演、演员，然后找一个地方拍两三个月，剪辑后拿到电视台播，一天两集或三集，一两个月播完。要是评价不好，观众认为不怎么样，这部美剧就再也不会被播放了。看美剧得有过日子的心，因为它的节奏不快，差不多一个礼拜播一集，然后休息两天，礼拜一时几个编剧继续商量下一集拍什么。礼拜二时本子出来了，礼拜三时演员就把这集拍完了，礼拜四剪辑，礼拜五上午审，晚上播。

期间，在周六、周日这两天，上一集播放之后的反馈也出来了。如果观众评价哪个人物或哪段剧情，编剧就把反馈收集起来，然后改下一集。也就是说，创作的回旋余地很大。这也是美剧情节抓人的原因：慢工出细活。但国内不行，无论多差的剧本，抄袭的也好，要是有名气能卖钱，电视台才不管这些剧本是不是抄袭的，只要有人愿意看，有收视率就行。国内很多电视剧还借鉴了美剧的拍摄手法，比如《黎明之前》的剪辑就是美剧的剪辑方式，速度特别快，直接冲击你的视线。

《爱情公寓》跟美剧像，像在哪儿呢？它特别像美剧的《老友记》。《老友记》也是一帮人在一个公寓里发生的事，几个性格各异的朋友互相帮助，互相取笑，打打闹闹地见证自己的友情。而且这《爱情公寓》里一开始的一个桥段，胡一菲进行婚礼统筹，这跟《老友记》的开篇是一模一样的。

不仅整个电视剧的框架，剧中各角色的定位也非常像。在《爱情公寓》里，陈赫饰演的是一位性格幽默，在工作上不得志的电台主持人；娄艺潇演的是个女强人；片中的角色还有一位善于讨女孩欢心的花花公子和一个个性纯真的女孩，这些都能在美剧《老友记》里找到对应人物。更夸张的是，《爱情公寓》里的很多场景都是原封不动地借用了美剧或其他电视剧，只是把称谓改一下而已，整个电视剧的原创成分少得可怜。

《爱情公寓》之所以受欢迎，是因为国内有相当一部分人并没有看美剧的习惯，还有一部分人由于英文水平太差，看不懂美剧的笑点。因此，当这样一部主线抄袭外国剧目，并以中文表演的电视剧出来后，很多人都被迷住了，觉得这个片子拍得挺有意思，却不知自己的笑点纯粹是由于太过孤陋寡闻所致。

甚至有人打趣说，《爱情公寓》之所以受欢迎，是因为看这一部中文片，就相当于看了好多美剧和网上的段子汇集。对此，美剧爱好者十分气愤，他们看完了就说，《爱情公寓》这不够原创，是抄人家的。

但是编剧汪远坚称自己的行为是“借鉴”。凭借制片方的厚颜无耻和毫无底线的观众群，《爱情公寓》系列顺利播放了。

●抄袭和借鉴的区别

在《爱情公寓 3》上映之后，又有人声讨了。因为抄袭的地方实在太多了，抄美剧不承认也就罢了，居然台词也照搬美国人的，在剧中这些地方就显得很突兀，国内不熟悉欧美文化的人也看不出笑点在哪儿。除了抄袭而来的台词，剧中还融合了不少网上的段子。现在有很多人在网络上弄些段子，手机上也发，挺搞笑的，跟现实生活也挺贴近的。但是，这样的段子绝不该被当成原创写进剧本里。

《爱情公寓》中这些网上的段子大多来自《赖宝日记》。谁叫赖宝？赖宝是一个网络上挺有名的写段子的段子手，偶尔给杂志写个专栏什么的，岁数也不大，现在经常给上海东方卫视的《今晚 80 后脱口秀》写段子，也给其他节日写段子，文笔不错。赖宝写的《赖宝日记》，就是他对人生经历各种各样的调侃。观众们发现台词和笑点大多数是抄他的，结果这赖宝在网上很活跃，三传两传就知道这个事了，就把这个《爱情公寓 3》翻看了一遍，结果把他气坏了。为什么？真是抄他的，而且整段整段地抄。于是，赖宝第二天发了个长微博谴责《爱情公寓》抄袭，网上很多人义愤填膺，纷纷声讨这种抄袭行为。

骂声在网上传开后，给整个剧组都造成了很大的压力。作为编剧的汪远仗着天高皇帝远的优势，对抄袭美剧的指控从不承认，但是赖宝这事他躲不过去，无奈之下只好站出来表示："实在对不住，我真不是看《赖宝日记》之后故意抄他的东西，而是这些段子在网络上都流行开了，我觉得挺符合我的人物，我就拿过来用了。我没有直接看《赖宝日记》这种抄袭，但是我一直相信高手在民间，我用了这段子，我就得承担这个责任。我向这个原作者说声对不起，我也希望你要能有机会，你要愿意，加入团队，咱们一块儿创作。"这个潜台词就是咱一块儿挣钱，反正有不介意我抄袭的。

这个态度一展示出来，赢得一片叫好，为什么？后来被证实有违法吸毒行为的编剧宁财神站出来了。宁财神说，这是头一回呀，有剧组站出来就抄袭这种事道歉，以往的其他剧组都是死不认账，或者觉得抄袭没什么，反正对方束手无策。你敢把我怎么着？我就没抄，你爱上哪儿告上哪儿告。总之，宁财神是支持汪远的道歉声明的。不过，虽然宁财神的话没错，但汪远也不完全符合这个赞美，因为汪远不承认抄袭美剧也是抱着"天高皇帝远"的态度，只是赖宝这事闹大了，又在国内，不表态不行。

赖宝也转发了这个道歉的微博，说这个态度我喜欢，最后赖宝也没要他们钱。赖宝的态度是，用我的东西行，我不是不宽容大度，但你得跟我说一声。就像生活当中，人与人交往常有的事。你占我便宜行，我认了，但你不能拿我当二傻子，你既拿我当傻子，还占我便宜，那我能受得了吗？我既物质受损失，精神又受损失，我才不干。有的时候，咱中国人对版权维护，其实是人争一口气，佛争一炷香，也叫不争馒头争口气。如果不维护自己的权益，这口气咽不下去。这个时候《爱情公寓》的剧组，用四两拨千斤的低调态度，把赖宝的谴责打发掉了。也确实有些段子手愿意加盟，加盟之后，这一关算过去了。

但是这些美剧迷还不干：台词问题解决了，那你抄美剧情节算怎么回事？很多桥段你都给抄过来了，你这事怎么解释？这次，导演韦正站出来说，我不认为这是抄袭，这叫借鉴，他的一些人物关系，我拿过来用了，我也看了，美剧里也是你抄我，我抄你，人家也没抄台词，就是把人物关系拿过来了，让这个桥段弄得相似点。

这一点他说得不假，很多电视剧的结构是相似的，但是这种借鉴是有界限的，何况《爱情公寓》就是彻彻底底的抄袭，谈不上借鉴。所谓“借鉴”，好莱坞编剧之父罗伯特·麦基讲过，把人物关系大致抄下来没问题，但是台词可不能抄，一旦抄台词，就违背了美国版权法，会遭到重罚，罚到倾家荡产，属于没顶之灾。这台词是别人的核心创意，是别人自己的知识产权，你就换个名称，然后就照搬全部，怎么能好意思说自己是借鉴呢？

时至今日，但愿《爱情公寓》的创作班子能早点意识到一个问题：现在的大多数观众没那么好糊弄，哪怕有一点不是原创，见多识广的人也能迅速给你挖出来。

《爱情公寓》总有那么一批支持者，就像郭敬明的书迷支持者一样，他们有的干脆不承认抄袭，有的承认偶像抄袭，却认为“抄袭又怎样，作品精彩就够了”。还有的人说，《爱情公寓》拍得接地气。这纯属睁眼说瞎话。《爱情公寓》里的人住的是高级公寓，每天都不干什么正经事，就顾着闹笑话，地气到底在哪里？对于这些人，只能说他们的品位是悲哀的，更可怕的是，他们丝毫意识不到抄袭行为的卑鄙之处，反而把自己的价值嫁接在喜爱的作品上，以为维护了它就是维护了自己的尊严。作为一个文化大国，却有国民抱着这样狭隘可怕的文化观念，不可不说是国之悲哀。

《爱情公寓》剧组是否致歉根本不重要，这事也不是说声对不起就算完的。有些《爱情公寓》的剧迷一副声泪俱下万分委屈的样子呼吁：“反正都道歉了，放过他们不行吗？”真是笑话！街上有个人过来一刀把你胳膊砍了，跟你说声对不起，那又怎样？他就能补偿这件事的过错了吗？他就能继续砍别人的胳膊了吗？何况侵犯版权这种事，不是“知错就好”的性质。只要这部电视剧还在挣钱，它的周边和演员因此获利，这样类似的事情每发生一天，就是对被抄袭的原创者的利益多侵害一天，对知识产权多漠视一天。

现代人似乎十分重视“以和为贵”，觉得争端不好，觉得矛盾不好，觉得批评不好，无论结果对错，总有那么一部分人根本不在乎真相如何，只要他们喜欢的对象不受谴责就行了，只要他们犯错的行为被漠视、被忽略，他们就心满意足了。这样的无知纵容者，又何尝不是抄袭行为引起的第二次伤害？揭开丑恶的一面是罪恶吗？不是，也不可能是。错的就是错的，而错的东西永远不值得被同情。如果社会连原则都没有，那人类又何以立足呢？

承担了抄袭剧本骂名的，不只《爱情公寓》一个，但可怕的是，这些当事人无不得意扬扬，即使道歉也是含糊其辞，并为自己脸红脖子粗地辩解，获得一众拥护者的支持。其实那些支持者是真的拥护他们吗？当然不是，只是他们不想承认，自己喜欢的东西是抄袭的，是国外已经拍了好多年的老笑话，是很多人都看过而自己却看不懂的剧目。他们把这种无力感建立在电视剧身上，好像为《爱情公寓》奋力一辩，自己就再也不会是个蹩脚的观众一样。

这种自身价值感的缺失之所以会被人利用，也是由于自身修养过低，也不重视文化底蕴。最严重的是，在一个连抄袭这种行为都不会被大部分舆论谴责的环境里，谁还愿意写出优秀的原创作品呢？以小见大，为何《爱情公寓》招致骂名，原因就在于此。

韩国风尚

韩剧完美男神诞生记
韩剧的制胜法宝
韩剧中毒调查报告
整容业何以大行其道
舌尖上的韩国美食

韩剧完美男神诞生记

韩国偶像目前在国内很受欢迎，尤其是两位影视剧韩星，一个是演《继承者们》的李敏镐，另一个是《来自星星的你》里都敏俊的扮演者金秀贤。这两位火到什么程度呢？李敏镐上了2014年的央视春晚，他一进央视的大楼，就被围得里三层外三层。

按理说，电视台里的工作人员整天都能见到明星大腕，都是见过世面的，可还是有不少人见到李敏镐就激动了，围上去嚷嚷着要签名要合影，弄得央视只好要求台里人不许围观李敏镐。李敏镐上春晚时，还顺便接了个广告代言，轻松赚走五百万人民币。金秀贤前一段时间，上了江苏卫视的综艺节目《最强大脑》，工作时间总共八个小时，收入三百万人民币。

这些韩星在上海举行粉丝见面会，出场费一般都是四十万美元，也就是二百六十万人民币左右。虽说国内也有不少偶像明星，出场费的价位也很高，但是经常有价无市，没多少人请。

那么，这些韩国偶像是怎么练成的，为什么这么受欢迎呢？

●包装出来的高富帅

韩国的偶像产业和香港、台湾不一样，发展的时间并不早，是在1997年以后。

1997年亚洲金融危机，韩国作为四小龙之一，全国经济趋向颓废。这时候，当时的韩国总统金大中意识到韩国作为一个半岛国家，各方面资源都很少，连吃个排骨都觉得是在摆阔气，因此不能搞资源依赖型的产业，因为压根没有那些东西。但是论资本技术，他们又比不上日本，金大中只好试图把文化创意产业发展起来。

文化产业是一个国家软实力的代表，自从韩国的文化产业得到政府政策的扶持后，娱乐界尤其是影视剧产业的变化很大。韩国当时集中打造偶像产业，其最根本目的就是为了挣钱。为什么挣钱时要培养偶像呢？这取决于什么人最愿意花钱。

在文化产业里，哪个群体最愿意消费呢？自然是女人。韩国也是受儒家文化影响，也是男主外女主内，女的能掌握家里的财政权，因为不工作而有大把时间。现在的中国也是如此。谁的钱好挣？孩子的钱、女人的钱都好挣，最难让商家挣到钱的人，要属老头老太太，他们一分钱都不愿意花，一分钱也要掰两半花。上班族也不太花钱，工作一忙起来整天都很累，没时间花钱。最好挣的，是有大把闲工夫女人的钱。那女的愿意看什么？偶像男明星。所以从那时候，韩国就已经确定了战术：电视剧产业、电影产业，要打造男神、打造偶像，从女人兜里掏钱。

韩国的娱乐产业从九十年代末期开始，系统地打造男神，大致是五年一拨。如今四十多岁以下的人基本上都看过韩国这几年连续打造的三四拨偶像。第一拨偶像大致都是1972年出生的，称为“72派”，现在已经过四十岁了，比如裴勇俊、张东健、安在旭、车仁表都是“72派”的偶像，其中张东健演了《天桥风云》《夏娃的诱惑》，是出名比较早的，张东健还演过陈凯歌的《无极》。安在旭的名气也很大，他演完《星梦奇缘》后，一段时期内曾经有过被各种各样新闻困扰的经历，他觉得当明星压力太大，跑到国外躲了好几年，然后才回到韩国。

在“72派”里名气最大的是裴勇俊，日本首相小泉纯一郎去韩国时想跟他见面，另一任日本首相鸠山由纪夫的夫人鸠山幸还给裴勇俊送过花。裴勇俊当年主演过一个经典的偶像剧，叫《冬季恋歌》。那个时候，裴勇俊的形象是戴着眼镜，脖子上系着围巾，露齿微微一笑。奥运会的时候训练礼仪小姐，都要求她们微笑时露八颗牙，而裴勇俊就能不多不少露着八颗牙，尺寸拿捏得非常准。

在裴勇俊成名的那个时代，韩国已经形成了偶像剧的一种固有模式：活不长。韩剧里的人不是癌症，就是车祸，再不就是白血病，一个比一个短命又多灾，一半的电视剧里面都是主角眼含热泪或者拉着一张苦瓜脸忧郁地叹气。当时拍《冬季恋歌》的时候，编剧原先的设计是男主角最后过世了。但这消息在网上一发布，很多人都不愿意接受，指责编剧太没人性。编剧没办法，只好再把剧本东改西改，改成男主角出了车祸，眼睛瞎了。后来，裴勇俊就凭借《冬季恋歌》成了顶级的偶像。

这件事就像金庸写《神雕侠侣》的时候，本来是要把杨过、小龙女永远分开，让他们再也无法相会。结果这个消息在《民报》上一连载，读者发现这部小说是悲剧结局时就生气了，纷纷抗议说，如果杨过和小龙女不能团聚，就再也不订《民报》了。没办法，金庸只好妥协，把《神雕侠侣》改成大团圆结局。

在裴勇俊时代，韩国娱乐产业已经打开了韩剧的对外销路。韩国有几个地方风景挺秀丽，再加上看似浪漫的爱情故事，有很多被韩剧吸引的外国人喜欢到韩国找片中爱情故事重现的感觉，比如到首尔和济州岛去旅游，看看韩国的风景，看看是不是满大街都是得了绝症或者马上要出车祸，等着找人谈恋爱的高富帅？当时有不少日本的老大妈岁数的人，都跑到韩国去追星，去找裴勇俊，客观上把韩国的旅游收入给带动起来了。

当时的《冬季恋歌》一播完，就因为这部电视剧，韩国的旅游收入增长了15%，增加了大概四亿人民币。所以这样一对比，中国的偶像明星，哪个能给国家在几个月之内，就提升四个亿的收入？根本做不到。但裴勇俊当时凭借他的帅气和影响力，在亚洲范围内把韩国的旅游业都带动起来了。

后来裴勇俊直接跳出这行当老板了，2010 年的时候，他的影视公司把金秀贤签下来，没到四年就把金秀贤炒作起来了，这证明裴勇俊的眼光还是不错的，以前他的角色有人迷恋，现在照样有女观众吃这一套。

●韩国男演员的类型

头一代韩国偶像明星的特点，都是举止儒雅、文质彬彬，首先满足女人对男人外形的气质要求。等到了第二代偶像，也就是 2004 年左右的时候，韩剧的偶像又转型了，男主角开始装可怜了，激发女人天生的母性，获得观众的好感、崇拜、向往，甚至是母爱。这种转型方向可以分为一个新的类型：自虐型，即把男主角弄得人不人鬼不鬼的。

这种自虐型有两类：第一类是帅哥自虐型，代表作就是宋承宪、元彬、宋慧乔三个人主演的《蓝色生死恋》。男主角长得一表人才，但是什么倒霉事都能摊上，也就是韩剧惯用的悲剧模式，专门把帅哥弄得心力交瘁。韩剧里的高富帅一般会有的经历，都是先谈恋爱，疯狂地爱上一个女孩，结果一调查发现有血缘关系，是他亲戚之类的人，哎呀，自己怎么还和亲妹妹谈恋爱？他痛苦万分，结果还突然失忆了，把一件事忘了，过一阵失忆治好了，突然想起来这女的不是他亲妹妹，俩人没血缘关系。两个人终于能再走到一块儿，这女的又得白血病了。

当时，很多喜欢看韩剧的人一边看《蓝色生死恋》，一边拿着纸巾哭。还有不少中国小女孩幻想，我哪天也得白血病，就能死在我爱的人怀里。她天天琢磨这事，满嘴胡说八道，跟神经病似的。韩剧用这种自虐的方式，来获得观众的同情，看得人们一把鼻涕一把泪，越哭越爱看，越看越哭。

第二种属于憨厚的平民类型。这种类型的男演员相貌平平，绝不属于帅哥型，比如《我的野蛮女友》里的车太贤，这人长得不怎么样，演的角色也不怎么样，是个平平无奇的普通男人。在大学逃课，喜欢做白日梦，结识了女主角后也倒霉事不断，被关进监狱里、在地铁上被打耳光、被迫穿着高跟鞋走路、被踢进湖里等。其实，这种剧情的目的也是满足一些女观众的心理欲望，即男友对自己无条件的体贴和纵容，对方怎么不满也都会听自己的，所做的一切都是为自己服务。这种自虐型电视剧，目的就是吸引女性观众，吸引她们对偶像的关注和关心，这是第二代。

第三代、第四代开始百花齐放、百家争鸣，也就是根据不同女性喜欢的不同角色来量身定做。韩国对男性的审美比较中性化，他们追捧的歌手和演员都有些女性倾向，至少外形上如此。经常有一些男扮女装、妖里妖气的明星，比如油头粉面的李准基、张根硕，装小可爱的李弘基，大长腿李敏镐，还有外星来的都教授和面瘫似的金秀贤。这时候的韩剧进入了一个百花齐放、百家争鸣的状态，不管是任何一种女人，必有一款适合你，在韩剧里肯定有符合各种女性审美的男主角。

上海有个作家叫王安忆，岁数也不小了，照理说文化水平应该很高，但她也是韩剧迷，而她也喜欢韩剧当中某一个类型的男神。这都是因为韩国的娱乐产业能根据各种女人的要求，准确地为各种男明星设置市场定位。

●韩国经纪公司怎样打造男神

但打造男神，仅仅就靠长得漂亮，角色定位准就行吗？不行的。

首先是根据男演员的个人条件，做很多其他的戏外功夫。韩剧的制作流程是，编剧先写完剧本后有个大纲，让大家一起讨论，尤其问女人意见，你觉得谁怎么还能更可爱点，讨论完了之后，编剧会再征求意见，哪个角色由谁演比较合适。比如说，有人提议我认为李敏镐演合适，我认为金秀贤演合适，好，那就李敏镐，让他演。定下来李敏镐之后，编剧会反过来再对剧本进行第二次打磨。

怎么打磨？根据演员李敏镐本人的特点反过来再打造这角色，最后就能人戏不分、人戏合一，金叹就是李敏镐，李敏镐就是金叹；金秀贤就是都敏俊，都敏俊就是金秀贤，能达到演员和角色两方面的融合。韩剧对角色和演员之间个性的把握，已经达到严丝合缝的程度。

第二点就是演员自身的亲和力。为什么要有亲和力？韩国娱乐圈打造的偶像有一个特点，属于铁打的营盘流水的男神，更新换代特别快，吃碗炸酱面的功夫，崇拜对象就换了。春节前还有不少小女孩天天追着《继承者们》看，一张嘴就是李敏镐如何如何，到春节后金秀贤开始火了，关注李敏镐的人就少了。就因为韩国偶像明星更新换代的速度实在是太快，竞争非常激烈，所以韩国的艺人都不敢浪费时间，总是想着我趁还红的这阵，一定多安排工作，一定努力工作。

所以，韩剧里这些偶像和粉丝关系很近，有很多追星族到韩国时发现，韩国的粉丝幸福得不得了。一般来说，这偶像不敢给你摆脸色耍大牌，你要找他签名，只要时间允许都给你签，想合影的要求也都满足，哪像中国有的大牌明星，根本不理粉丝。为什么？因为韩国明星知道自己火不了多久，很容易被替代，所以只能抓紧时间，尽可能让更多的粉丝想着他，趁机多赚两年钱。

而中国的偶像压力不大，只要拍完一个戏成偶像了，就算是一天到晚耍大牌，惹得周围的人都不想理他，那也不要紧。因为中国地方太大了，全国各处走一遍，总有不了解自己的追星族。

●韩国的练习生有多辛苦

韩剧的偶像明星出道的过程不短，而且非常艰苦。首先，打造明星的经纪公司会雇佣星探给他们找长相气质突出的小伙子，作为练习生进入公司训练，经过这个培训就得砍掉一半的人，剩下的人才有机会成为偶像明星。由于淘汰率非常高，所以训练的过程中，他们格外珍惜机会。

换而言之，就是公司安排的各种训练科目，他们必须得认认真真完成。这科目包括怎么走路、怎么说话、怎么和媒体打交道、怎么练习基本功。已经十多年过去了，裴勇俊现在偶尔也在电视节目里露面，但已经不再是偶像明星了，毕竟他岁数大了。可是当他系上围巾、戴上眼镜，在屏幕前对着镜头微笑，和当年的扮相一模一样，不差分毫，就是因为出道时的基本功扎实。

艺人在每天训练的过程当中会吃不少苦，主要训练跳舞的基本功、唱歌的基本功、演戏的基本功。中国也有到那边训练的，比如黑龙江的韩庚就曾在韩国训练。这些训练严苛得有点变态，有一种考察方法是：每个人训练后，要把衬衣脱下来，往一个小木桶里拧。要是拧出来的汗水装不满半桶，就算这个人训练不合格。在一次训练过程当中，韩庚连自己受伤都不知道。检查身体时，医生告诉韩庚："你的肋骨骨折过，上面有一个细纹，现在都长好了。"但韩庚根本没感觉，连自己曾经骨折都不知情。

人在高度压力、高度紧张的情况下，对身体的疼痛是毫无知觉的。国家乒乓球队的马琳也有过这种经历，他的腰有块骨头出问题了，他自己都不知道，后来都长好了，医生才给检查出来。也就是说，韩国的偶像明星训练的强度与压力，都跟中国的专业运动员有一拼。中国哪个偶像明星能达到专业运动员吃苦的程度呢？恐怕没有。吃了苦的人理应获得成就。而中国的偶像明星，往往都是出了点名之后，整个人就牛得不记得自己的名字了，整天花天酒地，有的甚至做出吸毒这种违法犯罪的事。所以在这方面，我国的娱乐产业和韩国是比不了的。

最后一点是，韩国的明星非常在乎自己的名声，在新人接受训练之前往往都会被调查一番：谈过几次恋爱，有没有不良的行为，诸如打架、赌博、吸毒，如果有的话，一律不要。这是在保证他们打造的偶像在形象上干干净净，起码从表面的履历上看，挑不出一点儿毛病。假如这个人成名之后，在外边有些乱七八糟的事，公司马上就除名，不用这个人了。与此同时，公司还会在各方面进行干涉，保证明星不会有做出不良行为的机会。

李敏镐出名之后，进出派车全是公司管，就连跟谁吃饭，公司都会插手，不能让明星随心所欲。不仅行为习惯，在事业发展上也是如此，艺人不能自由转换表演风格与外在形象。韩国的演艺公司认为，既然是自己花钱培训了艺人，那把他打造成什么样的明星，他就得安心地接受这种设定，随便转型和变换风格则是一种资源浪费，也会有造成损失的风险。

韩国偶像男神的打造过程也很不简单，不仅演员高度自律，更有公司的形象管理。虽然中国人多、市场也大，可惜绝大多数明星拿不出韩国明星的做派。所以，从这点上来说，韩国的偶像男神敬业的程度应该对国内演员有所启发。

韩剧的制胜法宝

有很多电视台都播放过韩剧，可奇怪的是，以往某一个类型剧都有比较特定的观众群，如果年轻人爱看，年岁大的就不看了；有的电视剧年岁大的人爱看，年轻人就不怎么看。但是韩剧老少通杀，虽然里面塑造了很多偶像，但是年龄大的人照样喜欢看。那韩剧是凭什么能把这么多不同类型的观众吸引住的呢？

有的人认为，是因为韩剧里塑造的种种完美偶像男神招人喜欢；还有的人说是因为韩剧里的时尚元素比较多，角色们穿的衣服和妆容也都很好看。可这些都非真正灵魂的东西，演员的服饰固然重要，但是电视剧和电影不一样。电影一个多小时就全部结束了，画面、情景特别重要，而电视剧一拍好多集，如果故事不圆满，情节不吸引人，肯定不行。

韩剧能吸引人，核心力量在于它的情节。那么，韩剧在情节上有什么制胜的法宝吗？到底，韩剧为什么这么火呢？

●波折的情节冲突

对于文学构建的艺术，清代文学评论家袁枚曾在诗歌美学和诗歌理论著作《随园诗话》里强调“文似看山不喜平”，意思是写文章好比观赏山峰，最好是奇势迭出，最忌平坦无奇。

虽说艺术来源于生活，但是仅靠遵守基本原则是不会有好作品的，毕竟艺术本应高于生活。而韩剧在情节上的一个特点是，故事的背景虽然也是家庭生活环境与社会环境，可是发生在主人公身上的故事却是错位的，都是一些日常生活当中不经常出现的某种关系。在观众熟悉的情境中，给主角创造不常见的感情纠葛。

有一部韩剧叫《看了又看》，情节冲突很有意思，剧情大体上都是日常的家长里短、谈婚论嫁。韩国也受儒家文化影响，如果家里长子、长女没结婚，那弟弟妹妹相应也要等一等。而《看了又看》就制造出了一个冲突：这家的老大是个检察官，老二是个舞蹈家，两个男孩爱上另外一家两个姐妹。姐妹中，姐姐是个作家，妹妹是个护士。结果偏巧哥哥爱上了妹妹，弟弟爱上了姐姐，要是照顾这家的老大结婚，那家就得妹妹先结婚；要是先让这家的大姐结婚，那家就得弟弟先结婚，两家还都不愿意妥协。因此，戏剧矛盾中的冲突：恋爱、家庭、伦理就摞到一块了。

在韩剧的情节里，跟现实生活有一定错位的情节比比皆是，有时候还采用一种非常奇特的结构方式和结构冲突，其中最常见的就是车祸加癌症。为什么非要加这种情节呢？因为这类倒霉事生活当中不多见，因此，它发生在主角身上时会让观众感到震撼，一石激起千层浪。在这方面，比较出名的就是多数人耳熟能详的韩剧《蓝色生死恋》。

《蓝色生死恋》的女主角叫恩熙，小的时候在医院被抱错了，得以在一个富裕家庭度过了她的少年时光，后来又被她的亲生母亲给找回来，在贫困家庭里度过青年时光。长大后，她爱上了原本那个家庭的哥哥，两个人就恋爱了，结果发现两人还是兄妹关系。最后的结局是，恩熙得病过世了，哥哥伤心欲绝，也想跟着殉情。他看到一辆车开过来，不仅没躲，反而迎面撞上去了。这部戏打破了很多常规，它是在普通的生活当中，找出一些不一样的东西来刺激你，除了车祸、癌症因素，让你看完之后恨不得跟主角一块儿死了得了。

女主角恩熙是宋慧乔扮演的，她在之前根本就不出名，就凭借《蓝色生死恋》出名了。宋慧乔之前演的是一个情景喜剧里蹦蹦跳跳挺疯的丫头，这让我她拍戏的导演都担心，这样的人如果演《蓝色生死恋》里的悲剧角色，能不能沉得下来？结果宋慧乔一开始表演，大家就服气了，因为她的演技确实很高。宋慧乔演的女角色也突破了韩剧以往三从四德、温婉贤惠、知书达礼的特征，活得很自在潇洒，尽管遇到很多生活的困难，但相对自由、活泼、阳光。

这部电视剧演完之后，很多韩国的家庭主妇都跟宋慧乔学，知道要活得自主一点、阳光一点，不能整天陷到生活的漩涡当中。甚至有人学剧中宋慧乔的打扮。

韩剧中惯用车祸和癌症的桥段，利用的是观众的心理。有的人看完之后，虽然也会觉得剧中人物倒霉是胡说八道，但是你看的时候，可能一下子就被吸引进去了。因为每个人都有好奇心，都愿意追求情节的刺激，产生代入感。在虚拟的剧情里，很多生活当中你不可能去尝试或者不敢尝试的东西，都能通过影视剧体验一遍。中国有一本杂志叫《知音》，很多人都喜欢看。《知音》里无非就是情感故事，否则就是跟比自己大二三十岁的人私奔了，这么夸张的事情，照样有很多人爱看。为什么？因为一般女人在生活当中不会有这种经历。

每个人都不愿意过最平凡的日子，都渴望着有一次奇遇或者刺激的经历，在生活当中又害怕真的实践这些事，但是文章里别人的故事会让人有代入感，他们想象着这些经历也是自己的遭遇，心理受到刺激，就满足了。即使是以悲剧结尾，他们仍然心满意足。因为那些妻离子散、家破人亡或者锒铛入狱的结局是别人的，不是自己的，他们会庆幸自己没有那么倒霉，这是一种正常心理。就如同晚上做了一个噩梦，满头大汗地醒来才发现一切都没有发生，会十分欣慰，这属于消费悲剧的心理。

在鲁迅的小说《祝福》里，祥林嫂的儿子被狼叼走吃掉了，这祥林嫂就疯了，十里八村的人，她不管见着谁都上前讲，我的儿子很乖，我只以为冬天有狼，结果开春时狼居然把我孩子叼走了。她这么一念叨，那些十里八村专程听她讲述的妇女就会叹息着流着泪，然后满足地离去。

为什么满足地离去？因为他们听说了别人的悲剧之后，心里想的只会是“幸亏没出在我身上”，用别人的灾祸来获得自我满足和优越感。他们打着同情的旗号享受别人的痛苦和灾祸，然后沾沾自喜，继续虚构自己所谓的幸福生活。这种人的内心卑微不堪，龌龊又可恶，最可怕的是，任何人都可能是他们之中的一员。

而韩剧，就是在吸引这些人的目光。

●制造角色间强烈反差

韩剧的几种收视率制胜法宝，都和人的心态有关。

有一部经典韩剧叫《浪漫满屋》，它就是用平常人在生活当中经历不到的事换取观众的替代感。什么替代感呢？比如说，一个和你生活差距很大又不相干的人，你平时不可能跟他接触，如今却被迫共处同一屋檐下，而且共处时还对彼此产生了感情，说白了就是情感旅途当中很刺激的美丽的邂逅。

这部《浪漫满屋》说的什么故事呢？它开启了韩剧的一个契约情人的时代，男女主角本来没什么关系，但阴差阳错，为了某件事情而不得不在一块，要么是情人、要么就是两口子，逼着他们先结婚后恋爱。

《浪漫满屋》的故事结构也是如此：宋慧乔饰演的是一位父母双亡的剧本作家，而男主角则是大名鼎鼎的歌星 Rain，这两个人在一块儿，就产生了很大的差异，也更有戏剧冲突。其实这套路，在后来的很多电视剧里都出现过，比如《我叫金三顺》和《总理和我》。后者讲的是一个总理和女记者的故事，你要是普通女记者，哪有机会和总理接触，它替你过了一把瘾。这是韩剧后来屡试不爽的一个类型，叫契约情人。也就是说，非把不相干的人弄到一块儿，然后发生很多故事。

在以往的韩剧里，男主角都很高大，比如张东健、裴勇俊，女主角依偎在男主角怀里小鸟依人。可是《浪漫满屋》这部戏来了个反转，处处都是宋慧乔在做。在生活当中，Rain 反而显得很幼稚，还得跟宋慧乔撒娇卖萌，这宋慧乔得对他好，这又满足了女性的一个强项。也就是说，我不仅要找一个能够有依靠感的男人，同时也要把爱情的自主权抓到手里。契约情人的模式后来屡试不爽，甚至中国电视剧都跟着学。去年赵本山拍了部戏叫《第二十二条婚规》，主演是黄圣依和宋小宝。为了应付自己的父母，假装相亲、相恋，其实在一定程度上也是学韩剧。可问题是，韩剧的设计成熟得多，有人看完了《第二十二条婚规》，说是"野猫馅的饺子一股兔崽子味"，言外之意，不如韩剧顺溜。

契约情人是韩剧除了车祸、癌症以外的又一大法宝。

此外，它还有一个法宝，就是把大龄剩女给引进来。比如《我叫金三顺》里的女主角金三顺，就是个大龄剩女。金三顺二十九岁了，身材还挺胖，她被前男友背叛，也不知怎样面对未来，当时的韩国也有很多人遇到这类问题。2005 年前后，由于城市里的竞争压力大，大家平常忙活工作，突然间发现，自己不知不觉成剩女了。剩女就是三十岁左右，还没有对象的女孩。

演金三顺的演员叫金善雅，长得挺漂亮，人也很敬业，她为了演好金三顺，还故意增肥二十斤，这种牺牲是现在一般女演员做不到的。减肥可以，让她增肥肯定不愿意，而金善雅的目的就是把自己弄得胖点，显得平凡点。金三顺体现了当时韩国的一个社会问题，即大龄剩女怎样面对生活，这其实也是在启示看电视剧的很多剩女观众该怎样处理这种问题，意在给观众指路。金三顺敢于把自己一些不好的东西释放出来，然后按照全新的方式迎接生活。即使原来邋遢点，我也能把自己整理得干净、利索；虽然我本身条件不太好，比如身材不好、样貌不好，但是我对生活很有信心。

金三顺这个角色能带给观众的另外一个启示是，不管是多大年龄的剩女，女人要有女人的样子。在剧情里，金三顺跟小男友逛街，她突然想拍两张情侣照片，但她男朋友不同意，这金三顺就坐在地上打滚撒泼。这事在中国出现不了，中国要是有三十多岁的剩女跟男朋友上街，想吃冰淇淋而男朋友不给买，她会撒娇耍赖吗？不可能，因为大家都会想："都三十多岁的人了，你发什么嗲呀？”但这是性别的角色定位，既然你是女孩，而且是恋爱当中的女性，你就有撒娇的权力，耍耍赖也无伤大雅。

这也是告诉电视机前的一些剩女，不要以为年岁大了就不是小女孩了。和男人之间相处，就要有准确的性别角色定位。韩剧里的一些场景在现实生活虽然不常发生，但是都会让观众产生极强的代入感，也就满足了女人或者男人想脱离平淡生活追求刺激的心理。它同时又是告诉你，生活当中遇到这些极端情况你该怎么处理。既接地气，又能相对地达到一个高度，这就是人们经常说的“来源于生活又高于生活”的艺术创作的基本原则。韩剧把这些要素都抓住了，因此能够获得成功。

最近比较火的韩剧在迎合观众需求这方面，也是无所不用其极。《来自星星的你》和《继承者们》比较典型，它制胜的法宝就在于抓住了观众的心理。韩剧的主要市场在于女观众，所以会用男演员塑造的完美形象吸引观众。

韩剧让一部分女观众迷恋的原因是，她们在剧中看到了自己的影子。韩剧里的女主角大多都有很明显的缺点，愁、穷、疯，要不然就很丑，而男主角照样会对女主角一见钟情，反而对多才多艺、美丽又多金的女二号视而不见。这种剧情设定能带给一部分在生活中常有挫败感的女观众获得心理平衡，让她们在剧情里排遣自己的苦闷，把自己代入其中，感受一个理想而不现实的世界。

在韩剧《继承者们》里，不管是李敏镐还是二号男主角，都跟八辈子没见过女人似的，疯了似的追女主角，这种设定的目的就是让一些女观众琢磨：我也长得难看、经济条件不好、不是白富美，而且我还任性、很野蛮，但女主角都有人喜欢，那我也有希望，肯定也有男神愿意娶我。

韩剧其实是在满足女人对感情世界的一切幻想，让她们在现实生活当中信心百倍，对观众的心理定位可谓表现精准、服务到位。

●精良的制作团队

当然，电视剧的制作还要配合精良的制作团队。韩剧的另外一个制胜法宝，就在于它的制作流程和规矩，它在这方面做得很到位。韩国的电视台不多，总共三家，但是这三家竞争特别激烈。中国的电视台都是国家买卖，干得不好也不会被淘汰，因为是国家投资。但在韩国，一旦电视台不行就容易被拿下或者把老板换了。由于竞争激烈，电视剧制作水准非常高。比如韩剧《来自星星的你》的特技做得很漂亮，而且平常的镜头虚实重叠，就跟拍电影的手法差不多，制作非常精良。

再一个，韩剧的类别划分得比较准确，是有针对性地来播放，时段都不一样。很多人周三和周四上网看《来自星星的你》，这是因为韩国电视台也在周三、周四播放，其他五天不播。为什么呢？韩国把电视剧分成多种类型，比如，周一、周二晚上播古装剧、现代剧，给中年以上的男人看，这叫月火剧；周三、周四播放青春偶像剧，这叫水木剧；周末，是播给家庭主妇看的，其分类很细。

这种播放方式非常符合观众的口味，因为观众分不同职业和阶层，可能某一天会没时间看电视。电视台这样分类，就能把观众都抓到电视前，而不是让他们自由到网络上去看。

韩剧的拍摄流程和美剧挺像，先设一个大纲。假如说剧要拍二十集，就写十集的拍摄大纲，然后拍摄到第五集就可以播。为什么？因为它后面的制作是精良的，是可控的，如果真需要着急播，剧组马上能拿出来。为什么不都弄完再播呢？是为了收集观众的反馈。如果有人提毛病，后边的情节、服装造型全能改，也是为了避免剧情落入俗套。

前五集播放的时候会收到很多反馈，剧组根据这反馈接着再拍也来得及，甚至连演员的发型和衣着都要随之更改。金秀贤演的都教授一开场是高领毛衣，大部分观众要求让他穿低领衣服，后几集演员果真改穿低领衣服了。

电视行业、艺术类行业，就是让人们在太平盛世里，多一些精神世界方面的享受，都得听观众的，观众是上帝，也是衣食父母。韩剧为什么能火到这个程度？就靠着表现精准、服务到位，也对服务对象高度负责任。

如果国内的电视剧，也能拿出伺候自己的爹妈态度来对待电视机前的观众，人们也一定会买它的账。

韩剧中毒调查报告

眼下，韩剧在中国的影响力非常大，获得了很多人的喜爱。而喜爱某部电视剧的剧迷也是各有等级的，根据狂热程度可以分为三六九等。

虽然喜欢看，但是看完就算了的人是最低等级的喜爱；看完了电视剧之后还要跟身边的人推荐并讨论剧情的人，属于中等的喜爱；有的人看完了之后，一心以为自己就是剧中人物的化身，不仅模仿这个角色的言谈举止，连衣着打扮也会刻意模仿。而且，一句相关的坏话都听不得，否则马上翻脸骂人，这就属于“脑残粉”了。

韩剧也不例外，很多人看韩剧看得直中毒。怎么叫中毒呢？就是入迷的程度也能对应这三六九等分出等级和区别来。电视剧本来只是用来娱乐的，但很多人由于看得太入迷，不仅影响了自己的工作、生活，甚至还危及了自身的健康。

这到底是怎么回事呢？

●韩剧中毒轻微型之半夜追剧

在韩剧的年轻观众群里，看韩剧中毒的人不少。看韩剧轻微中毒的特征就是祸害自己，但是不害别人，比如大半夜地不睡觉、两眼通红地追韩剧。客观来说，这也是无奈之举，因为韩国电视剧的播放制度往往是把每个特定类型的电视剧都放在特定的时间播。韩国的电视剧在本地周三、周四晚上九点播，虽然中国的观众也可以在网上看直播，但是因为视频还没有经过处理，演员说的是韩语，也没有字幕，国内观众根本看不懂。

毕竟是韩语，普及度没有英语那么高，很多人只好等着字幕组做好中文字幕才看。两国之间录好片源再制作字幕的时间，前后大概有五个小时，也就是说，得后半夜一两点钟，国内观众才能看到翻译后的韩剧。有的人很好奇后面的剧情发展，为了能尽快看到，就不睡觉等着看电视剧；还有的人特意定好闹钟，睡到深夜一两点的时候再起来用手机或者电脑看。

不顾身体健康，特意熬夜追韩剧，这就是轻度中毒的症状。

有的人本来打算看完韩剧就睡觉，真正看完后却根本睡不着。毕竟大脑刚刚接收到新信息，剧情里没准又有哪个倒霉的角色得了癌症之后去医院复查白血病，然后出门被车撞了，奄奄一息地打电话告诉男朋友，然后发现其实那人是她亲哥。这样蹩脚的剧情也会让喜欢韩剧的观众万分感慨，难免就在微信圈或微博里发点个人感想，写点观后感，再推理一下后面的剧情，或者跟其他影迷交流一下，这样一折腾就得四五点钟了。

这种人属于中度痴迷，要是这些熬夜看剧的人把这股劲头放在学习上，早就考上博士后了。

据说厦门的一个公司老板，曾经特意在韩剧播放的当天给员工放假，让他们都能回家追韩剧。很多人夸这位老板是人性化管理，也有些公司员工感激涕零，其实羊毛出在羊身上，这一天放假了，下一次的假期就没了。可是，为了员工看韩剧而放假的老板确实少见,估计是因为这位老板本人也喜欢看韩剧吧。

此外，据报道，还有一位已经五十多岁的老阿姨，她本来血压就高，又偏偏喜欢半夜追韩剧，可是高血压患者的血压是很不稳定的，可能突然间上去，突然间就下去，总之最忌讳熬夜，一熬夜血压肯定会上去。这个五十多岁的高血压患者因为等着看韩剧而熬夜，看完之后，天亮的时候觉得后背疼得厉害。民间有一种说法，后背疼的话，十有八九是心脏不好。这个患者去医院检查时，发现血压已经高达二百四十二，而正常人的血压值在一百四十左右，高出了这么多，她差点就为剧中的假患者而把自己的真命给送出去了。

●韩剧中毒中度型之强迫荐剧

由于韩国本土的美食文化非常贫瘠，因此大热韩剧《来自星星的你》里面所推崇的美食不过是啤酒和炸鸡。但很多人看入迷了，大冬天的非要吃炸鸡和啤酒，还以为很浪漫。

其实，不管是冬天还是夏天，啤酒和炸鸡也绝对算不上美食，尤其是对中国人来说。很多人吃这些只是为了凑个热闹，但他们的身体可就受苦了。炸鸡是高脂肪食品，啤酒也属于高热量食品，吃太多不仅容易上火，还会引起消化不良，造成腹泻等后果。这对于消化不好、患有痛风、血脂血压比较高、年纪较大、身体本身比较虚弱的这几类人来说，是尤其不能吃此类食品的。因为这两样快捷的街边小吃而得了急性胰腺炎的韩剧剧迷也不在少数。

有些人喜欢某样东西是因为欣赏其价值，而另一些人喜欢某样东西是因为它能赋予自己价值。韩剧的剧迷都倾向于在剧情中寻找自己的影子，希望能让自己受到启发或者使自己的生活有所转变。韩剧就是一个梦，她们自认为有做梦的权利和必要，因此沉浸其中难以自拔，还以为自己满身充满了正能量。这种毫无信心和自尊的喜爱带来了另一种副作用：让人产生自卑心理。

如果姚明是你哥，而有个人整天跑到你面前嚷嚷“你哥是个小矮子”，那你多半是懒得跟他生气的，因为你心里清楚事实不是这样，黑就是黑，白就是白，语言无法贬低事物的真正价值。可韩剧的脑残粉就没有这么大信心，他们容不得别人说一丁点不好，也不愿意别人调侃韩剧的庸俗桥段。

有一部韩剧叫《匹诺曹》，讲的是传媒界的故事以及流言的可怕性。那一段时间，一旦网上爆出传媒界的丑闻，或是有媒体报道了假新闻，就有很多人评论说，看过《匹诺曹》之后我才怎样怎样，或者《匹诺曹》教会了我什么什么。很多人还趁机为韩剧说话：“你们瞧，韩剧多睿智，连这个都能说到！比国内婆媳吵架好看多了！”

其实，这些脑残粉最可悲的地方就在于，连他们自己都没底气说韩剧有营养，然而她们却毫不自知。如果身边有人表现出对某部韩剧的某一点赞同，她们就欣喜若狂，恨不得给对方来个彻底洗脑。而且，如果一个人的价值观和对媒体流言的客观态度要靠电视剧来获得，只能说明这个人本身就没什么文化修养可言。

当然，任何事都有两面性，虽说有些人由于教育水平以及阅历、修养、见识的不足而迷恋韩剧，但是学习的权利是人人均等的，不分人品修养、审美品位。最近有一个机构做了一篇调查报告，这几年英语照例是大语种，而小语种里最受欢迎的是韩语。现在学韩语的人很多，大部分是为了能同步看韩剧。毕竟，如果学会了韩语，它的直播就能比一般人早看一会儿。学习的理由不分高低贵贱，尽管可笑，但这总归也算是件好事。

●韩剧中毒重度型的种种表现

可除此之外，也有因韩剧迷本身的性格特质以及追剧原因最容易导致的后果：盲目将自己代入剧中，分不清现实，抱有不切实际的幻想，这就属于重度中毒了。

沈阳的一个女孩看完《继承者们》，总觉得男朋友达不到李敏镐的标准，就逼着对方整容变成李敏镐的样子。

韩剧重度中毒在生活当中还有好多类似的例子，比如《来自星星的你》中有一个情节，千颂伊快要掉下悬崖的时候喊了一声“都敏俊救我”，然后都敏俊就把她救出来了。现在也有不少女孩在开车时，甚至玩过山车时，心里一害怕，张嘴就喊“都敏俊救我”。

戏里戏外的事情，他们多多少少有点分不清了。可是在他们心里这就是真的，不允许别人破坏他的想象，有人稍微说一点反对意见，他们就急了。

有个剧迷很喜欢金秀贤，在网上搜来搜去，通过各种方式把金秀贤在首尔的家庭住址给搜到了，然后他自费跑到首尔，天天蹲到金秀贤家门口，一看他进出就赶紧拍下来发到网上。他还事先了解到了摄制组的行踪，先跑到摄制组的外景场地等着，在演员的拍摄中途私自拍照，然后发到网上传播韩剧是在哪里拍摄的，这看上去好像没曝光剧情，但演员着装、外景地等情况就暴露了。这对电视剧制作来说是一种打击，因为剧组要拼收视率，但是粉丝私自剧透，这严格说来是一种违法行为。

而且，还有更不讲原则的韩剧粉丝行为，那就是盲目花钱。他们自认为，兜里的每一分钱都是为偶像而挣的。金秀贤在上海举行见面会时，票价为四千五百元一张，李敏镐的票价则是三千八百元一张，而他顶多待了十分钟就走了。平时明星捐善款还会被骂捐得太少，可是某些剧迷挣的钱不给爸妈买东西也不是为自己花，他就非得往一个剧中的演员身上扔，照样很高兴。这都不是“脑残粉”就能形容的，这属于盲目付出，是平常人难以理解的。

还有的女剧迷入戏比较深，看完韩剧之后，就直接列表，剧中的人物都有谁，今天拎的什么款式和颜色的包，戴什么材质的耳环，穿的是哪个牌子的衣服，用的是哪国哪个牌子的化妆品，她把它们一一列出来，然后上网去查，也给自己购置一套。有些头脑灵活的商贩就瞧准了这群人的弱点，长期售卖和片中明星同款的各种周边物品，无论是衣服还是饰品，无论材质多差价格多高，照样有人捧场。

韩剧剧迷里面有两类人有很典型的追剧理由，第一类是宅女，她们很少跟外头接触，整天在家待着，有的甚至岁数已经都快三十了，还都什么地方都没去过也没见识过，连朋友都是从小学时候认识的熟人，天天过得都很枯燥。对这样的人来说，没发生在她们身上的任何事情都是新闻，她们也无从想象真正充实的生活是什么样的。

这种学识和修养都差劲的人，只迷恋网络上的东西，不仅相信伪科学的小段子，连流言也信，网络就是她的全部，而她自身的学识能力又达不到做出辨识的高度。这样的人一旦看剧入迷，是很不容易拔出来的。最好的一种方式是赶紧走出家门，到外面去接触更广阔的世界，或者实实在在地交个男朋友。可是有句话叫，看韩剧嫁不出去。意思是，看完韩剧之后，再看哪个男的都不会顺眼。没男朋友的想找剧中被塑造得近乎完美的男神作为男朋友，而有男朋友的则越来越看不上对方了，觉得他不如人家。

如果按照男神的标准挑剔自己的老公，会导致很多有情人最后不欢而散。像这样的人就应该到外头走走，接触一下社会。生活中完美的高富帅基本不存在，真有高富帅，人家能看上你吗？人得现实点。宅女要想解脱中毒症状，那得跟更多的人接触，没有男朋友的赶紧交个男朋友。

还有一类人中毒也很深，就是结婚七年以上的家庭妇女。当然，她们也有可能是有工作的，可以接触到家庭以外的人。但如果结婚多年的话，肯定会有出问题的时候。有句话叫七年之痒，两个人结婚七年之久后会失去新鲜感，对彼此的耐性降低。这时也有孩子了，夫妻生活越来越平淡，柴米油盐的琐事越来越让人烦心。

在这种情况下，有的老公就琢磨，老婆孩子热炕头，还有什么浪漫可言？于是整天都忙着工作的事，在一定程度上冷落了老婆。而他的老婆天天操持家务，带孩子也挺烦，她需要精神上有个依靠和解脱，只好开始看韩剧，看着看着就迷恋上了，觉得自己这辈子白活了，嫁了个不知冷、不知热、不浪漫的老公。想当年我年轻的时候，也有很多人追我，怎么我就没这么好运气，碰上一个男神缠着我？没碰上都敏俊也没碰上李敏镐，老公更是比他们差远了。她心里别扭，越看越陶醉，越看越入迷。

说白了，韩剧满足了女性对感情世界的所有想象。一旦满足了想象，生活当中又得不到，这种落差造成的失落感会让她们追韩剧追得更热烈。其实，这种情况有一半原因怪她的老公。第一，娶了这么一个只为结婚、生孩子而存在的女人，没有自己的生活，也不在乎自己的价值，这样的人毫无分辨力，并不值得信赖与过日子；第二，不能因为结婚有孩子了，就把当初的激情都丧失殆尽。丈夫应该时不时地跟她玩个小浪漫。或者，一家三口可以带着孩子出去旅游，分散一下她的注意力，等她的劲头一点点过去后，自然就会从韩剧当中解脱出来了，这也是家庭和谐的重要性。如果一个人过分迷恋精神上的某种东西，或者说现实当中不存在的东西，她一定是在现实当中得不到一定的满足。她身边那些人，要想帮她从那个虚幻的世界里解脱出来，就应该关注一下她的精神需求，而不仅仅是一刀斩断，从此不允许她看韩剧，这样一来，她不会意识到自身的问题，只会反抗，因此要避免简单粗暴的做法。

即使喜欢看韩剧，在爱好上也要做恰当的平衡。最简单的一个区分标准是，戏里是戏里，现实是现实。追星也好，韩剧也罢，只要不把戏里的东西带到现实当中，只要不把二者混为一谈，你就不算是脑残粉。如果把剧里的东西当真，那就有可能拔不出来了。

韩剧也不是全部不可取，毕竟里面有帅哥、有美女、有漂亮的衣服、有美食，还有跌宕起伏的剧情，这是符合某些人的审美需求的。不过根源的问题还是在于，自身的生活不充实也没有追求，如果一个人本身有价值，是不会在电视剧里寻找存在感的。

整容业何以大行其道

在江苏卫视的《最强大脑》这个节目里，有一档游戏考验的是观察力。节目上有一个分辨能力极强的选手，把六十多位韩国小姐的照片混一块的组合照片，他都分辨出是哪两位，现场观众惊呼一片，都觉得这名选手太了不起了。

大家为什么觉得他了不起？因为这六十多个韩国小姐，在长相上并没有明显区别，全都长得差不多。

人们都知道韩国是整容大国，而且妆容和审美眼光也很有代表性，因此网上还常有“把韩国人的脸做成图案玩连连看”的调侃。

整容近几年在国内的争议很大，因为中国的传统观念是“身体发肤，受之父母”，并不认同这种后天去损伤自己肌理的行为，我们还时常调侃、嘲讽整容的人；而另一方面，很多人为了获得自信，出于为自己的生活着想，很坚定地无视手术风险和后遗症，还特意跑到韩国动刀子。

对于韩国人来说，整容为什么是如此自然而又普遍的行为呢？整容对影视行当、对韩国人的生活有什么影响呢？

●韩国整容业的兴起

韩国的整容手术之普遍，已经人尽皆知。

国内很多人去韩国旅游，名义上说是到济州岛和首尔欣赏秀丽风光，但是韩国的景致远没有各种整容医院值得一看。有不少游客打着旅游的名义去考察各种整容医院，觉得韩国整容比国内的医院厉害，技术上也非常先进，其实国内的技术根本不逊色于他们。韩国的整容业也并没有多么拔尖的技术，精细度还不如日本整容业。看起来发达，只是因为韩国自知需要做整容的人太多而已，因此整容业发展的历史悠久。

韩国第一家整容诊所于 1961 年挂牌营业，在亚洲算是相当早的，它的整容业是从哪儿兴起的呢？很多其他被韩国人声称是本国发明的东西和技术一样，整容的技术也不是韩国人自己发明的，而是来自美国。在二十世纪前半叶的时候，韩国是日本的殖民地，受日本影响比较大，但是过了五十年以后，它又受美国的影响比较大。后来爆发了战争，也就是我们所说的抗美援朝战争。

整容，就是从这时候开始传到韩国的。

第一位大师级的整容人物，他是美国的一位外科主治医师，名字叫拉尔夫 · 米莱。但他不是美容方面的医生，而是一个军医。在战场上，中弹、打伤、烧伤的情况很多见，他就负责给这些人治外科，包括四肢和脸部。烧伤的病人需要植皮，修补被损伤的肌肤。由于拉尔夫 · 米莱是个外科医生，对人的面部和身体器官都非常熟悉。他发现韩国人的基因太逗了，每个韩国人都是小眼睛，单眼皮，没什么面部线条，脸就像被拍扁了的面团。拉尔夫 · 米莱抱着试试看的心态给一名韩国伤员做了个双眼皮——当时的美国已经有了这项技术，拉尔夫 · 米莱在这方面是权威——后来成功了。

在当时的韩国，是哪类数量庞大的顾客群找医生做整容手术呢？妓女。她们想多接客，获得客人的青睐和好评，就想法把自己弄得漂亮点。韩国妓女就来找这位美国大夫，问能不能把我弄得漂亮点？拉尔夫 · 米莱正好打算试验一下手艺，就再次把单眼皮弄成双眼皮。这种双眼皮手术在医学上叫作“重睑手术”（“重”代表“两个”，“睑”就是眼睑）。就这样，拉尔夫 · 米莱在韩国做了第一例手术，也就是说，韩国人如今习以为常的整容术最初是由韩国的妓女推崇起来的。

但是韩国的丑女人不仅限于妓女，后来这客户范围就扩大了，良家妇女也来做，后来不少男的也加入了，都是需要用脸给自己赚钱的人。符合这点需求的不止普通人，也有明星。

到了现在，韩国这方面都成气候了，全民上下整容成风，韩国电视台有档节目，叫《let 美人》，就是把你变成个美人的意思。这节目每一期都有不少女孩，乍一看太普通了，整完之后就脱胎换骨、得以重新做人。很多女孩去了节目之后对着镜子哭，说没想到我也会有这么漂亮的时候。整容确实有让人脱胎换骨的效果。

●韩国艺人为何整容成风

由于客户群体多，韩国的整容术又很普遍，因此人造美女也很多。当然，最广为人知的整容者还是都集中在影视圈里。韩国影视圈里确实有一拨美人，但要说没整容的，还是非常少。一千多个女明星里，没整容的人连十个都不到，几乎是百分之百。最早整容的两位明星是蔡琳和金喜善。

蔡琳最早演过一个电视剧《爱上女主播》，在剧中，她这个女主角是圆脸，下巴挺短，还有点婴儿肥，但是鼻子特别漂亮。很多韩国人都觉得这鼻子我太喜欢了，要是能整成那样的鼻子，这辈子不白活。蔡琳上高中时，她的鼻子是塌塌的，高中毕业后，蔡琳就整容成高鼻梁。她曾称：“自从整容隆鼻之后，我不再自卑，整容是女人的权利。”

等到蔡琳和香港影星张家辉合演《新醉打金枝》时，她的整容手术又有了新的进程：下巴垫起来了，两边削尖，成锥子脸了，眼角也弄开了。渐渐地，整容的副作用显现出来了，她变得面部扭曲，表情僵硬。到出演《达子的春天》时，观众可以很明显地看出蔡琳的鼻子是歪的，笑的时候肌肉也属于僵硬状态，很假、很僵。

剧组的化妆师给演员上妆时，蔡琳花的时间最长。为什么呢？因为她鼻子太歪了，化妆师得费半天劲给她修饰，非常麻烦。已逝的著名歌手迈克尔·杰克逊也喜欢整容，最后整得鼻子就剩俩窟窿了，实在没法再整了。蔡琳也是这种程度，整了这个又动那个，最后脸上的各个器官甚至无法达到平衡，关键是整出来也没有多好看。这就是明星里的病态整容了，做整容手术已经成了他们自以为会使容貌更加出众的心理安慰。

虽然韩国整容业非常发达，但还是不乏出现鱼目混珠的“幽灵医生”。这些根本不具备行医资格的“医生”在患者不知情的情况下，代替经验丰富的整形专业医生做手术。据传，韩国的整容医生大约有十万人，但其中具备相关资质的仅有两千人左右。韩国有一些人已经开始遭罪了，笑的时候只有半边脸有表情，看着特恐怖；有的人晚上睡觉想闭眼睛都闭不上；有的人脸上的肉松松垮垮，像条哈巴狗。

人的五官是老天爷给的，无论想在哪儿动一刀子，都是逆天行事。为什么现在有越来越多的母亲意识到剖腹产不太好，宁愿忍痛顺产？剖腹产生出来的孩子容易有多动症，神经发育各方面也爱出问题，这就在于孩子理应从母亲的产道里出生，这是顺应天理的。孩子出生时经过产道的挤压，心肺功能、神经系统会得到更完善的锻炼和发育，而剖腹产直接割一刀，让产妇更容易得肠粘连等并发症，第二次怀孕的风险也更大。所以，发生在人身上的这些事情，都是有自然规律的。如果非要逆着规律行事，将来总有你后悔莫及的一天。

韩国有位女明星知名度不低，有的中国人也知道，她就是在中国做过手机广告的金喜善。金喜善被称为“韩国第一美女”，从出道开始，金喜善就一直自称是纯天然的韩国美女，说得好像韩国真的有天然美女似的。到后来，即使在脸颊僵硬、嘴巴歪斜好似癫痫病人的情况下，金喜善仍然坚称自己没有整过容。可是，金喜善与家里开美容院的朴周永结婚后，生出的女儿脸颊很肥，斜眼睛、塌鼻子。一时间，网民和娱乐界的嘲笑声不绝于耳，但最终还是止住了。毕竟人家基因就那样，拼命整容再厚着脸皮说没整过，这也不容易。此后，大家对韩国的美容关注度越来越高。

其实，艺人想把自己整得好看点无可厚非，现在国内的很多女星没几个不整的，也都步人家后尘，但是这些人整容的动机很难说，可能是艺人自己主动要求的，也可能是被公司或者经纪人逼着去整的。在韩国，艺人一旦跟经纪公司签约，任何事就再也不能自己做主。由经纪公司全方面决定你的工作，你的行动，你的私人生活，包括整个体态训练都由公司掌握，公司会定期看，给艺人试镜。

怎么试镜呢？看艺人在镜头面前什么样。镜头前脸要是大了，鼻梁要是低了，眼神要是不对了，公司就会测试大众对艺人的接受程度。一旦这个接受度低了，公司就会要求艺人整容，而且整容花费一开始是公司拿。当然，羊毛出在羊身上，艺人后来挣的钱也得连本带利还给公司，所以，有的明星整容并非出于个人意愿，而是被经纪公司安排好往指定的方向发展。

韩国有一个人气偶像组合叫少女时代，也就是九个美少女，这九位在经纪公司时期全整过容，一个没落下。世界上没有完美的东西，如果有完美的东西，那意味着：这一定是一个等待拆穿的骗局。

●韩国人为什么偏爱整容

为什么韩国整容业发达，亚洲的其他国家，比如中国、日本、泰国就不如韩国？这是有一定道理的。韩国首尔江南区狎鸥亭洞专门有个整容一条街，四百多家整容医院，两百多家整容诊所，将近七百家在这一条街上，那广告全是整容广告。对于外国人来说，乍看之下特别恐怖，但那儿却是韩国人的天堂。

韩国人偏爱整容，其他国家的孩子成年后可能会从父母那里得到房子、车子或者旅行的机会作为成人礼，但韩国的未成年人在成年礼的那一天，最大的庆贺礼物也就是父母提供的做整容手术的机会。还有的父母干脆把“可以让你整容哦”这句话作为鼓励孩子好好学习，考上一所好大学的动力。尽管这是白费劲，因为韩国也没什么好大学。

韩国人是高丽人种，高丽人种有个特点就是颧骨突出，下巴短两边大，在任何审美潮流里都得不到认同。很多韩国人也知道自己的模样不符合国际潮流，因此他们更加渴求锥子脸。但原先并非如此，韩国人的整容需求也是随情况而变化的。

在八十年代，中国乒乓球队有个球员叫焦志敏，在奥运会上打过单打第三，是黑龙江伊春人。焦志敏在中国来说并不算特别漂亮，但在她参加国际比赛时，马上就迷住了韩国的男运动员，其中有安宰亨和奥运会冠军刘南奎。那时候，这两个韩国男运动员在国内见不到什么美女，都很喜欢焦志敏。安宰亨不好意思当面给焦志敏情书，就让刘南奎转交，但刘南奎一封信都没转过去，后来安宰亨成功追到了焦志敏，两个人就结婚了。

当年，中国和韩国没有建立大使级外交关系，他俩就属于跨国婚姻，轰动了整个韩国。所有人都说焦志敏虽然不是韩国人，长得却比韩国美女都漂亮，这是因为焦志敏那长相符合当时韩国的审美，但现在她的长相，韩国人会评点说脸太大，下巴太圆了，都得弄成尖的。

在韩国，不仅女的整容，男的也整容。有人问过韩国男人，对国内女性喜欢整容有什么看法，韩国男人就表示，男主外女主内，女的爱美是一种惯性，所以很正常。韩国男人根本不把整容当回事，娶老婆只要漂亮就行，就算是整容也没关系，因为能满足男人的虚荣心。但要是生出的孩子也不好看呢？毕竟基因就那么差劲，这个没办法呀。可是韩国男人会回答说："我会努力挣钱让我孩子整容。"这就好像山里没见识的穷孩子最大的心愿是：放牛、挣钱、娶媳妇、生娃，以便自己的孩子也能再次循环一样。但韩国人觉得这是一种很正常的循环，也因为他们的相貌确实需要修整，所以，韩国人在文化观念上普遍能接受整容这件事。

还有一点非常重要，韩国通过整容吸引世界各地没有其他任何才能只能以容貌决定自己未来以及各种没有自信心的人，因此就把韩国的旅游业和相关产业给带动起来了。根据各国消费者整容失败、维权失败的案例来看，虽然韩国的整容技术很差劲，医生也是鱼龙混杂，丝毫谈不上有医德，但是，他们还是很愿意开出天价手术费账单的。

现在，各国的一些旅行社为那些和整容的韩国人抱有同样心态、思想、价值观的人制定了一套整容旅游产业，比如负责联系自称最好的医院，然后安排酒店，让他们去韩国整容，顺便游玩一趟。通过这种方法，靠着某些弱势群体，就把韩国的旅游业和第三产业的消费都带动起来了。所以说，不能小看韩国的整容业，毕竟能带动经济发展。

整容是在脸上动刀，身体发肤受之父母，即使不封建地讲，不说是逆天行事，但是把脸和身体器官这儿刺一刀那儿动一下，也绝不是什么好事。虽说爱美之心人皆有之，但人总得考虑长远，年轻的时候为了漂亮几年，等岁数大了就会有很多后遗症，实在不值得。

整容有风险，爱美需谨慎，漂亮的人确实有很多，也没见过得多轻松。要是光长脸而不长脑子，惹的麻烦反而会更多。如果有人真的因为脸漂亮了而生活得更好了，那这个人的处境反而更可怜，应该有人帮她一把，让她意识到，一个靠着外貌就能反转命运的环境绝对是只适用于弱者且十分病态的人。否则，她早晚会从自我良好的山顶上摔下来。

舌尖上的韩国美食

现在要说到看电视剧，可能很多年轻朋友特别喜欢看韩剧。

前不久有一部韩剧叫《来自星星的你》，由于它在网络上每周三、周四更新，周三、周四因此成了韩剧迷共同的节日。不光《来自星星的你》，其他很多韩剧，比如《澡堂老板家的男人们》《看了又看》《人鱼公主》这些作品在中国也有很多人喜欢看，甚至有一些中老年人也追韩剧。

韩剧之所以受欢迎，第一是因为韩剧里的感情世界很充沛，既有家常的伦理，同时又有至死不渝的爱情，很多年轻人都着迷。

另外，韩剧里有一些人基本的需求。除了男女之情，还有衣食住行。很多人看韩剧是看主角穿什么，再一个就是吃，比如《来自星星的你》里面的炸鸡和啤酒。

韩国确实有一些美食，但绝不是什么炸鸡加啤酒，国内很火的韩国料理一般都是韩式炸酱面、韩式泡菜、韩国烤肉，那真正的韩国美食又是什么呢?

●韩国泡菜的历史

韩国烤肉严格意义上说算不上韩国本地流行的美食，为什么呢? 因为烤肉的价格在韩国太贵了。

韩国老百姓的收入如果按人民币算，是人均收入一个月一万元人民币。在韩国，普通牛肉就两百多元一斤，好一点的则要三百多元一斤，通常来说，吃顿烤肉怎么也得要三四斤牛肉才够吃，这样的话，一顿饭就要花一千元，相当于一个人工资的十分之一。韩国本地的牛肉价格贵，烤肉相对来说是中高档以上阶级的消费。

韩剧《人鱼小姐》里就有一个场景，拿牛肉当礼物。要是在中国，看望别人送礼时送牛肉肯定是丢人，因为中国不缺牛肉卖，价格也不高。但在韩国，把牛肉当成高级礼品是很正常的事。

而在韩国的美食，只要是流行范围很广的东西，多半和中国有关系。这是因为韩国人吃的东西都是从中国传过去的。韩国最广为所知的就是泡菜，这算是在他们本国流行范围最广的食品了。中国人把泡菜当咸菜，偶尔吃一次，但韩国人吃泡菜的范围就广多了，一日三餐，顿顿都离不开泡菜。男女老幼，不论是富贵还是贫贱，家里吃饭总有泡菜，韩剧里家家吃饭都是这样。

这个韩国泡菜，就是从中国传过去的。这到底是怎么回事呢？

在云南、四川、重庆等中国西南地区，都很流行泡菜，家中摆着一个个泡菜坛子。泡菜是用盐腌出来的，没有泡的过程，泡菜坛子设计得很讲究，里边主要放辣椒、白菜等蔬菜。这种泡菜，要是空气进去了，就会氧化变质，就没法吃了。泡菜坛的坛口往上凸，外边一圈像托盘似的用碗扣着，在碗外边洒水就能把坛子内部和外头的空气给隔开，这就是中国人的发明。

那泡菜是怎么流传到韩国去的呢？从严格意义上来说，是唐朝时的薛仁贵把它带到韩国去的，那会儿的韩国不叫韩国，叫高句丽。那时的高句丽王朝指的是现在的朝鲜和韩国，也包括中国吉林省的一部分。唐朝的时候，高句丽是我国的属国，曾经造过反，当时的唐朝唐高宗皇帝就派人将薛仁贵去平反。薛仁贵把高句丽人给打败了，然后长驱直入控制了整个朝鲜半岛。唐高宗觉得这个地方刚打下来，无人看管的话会不稳当，就让在当地有很大威望的薛仁贵先别回唐朝，让他在当地做了平阳郡公。

薛仁贵在高句丽驻扎后，他带领的部下有很多人来自重庆渝北区，对当地饮食也不太习惯。这些人就想起老家酸甜爽口的泡菜了。泡菜很容易制作，无非就是用土和陶烧个坛子，然后就能开始泡。在这种情况下，薛仁贵的部下就把辣椒、白菜、花椒和盐水在坛子里一封，把泡菜做出来了。结果当地人发现，这东西好吃又好做，因为当时最不缺的就是大白菜，而且这大白菜的味道比重庆那边的味道还要好，长得个也大。就这样，朝鲜半岛的人就把泡菜技术学下来了。

后来，韩国有了这一系列的泡菜，也就是中国人给传过去的。由于制作泡菜的成本低，不管是有钱没钱的，家家都能吃这个东西。后来韩国人进一步改造泡菜技术，它借助韩国三面环水、海产品多的优势，在泡菜里加了鱼、虾、蟹这些佐料。可是，这些海产品都有挺大的腥味，为了去腥，就得多放辣椒，因此，它比中国最原始的泡菜放的辣椒还多。

就像争端午节一样，韩国人很想把泡菜彻底变成自个儿的，居然也成功了。他们为了抹去这个食品的中国烙印，可真是下了很大功夫。比方说，大白菜原本来自中国，韩国人就偏要把大白菜改称泡菜大白菜。也多亏他们没好意思叫韩国大白菜，就说泡菜大白菜。最后泡菜也用韩国名字，取名叫“辛奇”。所有的这一切努力，都是为了能成功地把这个中国食品打上自己的烙印。

●山东移民带去炸酱面

韩国还有一种美食是炸酱面，味道和中国的北京炸酱面、山东炸酱面比不了，做法也不太一样。其实也谈不上什么做法，和泡菜一样，也就是借鉴中国炸酱面的那些步骤，他们就说那是自己的了。

韩国炸酱面的特点就是把面条跟酱拌到一块儿，不加别的菜码儿，而且这酱稍微有点甜，是巧克力颜色的。和其他很多东西一样，韩国的炸酱面也是从中国传过去的。

1882 年，朝鲜半岛发生了一次叛乱，当时的朝鲜还是大清的属国，大清朝就派北洋军来镇压。袁世凯不仅平叛了朝鲜叛乱，还把日本要渗透到朝鲜半岛的势力给打退了。当时的北洋大臣直隶总督李鸿章就任命袁世凯为大清朝驻朝鲜属国的大臣，让他负责交涉通商事宜。

当时，很多中国人在朝鲜驻军，驻军的过程当中很多人想念家乡的面条，很多朝鲜人也跟着吃、跟着做。

最早的炸酱面面馆是平壤的“共和春”，于1905年成立，到现在已经一百多年了。有些朝鲜人要把它改造成炸酱面博物馆，韩国的仁川中华一条街也有这个博物馆的痕迹。中国学者认为它搞错了，因为朝鲜和韩国都不是炸酱面的起源地。而且，共和春成立的时候留过一张照片，那照片就证明，这地方说白了是有歌舞陪侍的高档会所。有吃有喝，根本不是什么正经的饭馆。就算是，那厨师也是和中国人学的。何况那种高档娱乐场所，还有漂亮女招待陪吃陪喝。

在这种地方吃炸酱面很不合常理，吃得满嘴是酱也不文雅，所以有人说，这个来历完全经不起推敲。

有一些中国学者认为，炸酱面真正传到韩国那边，是在1920年前后。当时的山东闹了大灾，很多山东人有的闯关东，有的奔韩国去了。当时韩国的排华势力也很强大，歧视中国人，再加上中国人当时人生地不熟，做的都是体力活，社会地位低，吃别的东西也吃不起，就把老家的面条做成炸酱面。一碗炸酱面，简单又节俭，而且容易吃饱。就这样，山东人把炸酱面带到了韩国。

等炸酱面真正流行开来，是在二十世纪五十年代。那时爆发了战争，战争年代物资匮乏，很多韩国人靠美国投放的面粉活命。韩国人习惯吃米饭，会做的面食不多，这时候山东移民做的炸酱面在韩国大行其道。韩国人一尝，味道不错，这才慢慢流行起来。

也就是说，泡菜、炸酱面这类飞入寻常韩国百姓家的饮食，全都是从中国传过去的。

●亚洲饮食同根同源

很难得的是，韩国还真有一部分饮食跟中国没关系，不过也并非什么原创美食，而是受其他国家影响。比如韩国有一种小火锅，叫部队锅，是受到了美国的影响。

所谓部队锅，其实就是大杂烩，把火腿、午餐肉、白菜、豆腐等食材放进火锅。这也是在朝鲜战争的时候，老百姓没什么食品，物资上很匮乏，更别说吃肉了。美国的驻军比韩国强多了，部队里有一些有爱心的人士就把火腿罐头和午餐肉罐头分给周边的本地老百姓。韩国人哪见过这么多肉？他们舍不得一口气吃完，于是火腿切两片，午餐肉切两片，然后跟家里的青菜、豆腐、米饭和肉片一起倒进锅里煮。但人饿了吃什么都香，韩国人渐渐也把这种食物当成自己的特色食品了。

生活当中很多耳熟能详的饮食，往往都是当初出于贫困，出于物资匮乏，误打误撞意外的发明。国内很多人愿意吃重庆火锅，非常辣，人吃完后嘴唇全木了。这重庆火锅不是富人发明的，它是穷人发明的。长江那边叫川江，拉纤的人是纤夫，喊川江号子。这帮人由于做拉纤的体力活，肚子里没点油水顶不住，可是穷人吃不起肉，有一些有钱人家，人家吃牛、羊、猪、鸡鸭什么的，把肉吃了，但动物的下水不爱吃，嫌腥气大，就都扔到墙外边了。这些拉纤的穷人一看，就把这些给捡回去了，然后煮出来吃，渐渐就成了重庆火锅。

还有一种食品叫夫妻肺片。原先的时候，夫妻肺片的“肺”写作“废”，指的就是这道菜的食材是别人扔出来当废料的动物内脏和下水。由于内脏腥味大，做菜的时候就把它们切成片，多搁点辣椒遮腥味，因此，夫妻肺片这道菜要多搁辣椒、多搁盐。这就和泡菜里放辣椒遮鱼腥味的道理是一样的。结果，这两道辣菜成了现在风靡全国的重庆火锅。

很多饮食文化的来源，各个国家都差不多。在中亚文化这个圈子里，饮食往往也是同根同源。

有的人一看韩剧《大长今》里做的饭菜色香味俱全，看着就眼馋，以为韩国真的有相当讲究的美食文化，这可真是让人笑掉大牙了。其实，剧中的饭菜是不是韩国饮食的真实现状，毕竟，拿泡菜当国民美食的国家也不会吃得多精细，否则不至于拿泡菜当宝贝。韩国饮食远远无法和中华文明的饮食文化相提并论。虽然和以前比，韩国现在的饮食水平总体是有提升的，但过去绝不可能做到那样。

那为什么《大长今》拍得那么精美呢？这和韩国的很多其他做法一样，是韩国人在拼命自我美化。以前的韩国、朝鲜，他们最尊贵的皇上吃的饮食也无外乎烤鱼和烤肉，连打个荷包蛋都算硬菜，剩下的就是野菜。而中国地大物博，除了各类民间小吃，御膳房的各类精美菜品、皇家秘藏，全是满汉全席之类的美食，韩国的皇帝是吃不到也吃不起的。他们要是有十道八道中国菜标准的饮食，那已经算了不得的大事了。韩国自己也知道露怯，后来很重视自己为数不多的饮食经营文化的宣传，每部剧里都厚着脸皮大吹特吹，隔三岔五就推出一个自己发明的吃法，就像石锅拌饭、冷面之类，每个剧里都推一两种。

这个推广对于他们来说特别有好处，随着韩剧风靡中国，中国很多孤陋寡闻的人都愿意跟风到韩餐馆去吃韩国料理，一吃起来好像也没什么了不起，还不如早点摊上五元钱的鸡蛋灌饼呢。但对他们来说，吃的是心情，吃的是和韩剧里主角在一起的情调，而不在于食物本身。因为那些食物本身毫无特色，有些人看韩剧，听主角们有模有样地介绍石锅拌饭，觉得不错，就跑老远去饭店尝鲜了。

这样长久下来，韩国并不丰厚的饮食文化居然也能在我国赚走不少钱。但对于中国人来说，咱们是没必要崇拜韩国的饮食的。但是有一点咱们得跟人家学：敢于推广自己饮食文化的方式和方法。

中国的饮食文化这么发达，按道理来讲，吸引力应该远远在韩国餐饮之上，但现在来看，暂时是韩国占了上风。很多时候，韩国餐饮的推广比咱们做得更好。

咱们看韩剧，不能光看男男女女穿得漂漂亮亮的，咱也得多琢磨琢磨，人家是怎么推广韩国文化的。

漫说动画

剪纸动画片的魅力
古老的木偶动画片
宫崎骏和他的动画王国
不可复制的乔布斯传奇

剪纸动画片的魅力

说到中国动画片，有一部里程碑式的作品，就是1961年上映的《大闹天宫》。这是咱们动画片的鼻祖，是万氏兄弟里的老大万籁鸣导演的。这部动画上映之后，在国内外的反响都非常热烈。其实，这部《大闹天宫》早在1940年的时候就开始筹划了。

当时，是一位布商出钱让万氏兄弟去创作这部动画片。当剧本、角色设计这些前期工作都万事俱备的时候，没想到这布商打退堂鼓了。布商有更挣钱的事要干，突然撤资了。怎么办？万氏兄弟的老二万古蟾琢磨来琢磨去，经过了无数次实验，无数次失败，最终有了剪纸动画。

剪纸动画是定格的一种，把人物剪下来就行了，关节都能动，想摆什么造型摆什么造型，再挨张拍下来，这样就省钱了。本来是迫于无奈的主意，没想到这种剪纸动画后来发展成中国动画的一大分支，出了不少经典作品，比如《老鼠嫁女》《咕咚来了》《十二生肖》《葫芦兄弟》等，都是中国人耳熟能详的动画。

那么，剪纸动画片究竟有何魅力呢？

●从手影到简动画

前一段时间的古装热播剧《甄嬛传》里有一个情节：甄嬛刚进宫时备受冷

落，过年的时候挺冷清的，她手底下有个手巧的小太监，三下两下就剪出了甄嬛的头像来。这就是剪纸，在农村都用来贴在窗户上当窗花。

那么，万古蟾怎么想到把窗花搬上荧幕呢？这灵感得从他小时候说起。

万古蟾家里算上他本来有兄弟十个，由于天灾人祸，陆陆续续地过世了不少，最后就剩下四个了。别看只剩下四个了，都是淘气的人，也挺闹哄的，一到晚上该睡觉的时候都不睡觉，在床上打闹。他们的妈妈心里着急，只能哄，就端来一盏油灯，就着灯光做手影。他们的妈妈很聪明，不光会摆出手影造型来，还伴着手影讲故事，跟2008年春晚时候的手影表演差不多。

应该说，是儿时的手影表演给万古蟾的心中埋下了剪纸动画片的影子。毕竟剪纸上有各种动物形象，多有意思，活灵活现的。到了二十世纪二十年代的某一天，万氏兄弟一起去戏院看电影。当时流行在电影放映前放一段动画短片，用来调节气氛什么的，因为是短片，也基本都没什么情节，大多数观众也就是随便看看，都等着看正片。但万家的兄弟几个上瘾了，觉得这东西可比妈妈演的手影戏好看多了，到底怎么弄的，可是这些事没人能告诉他们，他们只好自己瞎琢磨。

他们兄弟几个头脑聪明，去游乐场玩时，看到了活动画。这边画着风景，那边画着人，这画快速一转，人就到风景里去了。几个人来灵感了，这不就是动画吗？

他们刚开始做动画的时候，技术上也不成熟，只能慢慢摸索，接一些广告或者真人和动画结合的小短片，要不就是在电影里做一些动画特效。比如说在1937年的电影《马路天使》里，画面上有个小白点在歌词上一蹦一蹦的，演员唱到哪个字，白点就蹦到哪个字上。这个动画特效就是万氏兄弟做的。

时间一长，万家的几个兄弟不满足了，想做点真正的动画。做什么呢？1940年的时候，他们有了制作《大闹天宫》的想法，可惜没有成功。这时，他们就开始研究，怎么才能节省经费。这边想着节省经费的创意，那边事情就有了转机：新华影业公司听说《大闹天宫》拍摄遇到阻力的事了，挺同情万家兄弟，就把一个原本打算用来拍电影的剧本给他们，让他们拿去拍个动画片，由新华影业公司投资。这个动画就是后来影响了日本动漫的《铁扇公主》。

这部《铁扇公主》是在1941年上映的，正是抗日战争的时候，讲的是《西游记》里的故事。师徒四人走到火焰山前，过不去了，孙悟空和猪八戒同心协力智斗铁扇公主和牛魔王，然后借来扇子，扇灭火焰，得以过山。其实，在影片第一次上映的时候，片尾还有一句话，大意是，兄弟们团结一心，共同对外。

影片其实隐含了各民族团结抗日的思想，牛魔王就代表日本侵略者。

刚开始，日本人没反应过来，把这部动画片引进过去了，不少人都跑去看，都抱着看笑话的目的，觉得中国也能做出像样的动画片？不可能。结果他们一看，都被征服了。这些人中，有一个人后来成了日本动漫的奠基者，他就是手冢治虫，也就是“铁臂阿童木之父”。手冢治虫当时还是医学博士，看完这部动画片后震撼了，觉得动画片太有魅力了，自己也想干这个。后来，手冢治虫访问中国的时候，还特意去拜访万籁鸣，说你是我的启蒙老师，我得给你鞠个躬。

《铁扇公主》辉煌了一阵子，之后就不行了，万氏兄弟又陷入了事业低谷，万古蟾还在继续研究怎么能节省经费，他想来想去，想起他妈妈做的手影故事了。那手影也不是画出来的，手自己就能动，他就开始沿着这条路子研究。最后，他把传统皮影和剪纸给结合到一起，于是有了现在的剪纸动画片。

●剪纸动画技术的改进

比如说，1980年上映的《张飞审瓜》，讲的就是张飞去做县官，审了一个案子，有个花花公子在瓜田里调戏良家妇女，被看瓜人看见了，这花花公子重金收买看瓜人，反诬赖妇女偷瓜。粗中有细的张飞，最终给妇女平冤昭雪。

这部动画就有很重的皮影戏的痕迹。

《张飞审瓜》为了追求艺术效果，故意以有点呆板的皮影形象来作为动画角色。而最初的剪纸动画片，也是角色有点呆板，动作有点生硬，可那是迫不得已的。

比如说1959年的《渔童》，台词非常经典，估计很多八零后的人都能背下来："可怜的老头，做人要诚实。不要把别人的东西，硬说成是自己的，你不交出来是要吃苦的，也上不了天堂。"

这部动画片讲的是一个穷老头打鱼的时候，捡到一个渔盆，里面画着一个渔童。到了晚上，老头被吵醒了，惊讶地发现盆里的渔童活了，正在钓鱼。鱼一甩尾巴，溅出了水，水滴落到盆外面居然变成了珍珠。白天的时候，老头就去卖珍珠。这人不能露富，露富就会被人盯，一个传教士就盯上他了，觉得穷老头怎么会有这么多上等珍珠？他就偷偷调查，结果发现了这个宝贝。

随后，他买通昏官，恶人先告状，要把宝贝占为已有。最后，老头辩论不过强词夺理的传教士，一生气就把渔盆给砸了。结果，盆里的渔童跳出来，用钓鱼竿钓着传教士的鼻子，把他扔到海里去了。这个故事的情节虽然很好，很经典，但人物动作比较僵硬。

剪纸动画艺术家不断改进这个技术，在1976年又创造了水墨剪纸，也就是用墨汁在皮纸上渲染，然后把角色撕下来，有点水墨画的感觉。继而，在水墨剪纸的基础上，剪纸艺术家又发明了拉毛，把墨汁换成其他的颜料，浸染前先泡上水，这样撕出来的角色就毛茸茸的。

1981年的动画片《猴子捞月》，就是第一次运用这个拉毛技术。动画片的情节是：一群猴子在井边玩，往井里一看，看见月亮的倒影，以为是月亮掉进井里了。猴子们一着急，你拉着我的尾巴，我拉着你的尾巴，一个拉着一个，然后下去捞月亮。

那是倒影，肯定捞不上来，猴子们费了好大劲，也是徒劳无功。最后，最上面的猴子无意中抬头一看，发现月亮还在天上，就赶紧招呼同伴："别捞了，起来吧，月亮还在天上呢。"

动画里的猴子一个个毛茸茸的，特别可爱，它就是用拉毛处理的。

●《葫芦兄弟》的剧本来源

当然了，剪纸动画片不但在技术上不断改变，在内容和形式上，也有了很大的进步。比如说原来的剪纸动画片，其内容主要都是翻拍典故和民间故事，很少有原创作品。在形式上，剪纸动画片也都是单集，和现在的动画电影不一样，都是小短片。在这种进步之下，第一部剪纸系列动画片横空出世，成了剪纸动画的巅峰之作。这部动画，就是1987年上映的《葫芦兄弟》。

不过，这葫芦娃最早可不是现在看到的这样方头方脑，一脸正气，看起来还算可爱。最早的葫芦娃样貌是有点吓人的，这个剧本的灵感从哪儿来的呢？当时有两个民间故事：一个叫《七兄弟》，是文言文版本的，讲的是兄弟七个各有本领，然后合伙战胜了贪婪的天帝的故事。另外一个则是民间神话，秦始皇死后成妖了，祸害人间，这个时候，有几个各有本领的兄弟联手伸张正义，战胜了老妖。

1995年的时候，这个《十兄弟》还被拍成了同名电影，由钟镇涛和张敏主演。不过，剧情不是斗老妖，而是斗坏蛋：有一对恩爱夫妻，无意中得到了十颗珍珠，结果被坏人惦记上了。夫妻俩一着急，把珍珠吞到了肚子里。没想到，吞下的十颗珍珠让妻子生出来了十个儿子，这十个儿子生下来就不是凡人，都挺有本事，一起把坏蛋给打败了。

这俩故事有个共同点，都是兄弟协力对付恶势力。这正符合当时中国的主旋律，人民刚过上好日子，怎么过上的呢？大家同心同德打了无数胜仗，把敌人都打跑了，才有了现在风平浪静的生活。

这个剧本很快写出来了，也是七个兄弟，不过不是人，是从坟墓里钻出来的，钻出来干什么呢？斗地主，斗官府。

可是，在实际要拍摄的时候，拍摄方才发现有困难。什么困难呢？动画里要斗地主斗官府，而地主庄园和官府都挺复杂的，得有奇花异草、亭台楼阁，才能匹配相应的身份。其中的配角也挺多，有丫鬟，也有官兵。这么一统计下来，就是很大的工作量。导演胡进庆一着急，自己动手改了剧本，把背景放在深山老林里，因为这样拍起来比较简单。因此，后来葫芦娃的整个故事都是在深山老林里展开的，其实当初就是为了省钱。

动画片是给孩子看的，背景从地主、官府变成深山老林了，人物也得灵异点才能吸引人。可是深山老林里还能有什么人呢？如果编得太吓人，更不会有人看了。紧急关头，又是导演胡进庆想到一个传说。

东汉的时候，有个管理市场的官吏发现闹市上有个卖药的老人，在药铺外面挂着个壶。这个老人每次卖完药，都是一蹦就钻到壶里去了。这官吏看着就很好奇，第二天就买酒买肉去请教老人。老人就说，你跟我一起进来吧。这官吏进去一看，这壶里什么都有，简直就是个小别墅。然后，老人就告诉他，其实我是个神仙，因为触犯天条，被罚到人间卖药，现在，我的罚期到了，明天我就走了，我看你跟我有缘，要不你跟我一起去修炼吧。就这样，官吏跟他成仙去了。

这事传开以后，大家都称呼这位老人为“壶公”，现在有医生“悬壶济世”的说法，也是从这儿来的。那这壶是什么呢？就是葫芦。“葫芦里卖的什么药”这句俗语也是从这儿来的。

胡进庆想起这故事后，就把背景设在深山老林里，一个老人种了一些葫芦，结果，葫芦里蹦出来七个葫芦娃，他们个个身怀绝技，智斗蛇精和蝎子精这些妖怪，解救山里的动物。

《葫芦兄弟》是第一部成系列的剪纸动画片，1984 年开始创作剧本，1987 年才上映，到了 1991 年的时候，又追加了续集，叫《葫芦小金刚》，七个葫芦娃合成一个金刚葫芦娃了，他们什么本事都有，力大无穷。现在再看这部动画片的人往往都觉得特别经典，可谁能想到，当年这部动画片的配乐乐器，只有一把电子琴——因为制作经费实在太紧张了。

然而，就是在经费紧张的窘迫条件下，为了有更好的创意，人们把动画片做得更吸引人，还挤出钱做了一个悬赏，谁提供好点子就奖励两只老母鸡。两只老母鸡当时是二十块钱，一集基本就要花三四百块钱用来买鸡，因为点子多嘛。虽然不一定都采用，但可以借鉴后整合到一起，然后使动画片更完善。就是因为导演舍得把钱花在刀刃上，才有了现在看起来仍然经典的葫芦娃。

常言说得好，凡事怕认真。以前的动画从业人员，虽然条件艰苦，但是为了制作出优秀的动画片，可以说是费尽了心思，《葫芦兄弟》只是其中一个缩影。这种认真的精神，现在再回头去看，仍然值得钦佩，值得后来人去学习。

古老的木偶动画片

说起动画片，不光孩子喜欢，有不少大人也爱看。

特别是现在，很多都是电脑、数码等各种高科技结合制作的动画，别管内容怎么样，反正画面都弄得非常精致，非常吸引人。那么在以前，特别是咱们国家的早期动画片，没有这些先进技术，电脑还不太流行，在这种情况下，除了前面讲过的剪纸动画片，还有什么动画片呢？这些动画片又是怎么制作的呢？

那时的动画片，所有的画面都是手绘的，由人一张张画出来。这样虽然麻烦，但还有比这个更麻烦的：把动画片里的角色，无论是立体还是平面，都放在相应的背景里摆好，连姿势、表情等都摆好了，然后用照相机一张张拍下来，再把拍下来的照片逐格播放，以此让画面动起来。

这样的动画片制作方法很麻烦，画面也肯定没有现在的数码技术做出来流畅精致。这种动画片，就叫定格动画。而定格动画里最常见的一种，就是木偶动画片。

●木偶戏起源于战场

木偶动画片并不是指动画片里的人物都是木头做的，其实，木偶动画片的制作材料什么都有，除了木头，也有陶瓷、泥巴、毛绒等。咱们国家还独创了一种折纸动画片，有时候也被分到木偶动画片里，因为是纸偶，严谨地说，应该把那“木”字去掉了，叫“偶动画”。可是，为什么大家习惯性地统称为木偶动画片呢?

这是因为最早的偶动画，就是从木偶戏里获取的灵感。木偶戏起源于汉代，关于它的发明还有一个小传说：刘邦带兵攻打匈奴时中了埋伏，被匈奴困在山中，就派了一个说客去找阏氏，也就是匈奴王后。说客给阏氏带了不少珠宝供品，还带了一幅美人图，打算把这美人图上的美人一起献给单于，正好这些美人就在军中。这阏氏本身是个挺爱吃醋的人，一看山上影影绰绰的，好像确实有几个美女在那儿跳舞。匈奴王后就想，这单于要是打上去，这美女不都得纳入宫中吗?那我的地位不就受到威胁了吗?第二天，阏氏就给单于吹耳边风，让单于撤兵。这单于也看到山上有美女跳舞了，不知道怎么回事，怕有埋伏，只好撤兵了。

那山上的美女到底是从哪儿来的?其实这都是假象，是刘邦军中的谋士陈平想出来的办法。陈平带了几个木头做的人偶上山，设计成美女的样子在那儿跳舞。就这样，后来木偶慢慢从军中传到了民间，这才有了木偶戏。最开始的时候，木偶戏是隔着一块背景布，艺人在幕后操作，木偶在台前表演，还属于舞台艺术。那么，它是什么时候从舞台走上荧幕的呢?

可能有人知道，我国第一部上映的木偶动画片，是1947年的时候东北电影公司拍的一部纪录片，叫《民主东北》。《民主东北》是专门记录东北解放战争的。在这部纪录片里，有一个叫方明的人，设计制作了一段三十秒的木偶小动画，叫《皇帝梦》。该动画讲的是一个小丑要做皇帝，就拿国家的主权跟帝国换武器，没想到，人民奋起反抗，竟打到宫里来了。这皇帝还没登基，就吓昏过去了，帝国特使赶紧给他打强心针，也没救过来，白做了一场皇帝梦。其实，这主要是在讽刺当时蒋介石和美国做的政治交易。而这个动画的设计者方明，实际上是一个日本人，原名叫持永只仁，因为同情中国，支持共产党，才起了这么个中文名。

其实，关于《皇帝梦》到底是不是中国第一部木偶动画片，在动画界是有争议的。为什么有争议呢？因为在1939年的时候，著名的动画艺术家万超尘就导演过一个木偶片叫《上前线》。可是，这个《上前线》和传统木偶剧最大的区别就是：一个是在大荧幕上放映的，一个是在舞台上表演的，但其他形式都一样，都是提线木偶。木偶也没什么表情，布景也不够宏大，非常有局限性。提线木偶到底算不算动画片，这是有争议的。

●木偶动画片的技术处理

从《上前线》到《皇帝梦》，再到后来的那些木偶动画片，木偶们到底是怎么脱离了提线，一点点有表情的？其中的技术说起来非常复杂。

先说表情，木偶以及后来出现的布偶、泥偶之类的人偶们，本来都是没有生命的，怎么能有表情？全靠面具。

木偶动画属于定格动画，就是先把角色摆好姿势，用相机拍下来，拍一张照片算一张图，再把这些图逐格播放，让它们动起来。那么，在拍照片的时候，这角色该换表情了，就给它换一张面具。有大哭的、有大笑的、有睁眼的、有闭眼的，每个角色得准备几十个面具。

而且，木偶流眼泪都是有门道的。其实，眼泪都是用玻璃做的，然后粘在角色脸上，这张照片粘一粒，下一张粘两粒，依靠不断变换数量和位置造成视觉错觉。在连续放映时，看起来就像不停掉眼泪似的。此外，木偶如果不被提线就站不住，那怎么办呢？技术人员也想了很多招，最后，采用了最土的办法——钉钉子。木偶的鞋底都是带钉的，往那一站，啪嗒，就扎上了，特别结实。

技术人员不光在角色上面花费了不少心思，背景也越做越复杂。木偶戏的背景原本都是平面图，是画上去的。在刚开始把木偶戏给搬上荧幕时，有些木偶动画片的背景，比如《上前线》的背景还是仿照传统形式来营造的，这样一来，就造成角色和背景不符，有点突兀，人景就分离了。

那该怎么办呢？把背景也做成立体的。技术人员用木屑和丝瓜筋染色，做成草地；把爆米花染色，做成花朵。这些背景道具都是静止的，还算简单，可是动态的制作起来就复杂了。比如流水，要用玻璃刻出水纹来，还得在玻璃下面放镜子，拍的时候，一点点地把玻璃往前移动，这样才能有水流动的效果。小鸟和蝴蝶这种小动物也是，动物偶片上要安上吸盘，背景前面放一块玻璃板，拍摄的时候，一点点地挪这个吸盘，和水流的原理是一样的。

木偶动画片在拍摄的时候非常费时间，由于细节多，工序烦琐，五秒钟的镜头要拍两三天是很正常的。2005年的时候，华纳影业有一部动画电影，叫《僵尸新娘》，它就是木偶动画片，片子里的角色用的是钢制骨架，外面用的是硅树脂。

现在都已经有电脑技术了，可以配合数码来制作，即便如此，华纳在制作和拍摄上也整整花费了十年的时间。

●木偶动画片的题材内容

因为木偶动画片拍摄起来太费劲，太耗时间，现在已经很难看到木偶动画片了，只有那么零星的几部，比如《小鸡快跑》《圣诞夜惊魂》《鬼妈妈》《僵尸新娘》等。除了《小鸡快跑》之外，木偶动画片的剧情都有点恐怖风格。

而更多的木偶动画精品，基本都出现在动画早期时段。早期动画也没什么太多的选择，比如说我国二十世纪四五十年代时，动画片还不是走电视机路线，毕竟那时候没几家有电视机。要是想看动画片，还是得去电影院。在电影院，动画片不是主流，它的放映基本都是“娶了小姐赠丫鬟”的模式。也就是说，在一部正规的电影放映前，都会放段动画片吸引观众，让它作为题材电影的附属品。这时的动画片盈利非常低，回不了本，只能选择耗时费劲却省钱的木偶片，只需拿着一个照相机就能拍，不用画家一张一张画了，这样成本就节省下来了。

五十年代的时候，我国出了不少木偶动画片精品。我国第一部拿到国际大奖的木偶动画片，就是 1995 年上映的《神笔》，是根据《神笔马良》改编的：有一个穷小孩得到了一支神笔，无论画了什么东西，那东西都会变成真的。马良用这根神笔帮助了很多穷人，也惩治了贪心的恶皇帝。

很多人以为《神笔马良》是古代的神话传说，来源不可考，属于自古流传下来的故事。其实，不是那么回事，《神笔马良》有作者，更不是神话，而是童话。这个故事的作者是浙江浦江人，叫洪汛涛，现在浦江的塔山公园里还有一个神笔马良的铜像。

如果说《神笔》是木偶动画短片的代表作，那么，《阿凡提》就应该算是木偶动画系列的代表作。阿凡提和马良，都算是中国动画界的明星，不过，这阿凡提的原型不是新疆人。

阿凡提这个人物原型名叫霍家 · 纳斯尔丁，而“阿凡提”在维吾尔族的语言里是“先生”的意思。有的人称霍家 · 纳斯尔丁为“纳斯尔丁 · 阿凡提”，也就是“纳斯尔丁先生”的意思。这个纳斯尔丁 · 阿凡提流行在中亚、西亚和我国的新疆，非常有国际性。也有人考证，他是土耳其人。关于他的身份，有的说他是流浪汉，有的说他是当官的，还有的说他是大户人家的长工。但是没有一个统一的说法，也没有一个统一的形象。比如，伊朗的阿凡提是个白胡子老头；而新疆人觉得阿凡提是个三十多岁的青年人。

那么，是谁最早设计出翘着山羊胡、牵着小毛驴，大家耳熟能详的阿凡提形象的呢？就是我国的阿凡提之父曲建方。

曲建方为了设计出阿凡提这个形象，费了不少功夫。他想要一个中国的阿凡提，就跑到维吾尔族去获取素材，没事就和他的同事骑着毛驴满大街晃荡。有一天，曲建方百无聊赖地在大街上四处游走时，碰见了一支经商的骆驼队。曲建方发现，这支骆驼商队里有个男青年，外貌长得很有亲和力，细高的个头，瘦瘦的脸，眼睛炯炯有神，透着一股聪明劲，还留着一个山羊胡子，各方面和阿凡提都挺符合。曲建方赶紧用相机把那个青年的样子拍下来，回去后就照着这个形象画出了阿凡提。这个路人就是阿凡提最初的模型。

但是，光有人物形象还不行，毕竟一个是真人，一个是木偶，真人有一米七八，木偶才七寸左右，这一浓缩下来，很多细节上的东西展现得就不那么细腻、不那么突出了，那怎么办呢？得把真人形象进行浓缩提炼，然后进行夸张变形。就在曲建方犯愁的时候，他去新疆的博物馆参观，发现博物馆里有唐三彩。这种唐代陶器线条圆润、色彩柔和，非常简练，这简练不就正适合小型木偶吗？就这样，受到唐三彩的启发，曲建方便设计了后来的阿凡提木偶形象。

第一部阿凡提是单集的，叫《种金子》。拍出来之后，还差一点无法上映，因为当时还有一部少数民族的木偶动画片，叫《孔雀公主》。有人看了之后提意见：同样是少数民族，凭什么傣族的《孔雀公主》里的人物就那么漂亮，你这维吾尔族的阿凡提的形象怎么就这么丑？后来，还是上海美术电影制片厂的厂长特伟跟人家好一顿解释：主题不一样，一个是爱情片，一个是喜剧片，得夸张、搞笑点。反正费了好大一番周折，这部动画片才得以放映。

到了1980年的时候，这部动画片还入选了奥斯卡电影节，为什么没得奖？原因很悲催，人家要求动画短片的长度是二十五分钟，而《种金子》是三十一分钟，时长不合要求，现改也来不及了。最后，电影节还是给发了一个证书，证明这个动画片拍得确实不错，大家挺喜欢，以示鼓励。这也应该是中国电影第一次入选奥斯卡提名。

以前国内没条件制作现在这种高技术的动画片，反而有不少佳品。再反观现在，国产动画片的技术提高了，也更受重视了，不像原来还得买一送一，可是它不是变得更好，反而变得更差了。

隔那么一两年就得有几桩官司，什么《虹猫蓝兔七侠传》宣传暴力，《喜羊羊和灰太狼》诱导孩子做危险举动等，内容上也是没什么大的创新，都只能给四五岁的小孩解闷。剧情也十分枯燥，不是模仿人家国外的，就是翻拍经典。

那么，这种现象是不是应该让那些动画片制作者们反思一下了？到底是哪个环节出了问题呢？为什么时代发展了，现在的孩子看的动画片还不如以前了呢？

宫崎骏和他的动画王国

世界公认的动画大国，就是日本和美国两个国家。代表美国最高水平的动画公司有好几个：老牌的迪士尼，新起之秀皮克斯、梦工场，还有其他知名度不那么大的电影公司，也都出产过高质量的动画片。但在日本，动画界的最高水准，可以说只有宫崎骏和他的吉卜力工作室。

宫崎骏的诗意动画很有特色，他通过极其壮观唯美的动画场面，来引领大家反思人性，反思人和自然的关系。宫崎骏和他的吉卜力工作室，的确代表了日本动画片艺术的最高成就，也是票房方面的最高成就。西方有迪士尼这个动画巨头，而东方就是宫崎骏作为业界代表。

宫崎骏在2013年宣布退休，不再导演动画片了，以他为领袖的吉卜力工作室，不久也宣布停产。这就意味着，日本动画界从此没有最高峰了，也看不到那种如诗如梦的动画了。

有人可能觉得奇怪，老人家退休这很正常，但工作室为什么也关闭了？这么庞大的日本动画界，这么多年以来就没有传人吗？吉卜力这么了不起的动画王国，为什么会随宫崎骏一个人而兴旺或衰败呢？

●吉卜力工作室风采不再

宫崎骏在2013年宣布退休，当时的他七十多岁了，觉得自己的身体支撑不住了，总犯心绞痛，不适合搞创作这么压力大的工作了。这件事所有人都理解，但让大家难以接受的是，老爷子刚退休一年，他一手创办的吉卜力工作室就宣布了一个消息：解散工作室的制作部，以后的工作重点转入版权方面的运营。也就是说，吉卜力工作室不再生产新的动画片了，只是经营一些知识产权，包括从前动画片的周边产品，比如饰品、服饰、画册。

虽然作为商业来说，这样也很挣钱，但不得不承认，这就是在吃宫崎骏动画前几十年的老本，已经不再创造新的价值了。在日本当地，很多人也对此不理解，指责吉卜力工作室怎么这么不争气？这么大的名气，这么大的成就，这么大的动画王国，三十多年的积淀，说不干就不干了？工作室应该还有很多日本最优秀的动画从业者，他们难道都是混饭吃的？不仅日本的动画迷，全球范围内的动画爱好者都接受不了这个事实。

但是换一个角度看，这件事也很好理解。宫崎骏的成功，本来就不是常规的商业成功，而是冒险者的游戏。如果冒险者不在了，这游戏自然没法按照以前的方法玩下去了。

这样的事情在太平洋彼岸也发生过。2011 年，苹果创始人史蒂夫 · 乔布斯因癌症去世，留下了手机和电脑的业界领头羊：苹果公司。按理说，成熟的商业帝国不会因为某个人的离开而伤筋动骨，因为公司本身聚集了大量的业内顶尖人才，这些顶尖人才会产生源源不断前进的动力。但乔布斯离世三年之后，所有购买苹果产品的用户都觉得不对劲了。

怎么不对劲呢？这三年多的时间，苹果的产品没什么进步，还停留在乔布斯在世的时候开创的那些功能阶段。苹果手机的每次更新换代都只是换换外形，没有新的创造，六代和四代在功能上没什么大的差别。有人调侃说，苹果手机做得越来越像三星了，意思是越来越随波逐流，从前那股子特立独行的酷劲没有了。事实证明，苹果没了乔布斯还真不行。甭管他的继任者多优秀，也都不能延续乔布斯的辉煌。

吉卜力工作室也是一样。宫崎骏一旦离开，创作马上就维系不下去了。经营方虽然知道宫崎骏做动画是手绘动画，制作部历来不惜成本精雕细琢，但这样会造成资金消耗太大，成本太高。以前成本高就算了，最起码有宫崎骏在。可是如今没有宫崎骏坐镇，票房也许会收不回来。因此他们决定：解散资金消耗大的制作部，保留可以盈利的周边产品的买卖。这样的确是不赔钱了，但也没前途了。

苹果公司的停滞不前和吉卜力工作室的停止创作，都是同一个原因：原本有一个百年一遇的冒险者，按照冒险者游戏的规则，建立了帝国的霸业；一旦这个冒险者不再领导这个帝国，苹果公司也好，吉卜力工作室也好，就没底气按照原来的冒险游戏规则再开疆扩土了，也就越来越不如人意了。

●不安分的冒险主义者

宫崎骏为什么是个冒险主义者呢?

咱们中国有句古话，三岁看老。从小孩直到白发老人，宫崎骏一生最大的兴趣没变过：飞机，而且是有活塞发动机、螺旋桨的那种飞机。宫崎骏一直幻想着能够自己设计和制造各种各样奇形怪状的飞机，然后到天上尝试飞行。在他后来最经典的作品里，也能看出来宫崎骏对飞机的迷恋：在他最经典的几部动画电影里，飞机都是主要的道具。比如在开山之作《风之谷》里，女主角有个设计很简洁的小滑翔机，女孩可以站在上面飞；在《天空之城》里，整个故事基本都发生在天空之中，主角的海盗朋友们还有个巨大的空中航母；在《龙猫》里，由龙猫变成的公共汽车长着十二条腿，会在天上飞；而《红猪》的主角波鲁克·罗梭就是个受了诅咒的战斗机驾驶员；《起风了》的男主角是个飞机设计师，这是宫崎骏以他父亲为原型塑造的动画人物。

宫崎骏的想象力很丰富，但是这些想象力大都离不开飞机。而且每部电影出现的飞机，都不重样。

如果一个冒险主义者的人格和道德有问题，就会成长为野心家，但宫崎骏不是这样。他从小家庭生活就很幸福，家境也很优越，因此养成了比较温和的个性，具有悲天悯人的情怀。他家是做什么生意的？造飞机的。宫崎家族是个大家族，家族有庞大的飞机产业，叫“宫崎飞机”。一般来说，他毕业以后应该会回到家族企业效力。有人说，既然宫崎骏那么喜欢飞机，家里又是造飞机的，为什么不继承家族事业？因为宫崎骏不愿意，他不喜欢接受既定又安稳的安排。

越是冒险者，越是不会继承家业，因为再好的待遇也没有自己动手让他感到满足。这是千古以来各行业精英的思考规律。因为祖宗传下来的家业，就算再大也不是自己的，即使参与管理也得按照老一辈的方式一板一眼生活，否则竞争这么激烈，毁在自己手里怎么办？没有哪个家族产业不是严格训练继承人的，不会有父亲对儿子说，这公司是你的了，你爱干吗干吗去吧。越是老人，越喜欢拿经验主义和教条主义约束别人，而这种人成不了天才和有天赋的管理者，因为他们只会照本宣科，崇尚权威，毫无思考能力可言。

宫崎骏虽然喜欢飞机，但只停留在想象层面，真要是参与公司管理，因为社交应酬、金融管理、人力资源、日常事务等各种琐事，人就被庞大的机构体制化了。哪还有心情去冒险？家族产业他完全不参与。他就一门心思投入到漫画、动画的产业里。

当然，宫崎骏也经历过新手时期。刚一入行的时候，他想冒险也没人给他机会。一开始，宫崎骏在东映动画株式会社工作，负责设计人物造型和场景，他努力当一颗优秀的螺丝钉。在东映，宫崎骏认识了后来一辈子的搭档——高畑勋导演。后来的吉卜力工作室有两部作品叫《再见萤火虫》和《百变狸猫》，大家都认为是宫崎骏的作品，其实宫崎骏只作为工作室的领袖，真正的导演是高畑勋。

宫崎骏和高畑勋两个人在创作上挺对脾气，一起在业内闯出了名堂。但那个时候，宫崎骏还没有冒险的资本，也没有机会展现他让人叹为观止的想象力，更没有机会成立自己说了算的工作室，顶多算个实力很强的年轻人。

东映动画株式会社也是日本老牌动画制作公司，二十世纪八十年代时出品了《龙子太郎》《聪明的一休》《花仙子》等作品，后来还出品了《七龙珠》《美少女战士》《灌篮高手》《海贼王》等经典作品。东映的名气太大了，动画片运作机制也已成型，宫崎骏在那里没有发言权。

那宫崎骏的机会怎么来的呢？非常偶然。当时日本有个德间书店，名字虽然是书店，实际上是家很庞大的出版集团。1981 年，这家书店旗下的一个杂志想采访新锐导演高畑勋，给他做个专访。可是高畑勋导演当时太忙，不想接受采访，但出版社主编都来了，也不好意思太不给面子，怎么办呢？高畑勋就把搭档宫崎骏推出去了，你们采访他得了。

宫崎骏当时虽然已经很成功了，但他真正想实现的抱负被大公司压制了，其实也不比在自家的飞机工厂干活自由。他肚子里有一堆自己的想法，这次可算有人听他唠一唠了。他就把自己那些冒险主义者的想法，一股脑全都跟杂志社主编倒出来了。这杂志社主编就是后来成立的吉卜力工作室的社长，也是宫崎骏的制片人铃木敏夫。

当时的铃木敏夫刚调到这个部门，准备大干一场。工作上作风大胆，跟宫崎骏的心思不谋而合。在听了宫崎骏的一番独到见解之后，铃木敏夫更是认定这个和自己志同道合的人是旷世奇才，于是他就对宫崎骏说：“你这种奇才在东映没法真正施展才能，正好德间书店有计划拓展新领域，那不如让我来促成这件事，以你和高畑勋为主力，尤其是以宫崎骏作为王牌，一起打造一个新的动画王国。”铃木敏夫开始东跑西颠，请示领导，多方面运作。恰好德间书店的大老板也是个冒险家，爽快地拍板：“就这么干！出钱，开工！赔了算我的！”最终，他们请宫崎骏主导做了一个新的动画电影，这就是开山之作《风之谷》。

这次，可以说宫崎骏获得了自由，他冒险家的性格就体现出来了。通常来说，一个导演第一次投资拍电影的时候，首先考虑的就是别赔钱。因为一旦第一个作品赔本了，以后就没人肯再把钱交给你了。再说人家这么信任你，赔了钱对老板也是不负责。可宫崎骏不是这个思路，他根本就不考虑输的事，也没考虑过赢了以后怎么享受胜利果实。

宫崎骏的精力全放在了自己的作品上，他敢于打破之前商业动画片盈利的规律，颠覆了整个业界体系，从而创造出了一套新的作品风格，也就是人们后来看到的宫崎骏动画的独特风格。

●不合常理的选择

从成本上，动画片和真人电影不一样，它的成本主要是画画的工作量，比如江河大海这样的画面就很难画，因此动画编剧通常都避免写到水。如果是复杂的运动镜头，尤其是涉及大场面的运动镜头，工作量就更大了，所以常规的动画片很少用大全景，相反，近景仰拍和俯拍比较多，因为这样可以规避掉大量的背景，工作量少，也能节约成本。

但宫崎骏拒绝这么拍，他就是要展现宏大的自然景观，展现复杂的运动镜头，这样一来，人工成本几十倍上百倍地增加。

另一方面，咱们都知道，动画片是给小孩儿看的，小孩儿看不懂太大的道理，动画片讲一些爱和平、爱父母、爱正义的主题，这就够了，孩子们就很受用了。动画片通常不适合上升到哲学层面，比如讲一些关乎人性的深奥的思辨的话题。但是宫崎骏不遵循这个规律，非要讲人和自然的关系、人类存在的意义这样的大道理。后来干脆反其道而行之，甚至连环保的题材都画进去了。他这两方面不合常理的大胆坚持，在当时很多业内人看来都是愚昧而危险的。但是，德间书店还是出钱让他把动画片拍完了。

还有一个人物也在这个时候出现了，就是音乐大师久石让。久石让后来一直给宫崎骏动画作曲，是个知名音乐家。但 1981 年的久石让刚刚三十出头，没有名气，别的导演不敢找他给电影配乐，可宫崎骏偏偏相中他了。有了久石让，才有了后来经典的《天空之城》的主题音乐。

后来，《风之谷》成功了，一炮打响，他们顺势成立了工作室。由于宫崎骏喜欢飞机，就取名“吉卜力”——一种意大利飞机的名字。第一次成功之后，就形成成功模式了。于是，又有了后来的《天空之城》《龙猫》和《千与千寻》这些优秀动画片。吉卜力工作室辉煌了三十多年，直到宫崎骏退休。也就是说，如果当时没有铃木敏夫发掘宫崎骏，如果不是德间书店愿意和他一起做梦，一起冒险，如果不是宫崎骏敢于用别人不敢用的方式做事，人们可能永远看不到宫崎骏风格的动画。

为什么宫崎骏退休以后，吉卜力工作室的创作就终止了呢？为什么乔布斯过世后，苹果的创新就停滞了呢？因为，人才虽然可以培养，技术水平虽然可以打磨，艺术水准虽然可以提高，但是作为一个时代的缔造者，人的胆略却是培养不出来的。天底下比成龙武功高的人有的是，比他懂电影的人更有的是，但敢像他那么玩命拍电影的，全世界就他一个。

有胆略又有水平的人才，永远是最稀缺的。宫崎骏的成功，与其说是艺术上的成功，不如说是时势造英雄，时代的种种因素给了宫崎骏这个有胆有识的冒险家一个宽广的舞台，因此，他才得以自由绽放。

如果换一个时代，没有这样有胆略的接班人，这事自然就无法继续了。人们只能抱着对他老人家的敬仰，通过回看这些经典动画片来怀念从前的时光。

不可复制的乔布斯传奇

说到动画片，现在走在最前面的有两种，一种是日本宫崎骏的全手绘动画片，它就像工艺品一样，很唯美也很宏大，但是现在宫崎骏退休了，吉卜力工作室的创作也停产了。这种动画就衰落了。

还有一种动画片和宫崎骏走向了相反的路，就是不靠手绘，靠电脑高科技绘画，也就是人们通常所说的 3D 动画。这种动画片做得最好的，就是美国的皮克斯动画公司。

皮克斯动画公司曾创作过很多经典的作品，比如《玩具总动员》《料理鼠王》《海底总动员》《汽车总动员》《机器人总动员》《飞屋环游记》，等等。总之，名字里有“总动员”的动画片，基本上都是皮克斯动画公司的产品。有的读者朋友知道，皮克斯动画公司的负责人，就是苹果公司的老板乔布斯。

有人觉得奇怪，这个乔布斯是做手机做电脑的，怎么还搞起动画片了？这里有一个非常有意思的传奇故事，可以说，没有乔布斯，就没有现在的皮克斯。同样，没有皮克斯，乔布斯也就没法重新统领苹果公司，更没有人们现在看到的风光无限的苹果公司。

●乔布斯低价收购皮克斯动画

皮克斯动画工作室原本不属于乔布斯，也不叫皮克斯动画公司，因为它当时根本就不能算是一家独立的公司。皮克斯动画公司原本是电影大师乔治 · 卢卡斯手下的一个部门，即乔治 · 卢卡斯影业电脑图形部。

乔治 · 卢卡斯是《星球大战》的导演，他当时为了拍摄一系列科幻电影，自己掏腰包组织人员开发电脑软件，用来制造一些没办法实体拍摄的太空大战的大场面，比如大飞船在星际中穿梭、宇宙大爆炸等。当然，以现在的科技条件来看，制作这些特效很容易了，但在二十世纪七十年代末八十年代初，这种制作方法是卢卡斯独创的，也是世界上领先的。他的电脑图形部，就是专门给他制作电影特效的。

后来，到了八十年代中期，卢卡斯的工作遇到了阻力。当时他离婚了，很多钱被老婆分走了，同时他在"星球大战系列"电影第三部以后的作品，票房都不太理想。于是，卢卡斯的现金流受阻了，事业发展也落魄了，再加上卢卡斯不想再拍摄"星球大战系列"电影（《星球大战》拍第四部续集是在十几年以后的 1999 年了），他就觉得电脑图形部的用处不大了。为了公司能够维持下去，并节约一些开销，他就想把手下庞大的部门合并或削减一下。因此，电脑图形部就被遣散了。当时，电脑图形部的头儿，也是创始人之一的埃德文 · 卡特姆不愿意了。毕竟，这么多年来，部门里的人员又开发软件又一起创业，创建一个团队很不容易，解散了实在可惜。埃德文 · 卡特姆就对卢卡斯表态说："老板，你给我几个月的时间，我去给部门找个买主。到时候你能卖俩钱，我手下的兄弟们也不用解散了。"卢卡斯同意了，说最多等到年底。

卡特姆开始到处散播消息，询问有谁愿意出钱雇佣他们的技术团队。由于他们是大名鼎鼎的《星球大战》的电脑特效团队，很多商家都愿意买，但都和电影产业八竿子打不着。比如西门子想买，打算让他们把电脑特效技术用于医疗设备；还有一家很大的贺卡公司也想买，打算把这技术用于贺卡。虽说他们的出价都不低，但卡特姆觉得这些前途都不大靠谱，所以没有答应。后来，乔布斯就找上门来了。

现在人们一听乔布斯的大名，都觉得很了不起，但当时的乔布斯尚未完全掌握自己的商业帝国，甚至可以说在商业方面十分不得志：由于乔布斯的经营理念与当时公司的大多数管理人员不同，再加上 IBM 公司抢占了大片市场，总经理和董事们便把这一失败归罪于董事长乔布斯，1985 年 4 月，经由董事会决议，撤销了他的经营大权。乔布斯几次想夺回权力均未成功，便在 1985 年 9 月 17 日离开了苹果公司。

这是他人生的一次滑铁卢，等于是被同事们集体踢出了自己一手创办的公司。

这时候的乔布斯在商业上处处碰壁，私生活方面名声也不好，和人相处时的毛病也被不断曝光。他离开苹果公司以后，闲得难受，想找个项目东山再起。就在这个时候，他听说了卢卡斯要卖掉自己的电脑特效部门，于是就联系了卡特姆。乔布斯和卡特姆两人碰面后，交易马上就告吹了。为什么呢？乔布斯的报价太低了。乔治·卢卡斯曾经跟卡特姆说，这个部门你得卖一千五百万美元。可乔布斯开口价只有五百万美元。卡特姆十分气愤，说：“没你这么砍价的，砍一半就够狠的了，你砍掉三分之二是什么意思？怪不得你在苹果混不下去，做人不能太狠了。你这是被苹果公司欺负了，出来报复社会吗？”交易当场谈崩以后，卢卡斯也曾经问卡特姆，和乔布斯谈得怎么样。卡特姆都没敢说实话，怕把乔布斯的报价一说，把卢卡斯也气着。

后来，卡特姆和通用汽车谈得挺好，这笔买卖差点就谈成了，但最后因为阴差阳错，也没成交。而卡特姆和卢卡斯约定的 1985 年年底的期限快到了，再卖不出去，这个部门就直接遣散了，卡特姆多年经营的心血也会烟消云散。正在卡特姆急得坐立不安的时候，又有个买家找上门来了，谁？还是乔布斯。

也亏了乔布斯脸皮厚，张嘴就跟卡特姆说，卢卡斯等不及了吧？这样吧，哥们我帮你一回，我买了。卡特姆又问价格，乔布斯笑眯眯地说，还是五百万美元呀。就这样，乔布斯最终说服了卢卡斯，以五百万美元的价格把电脑动画效果工作室的管理权买走，这也就是后来的皮克斯工作室。

后来，乔布斯又拿出来五百万美元作为工作室运营的资金。就这样，一共花了一千万美元，皮克斯这艘小船就算是正式下水航行了。

●从硬件开发转型动画制作

那么，皮克斯工作室成立以后，就开始生产动画片，进军好莱坞了吗？没有，而是走向了完全不同的方向。

皮克斯的员工们也不知道自己的前途将是什么样。乔布斯不懂电影，他也不想搞动画电影。他收购皮克斯的目的，是想让这个工作室帮自己研发电脑绘图技术。因为乔布斯毕竟是以电脑起家，他的最终目的是让工作室研制出一种制作动画的硬件，复制苹果公司靠硬件起家的模式。

结果连续三年过去了，公司连年赔本，产品卖得一点也不好。看到公司气势极其低下，乔布斯就改变了卖硬件的战略，继而转向开发 3D 动画的软件。结果还是没有用，在接下来的五六年里，公司接着赔钱，而且赔得更厉害了。

不得不说，皮克斯工作室的生命力非常顽强。从乔布斯到他的员工，都有一股倔脾气。甚至在他们后来制作的一些经典影片里，动画人物的性格也都带着这么一股倔强劲儿。比如《飞屋环游记》里，有个老头不肯拆迁，为了不让美国的拆迁队拆自己的房子，就给自己房子绑了一大堆气球，干脆飞到山顶上去住了。

按照常人的思路来看，在连续赔钱的情况下，这公司早就该关门了。但是虽然已经亏损了好几千万，皮克斯工作室总算也迎来了好消息，其实也是无心插柳的成果：当初，皮克斯为了宣传自己的电脑渲染技术效果，也是卖自己的硬件和软件，曾经用电脑做了一些动画短片广告。其中最早的一部宣传动画就是《顽皮跳跳灯》，也就是后来皮克斯最出名的小短片：小台灯像个孩子一样，拖着长长的电源线东瞧瞧西望望，蹦蹦跳跳地踩皮球，很可爱。

这个小台灯的形象，后来成了皮克斯的标志。

虽然产品卖得不好，但是拍的广告短片反响特别好，观众们很喜欢看，有一部还获得了1988年奥斯卡最佳短片奖。这时候乔布斯才弄明白，皮克斯这个工作室不是为了开发硬件和软件而存在的，它天生就应该是一个动画工作室。

于是，在九十年代以后，乔布斯放弃了皮克斯的硬件业务，主营动画广告业务，捎带着提升自己的软件功能。当时的乔布斯要是没有这么做，或者前几年赔本的时候没坚持住，把工作室给关了，全世界的动画历史都会改写。

皮克斯决定自己开发世界上第一部长片动画电影《玩具总动员》。因为在之前给自己做广告的短片里，制作3D动画的技术已经实验成熟了，而且是世界独一无二的。只要剧本创作出来，就可以开始生产动画片。

这时候，有一家好莱坞的动画大公司非常敏感，就找到皮克斯工作室，主动提出和他们合作。那么，是哪家大公司呢？迪士尼。

●与迪士尼的商业博弈

迪士尼跟皮克斯说，你们制作3D动画的水平是世界最棒的，我们没你们这么高的技术，但是我们有运作动画电影的经验，有发行和宣传电影的整体系统，这些都是你们没有的。不如咱们两家合作，肯定能大获成功。迪士尼的示好让乔布斯十分高兴，进一步询问怎么合作。

迪士尼回应说，《玩具总动员》制作的成本皮克斯也要出一半，影片做完以后，迪士尼一次性给皮克斯两千六百万美元，之后的电影发行、营销、炒作，都由迪士尼全权负责，不用皮克斯再掏一分钱。可是，电影的国内外票房、周边产品，还有碟片的发行，所有产品的收入就没皮克斯的份儿了。

这是非常不平等的合作方式，等于这部电影取得的经济效益和制作它的皮克斯没关系了，好处全让迪士尼得去了。皮克斯虽然成了迪士尼残酷剥削的对象，但也没办法，为了自己的作品能够打出影响力，他们同意了合作条件。

1995年，《玩具总动员》一放映，创下了三亿五千万美元的全球票房，成了当年的票房冠军，还得了奥斯卡的特殊成就奖。作为世界上第一部3D动画电影，《玩具总动员》的受关注度非常高，这都是皮克斯的功劳，但胜利果实却被迪士尼抢走了。

一旦开始盈利，乔布斯性格上的特点就凸显出来了。乔布斯这个人，虽然可以暂时受委屈，但他是非常记仇的。当时的乔布斯对于皮克斯只有两个发展规划：第一，通过和迪士尼的合作，让工作室生存下去；第二，摆脱迪士尼的剥削。拿什么摆脱？钱。

《玩具总动员》这个电影火了以后，乔布斯马上开始了他的复仇行动。首先皮克斯上市了，借着电影的火爆，上市以后皮克斯的股票表现非常好，一下就有了1.4亿的资金。有了钱，乔布斯的腰杆就硬了，开始跟迪士尼叫板，总是和迪士尼争夺利益分配的份额。又过了几年，乔布斯一咬牙，说咱们这么扯皮下去也不是办法。这样吧，我说个合作方案，你看你能不能接受？以后你们可以负责发行和营销，但票房收入我只分给你利润的百分之十。迪士尼的总裁也不愿意被欺负，两边都是强硬态度，交易谈崩了。

乔布斯一生气说，我再也不理迪士尼了。但迪士尼没想到，因为这次合作的谈崩，他们最后付出了多么惨重的代价。

和迪士尼分开之后，皮克斯越拍越好，《海底总动员》《美食总动员》《机器人总动员》和《飞屋环游记》等成功的作品太多了，钱也赚得越来越多了，成了业界楷模。

2006年，也就是迪士尼和皮克斯谈崩两年后，迪士尼对当初和皮克斯闹掰的事越来越后悔。一方面，迪士尼的传统动画产业已经不行了；另一方面，皮克斯的3D动画越来越强，抢占了越来越多的市场。这么发展下去，没准迪士尼十几年后就会被皮克斯彻底挤垮。迪士尼迅速改变战略，趁还有点原始积累时决定尽快收购皮克斯。该花多少钱收购呢？最后和皮克斯商定的结果是七十六亿。迪士尼觉得要价太高，乔布斯就让迪士尼把股份转给了他一部分。因此，乔布斯成了迪士尼最大的个人股东。

这就是迪士尼当初和皮克斯谈崩付出的代价，也是乔布斯在皮克斯工作室和动画巨头迪士尼之间的恩怨。他还有更大的仇人，就是把他扫地出门的苹果公司。自从他走了以后，苹果公司的经营也不怎么顺利，市场占有率直线下降。1996 年，这帮人眼看着乔布斯的新产业皮克斯动画的业绩非常厉害，董事会这帮老家伙又有点后悔了。他们都忘了乔布斯这个人有多讨厌，多不好相处，多霸道了，一致决定找乔布斯回来。乔布斯这才得到机会，重回苹果公司，这才有了后来的 iPod、iPhone、iPad，有了苹果的新王朝。

后来，皮克斯有部动画片叫《机器人总动员》，这是乔布斯回苹果公司掌握大权以后拍摄的。这影片里就有很多苹果产品的元素，比如说，主角瓦力充电完毕的时候，那个声效是苹果电脑启动的声音。瓦力看的电视机，其实就是 iPod。

女主角伊娃的造型，也是根据苹果电脑的造型设计的。它的脑袋是苹果电脑的显示器，两个胳膊都是苹果鼠标。这就相当于乔布斯实现了自己收购皮克斯之初的愿望：用 3D 动画大片给自己的产品做广告。

从皮克斯动画工作室的这些传奇故事就可以看出，命运是很微妙的，往往某一个决策就成了历史的转折点，一切伟大的丰功伟绩，都是从某一刻的决定开始的。谁都不敢想象，如果当初皮克斯因为赔钱就关门了，或者乔治 · 卢卡斯没有离婚，压根就不卖这个部门，那么，现在的 3D 动画巨头会是谁？乔布斯到底还有没有机会回到苹果公司？

但历史没有假设，这一切就这么神奇地发生了。

《老梁故事汇》主创人员

总 策 划： 郭　健

策　　划： 张敬民　王云飞

主　　编： 陶亿笑

执行主编： 郑　英　石　冰

编　　委： 郝元元　张　理　梁　曦　张　瑞
段俊文　张晓瑞　王　晶　王　琳
武晓敏　刘　霞　董　冉

图书在版编目（CIP）数据

老梁故事汇·天下大观 / 梁宏达著．—北京：作家出版社，2015.9

ISBN 978-7-5063-8336-3

Ⅰ．①老… Ⅱ．①梁… Ⅲ．①故事－作品集－中国－当代 Ⅳ．①I247.8

中国版本图书馆 CIP 数据核字（2015）第 229078 号

老梁故事汇·天下大观

作　　者：梁宏达
责任编辑：张　平
装帧设计：视觉共振设计工作室
出版发行：作家出版社
社　　址：北京农展馆南里 10 号　　邮　　编：100125
电话传真：86-10-65930756（出版发行部）
86-10-65004079（总编室）
86-10-65015116（邮购部）
E-mail:zuojia@zuojia.net.cn
http://www.haozuojia.com（作家在线）
印　　刷：北京盛通印刷股份有限公司
成品尺寸：170×240
字　　数：311 千
印　　张：22
版　　次：2016 年 1 月第 1 版
印　　次：2016 年 5 月第 2 次印刷
ISBN 978-7-5063-8336-3
定　　价：39.00 元

作家版图书，版权所有，侵权必究。
作家版图书，印装错误可随时退换。